生为女人

[日]川端康成 著
李雨萍 译

浙江人民出版社

目录

CONTENTS

喂，出大事了

“哎呀，坏了，今天只上半天班。”

母亲音子原本托腮靠在旧水车轴改造的火盆沿上，猛然想起这件事，于是扭动着臃肿的身子朝廊下走去。

她打电话的声音像换了个人，听起来精神头儿十足。

“我是三浦，今天是星期六，我一不留神给忘了！我现在就让孩子过去，请多关照。三万，我要取三万日元。好的，我马上叫她过去。麻烦您了！”

姐姐爱子扭头对妹妹说：

“阿荣，你出门的话，帮我留意一下‘高跟鞋’的广告。”

“……”

“听说设计师们招募了一批时装模特儿，成立了一个叫‘高跟鞋’的剧团。”

但阿荣瞧也没瞧她姐姐一眼。她正把秀气的脚靠在吊钩下面的煤气炉旁边取暖。

从高高的天花板上垂下来的吊钩上挂着一只霰纹铁壶。

地炉是乡下风格，围有状如劈柴的陶罩，下面燃着煤气。

粗厚的地炉一半嵌进榻榻米当中，另一半戳到了铺地板的房间，房间要比榻榻米矮上一截儿。

巨大的由水车轴改造的火盆远离地炉，放在铺地板的大屋子的正中央。火盆装了支腿儿，周围摆着几把稻草编的椅子，上面铺着丹波木棉的坐垫。

吊钩上的木雕鲤鱼有了年头，泛着乌黑的油光，三浦商会客厅里的一切物件都古朴暗淡，显得吊钩下面的阿荣脚上套的尼龙袜格格不入。

高度与人腰齐平的窗户朝北，还是毛玻璃，窗外镶嵌着铁栏杆，上面早就锈迹斑斑。

房间里白天也开着灯。火盆上方的灯伞同样是民间工艺风格，像儿童伞那么大，灯伞的下面还装着纸罩，透出柔和的光。

爱子艳丽的和服和吊盆里的鲜花，让这个房间添了些明艳的色彩。

爱子与母亲面对面坐着，中间隔着火盆。十分钟之前，她对阿荣说：

“阿荣，你去相个亲吧。有一个叫桂木的小伙子，在我们事务所上班，小井应该也认识。”

她话音刚落，阿荣便道：“没听说过这人，叫我去相亲，还不如叫我去死呢！”

“你又来了……”

“不用去也知道，对方肯定挑不出我的毛病。”

爱子身后的漆柜上立着一个木框，插花的吊盆就吊在里面。吊盆像一个大船，里面插满了白百合跟麝香豌豆花。

阿荣侧身坐在榻榻米上，后面也有一个结结实实镶着铁箍的漆柜。

“你还不出门，都十二点多了！”

母亲催促着，把小绸包递给阿荣，等她一言不发地往外走时，又喊住她：

“银行那么近，你还拿手提包做什么？”

“女人嘛！”

“她一直那样？”爱子问母亲。

“是啊，一有什么不顺她心的，就连着三四天什么也不干。”

“我还误以为每次我来她都不高兴呢！”

“她不像你，性子坏。”

“这几天也不知道怎么惹着她了，每次回家我都累得慌。”

“谁说不是呢……最近几天，我又开始神经疼了。”

母亲将脚往地炉边凑了凑。

“偶尔也得让阿荣擦一下浴缸边儿。我在家的时候，可都擦得锃光瓦亮呢！脏成现在这样子，亏她还能进去洗澡！”

她说的是包在浴缸边上的黄铜板。

浴室的门柱子也跟玻璃门的下端一样包着黄铜板，不过也脏兮兮的，与黑乎乎的柱子融为一体。

“把小茶壶递给我。”

“小茶壶？”爱子从水车轴边拎起小茶壶，起身道，“榻榻米也脏得不像话了。”

“你就少说两句吧。”

“妈妈，你怎么还舍不得我说她呀！”

爱子离开铺地板的房间，坐到地炉旁边的稻草编的圆椅子里。她身上的黑色和服外罩上绣着明黄色的菊花，花纹大得简直不像菊花。那艳丽的款式跟京都一带的年轻艺伎穿的和服外罩一样，在这座陈旧的房子里散发着勃勃生机。

母亲用青花瓷的小茶壶，往小茶杯里斟上玉露茶[1]。

她的头发虽然都拢在了耳后，白发依然清晰可见。她骨架大，身材也丰腴，大概是因为行动笨拙，反倒有些显老，看起来像是已经年过半百。其实按照周岁来算，她才刚刚四十四岁。

爱子对放在自己面前的玉露茶视而不见，问她："你穿的是什么啊？黑不溜秋的！"

"这个？"母亲抓起毛织的衣袖，那既不像和服外罩，也不像短大衣，"我去唐人街的时候，西田送给我的。"

"你去那儿干什么？"

"什么也没干，现在已经没啥事可干了。不过，那里有很多我的老相识，我心想，去瞧瞧他们卖力做生意的样子，自己的心情兴许也能好一些呢。"

"妈妈，你出生在东京，也是在东京上的女校，你就说东京话，彻底转换一下心情嘛！"

"你奶奶太挑剔了。我一说东京话，她就不搭理我。大阪的媳妇，怎么能不说大阪话呢？从这一件事就能看出来，她有多顽固……在你这个年纪，我已经有两个孩子了。阿荣出生后没多久，你奶奶就过世了。她见到阿荣时说，怎么又是个女孩？不过，倒是个美人坯子……"

阿荣要去的银行隔着五六条街，像今天这么赶时间的情况，她一般会骑那辆花里胡哨的女式自行车去。

不过，母亲和姐姐都对阿荣摆脸色，所以脚踩蓝色麂皮高跟鞋的阿荣，

[1] 日本的一种高级绿茶。——译者注（本书页下注释均为译者所注，不再一一标出）

出门后故意沿着破旧的大街不紧不慢地走。

她身上的大衣也是亮眼的宝蓝色，从领口处能看到里面的格纹里衬。阿荣修长的脖颈轻轻缩在大衣领里，阳光洒在路上，开始有一丝春意了。

阿荣就是在这条街上长大的，根本不用看，她也知道自己刚刚路过的是哪家铺子。这条街位于大阪的正中央，是仅存的一条逃过战火摧残的街道，一座座房屋还遗留着批发街的旧时风貌。

诚然，在每一座房屋的内部，都能找到世事变迁的痕迹，里面住的也不是当初的那些人了。

百年老店成了餐馆，还有些房屋的门口，立起了新兴宗教的大招牌。

阿荣家也经历过大风大浪。三浦商会最风光的时期是战后三四年的时候。

阿荣的父亲借着战后新颁布的商法的东风，扩大祖传老店的规模，除却一直以来经营的纤维织品以外，又卖起了棉织品和绷带、榻榻米席面、橡胶管等杂七杂八的商品。

他早早买下一座在战时被烧毁的小楼，重新翻修。过去的三浦改头换面，父亲也因此变成了远近闻名的战后暴发户。

“我去偷偷瞧一眼爸爸睡觉的样子吧！”

父亲难得在家的日子，阿荣去上学之前，都会这样嘟囔一句。

“我好久没见爸爸了，昨天爸爸回来我都不知道。”

爸爸在外面有情妇，还有私生子。在旧式客厅里的这些闲言碎语，也传到了阿荣的耳朵里。

听说，原本只有爱子和阿荣两个女儿的父亲，很宠爱那个在爱子嫁人时出生的小儿子。

还听说，那个女人每天都打电话到公司，央着父亲给那位“小少爷”买这买那。

母亲为了维持表面的体面，常常把一些无聊的事小题大做，借此粉饰太平。阿荣觉得仿佛连母亲都放弃了自己。

阿荣开始体会到身为女人的讨厌之处，并产生了很多想法，她在想要穿男装的渴望里度过了少女时代。

阿荣高中毕业的时候，三浦大楼被转手卖给了别人。在那前后，姐姐爱子举办了盛大的结婚典礼。

阿荣从小就与爱子合不来，因此，爱子要嫁人了，她也丝毫不觉得感伤。

母亲的身边只剩下阿荣了。她说："你也快找个人嫁了吧。你死赖在家里，只是在跟你爸爸较劲罢了。"

阿荣笑道："瞎说什么呢？"

无论是窗户的铁栅栏，还是花岗岩的围墙，原本都是为了阻拦外来者的入侵，但对于年轻的阿荣而言，它们的存在却是为了阻碍里面的人离开。

如今，家里已经没有人一天到晚刷洗花岗岩了。

二楼的窗户也镶嵌着铁栏杆，窗子的正下方，刻着家徽的兽面瓦双目圆瞪，俯瞰街道。

"家里已经没法儿收拾了，缩在这么空旷的房子里，我总觉得哪个角落藏着过去的幽灵，心里瘆得慌。搬到小一些的房子里，妈妈的神经痛没准儿也能治好了！"阿荣时不时这样劝母亲。

她常常想，母亲口中的"与父亲的较劲"，是不是一条通向自我毁灭之路？

母亲名下尚有一些定期存款和证券，还有一些立刻就能变卖的宝石和茶具。

但是，自从母亲在唐人街一带的领班的怂恿下，迷恋上了赌马和赌自行车，她整个人都变得庸俗不堪，令人讨厌。

阿荣成绩优异，她梦想能去东京上大学，却遭到了母亲的反对。

谁能想到，横亘在阿荣面前的那堵高墙不是父亲，而是母亲。

“前几天刚刚去取过，也不知道账户里还剩多少钱？”

阿荣总是被差遣去银行取钱，她掀开手里的小绸包，偷偷瞄了一眼母亲的银行存折里的余额。不经意间抬头，她已经来到爱珠幼儿园的门前。每次经过这里，她都满腔怀念。

在这个幼儿园上学的日子是阿荣最幸福的时光。

这座幼儿园比阿荣父亲的年纪还大，它建造于明治十三年，明治三十三年重建过一次，父亲小时候也在这里上幼儿园。

“爱珠”这个名字，取自“爱花如爱珠”的诗句，这座外观宛如古老的寺庙的幼儿园，静静地隐没在银行的楼群里。

但是，周围的银行也有一些是红瓦建筑和旧式的石砌建筑，让人宛如置身明治时代。走过那些银行，在御堂大街尽头的拐角，立着一座七八层的现代建筑，那便是三福银行，连白色的花岗岩都跟刚洗过似的。

银行正面的铁门已经锁上了，阿荣只好绕到旁边，从侧门进去。银行内部的墙壁、地板、柱子都是光可鉴人的大理石。

母亲已经提前打过电话，阿荣只要领取准备好的钱，让职员记录到存折上就行，并没有花多长时间。

阿荣对等待她的银行职员道：“谢谢。”

年轻的银行职员与她四目相对，不禁轻轻一怔，脸上掠过惊艳之色。阿荣向他点头告辞。

刚走上御堂大街，她就拦了一辆路过的出租车。

“去大阪站。”

出租车摇摇晃晃地绕向林荫道的另一侧。

车子异常颠簸，给人车速很快的感觉。

大阪站的时钟指向十二点二十五分。

车站前的花坛里，铁树上还裹着越冬的稻草，羽衣甘蓝耷拉着叶子。不过，头顶的时钟针像是漆绘的，闪烁着淡淡的银光，为萧瑟的风景添了一抹春日的色彩。

阿荣回头望了一眼广场对面的大阪市区，抬脚走向快车票的售票处。

“去东京吗？要坐‘鸽子号’吧？我这里有张‘鸽子号’的三等席车票。”有个年轻小伙子凑上来。

“你得赶紧了，十二点半的车，还有五分钟就发车了。我亏本卖给你吧，两千六百日元，怎么样？”

“不，不需要。”阿荣仓皇地逃开了。

又有一名矮个子男人上前：

“怎么了？不满意价钱？我能帮您再省一笔！那小子手上没票，我才有票，而且价格优惠！”他喋喋不休地纠缠，“两千四百日元就成。您在东京的八重洲售票口买，也是这个价。这样吧，两千二百日元。还不成？真拿您没办法，火车可不等人。给您凑个整，两千日元！我已经是赔本买卖了！”

“两千日元？”阿荣蓦地顿住，迅速递给他一张崭新的大钞。

“服了您了，不到时间就不松口。年纪轻轻的，可真会耍心眼儿！”

话是这么说，票贩子却像松了口气，催促她：

“往里走，往里走，去最里面的检票口！四号车厢！”在他的连声催促下，阿荣穿过检票口。

她慌里慌张地上了车，距离发车却还有三分钟。阿荣觉得那三分钟极漫长，心怦怦跳个不停。

在寻找自己的座位号时，她看了一眼车票，特快券是六百日元，乘车券是八百七十日元，加起来才一千四百七十日元，票贩子却卖给她两千日元。她腹诽道：一点儿也不便宜。

那时，阿荣连大阪和东京之间的火车票价都不清楚。

她原本也没打算坐“鸽子号”。

虽然她从银行来了大阪站，可并没有想好到底要不要买票，指不定就那样打道回府了。

她跌跌撞撞地落入了等在那儿的票贩子的陷阱里。她不是被拐骗了，而是被引诱了。

这很像一场突如其来的事故，可是，离家出走的念头，早在一年多前就已盘踞在阿荣的脑海里了。

抛下母亲离家出走太过分了。阿荣盘算着，这两天姐夫出差，姐姐回家住，正是离家出走的最好时机，她便趁此机会奔车站来了。

阿荣在发车的警铃声中回过神来，意识到自己把存折带了出来。

“这下妈妈该犯愁了。”阿荣站起身来。

阿荣想要离开过道，目光不经意透过车窗，落到窗户底下那座低矮的卸货场上，平原北部的山峦也隐约可见。一群鸽子正迎着强劲的西风艰难地飞行。

快要发车时，阿荣轻轻拍了一下邻座的少女的肩膀。

“不好意思。”

邻座的少女只是点了一下头。嵌在前面的座椅背后的铁质小搁板上摊着一本书，好像是本英译日的参考书，一侧的书页被一本英日词典压住了。

“鸽子号”特快列车驶离大阪站。

阿荣也想把小搁板放下，可她用手指抠了抠，小搁板纹丝不动。邻座的少女见状，帮她按了下按钮。

“原来是这样。”阿荣有些尴尬，“你要去东京考大学吗？”

“已经考完了。”

“都考完了还学习呀？”

“乡下高中的英语水平太低了。”

“你考上了吧？”

“还没放榜呢！”

“……”

与她聊天的时候，阿荣的心一直惦记着家里，一想到母亲和存折的事，她就坐立难安。

过去她每个月都要去取钱，有时五万，有时四万，活期存折上只余十八万六千日元，不多，却是目前母亲赖以维生的全部家当。

“到了东京得立刻寄回去。”

自己不在身边的话，或许母亲就会搬去姐姐家住。她想，这对母亲来说也是好事。

阿荣有一种毫无来由的强大自信。在家里她什么都不做，什么也不想做。看着身边的人忙活，她常常觉得无聊至极，心想：瞎折腾些什么呢？

这次去东京，其实她并非漫无目的。

倏然间，她感觉有一道白线在眼前划过。抬目望向窗外，只见山崎附近的竹山上空细雪纷飞，天空却一片蔚蓝。

“在下雪吗？”阿荣开口，发现邻座少女正在吃盒饭。

已经是午后，很多人上车没多久就打开了饭盒。有的是在车站买的盒饭，有的是自带的饭团或寿司，邻座少女的什锦寿司饭极为与众不同。高野豆腐、香菇、鸡蛋，等等，尽管不是什么“精心制作”，却让人感觉里面倾注了做饭之人细致入微的关怀。

阿荣忽然流下泪来。

“你家人对你真好。”阿荣说罢，从少女面前越过，走到四号车厢与五号车厢的连接处偷偷抹眼泪。

雪下了不到一分钟就停了。

阿荣拭去泪水，走到餐车。

她点了一份外观别致的蛋包饭。

每一张餐桌上都摆放着白色的香雪兰和桃红色的麝香豌豆花。阿荣想起家里的吊盆中的麝香豌豆花。就在一个小时之前，她还是那个家的一员呢。

阿荣斜对面的餐桌旁，有一个戴着议员徽章的男人，他和一名年轻女子面对面坐着。服务员先给女子倒了一杯啤酒，女子一饮而尽。

紧接着，女子帮议员点了一根香烟，随后她接过烟盒，自己也抽出一根。

“服了您了。”阿荣想起车站票贩子的话，暗自可笑，心情好了起来。

京都艳阳高照。

阳光透过车窗洒落，烤得阿荣的头发也暖融融的。琵琶湖中漾着一汪暖绿色的湖水。

但是没多久，视野中便出现了连绵不绝的雪山。窗外有细雪斜飞而过，又持续下了一分钟左右。

雪山的山峦从右窗进入左窗，随着火车前行，最终占据整个视野。在阳光的照耀下，那些山峦犹如一块绵延的冰壁。

米原的前一站叫稻枝，是个冷清的小站，家家户户的屋顶和原野上，都覆盖着皑皑白雪。

“要翻越雪山了。”阿荣不由得绷紧身体。在冰山的对面，仿佛有一个截然不同的世界，在那个世界里，她能够找到纯洁而庄重的幸福。

火车一路朝着雪山驶去。阿荣激动难耐，她用手摸了下头发，发丝暖烘烘的。

“赞颂女性之美的国家终将繁荣。”记得这是印度总理尼赫鲁说过的话。阿荣自顾自地觉得，自己的名字就取自这句话。此时此刻，这种感觉再次在她的胸中激荡。在雪山的对面，那样的世界正在等待着阿荣的到来。

“雪景真美啊！”阿荣喃喃地对邻座的少女道，“山顶被雪堆出了一个尖儿，跟山本丘人的画一样！”

邻座的少女大概是没看过丘人的画，她应道：“这场雪下在了奈良汲水节[1]前呢。”

伊吹山从半山腰开始，往上都是深深的积雪，反射出森冷的银光。

阿荣想在车上给母亲打一个电报，可转念又想，倘若母亲立刻报警，她一到东京站就会被抓回大阪。所以她要计算好时间。另外，她还在犹豫要不要告知家里，自己到了东京后要去投靠佐山夫人。

佐山夫人是阿荣母亲读女校时的朋友，二人年纪相仿，可是佐山夫人看上去要年轻十岁，她没有子女。

阿荣小时候曾经和母亲一起去东京，当时佐山夫人曾带她们去看戏和吃饭。四五年前，佐山夫妇来大阪的时候，佐山夫人撇下丈夫，独自留宿在了阿荣家。

阿荣非常崇拜佐山夫人，她心目中的东京人，就是佐山夫人那副模样。

---

[1] 在奈良市东大寺二月堂举行的民俗仪式，由于仪式结束的时间点正是气候变暖的季节，因此也被称作“告知春天来临的仪式”。

她有一双美丽的巧手，身上的和服与腰带都是自己缝制的，很时髦别致，而且，她为人和蔼，善解人意。阿荣总是想，佐山夫人也许能够理解连自己都看不透的自己。

阿荣的眼前浮现出雪山对面的佐山夫人的身影。

阿荣很想一吐为快，可是身边的少女却始终埋头于那本英日词典。

阿荣有一些窝火，看她的模样，应该是在幸福的家庭长大的，她为什么不能多跟自己聊聊天呢？少女以侧脸对着阿荣，她的鼻子和嘴巴都小巧玲珑。

阿荣随身只带了一个手提包，实在是无事可做。

手提包里除了惯用的化妆品外，就只有一些小物件，十三诣[1]时向岚山的虚空藏菩萨求的智慧护身符、南禅寺的莲子耳坠之类的。那副耳坠是朋友送的礼物，莲子经过精雕细琢，用一条小珠链吊起来。如果把它拿出来戴到耳上，不知身畔的少女会怎么想。

米原没有下雪，火车驶过关原之后尽是平原，一路上晴空万里。

到了名古屋，身畔的少女终于喘了口气儿。

阿荣问道："你学完了吗？"

"没有，其实……"少女嗫嚅道，"我一想到可能会落榜，就担心得不得了，完全沉不下心来。"

"考试不理想吗？"

"这是我今年唯一一次机会，家人都反对我考大学……"

"是吗？"

---

[1] 在阴历的三月十三日（现为阳历的 4 月 13 日），岁数达到 13 岁的少年、少女们为庆祝长大以及接受以后万物的福德和智慧，要去向虚空藏菩萨参拜。也称智慧诣。

阿荣想，少女大概是过于担心，所以才会在考试结束后继续看参考书吧。

一进入静冈县，便看到夕阳余晖下的漫山茶田。

六点左右，太阳西沉，富士山被吞没在夜色中。阿荣睡了过去。

到达东京时是八点半。

有的乘客开始卸行李，有的乘客则忙着整理包袱。

阿荣没有明确的目标，她只要下火车就行，可她感到双腿僵硬，动弹不得。

她央求邻座的少女："我能和你一起出站吗？"两人同行的话，或许更容易逃过伺机逮捕她的警察的耳目。

"我要去换乘电车，到大森去。"少女答道，"我朋友家在大森的山王。如果没考上，我就直接回神户老家了。"

"一定能考上的。你考的是哪所大学？"

"东京大学。再见了。"

"再见。"

她们在台阶下互相告别，阿荣连她的名字都忘了问。

阿荣走出八重洲出站口，并没有遇到巡警。

"跟大阪站完全不一样。"阿荣举目四望，暗道，"这里比大阪站漂亮得多，也大得多。"

阿荣在八重洲出口排队等车时，脑海中突然浮现出两个毫无关联的记忆。

第一个记忆，是在淀赛马场里奔跑的赛马的身影。母亲买的马又输了。阿荣用从收音机里听来的漫才[1]的台词，对垂头丧气的母亲道："骑手是陌生人，比赛的是牲口，哪一个可信啊？"

---

[1] 日本一种传统的曲艺形式，类似于中国的相声。

“妈妈难道妄想用一百日元，买到一个四铺席半[1]的房间那么大的炸猪排吗？”

母亲只带阿荣看过两次赛马。

第二个记忆，与一位神户的没落贵族的千金有关。她乘坐“燕子号”特快列车到东京之后，立刻坐出租车奔往吉原一号。这是一件真事。她说，吉原一号自古以来就远近闻名，在这个地方工作绝不会错，于是她便来了。据说她是为了供弟弟上大学。两三年前，阿荣在杂志上读到了这篇报道。记者去吉原采访过本人，读起来不似作伪。报道中写道，她是一位倾国倾城的美人。

两件都是鸡毛蒜皮的小事，阿荣想：真讨厌。

有辆看着挺干净的出租车开过来，她坐了进去。

“还有没关门的邮局吗？”

“有啊，中央邮局就没关门。其实您从这里出去，走到外面的进站口就能看到了。”

“请开到那里吧。”

“啊？邮局就在车站前面，您从这里穿过出站口更快一些。”

“我只是顺路去一趟邮局。”

“哦，是要打电报吧？”

“倒也不是打电报。”

“您要从邮局去哪里？”

“现在还能寄加急信吗？”

“应该能寄吧。”

司机在后面车流的推动下，往前开了一小段距离。

---

[1] “席”为日本房间的计量单位，一铺席大约是 1.62 平方米。

“您从邮局还去哪儿？”

“去一个叫‘沼部’的地方……”

“沼部？是在哪一带？”

“你不知道吗？就在多摩河边呀！”

佐山夫人的来信背面，曾写有“多摩河边”的字样，所以阿荣这么答道。

“河边？多摩河是什么区来着？”

“很远吗？”

“很远。稍等一下，我看看地图就知道了。到了那边，如果路太黑的话，找起来可就费劲了。”

“的确有些晚了。”阿荣有些扫兴，“要不您就把我送到站前旅馆吧。”

“咦？这里就是车站啊。车站楼上就是旅馆。”

“上面不是大丸百货商场吗？”

“啊啊，那边的老进站口的上面就是旅馆。所以，您只要从这里穿过去就可以了。”

阿荣只知道这一个旅馆的名字，还是从一位朋友那里听来的，那位朋友和她父亲一起住过这家旅馆。

佐山卓次是名律师，每天起床后，他都要先喝一杯咖啡，这是他的个人情趣。

他喝咖啡的时候，妻子市子做什么都行，但必须陪在他身边。在他去上班之前，只有妻子陪伴在他身边，他才能体会到这份情趣。这是他多年来养成的习惯。

他悠闲地品尝着咖啡，偶尔看一眼在旁边削水果的妻子的纤纤玉指，然后喝燕麦粥。

那一天的咖啡托盘上放着一封加急信，收件人是市子，佐山丝毫没有注意。

“喂，出大事了！你快看一下这封信！”

“怎么了？”佐山把面包放入口中，目光并未离开报纸。

他正在看的是家庭版面的一篇报道，文章从某知名人士的离婚案，谈到了民事法院受理的离婚案的数量。

据统计，昭和二十九年度的离婚夫妇，从有无子女方面来看，无子女的夫妇有一百六十九对，有一个子女的有四百零六对，有两个子女的有三百四十对，有三个子女的有一百五十三对。最近几年，孩子是夫妇之间的纽带的这种观念越来越淡薄，但有三个以上子女的夫妇离婚率依然要低得多。

佐山的法律事务所也经常会碰到棘手的离婚问题，他津津有味地读着那篇文章。

不过，佐山觉得，即使没有子女，离婚也与他们两口子无关。他觉得，那些人要么是选择配偶时不够慎重，要么便是彼此不够体谅，才会走到离婚那一步。

“出了天大的事，你看看这封信就知道了！”市子重复了一次方才的话。

“是大阪的三浦夫人寄来的加急信吧。夫人，出什么事了？”

只看那潦草的笔迹，佐山也知道那是三浦音子的来信。

已经很久没有听到市子说“出大事了”这句话了。刚结婚那阵子，妻子常常把“出大事了”挂在嘴边，每次听到这句有些大惊小怪的口头禅，他都会感到莫名的兴奋。在一起日子久了，妻子渐渐地不怎么说这句话了。

“三浦的女儿阿荣，你还记得吧？她出大事啦！”

“她怎么了？”

“你看看这封信。”市子将信纸递到丈夫手边，佐山却没有接。

“是不是那个像歌舞伎演员的女儿？”

“你记错了，那是姐姐。妹妹更漂亮，很苗条，跟个假小子一样……”

佐山一时半会儿想不起来。

而且，他觉得妻子既然已经读了信，那么只需拣重点告诉他就行，他没必要自己再读一遍。在家里，佐山事事皆是如此。

“信上说阿荣离家出走了，有可能会来我们家。”

市子的目光回到信上。

“‘我让她去银行跑腿，谁知她出了门就再也没回家。一个女孩子，可别有个什么好歹，我正为此焦头烂额，昨天就收到了阿荣的信。她说，她从很久以前就很仰慕您，生了离家出走的念头……’”

“‘很仰慕您，生了离家出走的念头……真叫人惊讶。’”市子将那里又读了一遍，“应该惊讶的是我吧？她还说：‘虽然知道会给您添麻烦，但还是得请您多多操心。’”

“噢，我想起来了，是那个走路很规矩的女孩吧？”

“是的。我也很喜欢那孩子，对她印象很深刻。”

“不过，这个三浦音子也真是的，怎么不打个电话过来问问？那样她不就能立刻知道她女儿没来我们家吗？”

“她一心认定孩子来了我们家，就放下心来了。信上说：‘我那个女儿什么也不会做，我拿她一点儿办法也没有。我担心她会给您添麻烦，不过，还是恳请您代为照料。’”

“……”

“‘您把她教训一顿，让她回大阪也行。一切都交给您了。’”

“什么意思？当母亲的，怎么能说出这么不负责任的话……”

“是啊。不过，她也说了她自己，‘我深深地懊悔，自己这个当母亲的太不称职了，我早晚也要去东京登门致歉，到时候再与您详细聊聊……’”

“这玩笑可开大了，她女儿不是没来吗？”

“这又怪不到我头上！真是太会给我出难题了，怎么办啊？”

“你自己瞧着办吧。”

“这件事我可没有责任……”

“话是这么说，可是……”佐山看着妻子的脸，“责任是一种品德。虽说自己没有责任，可是市子你已经产生了责任感。责任就是在当事人不知不觉、意想不到的时候产生的。阿荣这个孩子如果是因为仰慕你而离家出走的话，市子你就不能置身事外。”

“你要是这么说的话……”

“一个人赋予自己的责任，大抵会反映出他的人品。”

“可是，我又不知道阿荣在哪里。想负责也负不起来呀！”

“她一定会出现的，毕竟是仰慕市子才离家出走的嘛。”

“我们要等她自己上门吗？这也太让人放心不下了。”

“瞧瞧，你这不是已经产生责任感了吗？这就是市子的品德。太受欢迎，有时候也会招惹麻烦啊。”

“你就别开我的玩笑了。阿荣要是有个三长两短，我可承担不起！”

“那孩子走路很规矩，不会有问题的。”

“……”

“最近的女孩子，只看走路方式就让人捏一把汗。随随便便的，不成体统。”

“那有什么？穿上高跟鞋就好了。”

这里也有一个人

这个房间有六铺席大，整体风格很朴素，唯有推拉门和墙裙用了蜡染布装点，为房间增添了些许明亮之色。

那些蜡染布是在这间屋子定为夫妻俩的卧室时，市子亲手染制的。

市子从东京女子美术学校（如今已经是大学）毕业后，一直随心所欲地做自己喜欢的工作，结婚也比较晚。哪怕如此，她与佐山的婚姻也已经十年有余。

墙裙同样陈旧不堪，她建议换新的，丈夫却有些舍不得，他说："这是我们新婚的纪念物，暂且留着吧。"

在明媚的春光下，陈旧的蜡染布越发刺目。

市子一睁眼，就发现被子被踢到了一边，白色的床单露在外面。

她用手掩住胸口，因为碰到皮肤时的手感有些异样，她便又摸了摸手背，发现手背的皮肤光滑而柔润。

初春时节的懒觉，给女人带来无比的欢愉，令她沉醉在幸福即将到来的美梦中不愿醒来。

冬天已经从妻子的皮肤中离去，丈夫此刻对此却还无知无觉。

在由一整张原木制成的狭窄的地板上，放着一个信乐烧[1]的陶壶，里面插着油菜花。这个陶壶也是在市子还没嫁人时烧制的，是一个古色古香的蹲壶。

耳畔传来金丝雀和知更鸟的鸣啭。

昨夜很暖和，令市子心情愉快，不舍得入眠。她翻看希腊的喜剧剧本《公民大会妇女》直到夜深。阿里斯托芬的《和平》和《公民大会妇女》是市子的心头好。女人惩戒男人、戏弄男人的桥段妙趣横生，虽然也掺杂了一些淫秽台词，不过那恰恰表现了古希腊人的粗犷与豪迈的性情，全无近代文学的歇斯底里与阴霾。

市子打从少女时代开始就是个夜猫子。她常常在父母的呵斥下关掉电灯，然后打着手电筒继续看书。

结婚以后，佐山不喜欢她晚上把书或杂志带到卧室，市子就逐渐撂下了这个爱好，最近，她又把这个爱好捡了回来。

她与年纪相仿的佐山，似乎逐渐变成关系融洽的兄妹，或者亲密无间的朋友，市子感到莫名地焦虑，心头常惴惴不安。她通过睡前阅读来排遣这种焦虑。

二人没有孩子，无法通过为人父母找到喘息的空间，家中时常死气沉沉。夫妻时时刻刻都要看着彼此的那张脸。佐山无论去哪里，都习惯携妻子同行。

直到今天，佐山还对七八年前的那次流产耿耿于怀，他常常提起：

“那次对你而言，才是天大的事啊！”

流产的时候，市子也睡在这里，每天望着四周的蜡染布。

---

[1] 日本六大古窑之一信乐窑烧制的陶器。壶的形状各种各样，其中最著名的是蹲壶。

“还是换下来好。”市子叹息一声，坐起身来。这时，从走廊的方向传来少女的惊叫声。

“妙子？是妙子吗？”市子唤着她的名字，匆匆在睡衣外面穿了一件条纹的宽袖棉袍和一件箭羽纹的短上衣，站起来理了理前襟。

她又系上一条精致的细腰带。

“有事吗？”

“……”

“进来吧。”

“饭做好了，叔叔在等您。”妙子立在推拉门后。

“谢谢。最近我总是犯困，起不来床……你怎么样？”

“小鸟一开始叫，我就起来了。阿姨，今天在刮大风。”

“是吗？”

听声音，妙子似乎已经平静了下来，市子拉开推拉门。

可是，妙子的脸上依然残留着一抹惊魂未定。她的双眸大小不一，虽然她逆光而立，市子却仍能看出她的胸口正起伏不定。

“风确实不小。”市子朝妙子走去。

花团锦簇的白玉兰的树枝，在庭院里的风中可怜兮兮地摇晃着。

“你刚刚被什么吓到了？”

“上二楼的时候，突然从多摩川的上空飞来了三块刺眼的银板，吓了我一跳。”妙子有些羞赧，“原来是小飞机。”

“是飞机啊。”

“它们闪闪发光，瞧着不大像飞机。”

“那是阳光反射的原因。”

“嗯。我瞧着那些飞机像是要降落在多摩川，谁知往对岸一看，正好撞见一件不愉快的事。”

“怎么了？”

“有很多人追上一个骑自行车的男人，抓住他之后对他拳打脚踢。”

“那个人肯定是偷自行车的。”

“应该是的。”

“这又不是什么大不了的事，妙子你有什么好怕的呢？”

妙子点点头，但似乎仍心有余悸，市子把手搭在妙子的肩头。

“你吃过饭了吗？”

“没有……我昨晚梦到父亲被杀了。”

市子骤然沉默，顿了片刻，问她：“还没吃过饭吧？跟我们一起吃好了。你先去你叔叔那里等我。”

“好的。”妙子敛眸应道，“阿姨，您还没穿袜子，我去帮您取来吧？”

“不用，不用。妙子，你还是去配一副眼镜吧！就是因为你一直硬扛着，才会经常将各种东西看错。你叔叔知道了又该取笑你，他会说，女孩子不愿意戴眼镜，就是嫌戴了眼镜之后化妆不好看。”

市子往楼下铺着白瓷砖的卫生间走去，妙子上三楼去了。

这座宅子建在半山腰上，是由市子的父亲亲自选址并设计建造的，外观是仿西式的乡村住宅风格。

有意思的是，从前面铺着草坪的院子来看，这是一座三层建筑，可从侧面看，一楼就成了地下室。而且，三楼也通往后院。也就是说，这座住宅其实分三层坐落在一个斜土坡上。

外面也有石阶通往二楼和三楼，石阶的旁边爬满菱叶常春藤。

从三楼可以鸟瞰多摩河。

三楼是夫妻的起居室和卧室，更里面还有一个带天窗的类似画室的西式房间。有一段时间，那里是市子的工作室，她在那里干纺织之类的手工活儿。

三楼的日式客房除了供客人留宿以外，不常用，那个像茶室一样的小房间，给妙子当了卧室。这里虽说是三楼，但能从后院的小门进出。

比起二楼的起居室，夫妻俩都更喜欢悠闲地坐在一楼的客厅，冬天也都是在那里的暖炉前用餐。

“不好意思，我起晚了。一到春天我就起不来。”身为妻子，市子感到有些难为情，她在椅子边上坐下来。

已经吃过早餐的佐山正在读报纸，没有应声。

“你怎么也不喊我一声？”

“嗯。”

“要再喝一杯咖啡吗？”

“嗯。”

“到底要不要喝？”

“喝吧。”

“那我再给你倒一杯了？”

佐山抬起头来。

结婚已经十载有余，市子依然觉得丈夫是个美男子。在替他系领带的时候，她也常常产生这种想法。

市子是独生女，佐山是上门女婿。年近三十的市子与佐山相亲时，对他一见钟情，这令她的父亲大吃一惊。市子因为工作的关系，跟很多工艺界的异性朋友关系匪浅，可是结婚后，她彻底将才华抛之脑后。

她很享受为丈夫打理内务，并且乐此不疲。

但是，市子并没有忙着起身倒咖啡，而是望向明亮的庭院。草坪的尽头有一排白山茶树，由于很多花错过了花期，看起来一点也不像山茶花。在市子的视线中，有几片花瓣静静凋落。

这片住宅区地势较高，种有很多瑞香花，香气四溢。

“妙子今天早上又惊着了。”市子开口。

“真让人发愁。”

“她说，昨天晚上梦到父亲被杀了……你说，这话我该怎么接？”

佐山也无法回答，市子起身之前，妙子走了进来。

妙子似乎要出门，身上穿了一件短大衣。

市子有些意外地问她：“你要出去吗？”

“我跟朋友约好了十一点碰面。”

“在这种刮大风的天气？”

“街上刮风的时候，我反而比较舒服。”

“那就好，不咳嗽了吧？”

“不咳嗽了。”

妙子的眸中似藏了什么心事，她满脸通红地望了市子一眼，朝门外走去。

“路上小心。”

“好的。”

妙子的裙子下摆转瞬消失在门后。

“从那孩子的眼神里就能看出来，她心里很煎熬。”市子说着，起身去倒咖啡，回来后又喃喃道，“她能去哪儿呢？”

佐山不作声，端起咖啡喝起来。

“她也没什么地方可去。对了，她还没吃早饭呢！”

“那可不行。”

“她突然说要出去，把我吓了一跳。”

“……”

“你也多使唤使唤那孩子！你想让她做什么，别总让我当传话筒。以后有什么事，你对她直说行不行？”

“那个孩子的不幸之处可不在这里。”

“但是，多少能让她心里好受一些吧？你别忘了，是你把那孩子带回来的。”

佐山只是苦恼地点点头，他看了下手表，起身去换衣服。

市子也跟着他走过去。她站在打领带的丈夫身侧，拿起他的袜子，放到火盆上方烘烤。

“妙子的小鸟真能叫啊。”佐山说。

“可不！行了，你就这样凑合着穿吧。”

市子将丈夫袜子上的褶皱抻了抻，把裤子递给他。身后突然传来一声“阿姨”，她忙回过头去。

喊她的是本该已经出门的妙子。

“有您的信，还有一封加急信。”

她应该是从门口取来的。

妙子的口红颜色比刚才浓了一些。市子有一些诧异，嘱咐她：

“妙子，晚上你早点儿回来，我们要出门。”

“妙子，你跟我们一起走吧。”佐山提议。

妙子却腼腆地拒绝：“不必了，叔叔，我先走了。”

妙子走后，市子把加急信递给佐山。

“这是怎么回事儿？阿荣又不在这儿，怎么来了一封寄给她的加急信？

寄件人瞧着还是个男人的名字。”

妙子立在门后避风，头发用一根暗褐色的缎带束起。

她为了不引人注目，选了一条宽窄适中的缎带，蝴蝶结也打得大小刚好，可这种色彩素净的缎带，反而更吸引人的目光。

有一次佐山见到了，啧啧称赞：

“妙子，你来我们家之后，头发的颜色越来越漂亮了！”

市子忙对他使眼色。

从那以后，妙子在家里再也没有系过缎带。

她有些近视，而且左右眼的度数不同，使得她的眼睛带有一种说不清道不明的魅力。这同样令妙子感到羞耻。她极力不让自己给别人留下印象，却往往适得其反。妙子常常为此不知所措。

“别人是不是立刻就能知道，我是杀人犯的女儿……”

她想，自己喜欢刮风的小镇，或许也是因为自己的体内流淌着罪犯的血。

刮风天里她也不会咳嗽。

在被迫躲入防空壕避难的时期，妙子患上了严重的咳疾，渐渐地成了老毛病。

直到今天，一旦身处电影院、长长的地下通道等通风不良的昏暗场所，她便会在自己的胸腔深处听到如同风卷枯叶一般的呼吸声，并因此剧烈咳嗽。

有时在夜里，当她躺在温暖的被窝里，行将入睡之际，会经历痛不欲生的折磨。

在法庭上做证时，妙子也剧烈地咳嗽起来，最终窒息昏倒在地。

身为律师的佐山就是在那一天收留了妙子。

佐山家中有一只红色的金丝雀，妙子与这只小鸟关系亲密。

她喜欢注视着它的一举一动，倾听它竭尽全力的鸣啭。那婉转的鸟鸣听得久了，便生出小鸟在和她说话的错觉来。小鸟不会谈论人类的罪孽。

去年春天，妙子有幸遇到了小鸟的朋友们。她有个中学时代的朋友，在百货商场的鸟市上班。

市子希望能够尽量给不愿出门的妙子找点事情做，于是，替金丝雀买鸟食就成了妙子的工作。她喜欢到很远的日本桥附近的百货商场买，因为在那里不用担心有人会认出她。

那一天，妙子在经常去的百货商场买完鸟食之后，便四处转悠着观赏小鸟。她忽然心血来潮，决定去附近的一家百货商场的鸟市逛逛。

妙子乘坐电梯直上顶楼。她还是第一次来这个鸟市。她目不转睛地望着知更鸟的鸟笼，浑然不知旁边正有人打量她。

“妙子，真的是你！”

“啊！”妙子掩住口，差点惊骇地咳嗽出来。

“妙子……”

“……”

“你过得怎么样？见到你太好了！”

喊她的是妙子中学时代的朋友近松千代子。妙子呆立在原地。

“我在这里的鸟市上班。”

千代子大概想起妙子咳嗽的毛病，她抬起手来抚摩妙子的后背。

“没事。”妙子避开她的手。她用手指轻触喉咙，发现似乎没有要咳嗽的迹象。

“这些年你可担心死我了，也不知道你去哪儿了！”

“我哪还有脸见人。”

“说什么呢，我就很想见到你。不光是我，还有初子、村子……”

千代子告诉她，她心里一直把妙子视为好朋友，她想同妙子继续来往，也期望能抚慰她孤独的心，而且这个世界上绝非只有她是这么想的。

妙子于是也点点头，告诉她自己被律师收留的事，也把家里养的那只金丝雀的事告诉了她。

“下次你就到我这里来买鸟食吧！”

“好啊，千代子也是因为喜欢小鸟才在鸟市上班的吗？”

“我一开始并不喜欢。你听，只要金丝雀聚在一起，都叫得这么大声，吵得我脑壳疼。不过习惯了也就好了。而且，我开始能够从乱哄哄的鸟鸣中，分辨出哪只叫得比较悦耳了。如果我喜欢的鸟被买走了，我还会有点想它呢！”

“……”

“妙子，你喜欢知更鸟吗？”

“我什么鸟都喜欢……”

“我看你刚刚一个劲儿地盯着知更鸟的鸟笼看。”

“嗯。这只鸟的颜色很漂亮，瞧它昂首高歌的样子，跟男孩子一样，很有活力。”

“那倒是，我把这只知更鸟送给你吧？”

“那怎么行？”

“我买下来送给你，你就别跟我客气了。”

妙子乘上电车以后，将知更鸟的鸟笼放在膝盖上抱着，眼泪几乎夺眶而出。

可是，妙子回到家后，却没有说实话。她骗市子，说小鸟是她自己买来的。

究竟是为什么？为什么她无法对古道热肠的市子说出千代子的热情？妙

子走上三楼的小房间，立在知更鸟的笼子前，痛苦地蜷缩着身体，懊恼不已。

或许她想将千代子带给她的温暖，深藏于自己已经紧锁的心房里，但是她并未察觉到这一点，她将这些都归咎于自己是罪人的女儿。

妙子没有如实说出知更鸟是千代子送的，最终，她连千代子这位朋友的存在，都瞒着市子。

就这样过了一年左右，无论是喂养知更鸟，还是去见千代子，都令妙子心情愉快，可是面对市子时，她却满腹歉疚。

最近，知更鸟的脚爪肿了起来，她自责地想，这大概也要怪自己隐瞒了这只小鸟的来历。

今天出门的时候，听到市子的询问，她也无比心虚。

妙子比约定的十一点提前二十分钟来到百货商场。她跟往常一样乘电梯来到顶楼。

鸟市对面有一个园艺用品和盆栽的柜台。橘树的盆栽硕果累累，小巧玲珑的果实已经染上黄澄澄的颜色。旁边有一盆八重樱的盆栽，枝头花团锦簇。妙子还看到一盆罕见的白色槭叶草。

柜台上春播的种子和球根正在大甩卖，很多客人簇拥在那里。

“千代子不在吗？”妙子心想。她循着金丝雀的叫声走进鸟市。

这里总是会有三三两两的人驻足，有孩子，也有老人，他们要么痴迷地望着小鸟，要么便入神地听着小鸟唱歌。妙子喜欢观察聚精会神地围观小鸟的人们的侧脸，暗自揣测他们是幸福还是不幸。

今天，有一位满脸洋溢着幸福的少女，正在母亲的陪伴下挑选小鸟。她有些举棋不定，不知道是要买桃脸牡丹鹦鹉，还是要买黄颈亚马逊鹦鹉。这大概是庆祝她中学毕业的礼物。

妙子的目光落在文鸟雏鸟的鸟笼中。

“你来得好早啊！”千代子走到她身边。

“这么大的风，我还以为你不会来了呢。”

“春天的风我可不怕！”

“是吗？你精神头儿挺不错的嘛。”

“给我一只文鸟的雏鸟吧，啊，我的意思是我要买。”

“要买吗？那么今天你就是我的客人喽？”

“我刚刚一直在看它们，它们好可怜。”

雏鸟们的胎毛还未褪去，腿似乎还站立不稳，它们都无精打采地缩在一起。有三只白文鸟靠在一起睡着了，像是死去了一样。白文鸟的雏鸟七百五十日元，樱文鸟的雏鸟六百日元。

“我要一只白的吧。”

“白的吗？听说这种鸟养起来很费事啊。”

“越费事越合我意。”

“我去让柜台的主管给我挑一只好的。我来帮你买的话，可以享受员工折扣价。”

千代子往主管的方向走去，不过她似乎有些惦记外面，突然驻足回望。

“刚刚我碰到一个熟人。”千代子说着，望向对面。那里有一辆“儿童火车”正在绕圈，还有一棵人造的樱花树。

“他就在那儿。”

“女孩吗？”

“不是，男的……”

“那我回去吧。”妙子的声音沉下去。

“啊，不是什么重要的人，不是你想的那样。”

“嗯，但是……”

“那个人喜欢来屋顶。他很穷，没钱去食堂，只能来屋顶的货摊喝二十日元的果汁。就是一个这样的人。去年年末，他打零工的时候来我们店送货，我顺其自然就跟他聊上了，他时不时就会过来玩儿。”

“……”

“我刚刚跟他说过了，我的朋友会来，到时候介绍给他。”

“不了吧，跟一个不认识的人见面……我害怕。”

“那我就不介绍了。不过他人挺好的……不理他的话，他应该自己就回去了吧。我还在上班，也没办法。”千代子爽快地笑了笑。

“他说要去看摄影展，我只是想，妙子可以跟他一起去。听说摄影展的主题是‘人类大家庭’，展出的是来自全世界六十八个国家的照片。你不用管他，自己去看看吧。”

“嗯。”

因为这件鸡毛蒜皮的小事，妙子的腋下汗湿一片。她希望自己能坦然处事，谁知还是这么没出息。

“不好，他过来了。”千代子说。

一个裤线笔挺的学生模样的青年走到二人身边。

“你们好。”

妙子垂着头，从他身上感受到蓬勃的朝气。

千代子似乎也被妙子的拘谨传染了。

“有田……这是我的朋友，寺木妙子。”她语气僵硬，匆匆地介绍了一句，便没了下文。

“我是有田。”学生说罢，妙子朝他轻轻点头。

有田的双眸熠熠生辉，四目相对之际，妙子感到一阵目眩。

“我本来打算等你来了就去八楼看摄影展，不知你……”有田有些委婉地邀请她。

“文鸟等你走的时候再取吧？我先帮你装好。”

千代子不能在工作场合聊太长时间。

妙子每次与她约好见面，在这里顶多聊上三五分钟。在如此短的时间内，妙子却足以得到抚慰，获得温暖。

“我先去忙了。”千代子回到柜台。

只剩下妙子与有田大眼瞪小眼。

千代子站在柜台，透过鸟笼的缝隙，用眼神向妙子道别。

“我们走吧。”有田也开口催促她。

有田面容清瘦，生了一头茂盛的黑发，他丝毫没有以异样的眼神看待妙子。

也许千代子没有将妙子的身世告诉有田，他不知道妙子的父亲曾经犯下穷凶极恶的罪行。妙子这般猜测，心头却仍旧惴惴不安。

不过，有田似乎隐隐察觉到了妙子隐藏在羞怯背后的沉重心事。

“你跟千代子是什么样的朋友？你也工作了吗？”

妙子有些反感这样的问题。她盯着脚尖，摇了摇头。

“千代子也有这样的好朋友啊，还这么温柔……”

“我没那么好，也不温柔……”

有田望着妙子的侧脸，不再作声。二人走下楼梯。

“The Family of Man”（人类大家庭）摄影展馆的入口处人山人海，妙子迟疑不前。

“我们进去吧，难得来一次……这么多人，与‘人类大家庭’也挺应景的嘛！”有田却走向售票处。

妙子有些担心，在这么闷热的人群里，自己的咳嗽会不会发作，不过更重要的是，她的心被“人类大家庭”这个主题刺痛了。

自己的父亲也许被从“人类大家庭”中开除了，而且，他还被幽禁在与“人类大家庭”隔离的地方。

妙子本人似乎也对自己是“人类大家庭”的一员而感到恐惧。

即便种族、思想、语言千差万别，但是，“人类归根到底是一家人”这个摄影展的主题无法令妙子信服。或许，这种念头恰恰是妙子的痛苦所在，悲哀所在。

父亲是她唯一的亲人，可是就连与唯一的亲人共同生活的权利，她都被剥夺了。她的父亲，已然从“人类大家庭”中被剔除。

“你没事吧？不舒服吗？”有田看到妙子的脸色，有些惊讶，“要不……我们走吧？”

“不用，我没事。”

有田读懂了妙子眼眸中深深的期盼，他像是要用身体为她提供支撑似的，往她身边靠了靠。

摄影展的陈列是从星云、宇宙的诞生开始的，在人类出现的地方，引用了一句《旧约全书》里的话：“神说，要有光……”

接下来，在一面巨大的墙壁上挂着一张巨幅照片，里面挤满了人的面孔。

那无数张面孔，似乎都在注视着妙子这个罪人之女。

呈现人生百态的照片以恋爱拉开序幕，那组照片仿佛是全世界人类的叙事诗、交响乐。

人头攒动中，妙子一抬头，就看到那些相拥亲吻的情侣的照片。

那些情侣有着不同的国籍，姿势也多种多样。有一对情侣躺在英国的原野上，另一对则置身意大利的森林中，一辆自行车倒在他们身边，还有一对坐在法国的河堤上。照片当中还有美国的黑人、身上经过一番装饰的赤身裸体的新几内亚人。那些照片非但没有令妙子感到难为情，反而让她忘记了羞怯，仿佛迎面吹来一阵清风。

但是，有田和妙子是第一次见面，二人都不作声，默默地往前走。

跟在恋爱后面的是婚礼的照片，配的文字是："二人成为一体的日子。"

"你看，这是日本的神前式婚礼！"有田开了口。

新娘身着礼服，头蒙角隐[1]，与身穿晨礼服的新郎并肩立在神像前，她正将素陶的酒杯送到嘴边。新娘垂眉敛目，那毕恭毕敬的姿态令人感到无限的怀念与亲切。印度和墨西哥的新娘在婚礼仪式上也同样恭敬地低着头。

接下来是一组以妊娠为主题的照片，孕妇们虽然挺着大肚子，但并不丑陋，反而给人一种神圣之感。

有张照片是正在经历分娩阵痛的女人的面部特写。

"啊！"妙子惊叫一声，闭上眼睛。

那是一张刚刚从母亲体内出来的婴儿的照片，医生正握住他的一条腿，

---

[1] 日式婚礼上，新娘头上蒙的头绢，用生丝织成，共分内、外两层，白表红里。白色代表纯洁，红色则象征吉庆。

将他倒提在手上。婴儿湿漉漉的身体泛着光。他的脐带仍与胎盘连在一起，那个场面吓了妙子一跳。脐带又粗又长，像一根绳子，从婴儿的肚脐绕至胸口、喉咙和脸庞。那是一张巨幅照片。产妇的身上虽然裹着布，但妙子还是个姑娘家，哪见过这种场面？

不过，接下来的照片却充满柔情与温情，那是一张婴孩吮吸母亲丰满的乳房的照片。

他是多么可爱，愿人人都爱他。——欧里庇得斯[1]

这是我骨中的骨，肉中的肉。——《旧约全书》

所有国家都在称颂母性本能。可爱的孩子们长大了，开始步入明亮欢乐的儿童世界。

孩子们的欢声笑语在山谷间回荡。——威廉·布莱克[2]

妙子也拥有关于母亲的遥远记忆，她同样记得小时候的玩伴。

但是，也有一些孩子过早地迎来悲伤与不幸。

……于心底无声的深渊，潜伏着孩子们的恐惧。——莉莲·史密斯[3]

---

[1] 欧里庇得斯（公元前480年—前406年），与埃斯库罗斯和索福克勒斯并称为希腊三大悲剧大师。

[2] 威廉·布莱克（1757年—1827年），英国第一位重要的浪漫主义诗人。

[3] 莉莲·史密斯（1897年—1966年），美国作家，社会评论家。

看到那些不幸的孩子暗淡的面部特写，妙子的胸口仿佛被什么东西堵住了。

但是，因不幸而面孔扭曲的孩子的照片却为数众多。

全世界的孩子，最终都会作为活在大地上的“人类大家庭”的一员，学会劳动，加入劳动人民的阵营。

一旦我们停止劳动，世界将迎来末日。

芸芸众生，世间万物，都与我们息息相关。

墙上陈列着家庭与劳动的照片，并配以上面的文字。在这组照片中，能看到由祖父母、父母和两名子女组成的日本普通百姓的六口之家，还有猎人、樵夫、牧羊人、木匠、矿工、铁道工、浣衣妇以及从事高层建筑、现代工业、音乐等领域的人。这组照片生动地呈现了全世界劳动人民的身姿。

来到介绍全世界不同民族的不同风俗的展区时，妙子的心情也跟着开朗了起来。那是一组歌舞和饮食的照片。

看吧，山海与大地在共舞，人世在欢笑与泪水中舞动。——卡拜尔族[1]

民坐则饮食，立则嬉戏。——《旧约全书》

大概逛了一半场馆，在一个较为宽敞的休息厅里，有田看到一张长椅。

[1] 非洲少数民族。

“休息一会儿吧。”他提议。

妙子也点头同意，她在椅子上坐下来。

“今天不虚此行。”

在休息厅的墙壁上也挂有照片，左边是人与人彼此争执、彼此怒视的照片，右边则是表现团聚与友情的照片。妙子的目光却被眼前的一组照片深深地吸引，那组照片悬挂于天花板上，主题是“手拉手”。

……只要我们手拉手，就能感受到异国朋友的心。——约翰·梅斯菲尔德[1]

照片上，孩子们手拉手，围成一圈，正在做游戏。那些孩子来自罗马尼亚、秘鲁、日本、以色列、西班牙、中国、瑞士……

“所有国家的孩子都是一样的呢。”妙子说着，回想起小时候曾与自己手牵手的朋友们。她噙着泪水，悄然站了起来。

妙子走向呈现大自然的力量的展区，画面的近景是一片碎石堆，远方群山耸立，天空白云连绵。再下一个展区挂着的都是死亡的照片，令人毛骨悚然。

正如树叶的枯荣，人类也是一代出生，一代凋零。——荷马

那些人类死亡、葬礼与坟墓的照片，令妙子不敢直视。

---

[1] 约翰·梅斯菲尔德（1878 年—1967 年），英国诗人、小说家和剧作家。1930 年获“桂冠诗人”称号。

妙子低着头，匆匆走过主题是祈求神明、人世苦难、憎恨与反抗的照片，走到尽头时，一张阴森可怖的照片猝不及防地映入她的眼帘。

说！谁是杀人犯？谁是牺牲品？——索福克勒斯[1]

一名士兵面部朝下倒在地上。他衣衫褴褛，后背裸露。有杆步枪倒插在他面前。那是一张竖向的巨幅照片。

“啊！”妙子以手掩口，踉跄了一下，开始咳嗽不止。

妙子失去了意识。她不知道，那个时刻，正是有田这位“人类大家庭”中的一员，用手臂和胸膛支撑着她。

---

[1] 索福克勒斯（约公元前 496—前 406），克罗诺斯人，雅典三大悲剧作家之一。

俯视

妙子在大风中走出家门。佐山本想开车送她一程，却遭到了妙子的拒绝。因此，他就不好再跟她一起出门。

“你被抛弃了。”市子取笑丈夫，“妙子想带着自己的秘密，去一个专属于她的地方。”

“那孩子的秘密吗……那孩子的秘密，不是早就在她父亲的案件笔录和辩护词中全部被公之于众了吗？”

“所以，她才希望能够拥有一些不为人知的秘密吧。”

“……”

市子将佐山送到门口，听到佐山叮嘱自己：

“下午五点半，你别忘了。要是迟到的话，对村松先生就太不好意思了！”

村松是佐山的老朋友，他是一名大阪的商业美术家，每次来东京，佐山夫妇都会请他吃顿饭。

“你要穿和服去吗？”

“随便。”

“我们出门这段时间，阿荣不会过来吧？刚刚的那封加急信留的是咱们家的地址，看来她就在东京。她是不是去见什么人了？”

“这也是一个秘密吗？真让人发愁。她来了肯定又要由你来照顾，这丫头太不懂事了。要是她只住几天的话倒还好……”

“是啊。”

“你还是睁一只眼闭一只眼吧。”

丈夫的这句话让市子有些不满和反感：

“前段时间你不是还说，我虽然没有责任，但是需要担负起责任吗？”

“那都是什么时候的事了？”

市子四五年前见过阿荣，此刻，她的眼前清晰地浮现出阿荣当时的模样来。市子想，她如果来投靠自己的话，那么自己照顾一下她也无妨。

她到底在磨蹭什么，怎么还不快过来？市子已经迫不及待想要见到她了。

送走丈夫后，到十点前，市子有一段属于自己的闲暇时间。

那封寄给阿荣的加急信封着口。

“随意拆封不大好吧？”市子犹豫了一下，将那封加急信原封不动地放在桌子上。

刚刚妙子取来的信件中，除那封加急信以外，还有一封寄给市子的女校聚会的通知。

不知大阪的三浦音子是否也收到了这封通知。市子不由得想起三浦家那古色古香的民间工艺风格的客厅来。

直到黄昏时分，市子出门前，妙子都没有回家。

市子先去了一趟丈夫的事务所，然后约上住在站前旅馆的村松一起，前往数寄屋桥附近的一家天妇罗店用餐。

佐山开车将村松送回旅馆。

“进来坐坐吧，时间还早着呢！”村松不愿放佐山夫妇离开。

佐山也觉得，好不容易见到从大阪过来的朋友，仅仅吃个晚饭就将他送回旅馆，确实有些不够尽兴。

“你如果不累的话，我们回银座逛逛吧？”

佐山打算带村松找几家酒吧或夜总会转转。

“抱歉，家里有点事，我放心不下，就不陪你们了。”市子说。

“算了，我还是回旅馆吧，我儿子说不定在等我。”

“哎呀，今天喊他一起来好了，您怎么也不说一声？”

“他在电话中说晚上来……我跟他说，如果他到早了，就先到房间等我。”村松边上楼梯，边道，“他大学毕业，在东京找了份工作。”

“那真是可喜可贺。我得趁你在东京，再找个日子庆祝一下！”佐山说。

“谢谢。他要是来了的话，让他也见见夫人。我对他说过夫人，他感叹地说，你们真是一对当今不可多得的模范夫妻……”

“瞧您这话说的，哪里不可多得了？我们就是一对再平凡不过的夫妻。”

“丈夫觉得太太无可挑剔，像您二位这样的夫妇，难道不是举世罕见吗？”

“也就是说，是我这个丈夫出类拔萃！”佐山爽朗地笑了。

“喂，村松先生是在笑话你呢！”

“绝无此事。我可是认真地教我儿子，让他将来以你们为榜样，好好学习夫妻的相处之道……夫人，光一要是有什么意志消沉的时候，请您让他去府上住上十天半月的！”

“那可不行。我家已经收留了一个女孩，没准儿还要再来一个，太危险了。”

“要到夫人这里来的小姐，那肯定靠得住。”

“这个嘛……”市子看向佐山，佐山却佯装不知。

“不提小姐的事了，您可是佐山这样的丈夫都挑不出毛病的夫人……”

“您又拿我开心了。佐山那是装样子给别人看的，其实是为了自己省心，他狡猾得很！”

“别听她胡说！”

在二楼的大厅，一群来参加婚宴的宾客正簇拥着新人，排队跟他们合影留念。

“怎么办？在他们结束前，还是到我房间里躲一躲吧？”村松回头问市子。

“去房间里比较安静。而且，我那个房间的视野很开阔，窗外的景致非常难得一见，实不相瞒，刚才我都舍不得立刻出门……”

村松每次来东京，都会住站前旅馆。他带着很重的摄影器材和行李，有时还要带上助手。东京站的旅馆很方便，位于市中心，房间价格也相对划算。

村松轻轻敲了一下自己的房门，里面立刻传来应答声。

“他已经来了。”村松说。

市子跟在佐山身后进了房间，把外套脱了下来。在她面前立着一个眉眼与村松十分相似的青年。

“这是光一。”村松向市子介绍。

市子觉得眼前的青年像是一本封面纯白的新书。

“初次见面。”市子寒暄了一句。

“其实，我之前见过一次阿姨。”

“哦？是吗？”

“您应该不记得了，是我六七岁的时候。”

“那么小的时候的事，你还记得？”

市子在取下手套的时候，指尖感受到光一灼热的目光。

“夫人，到这里来坐吧。”村松示意了一下靠窗的椅子。

“大部分的灯都熄了。”市子说。

她指的是丸之内大厦和新丸之内大厦的窗灯。

刚才过来约村松吃饭的时候，二楼的房间还有一抹淡淡的余晖，对面的丸之内大厦和新丸之内大厦亦灯火通明。楼群上空，晚霞被染成淡淡的粉红色，与暮霭连成一片。在两座大厦之间，黑森林遮蔽了皇宫。

不过，最让市子觉得稀奇的是，这个房间位于乘车口的正上方。火车络绎不绝地从眼皮底下驶过，下班的人潮熙熙攘攘地往车站涌来。

“怎么样？我在二楼的窗户这儿拍了不少照片呢。”村松也俯视下方。

“那边的红砖岗亭，经常能看到有意思的人！”

广场此刻已经被夜色笼罩。出租车的喇叭声此起彼伏，热闹非凡。

村松将自己参观了“人类大家庭”摄影展的事告诉佐山。

“我们的宣传照也必须反思反思了，老是用美女的照片。应该多采用忠实地展现人类生活的照片才对！”

他这么说着，却又道：“不过，我倒是很想用一次夫人的照片。”

“我就不丢人现眼了！”

光一似乎有些坐立不安，村松却没有察觉。

“是天皇去参观时，将日本原子弹罹难者的照片遮盖起来的那个摄影展吗？”佐山问。

那些照片是从全世界征集来的，但是，主办方却在美国人的要求下撤掉了原子弹的照片。在佐山与村松讨论这件事时，光一站了起来。

“我得去照相馆取学校的广告照片……那里九点就关门了。”

“有时间一定到我家玩儿呀！”市子说。

“好的。”

光一的脸颊上飞上一抹绯红。

“我告辞了。”

市子欠了欠身，然后看向自己白皙的手指，刚刚光一一个劲儿地盯着她的手瞧。

“对了，光一！”村松喊住他。

“你顺便看看，那帮拍婚礼合照的人是不是还在休息厅。”

光一关上门走了。

“村松先生，你平时都没提过令郎。今天突然冒出来一个这么优秀的儿子，你真是藏得太好了！”市子说着，不禁想起自己流产的那个孩子。听说是个女儿，如果还活着，不知道已经几岁了。她甚至想起自己当时蒙在被子里号啕大哭的情景来。

光一很快就回来了，他在门口探进一个头：“他们不在了。”他知会了一声就又走了。

村松邀请佐山夫妇到休息厅去坐坐，点了几杯鸡尾酒。

村松出生在东京，他笑着说：“我至今都很怀念东京，走在东京的街头，心里常常激动不已。我还经常做离奇的梦，在梦里，不是我搬到了东京，而是东京搬到了我这儿来！”

佐山从口袋里摸出烟盒，里面只剩两根烟，市子看到后，悄悄地站了起来。

她去柜台买烟的时候，看到一名身姿绰约的美丽少女，正迈着矫健的步伐从旁边的楼梯爬上来。

少女上完最后一级楼梯，突然停下来。她迎着市子的视线偏头，白皙的脸上浮现起一抹似曾相识的羞涩。

“咦？你是……”

“阿姨……”

市子久久凝视着阿荣的脸。

“阿姨！”阿荣突然握住市子的手，市子感觉到阿荣的手在不停颤抖。

市子记忆中的阿荣娇憨可爱，但当时的她不似一名美丽的少女，更像一名俊秀的少年。不过，那已经是四五年前的事了。

“阿荣？你还好吗，这几天你都跑哪儿去了？”

“我就在这儿……”

“你到这儿来做什么？”

“我住在这里。”

“住在旅馆？你一个人？”

“那还用说，我当然是一个人啦！”

“是吗？”

“阿姨，您就放过我吧！”

阿荣狭长的眼眸无比明亮。

“阿姨，您是来找我的吗？我真开心！”

“不是的。”

“绝对是的。您怎么知道我在这儿呀？”

“我当然知道了！”市子也被阿荣的开朗所感染，她开玩笑道，“你可惹下大祸了！我收到了你妈妈的加急信，却没见到你的人影，于是我往大阪打了通电话，你妈妈一听急得团团转，说不定已经报警了。”

“报警也没用。谁能想到一个离家出走的女孩子会住在站前旅馆呢……”

“是啊，我也吃了一惊。”市子重新打量起阿荣，“你怎么没有直接来找我呢？”

“一开始是有这个打算……”

“那怎么没来呢？连你在哪儿都不知道，可把我担心坏了。”

“这个嘛，阿姨……因为我想干干净净地去您家。”

“哦？”

“我到这儿时太晚了，刚一住下，例假就来了。”

“是吗？真让人心疼……可是阿姨也是女人，怎么会介意这个呢！”

“我知道您不介意，阿姨，我在火车翻越一座座雪山的时候，一直在想，您就在雪山的那一边等着我，不一样的世界也在等着我……”

阿荣此刻似乎也带着那样的希冀，她见到市子后格外兴奋，激动之下，连自己身体的隐私都说了出来，市子对她心生怜爱。

“去我家住吧，一个人住在这里很不方便吧？”

“不了，阿姨。”

阿荣摇头。

“这里太有意思了，我从来没有这么自在过！”

“你这孩子，真不让人省心。你佐山叔叔也在，可不能也这么跟他说。”

“叔叔也在？”

“就在那儿呢！”

市子望向对面靠窗的一张桌子，村松和丈夫正坐在那里。二人欣赏着广场的夜景，聊得热火朝天。

阿荣往那里瞄了一眼。

“糟了！”她迅速躲到市子身后，“与叔叔在一起的，是不是大阪的那位搞摄影的村松先生？”

“就是他。”

“太可怕了。阿姨，您就当没见过我，好吗？对了，阿姨也跟我一起去我的房间躲躲吧！”

“我要躲起来吗？去你的房间？”

“来吧，阿姨。”

“好吧。”

阿荣扯住市子的衣袖，市子点了点头，微笑道：“村松先生住在这里，所以我们才会过来的。”

“他住这儿吗？幸亏我没被他发现！”

“被他发现了也没关系。我既然碰到了你，肯定要打电话告诉你妈妈……”

但是，阿荣却急道：“我住在317房间……在三楼的最里面。我这就回房间，一会儿您能悄悄把我带出去吗？”

她话没说完，就转身向对面的走廊跑去，背影中有掩藏不住的喜悦。

休息厅并不大。

市子回到座位上。服务员走了过来，告诉村松有他的电话。村松离席后，市子对丈夫说：

“我刚刚太惊讶了，没想到阿荣就住在这个旅馆。”

“谁呀？”佐山有些心不在焉。

“三浦家那个离家出走的女儿……”

“那个孩子住在这儿？”他似乎总算清醒过来。

“她在这里做什么？”

“不知道。”

“……”

“她在大阪认识村松先生，不想被他撞见。一会儿我去阿荣的房间看看，到时就跟村松先生说，我碰到了一个老朋友。这样说得体吗？”

“怎么都成……也不能不管她，真是个让人操心的孩子。”

“她是个挺可爱的孩子。”

“你见到她了？”

“刚刚在这里碰到了。”

市子的语气很兴奋，佐山却流露出一丝担忧。

市子对任何人与事都容易倾注全部热情，如今这种倾向似乎比年轻时还严重。

他们没有孩子，夫妻亲密无间，这些年，在这种密不透风的夫妻关系中，市子始终在追寻一种别的感情寄托。佐山对此非常理解。

市子欣赏年轻人所拥有的美好与纯真，喜欢照拂他们，这是她的美德，或许也是她保持青春的原因之一。

就拿阿荣的事来说，市子似乎也从一开始就打算照顾她，但是，佐山却很想劝她将阿荣送回她母亲身边。

在家里，佐山对妻子没有任何挂念的地方，可是，妙子只是在一个角落里安静地待着，他都有些放心不下。

村松回来后，市子去了三楼，她轻轻地敲了下317的房门。正当她怀疑自己是不是走错了的时候，听到里面的应答声。

“来了。是阿姨吗？”

门从里面打开。房间的光线勾勒出阿荣的窈窕身姿。

她画着淡妆，秀发披肩，面容清秀动人。

“您来找我了！”

“你就一个人住在这样的房间？”市子环视着这个逼仄的房间，“跟个白箱子一样。”

“这是旅馆里最便宜的房间。”

阿荣却一点儿也不在乎。

“多少钱一晚？”

“一千日元，服务费另算。”

二楼的村松的房间有两张床，还带有浴室，非常宽敞，环境与这里相比简直是天壤之别。在这个小房间里，只有一张简单的铁丝床，在墙角处用布帘围了个简易衣柜，阿荣的外套就挂在里面。墙上嵌着白色的洗脸池和镜子，角落里则摆着一张做工粗糙的小桌子。

阿荣给市子搬了张带软垫的椅子，自己则在床边坐下。

“阿姨，这里不能住吗？”

“当然不能住了！”

“我正想说，我好不容易才找到这个房间呢！”

“你还是来我家吧。”

“我刚到东京的那晚，本来是打算立刻去阿姨家的。但是，我出了八重洲口，向出租车的司机打听了一下，他说您家特别远，没准儿是个黑灯瞎火的偏僻地方，我一个人有些害怕，就想先到站前旅馆住上一晚。所以，我在东京站绕了大半圈，又在这里下车了。您说，我是不是傻？从八重洲口到出站口，明明有个地下通道！刚来的两天，我就一个人待在这个房间里。”

“这个房间？换我可待不住。”市子又环视了一圈。

“这里闷得人喘不过气儿。是不是没有窗户？”

“有的，有的！阿姨，这里的窗户会让你大吃一惊的！”阿荣站起来，推开头顶厚厚的毛玻璃，向市子招手。

“您看，从这里能看到整个乘车口！”

“是真的呀！”

市子很吃惊。透过窗户的铁丝网，正下方的乘车口一览无余，可以看到检票口处熙熙攘攘的人群。

乘车口的圆屋顶底端有八个角，每个角都是三楼客房的窗户。市子没有想到，连那里都是旅馆的客房。

“我在这儿看着底下，永远也看不够。一整天都人来人往，热闹极了。没有一个人知道我正在这里看着他们。从这里能够观察到形形色色的人，您说是不是？”

“是啊。”

“您瞧那个穿白色短大衣的人……”阿荣凑到市子身边，“我去吃晚饭前，她就在等她的男朋友，已经三个钟头了！”

“也未必是等男朋友吧？”

“能等这么久，不是男朋友能是谁？”

“……”

“约在傍晚见面的人特别多……一般等着的都是女朋友。”

“你就在这里看着他们？”

阿荣点点头。

“每个人等人时的打扮和见面时的反应都不一样，特别有意思。如果我对那个人的感觉不错，就会迫不及待地想看看他的约会对象长什么样。虽然我是在三楼看着他们，却跟在现场一样！”

“傻瓜。”

“左边是专供外国人使用的特殊候车室。有个跟着美国大兵来的女孩子，一直蹲在那个角落里哭。我真想过去瞧瞧！不过，得悄悄跟在外国人后面才能进去……”

“哦？”

“日本人不让进，您说过不过分？里面铺的都是大理石，金碧辉煌的，地上干净得连张纸屑都没有。最里面的一整面墙上还刻着日本地图呢！”

市子不禁怀疑，这丫头在旅馆的这些天，到底都在干什么。

“阿姨。”阿荣回过头来，鼻尖几乎碰到她的脸。市子闻到一股独属于少女的芬芳。

“每天早晨，我都是被上班族的脚步声给吵醒的，屋顶不隔音。一打开这扇窗，我就能看到下面的长队，我甚至想在他们头顶给他们加油鼓劲儿。底下人山人海，怪吓人的，不过看着他们，我总觉得自己也得做点儿什么。我能做些什么呢……”

当时，似乎有某种情绪在她的身体里激荡、翻腾，此时，阿荣却无法准确地描述出那种情绪。

“你平时都是怎么吃饭的？”市子问她。

“车站这里什么都有。在八重洲口的名店街有好几家餐馆。竹筛荞麦面和浇汁荞麦面二十五日元，另加油炸豆腐的三十日元，一百日元就能大吃一顿！”

“是吗？”

“我已经将东京站彻底摸清了，这里就像人群的旋涡中心一样。”

“阿荣。”市子站起来。

“我跟你佐山叔叔得走了。你如果不想见村松先生，直接到下面的乘车口去就行。我们在那儿等着你。对了，我们家还有一个跟你几乎同龄的孩子。”

“还有谁也在您家？不是只有我一个人吗？阿姨，那我不去了！”

“我不去了！”阿荣又充满抗拒地重复了一遍。

“我以为到了阿姨家后就只会有我一个人，才从大阪过来的。如果还有别人的话，那我就不去了！”

阿荣说着，眼睛里泛起泪光。市子也感受到她强烈的失望，她解释道：

“阿荣，你这样说太让我为难了。我不知道你会来，而且，我们收留那孩子是有原因的。”

“我不管有什么原因。我只希望能一个人陪在阿姨身边。”

“你真会给我出难题。你先见见那孩子再说，好吗？”

阿荣轻轻地摇了摇头，退后了一步。

她的神态间写满了女孩子的嫉妒与占有欲，这样的阿荣显得更加单纯而明艳动人。

“真愁人。我总不能为了阿荣，把妙子给赶出去吧？对了，那孩子叫妙子。”

“既然我知道了她的名字，那就没办法了。我只要不去阿姨那里就行了。”

阿荣既是一心仰慕市子而离家出走的，那么会出现这种情况，也在意料之中，尽管市子有了心理准备，却不禁觉得佐山的话没错，这或许确实是个“让人操心的丫头”。

“你不来我们家的话，打算怎么办？”

“不知道。您不用管我了。”

“不管你怎么成？我可不能让你在这样的地方继续住下去，一晚也不行。”

“阿姨，我预付了三天的房费。”阿荣强忍着泪水。

“是吗？”

市子把手放在阿荣的肩头。

“随我回家吧，到家里再说。我们在乘车口等你，好吗？”

阿荣站在那里，不置可否。

但是，等到市子回休息厅，告别了村松，走到乘车口时，却看到阿荣拎着个廉价的塑料手提包，从候车室的方向走过来。

“你可不要对阿荣乱说话。”市子叮嘱佐山。

阿荣的脸上犹有泪痕，刚刚她似乎独自哭了一场。

“阿姨，您久等了。”

“这是阿荣。你还记得吧？”市子向佐山介绍。

佐山点了点头：“嗯，记得。”

一回到多摩河的家中，市子便将阿荣带至一楼的客厅。

“妙子呢？”她轻声询问女佣。

“已经回来了，天黑的时候才到家。”女佣回答。

“她像个影子一样，悄悄地进来了。我跟到三楼一看，她连房间的灯都没开就上床了……”

“她哪里不舒服吗？”

“我喊她吃饭，她说了声不吃了，就蒙上了被子。”

“是吗？我去瞧瞧。”

市子吩咐女佣沏一壶粗茶过来，然后回到佐山和阿荣那里，谁知一走到他们坐着的桌边，妙子就走了过来。

“阿姨，叔叔，你们回来了。”

“妙子？你……”市子端详着她，“今天怎么了？你好像挺高兴，气色这么好。”

妙子脸颊绯红，眸中泛着温柔的光。

“你瞧，妙子跟变了个人似的！”市子喊着丈夫感叹道。

佐山刚刚斟了一杯白兰地，正双手捧着酒杯，同样以不可思议的目光注视着妙子。

“叔叔，我帮您拿酒杯！”阿荣伸出手来。

“嗯？”

佐山手中的酒杯猝不及防地易了手。

“阿荣，你知道白兰地要在手中焐热了再喝吗？”

“我知道。把酒杯放在手中焐着，酒香也会在杯中弥漫开来。”阿荣把鼻尖凑近酒杯。

阿荣的鼻子和嘴唇几乎要碰到酒杯，佐山突然心神一荡。他掩饰一般问道：

“你是在哪里学到的？”

窄口的圆高脚杯被握在少女娇嫩的小手里，只有杯子底部注了少量白兰地。

“妙子，你过来。”市子说着，站到阿荣身畔。

“阿荣，这是妙子。就是我刚刚跟你说过的，住在我家的女孩。”

妙子默然地垂下头。

阿荣握着酒杯，没有起身，她客套道：

“我叫三浦荣，因为仰慕阿姨从大阪过来的。”

“……”

“我做梦也没有想到你也在这里，没头没脑地就跑过来了，希望你不要见怪。”

“妙子才不会对你见怪呢。”市子道。

“阿姨，我和她都是因为仰慕您到这个家里来的，我才不想以后跟她争宠！”

“真是来势汹汹啊。”佐山笑道，“阿荣，我家可是很和平的。”

“那当然，有阿姨在嘛！”阿荣将白兰地的酒杯递给市子。

“总是阿姨为您焐酒吧？”

“也不总是，这活儿一般是酒吧的女招待干的。”

“阿姨的手势很熟练，好像把自己的爱意也灌注了进去。”阿荣目不转睛地盯着她的动作。市子被她说得有些脸红：“别瞎说。你快点儿喝吧！”她把酒杯递到佐山面前。

“好吧。”

佐山嗅着白兰地的酒香，道：

“这孩子，好像醋劲不小啊？”

“没错，我就是在吃醋。我家都是醋坛子，一直张着口，不停地吃啊，吃啊，真受不了！我看妈妈都看烦了！”

她的语气令佐山忍俊不禁。

“叔叔刚刚说：‘我家可是很和平的。’好像是在说我的到来会打破这份和平似的。我真伤心。”

“我不是那个意思。”

“她怎么不坐呀？我想听她说说看，对于我来这个家她是怎么想的。”阿荣嘴上这么说，望着妙子的目光却依然凉凉的。

“妙子，你也坐吧。”市子说。

“好的。”妙子听话地坐下了。

“阿荣，你们才刚见面，不许这么说话。”

“阿姨，我明白，但是……”

阿荣正支支吾吾，妙子突然轻轻开口。

“你知道这个家为什么会收留我吗？”

“我怎么知道？我连你在这儿都不知道，就从大阪过来了。”

“阿姨。”妙子抬起头来，“阿姨，如果我要跟阿荣住在一个屋檐下，您还是把我的事告诉她比较好吧？”

“妙子。”

“我自己也能说。”

“不必了吧……”市子用眼神制止，妙子却点了点头。

她望向阿荣，眼底浮起一抹黯然，她的眼神里似有哀伤的魔力。

“我还不一定会留在这里呢。”阿荣慑于她的那个眼神，有些退缩了。

“我也不能长期留在这里。”妙子亦道。

“好了，这个话题以后慢慢再说。”市子注视着她们，结束了这个话题。

不，没什么

门口的水泥地上放着一个大行李箱，用草席裹着，非常有碍观瞻。

阿荣刚到家里住下，市子就往大阪去了一封信，那箱子就是从大阪寄过来的，里面应该都是阿荣的衣物。

阿荣签收后，行李箱就一直在那儿放着。

一直到前天、昨天，都没有挪过地方。

“阿荣，你把箱子收起来吧。”对于市子的话，她充耳未闻。

市子有些没辙。

阿荣妈妈的来信中也提到过，这孩子在家里什么也不干，连她自己的内务都不会打理。

阿荣空着手就从大阪跑来了，她在东京火车站的名店街和大丸一带，买了几件廉价衬衫、裙子和内衣，都塞进她的塑料手提袋里，连睡衣都是借了市子的和服浴衣穿。市子想不通，她为什么不肯把行李箱打开呢？

阿荣来到家里之后，市子经常有事外出，无暇顾及她。

佐山是有名的律师，手头除了有很多案子要处理，还兼任几家公司的顾问和律师理事。他不光参与了废除死刑和对死刑犯亲属的保护工作，还加入了罗马字改革运动和世界国家运动。他是个大忙人，一忙起来就没完没了。

而且，从三月的春分前后到四月初，是婚丧应酬的繁忙时节。佐山不光要出席秘书的婚礼，还受邀参加相关公司的竣工典礼。春天死亡的老年人很多，守夜、遗体告别仪式他得出席，亲朋好友的孩子的入学仪式和毕业典礼他也要参加。

这一周时间，佐山夫妇几乎天天盛装外出。

阿荣每次目送他们出门时都满脸落寞，可是她自己在家时，似乎又无所事事。

与妙子不同，阿荣很喜欢缠着市子。

刚才，阿荣去帮忙接了一通电话。

她闪烁其词道："您找阿姨吗？这个嘛，我也不知道阿姨在不在家，您稍等一下。"

她有些不满地走到市子身边："阿姨，是邀请您参加同学会的，我就说您不在家，帮您回绝了吧？"

"那可不行！"

"阿姨，您每天都出门，不累吗？"

"没办法呀。"

"我不管。"

她郁郁寡欢地走开了，可是，在市子为戴不上珍珠项链而焦头烂额时，她又不声不响地走到她身后，帮她戴上项链。

落到她后脖颈上的指尖冷冰冰的。

"阿姨，您看上去好累啊。"

阿荣动作温柔，一副同她讲和的态度。

“今天过后就没什么事儿了。我最近老是出门，也没空管你，实在对不起。”市子回头看她，“你洗头了吗？”

“洗了。”

她不施脂粉，皮肤光滑，乌黑的头发凌乱地垂落在脸侧。

“附近有家不错的理发店，你可以去弄个头发。”

“我想让阿姨帮我弄！”

“……”

“平时都是我自己弄。”

市子看了看手表。

“今天没时间了。”

“那我就等您回来，明天也行！”

市子突然明白过来，莫非是前两天她帮妙子打理了头发，阿荣看了也想效仿？

妙子在家时总是披头散发，看上去有些阴森，如今阿荣来了，市子想让她换个形象。于是，市子帮她精心打理了一番。她将她的头发在头顶绾成一个髻，剩下的头发则蓬松地披散在肩头。头顶的发髻小，散落下来的头发显得有些凌乱，她便用一条白色的尼龙发带将那些头发松松地束起来。

这并不是什么罕见的发型，可是，妙子把头发扎起来以后，整个人的气质都变了。她的耳朵和脖颈一览无余，后脖颈的发根也清晰可见，市子看到后也被她的魅力惊艳，甚至联想到红颜薄命，心头涌起无限伤感。

市子一边思考着该给阿荣梳个什么发型，一边建议她：

“让女佣帮你把行李收拾一下吧。”

“不，我要自己整理……”

“那就别磨蹭了。”

“我不知道一直待在阿姨家合不合适，没心思把行李箱打开。”

“你说什么呢？”市子愕然，“你不是特意过来投奔我的吗？就在这里待着吧。阿荣，真看不出来你还会顾虑这个。你妈妈不是都把你的行李寄过来了吗……”

“她当然要寄过来了！不过，妈妈把行李寄过来，我还是讨厌她。”

“……”

市子无言地看向镜子。

睫毛有些淡，不知何时耷拉了下来。市子用沾了橄榄油的刷子，细致地刷在睫毛上。

她在左手上涂了指甲油，等待晾干。

“阿姨，我帮您涂！我涂得可好了！”阿荣捞起她的右手，痴迷地望着，“您的手真漂亮，能摸到阿姨的手我太激动了！”

阿荣刚洗过的头发垂落在市子眼前，闪着乌黑的光泽，自她发间飘来一缕淡淡的清香。

阿荣无论是模样还是体态，都带有强烈的个性。她虽然任性，却很依赖市子，不愿意离开她半步。市子总是很好奇她接下来会说出什么惊人之语来。

如果把脸贴上阿荣漂亮的脸颊，自己是不是也能染上她的青春气息，找回年轻时的感觉呢？

市子对阿荣毫无来由的疼爱与日俱增，她甚至怀疑自己对阿荣的感情是不是同性恋。

“等你佐山叔叔有空的时候，我们一起出去玩一圈吧？”

“不能就我们两个人去吗？”

“就我们两个也行啊。怎么了？”

市子饶有兴致地等待阿荣的答案。

“叔叔也在的话，我会很拘谨。大概因为他是个精英人士吧。我也插不上什么话，总是提心吊胆的。”

“有什么可提心吊胆的？这可真不像你。别看你叔叔那样，其实他很腼腆，背地里还悄悄问过我‘你那个漂亮的小朋友怎么样了’呢！”

市子挑了一套很有早春气息的深紫色套装出门。市子这个年纪的同学聚会，大部分人都会穿和服。与年轻的时候不同，这个年纪的人都爱对彼此的衣着评头论足，从和服的半衿[1]、腰带上的别针之类的小物件到袜子顶端的设计，都要挑剔一番，有时甚至会因为对方的一个眼神，吓得想要躲起来。

市子一直都不爱出风头，为了避免成为关注的对象，这种场合她一般都会选择穿西式服装。

“今天是我们老师的七十七岁大寿，出席的人很多。据说有很多人是从仙台和九州赶过来的，她们都是战后第一次来东京……你妈妈应该也接到了通知，不过据说她这次不来了。”

“她就只把我的行李寄了过来。”阿荣小声嘟哝。

市子收拾妥当后，对着镜子，戴上一顶小巧玲珑的白帽子。

“我走了。”

阿荣没出声。

“我走了！”

穿上高跟鞋后，市子重复了一遍，阿荣只是露出一个比方才还寂寥的微笑，依旧不言不语。

[1] 和服里面露出中衣的领口部分。

“我从小就有个怪毛病，如果出门的时候，听不到家人精神地说一声‘路上小心’，我的心就会一直悬着，没法儿放心出门。阿荣，你就不能大声地对我说一声吗？”

“您早点儿回来！”阿荣扯着嗓子道。

“这个我可做不到。”

女佣志麻正好走进房间，听到她们的对话也被逗乐了。

妙子一直没有下楼，令市子有些担心。在佐山夫妇出门和回家时，妙子很少会不下楼。

因为夫妻的卧房在二楼，所以市子把阿荣也安置在了三楼。

三楼有个小房间，原本是用来堆放平时给客人用的东西的。她把那个房间腾了出来，摆上床，挂上鲜艳的窗帘以后，立刻就有年轻女孩的房间该有的样子了。阿荣也非常满意。

妙子也在三楼，两个人做伴不会无聊。可是，她们的相处似乎并不融洽。

“我想跟妙子聊聊，可她老躲着我。一定是小鸟太吵了，妙子连跟我打招呼都忘了。”这是阿荣的说辞。可是市子觉得，妙子也许是在害怕她。

妙子总是安静地把自己关在房间里，从不走进市子他们的生活，市子早已习惯。

但是，阿荣一定很看不惯妙子的这种状态。不过话说回来，她们原本就有些水火不容。

如果是因为阿荣老缠着市子，妙子连送市子出门都回避的话……

“我得想个法子才行。”市子心事重重地出了门。在斜坡一侧的石崖上，开着一大片连翘花，满目都是鲜艳的黄色。

她从沼部搭乘目蒲线。

下一站是多摩河游乐园前，市子喜欢透过电车的车窗眺望这座游乐园。

在短暂的停车期间，也能看到形形色色的人愉快的身影。

她没有孩子，即使就住在这附近，也没机会进去玩。佐山夫妇只能透过车窗，观赏这座游乐园里的风景。不过，他们时不时也会聊聊新建成的旋转木马，以及今年的菊花娃娃之类的话题。

这一天，市子也在窗外看到了有趣的画面。只见一辆马车载着几个小孩，马背上坐着一只猴子。

风车椅正在空中绕着大圈。在面朝市子的车窗飞过来的椅子里，她赫然看到了妙子的身影。

“咦？”

市子忍不住惊讶出声，但是，电车很快启动了，风车也从她的面前转向远方。

“她应该在家呀……”

而且，妙子也不会不打一声招呼就出门。

刚刚在她的身边似乎还坐着一个青年。青年身上的灰色雨衣在风中翻飞。

“我看错了不成？”

但是，妙子的淡蓝色毛衣和自己帮她弄的发型，她应该不会看错。

那个与妙子酷似的少女脸上挂着明朗的笑容。市子回忆起将阿荣带回家的那个晚上，妙子的脸上便带着平时没有的动人表情。

假如刚刚的少女真是妙子，市子一定会发自内心地为她送上祝福。

在目黑一下车，市子就拦了辆出租车。她将地图递给司机。

“在麻布的仙台坂上面，不是有个有栖川公园吗？就在那附近。”

今天的聚会地点选在了负责人的家里，他们想为七十七岁的老师贺寿。福原老师是市子她们毕业时的班主任，所以这次聚会不仅仅是班会。当年以老师为中心，女校学生们创立了一个“生物兴趣协会”，这次也给协会的学姐和学妹们发送了邀请函。阿荣的母亲三浦音子就是比市子高两届的协会成员。

今天早上，佐山兴高采烈地告诉她：“今天我可以早点儿回家，太不容易了！”

市子听他这么说，也很想清净地待在家里。但是，她在女校读书时，是福原老师让她了解到了贝壳的魅力。仅仅是回忆起这一桩事，她就满腔怀念，迫不及待地想要见到福原老师。少女时代的市子每天都会起个大早，跑到海边捡贝壳，她收集的那些美丽的贝壳，大部分人都视而不见。贝壳的种类数不胜数，色彩斑斓，形态也千奇百怪。她感受到贝壳的魅力之后，也逐渐看到其他生物乃至大自然的美丽，视野越来越开阔。

市子迟到了片刻。房子里的宴会厅很开阔，她走向自己的座位时，看到夫人们满满当当地坐在几张连在一起的长桌旁。不出市子所料，放眼望去，她们都是和服打扮。

她们似乎正在热火朝天地回忆生物兴趣协会时代的往事，边聊天边互相提问面前的庭院里种的树的名字。有人放声大笑：“你竟然连雪柳都不记得了，真过分！你难道不去花店，也不种花吗？”

在四十多岁的女人堆里，有两个人很引人注目。一个是身着崭新学生服的青年，另一个是十五六岁的少女。少女身穿一袭白色的一越绉绸[1]和服，上面印着时兴的纹样。

---

[1] “一越绉绸”为和服布料的一种。“越”为表示纬线数量的单位。“一越”指一根纬线以一根左捻线和一根右捻线依次交替织入。

“那两个孩子真标致，是你的孩子吗？”市子拉着女主人的手询问。

“不愧是市子，总是一眼就能注意到年轻人！那个女孩是我的大女儿，今天我让她帮我招待客人。那个小少爷是名古屋的吉井的长子……吉井不能来了，她儿子刚刚考进东京的大学，就帮她妈妈把信捎了过来。听说吉井病了三年左右，一直卧床不起，她应该想通过儿子了解一下我们的近况吧。她儿子的性格倒是很稳重。”

“是吗？”市子望着两个年轻人，有些想不起来吉井这位同窗的模样。

“福原老师！”不知是谁欢呼起来。

“我到了这把年纪，才有了一个生物学上的大发现，那就是情敌也是会死的！”

众人又哄然而笑。

“你的那位……怎么样了？”女主人悄声问市子。

少女将一盏新茶放到市子面前。她身上的和服色彩斑斓，仿佛把颜料盘打翻在了上面似的。

“今天让你来帮忙，辛苦了。”

市子佯装没有听到女主人的问题，对少女道。

“妈妈，您过来一下……”听到少女的呼唤，女主人起身离开。

市子总算松了一口气。对于方才女主人那个出其不意的问题，她其实不回答也行，想必女主人也不会再提起这茬。

如果被再三追问，她也只能答上一句“我不知道”，糊弄过去。

市子不知道过去的“情敌”是否健在。连那段痛彻心扉的恋情，她平时也不愿想起。

但是，这个问题令她突然意识到，二十多年前的恋人和情敌，如今也和她与佐山这对夫妻一样，在某个地方过着他们的日子。仿佛有一束微弱的火光，在市子的心里摇曳。

未出嫁时的朋友们聚在一起，也很容易令人忆起往昔。

在四十多岁女人的聚会上，听说谁曾经的情敌死了，的确不算稀奇。或许还有人死了前男友，甚至有人死了丈夫。

在市子的班上，也有几个人的丈夫战死了，低年级的班级里，这样的人就更多了。同学会曾经举办舞会，将售票筹得的款项捐赠给她们。当时，慈善舞会盛行，也酝酿出极浓厚的战后氛围。

市子环视全场，发现今天只有一位战后遗孀到场，她已经再婚了。

“市子，快过来坐！你迟到了，这是对你的惩罚！”客厅里有人喊她的名字，示意她坐到老师身边的空位子。座位间的空隙狭小，市子实在挤不过去，只好在后面坐下，仅仅露出一张脸。

“市子还是那么青春靓丽！”年迈的老师望着市子夸赞道。

“你送给我的那个贝壳形的银别针，我家那口子过世以后就送给我女儿戴了。我女儿的女儿都已经结婚了，还生了两个孩子。你怎么样？”

“这个……”

市子正犹豫间，老师跟前的人便代她回答。

“老师，市子还没有孩子，所以才显得这么年轻呀！她结婚晚，丈夫也年纪轻轻。他们两口子非常和睦，她丈夫绝对没有坏毛病！”

“什么坏毛病？”市子不由得反问。

“认为妻子不理解丈夫的毛病……刚刚我们也聊到了这个话题，这可是中年男人的流行病。近来不是尤其严重吗？”

市子偏头望向庭院一角的雪柳，花间结着红彤彤的果实，树干上已抽出嫩绿的新枝。

市子的目光久久停留在一株盛放的樱花树上，不禁浮起一个念头，她与过去的男朋友都住在东京，竟然从未遇到过。她忍不住起身，打算给家里打个电话。

佐山很久没有这么早下班了，他在鱼铺逛了一圈，又去蔬菜铺转了转。黄昏时分，其他人都忙忙碌碌，只有他一个人怡然自得，他很享受这种感觉。

到鱼铺买鱼的女人们的俭省让人叹为观止。蔬菜铺里成堆的蔬菜和五颜六色的水果，也让佐山啧啧称奇。

他知道市子还没回家，所以没有走往常的老路，反倒绕了个远，往古寺的方向走去。在这条路上，可以看到房屋背后的墓地里盛开的樱花。冷清的坡道上，飘着清幽的香火味。

“哎呀……”

他的反应如果再慢点，就要踩到一只癞蛤蟆身上。那家伙不知道是从哪里钻出来的，身上还带着污泥，跟个土疙瘩一样，一动也不动。

佐山有些恶心，不由得加快步伐。

种在门边的红叶刚刚发了新芽，他抬头欣赏时，看到三楼外的楼梯门敞开着。

有个少女立在那里，身穿白色毛衣和绿裙子，脚上穿着白袜子。瞧那背影不像妙子，应该是阿荣。她在那里做什么？

佐山能感觉到，阿荣在家里碰见自己时总是如惊弓之鸟。由于她模样清秀又水灵，所以反而出人意料地有种诱人的魅力。

只见阿荣手臂一抡，粗暴地将一个纸团扔下来。纸团落到红叶的枝头，又滚落到草坪上。

“太没教养了。”佐山皱眉，按下玄关的门铃。他按了两三下。从漫长的响铃声中也能感觉到妻子不在家。

“您回来了。”

他原本以为下来的只有女佣，没想到阿荣也毕恭毕敬地等在那里。她应该是匆匆跑下来的，脸上带着一抹红晕。

佐山瞠目凝视着她。

佐山脱鞋的时候，阿荣乖巧地走到他身边。

“我在楼上收拾行李，不小心把纸团扔出去了。”她说着，俏皮地耸了一下肩膀，然后一溜小跑出了门。

佐山走到浴室，悠闲地洗了个澡，洗完头发之后，又把胡子刮了。

晚餐做了竹笋裙带菜汤、炖竹笋、甜炖鲷鱼和炸鸡块。炸鸡块外面裹的面衣里放了花生，香气四溢。这顿晚饭大概也是按照市子的吩咐准备的。但是，佐山实在提不起兴致一个人吃饭，他心不在焉地望着满桌佳肴。

阿荣敲门走进来，她的手上拿着一个木匣似的小包袱。

“叔叔，我妈妈给我寄来了什锦菜。您要尝尝吗？”

听她的语气，似乎有些无可奈何。

“好吧，那我尝尝。”

“您要尝吗？”

阿荣很高兴，把小包袱递给在旁边侍奉的志麻：“你帮我打开再拿过来吧！”

阿荣在志麻的椅子边上坐下来，看样子是打算代替志麻的位置。

佐山望着巧妙地支走女佣并取代了她的阿荣，强忍笑意，问她：

“你觉得东京如何？”

“东京啊……”阿荣支支吾吾。

“你在东京有什么想做的事吗？”

“不，啥也没有……”

阿荣毫不迟疑地回答。

“那可难办了。”

“难办吗？”

“你其实有想做的事吧？”

“不，什么也没有。”

她的明眸坦率地注视着佐山。

佐山被她的回答噎了一下，一时不知该如何回应。

“好吧，你什么都不想做吗？”他沉吟道。

虽然她不似妙子那般身世可怜，可是现在的年轻女孩也太不像话了。

“也就是说，你毫无计划就跑东京来了？”

“因为阿姨在这儿！”阿荣答道。

“就算你阿姨在这儿，你也得有个目标吧？”

“在大阪的家里，我什么都不想做，所以我想到东京来看看。”

“你跟你阿姨说一声的话，她也许能帮你找份有意思而且适合女孩的工作。”

“有意思而且适合女孩的工作，是什么工作？”

阿荣的话音里有故意刁难佐山的成分。

女佣捧着一只双层的漆盒走过来。里面有松蘑和海带、花椒芽和笔头菜，色香味浓，看了让人食指大动。

“这是你妈妈做的吗？”

“我妈妈也只会做这个了。”阿荣点头。

“她总是穿得邋里邋遢的，我跟她说话，她也总是答非所问。一跟她谈正经事儿，她就嫌我啰唆……叔叔、阿姨来大阪那年的事，我还记得清清楚楚呢！当时我爸爸和妈妈的关系已经破裂了。阿姨在我家住的那几天，碍于有客人在，我们表面上还能像一家人一样其乐融融。所以，我才死活不愿意让阿姨走。阿姨送给我的娃娃我一直珍藏到现在。我在我妈妈寄给我的行李里翻了翻，想看看她有没有给我一起寄过来，结果没有找到。它们都穿着手织木棉的短上衣，女娃娃系着红头巾，男娃娃戴着蓝兜帽，它们穿着雪地鞋，手拉手……”

阿荣说起娃娃来如数家珍，佐山不禁惊奇地望着她。

“你说的那种娃娃，我家或许还有呢。你阿姨有段时间做了很多，应该是收起来了。你可以让她帮你找找。”

“我特别喜欢它们，看着它们，仿佛就能看到雪国的晴朗天空似的！每当我看见那对娃娃，就像听到阿姨在呼唤我一样……”

“……”

“收到娃娃的时候，阿姨邀请我到东京玩，她说要带我一起走。我到现在都忘不掉！”

“你当时怎么没跟着来？”

“我要是走了，爸爸、妈妈不知道会怎么样呢！想到这里我就害怕了。其实，我现在也很担心妈妈，但是一想到是为了妈妈好，我就忍住了。”

“你不在家的话，不就只剩下你妈妈一个人了吗？”

“她肯定到我姐姐家去住了！与其住在那个跟鬼屋一样的家里，还不如去姐姐家呢。我姐姐喜欢做家务，化妆技术也很好。”

“也就是说，阿荣化妆技术很差了？”佐山笑着打趣道。

“是的，我化妆很差劲。”

“……”

“我姐姐手很巧，也愿意吃苦。”

“阿荣讨厌吃苦吗？”

“吃苦？那我可太讨厌了！”阿荣一本正经地答道。

她秀眉蹙起：“为什么每个人都愿意瞎忙活呢？一想到活下去这么痛苦，我就要疯了。”

“照你这么说，这世上就没有不痛苦的事。阿荣，你觉得世间的人在做的事，都很无聊吗？”

“嗯，大部分吧……”

“所以，你才没有任何想做的事？”

“我不知道。”

“不知道？这可是你自己的事。我问你，你觉得什么样的生活是你理想中的生活？”

“更刺激的生活。”

“刺激的生活？如果你什么也不想做，讨厌吃苦，也讨厌痛苦的话，那么你的生活里不可能有刺激。”

“有啊，叔叔！”

“你说说看。”

“我从大阪跑到阿姨身边，就很刺激！”

“哦？”

佐山摸了摸快晾干的头发，靠到椅背上。

“那你到东京后，为什么没有立刻来你阿姨这儿？你在旅馆磨蹭什么呢？”

“我担心阿姨看到我会失望，所以不敢见她。”阿荣绷着脸回答。

女孩的月事这样的事，她可以对市子直言不讳，对佐山却难以启齿。而且，月经结束以后，她也待在站前旅馆。

“我知道自己随时可以来找阿姨，但我强行克制住，不让自己迫不及待地找她。这样一来，我就见不到阿姨了。我越伤心，阿姨在我心中就越美好，不是吗？”

“阿荣，人的幻想终有破灭的一天，对任何人都是如此。你阿姨的压力也很大。没准儿她不会对你失望，反而会令你失望。”

“不会的，不会的！”阿荣摇了摇头。

“是吗？你的意思是有了喜欢的人，就必须誓死追随吗？”

“我从来都不做白日梦！”

“什么白日梦？”

“对男人的白日梦。”

阿荣望着佐山，眼眸清澈明亮。

“那可不行。”佐山喃喃道。

“你什么都不想做，对男人又不抱幻想，那怎么成？”

“阿姨能找到叔叔您这样的男人，实在太幸运了。叔叔找到阿姨也是……我在这里住了一段时间，也开始觉得自己必须得改变一下想法了。”

“你确实得改变一下想法。”

“您和阿姨结婚的时候，应该算是晚婚吧？阿姨是不是就是在等叔叔……”

佐山避开阿荣的目光，露出一丝苦笑。

“你和你阿姨出去赏赏花吧，我看看日子，说不定也能陪你们一起去。”

“我已经坐观光车把东京逛完了！”

“是吗？你自己逛的？”

“对啊。从东京站的出站口出来，有从A到G好几条观光路线，C线和

D线要花八个小时呢。也有的线路是游览东京夜景的专线。”

“阿荣，你在旅馆的这些天到底干了些什么？”

“反正没干什么坏事。”

志麻悄悄走进来收拾餐具，告诉阿荣，她的晚饭已经在其他房间准备好了。

“妙子呢？”佐山问。

“还没回来。”

“是吗？阿荣一个人的话，不如就在这儿吃吧。”

“我可不好意思。”

志麻打算拉上窗帘。

“现在还有点阳光呢！拉上太可惜了。”阿荣制止她。

“白天变长了呢。”佐山望向庭院。志麻见状，放下窗帘，到里屋去了。

紫玉兰已经凋谢，但是在草坪的尽头还有几朵挨过了漫漫寒冬的白山茶。那一片新绿的草坪向前延伸，尽头处暮霭缭绕，天空低垂，一切都笼罩在朦胧的暮色中。

今年的春天，春分前后还暖如初夏，谁知不久就寒意料峭，天气变幻莫测，动不动就下雨，四月一日那天竟下起了鹅毛大雪。

但是，这两天都是适合赏花的好天气，手脚也都开始回暖，似乎在催人出门。

阿荣嘴上说不让拉窗帘，却一眼也没往院子里看。

佐山吃过饭，悠闲地抽起烟来，阿荣似乎无事可做，她问：

“叔叔，您要喝白兰地吗？”

“不了。”

“叔叔，‘一只眼闪烁着喜悦的光彩，一只眼沉没在忧郁之中’，您听说过这句话吗？”

“没有。”

“这是《哈姆雷特》里的台词，您觉得像不像在形容妙子？”

“……”

“妙子好像很讨厌我身上的味道。”

“是吗？”

“在我来之前，不是有人寄过来一封加急信吗？我们一起坐出租车时，她说整个车里都是我身上的香味。真是个讨人嫌的家伙！”

没想到会听到这样的话，佐山措手不及，没有立刻反问回去。不过经她这么一说，佐山也觉得阿荣身上有股香味儿。

“她竟然说要把我推荐给一个时装模特俱乐部……”

“你想当时装模特吗？”

“不想，那工作太无聊了……穿着人家给的裙子，对人家搔首弄姿，饭也不能吃，说不定还要把腰勒断，傻子才干呢！”

“我可服了你了！”佐山哈哈大笑。

志麻再次走进来，告诉他们妙子回来了，让阿荣过去吃饭。

“我能做些什么事呢……”阿荣喃喃地站起来。

“我等会儿还能再过来跟您聊聊吗？”

“想来就来吧。你先去吃饭吧，不吃饭可不行。”

阿荣的体香随她远去，空中留下一抹淡淡的残香。

佐山一心盼着阿荣再次过来找他，用那口温柔软糯的关西腔跟自己聊天。那种乐趣就像是在翻阅一张新地图。

但是，阿荣却迟迟没有进屋。佐山感觉自己就跟在路边等人一样，有些不耐烦。在这所静悄悄的房子里，藏着两个年轻的姑娘。

佐山起身，走到茶几前倒了一杯威士忌，却提不起什么兴致。

不知不觉间，窗外皓月当空，旁边还散落着几点星子。一架夜航的飞机自屋顶掠过，巨大的轰鸣声由近及远，余音久久萦绕在耳畔。

“真是个让人捉摸不透的丫头。”佐山喃喃道。不过，她也并非全然让人捉摸不透。

她表面上自信满满，但是心里似乎又对自己很失望，这种状态很令人担心。说她脾性古怪吧，她有时又很惹人怜爱，也不难理解市子为什么会那么疼爱她了。

她全心全意地依赖市子，一切听凭市子安排，但是也不知她今后有什么打算。

佐山曾经建议市子不要陷得太深，最好将她送回大阪。但是，瞧阿荣现在这种状态，估计是撵不走的。对此，他也没有明确的理由和根据。

佐山将喝剩的半杯威士忌放在那里，接着读起法兰西斯·艾尔斯[1]的推理小说。这本小说他刚开始读，已经搁置了十天左右。

市子回来时已经将近十点。

不远处传来两个女孩清脆的呼唤声。她们跟在市子身后走进佐山的房间。妙子一进屋，就站在门口不再往前。阿荣察觉到她的动作，脸上露出落寞的神情。

“阿荣，你还想跟我聊什么？”佐山开口。

“下次吧……”

---

[1] 法兰西斯·艾尔斯（1893 年—1971 年），英国推理作家，本名安东尼·伯克莱。

“什么事？”市子回头看阿荣。

阿荣耸了耸肩，先妙子一步出去了。

“阿荣陪我吃饭，我们聊了很多，她说一会儿还有话跟我说，从那之后一直没有过来。真是小孩子脾气，说变就变……”

“这丫头既率直又高傲，不过，你不觉得有种说不清的魅力吗？”

佐山故意逗妻子：

“她似乎对我有点儿意思。”

“人家可是一直很怕你呢。”市子笑了笑。

“她说，她什么事也不想做，吓了我一跳，还说什么她的理想是过更刺激的生活……”

自那一天起

妙子刚把鸟食放在竹勺里，两只小鸟就迫不及待地扑棱着翅膀冲到她面前。

但凡妙子进屋或者有其他动静，它们便会叽叽喳喳地呼唤她。

两个小东西的生命全靠妙子维系。

妙子希望雏鸟们能快快长大，有朝一日可以落到自己的肩头、停在自己的手上，即使将它们放到院子里，只要她呼唤它们，它们就会飞回自己身边。她带着这样的愿望，将鸟食喂到它们口中。那段时光，她可以忘却自己的孤独，亦忘却对世人的恐惧。

买下小文鸟那天的情景，又浮现在她眼前。

她在看“人类大家庭”摄影展时，突然咳嗽得喘不过气来。她倒在有田的胸前，在他的搀扶下走出展馆。她坐在长椅上休息了一会儿。有田去水果店买来了柠檬，帮她挤出汁，让她吸了几口。

那天她在有田的照顾下离开了百货商场，所以，小文鸟是在第二天的傍晚，千代子给她送过来的。

当时，妙子已经悄悄跑去了多摩河大堤，所以没有见到千代子。她回家后发现，昨天她只买了一只小文鸟，今天送过来的却有两只。她猜是千代子又送了她一只。

妙子对着其中一只叫："千代，千代。"

妙子给文鸟喂食时，知更鸟在笼子里焦急地上蹿下跳。

"你怎么还争风吃醋呢？都是一只大鸟了……"她对知更鸟说着，脑海中却浮现出阿荣的身影。

她隐隐觉得，自她买下文鸟的那一天起，她的命运就悄然发生了改变。阿荣也是那一天晚上来家里的。

阿荣的出现并未让妙子产生嫉妒，她只是莫名有些不安。阿荣插足在佐山夫妇之间，令她有种不祥的预感。

妙子如果有那个权力，她其实不希望阿荣这个不速之客留下。

可是，雏鸟却对妙子和阿荣一视同仁。

它们对阿荣也会叽叽喳喳地叫唤，还会兴高采烈地振翅飞向她。

妙子将捣碎的蔬菜汁和在水中提前浸泡了一天的小米混合在一起，制作成柔软的鸟食，阿荣在旁边看着都嫌麻烦。

"等一等，让我先来喂它们……"她伸出手来。

"它们的嘴张得那么大，真恶心！"

"你这种不带诚意的喂法是不行的！"妙子看不下去，"给我吧。"

"诚意？"

阿荣似乎不知道她在说什么，茫然地将竹勺递给妙子。

"你吓死我了。给鸟喂食而已，要什么诚意？"

"你喂食的时候一点没有爱心。"

“爱心？真会夸大其词。小鸟都饿得眼珠子打转了，你赶紧把鸟食喂给它们得了！”

“你这样想不对。”

“诚意和爱心，那还不好办吗？只要把鸟食塞进它们嗷嗷张着的嘴里就行了！”

“你放的鸟食太多了，老是撒出去，而且，你都快把竹勺插进它们嗓子眼儿里了……”

“噢，是吗？”阿荣意外地干脆，“你是怪我不够专心吧？”

“那是因为你不喜欢小鸟。”

“我也不讨厌它们……对这怪模怪样的小鸟都要有诚意和爱心，妙子你也太累了！”

“我很珍惜小鸟，请你不要对人家的爱心说三道四。”

“哦？”阿荣绷着脸转过身来。

“你那么能说会道，何不戴上眼镜好好地看着我的脸，然后再说！”

“然后再说什么？”妙子声音颤抖，“你的那张脸我看得很清楚，挺漂亮的。”

“什么漂不漂亮的？我看你更漂亮！不过，你好像总是对我视而不见。”

“是你从第一天起就看我不顺眼吧。你是不是觉得，我在家里碍你的眼了？”

“没错。”

“我可没觉得你碍眼。”

从那一天起，阿荣再也没有理睬过妙子的小文鸟。听到金丝雀和知更鸟叫唤，她也不再抱怨它们聒噪。

自从阿荣来了，家里就没有妙子的容身之处。她常常满腹心事地在多摩河的岸边徘徊。她还没有把自己的顾虑告诉市子。文鸟是在她去岸边的时候送到家里的。

所以她才更不愿意让阿荣碰它们。

妙子总是起得很早，喂鸟是一个原因，但更多是出于习惯。

佐山今天难得比市子起得还早，一下楼他就看到妙子在擦屋里的窗户。

“阿荣好像还在睡懒觉。”佐山对妙子道，“你去把她喊起来吧。”

“我去喊没用，她肯定在等阿姨叫她起床。”

“她就喜欢对你阿姨撒娇。”

“是啊。”

“她是个直性子，蛮有意思的。就是太口无遮拦，你市子阿姨也拿她没办法……”

“先生。”妙子屏息唤他，正在擦窗的背影有些僵硬。

“阿荣和阿姨在一起的时候是一副样子，您在的时候她又是另一副样子。我看得清清楚楚的。”

正在读报纸的佐山抬头望向妙子。

“我非常看不惯她那副样子。”

“……”

“她是个很有心机的人。”

“那孩子没那么多心眼儿。”

“与您说话时，她只是在刻意讨您欢心。她很会那一套。她表面上直爽，实际上很会伪装自己，来博取别人的好感。”

佐山很惊讶妙子竟会将阿荣想得那么坏。

市子也对佐山谈起过阿荣：

“这孩子听话时非常可爱，但是一要起脾气来，也实在让人没办法。”

市子冷落她时，她就试图抓住佐山；佐山如果顾不上她，她就会变本加厉地缠着市子。市子常常为此焦头烂额。

但是，佐山却不认为阿荣像妙子说的那般不堪。听妙子的口吻似乎是在暗示他，阿荣面对他时似乎与面对市子时不同，她仿佛在刻意对身为男人的他展现自己女人的一面。他觉得妙子会这么想，不过是少女过度敏感的嫉妒心在作祟罢了。

“妙子，你不能跟阿荣握手言和吗？”佐山试探地问道。

“那孩子嫉妒心很强，但那或许证明她很重感情呀！”

妙子沉默不语。

这时，市子走了进来。

“阿荣还没起床？我去叫她吧。”她上了三楼。

“阿姨？”

阿荣仿佛正在等待她的脚步声似的，在床上唤她。

“你醒了就赶紧起来吧。”

“好的。”

她嘴上老实地答应了，可是在市子进屋之前，她一动也没动。

阿荣睡醒后的模样不仅谈不上邋遢，还很娇憨可爱。她穿着市子的和服睡衣时，常常将修长的双腿裹在睡衣里坐到床边，那场面连市子看了都浮想联翩。自从她穿上了她母亲寄来的西式睡衣，就更加散发出纯真烂漫的风韵。

市子进来喊她起床时，如果坐在床边，用手摸摸她的额头，或者把手探到她身下，试图将她从被窝里抱出来的话，她会像孩子一样开心。

今天早上，市子不打算上她的当，而是立在门口道：

“你叔叔也起床了，在楼下等你呢！”

“阿姨，妙子天天睡得那么晚，也不知道在房间里写什么。她会不会是在日记里写我的坏话？我太好奇了！”

“妙子不会的。”

“她不是经常出门，大半天都不回来吗？也不知道是去哪里了。”

“她是去见她爸爸了。”

“哦？……她爸爸？在哪儿呀？”

妙子的父亲还未宣判，被羁押在小菅的拘留所。市子想，这件事如果一直瞒着阿荣，也许反而会加深她们之间的嫌隙。

“你直接问妙子吧，她不会瞒着你的。”市子回答。她关上推拉门，走向妙子的房间。

妙子正在给小文鸟喂食。

“妙子，你叔叔说要带我们一起去看立体电影。他这个大忙人，难得有这个闲空。”

“今天吗？”

“明天。”

“明天……晚上吗？”

“不，白天。”

“明天白天……”妙子似乎有些为难。

“我得去探视爸爸。”

“啊，我忘了这茬了。那我去把票退了，让你佐山叔叔有空的时候再带我们去。”

“不用了，阿姨，我不去也行。”

“怎么，你不想去吗？”

“我一去人多的地方就不舒服。”

“你是不是在担心阿荣？”

“不是的。”

妙子眸色暗淡地摇了摇头。

“你佐山叔叔好不容易想带我们出去玩一次。”市子左右为难。这时，金丝雀忽然放声高歌，那婉转的鸟鸣时而悠远低回，时而又清脆嘹亮，十分悦耳动听。

市子一离开妙子的房间，就看到阿荣立在走廊的一隅发呆。

她是在偷听吗……市子带着疑虑走向她。阿荣明亮的眼眸望着她，突然红了脸。

“怎么了？”

“阿姨。”

阿荣抱住市子的手臂，将头埋进市子的胸口。

市子嗅到阿荣的体香，像是某种花香和青橘混在一起的味道。

她笑道：“好了，别闹了……我快渴死了，赶紧下楼吧。”

阿荣坐在客厅里她惯常坐的座位，与佐山和市子一起喝晨间咖啡，看起来异常开心，甚至令市子纳闷。告诉她要去看立体电影时，她欢呼道：“太棒了！”

然后，她蹦蹦跳跳地跑了出去。

早饭过后，市子刚从院子里剪了一大枝绣线菊，插到白色的花瓶里，阿荣就又急匆匆地跑来。

“阿姨，我找不到衣服穿，太伤心了。您快来我的房间帮我看一下……”

“随便穿件衣服就行了。”

“怎么能随便呢？我如果穿得跟个叫花子一样，您跟叔叔带着我走在街上，肯定会没面子的！”她连拖带拽地将市子拉到三楼。

一踏入阿荣的房间，市子就惊讶出声。

“这……”

只见床上、椅子上，甚至窗帘的挂钩上，挂满了花花绿绿、各种款式的衣物，连袜子和内衣都邋遢地丢在榻榻米上。

“你怎么把房间搞成这样了？”

“我在想该怎么穿，总不能穿裤子去吧？这件衬衫我特别喜欢，但是单穿太冷了。那件连衣裙式的长外套，刚做好的时候我就不喜欢，领子的设计太幼稚了。妙子明天穿什么去？”

市子见她还惦记着妙子，不禁暗自好笑。

“妙子明天有事要出去，不能跟我们一起去了。”

“她是不是故意躲着我？”

“不是的，那孩子很可怜。”

“您骗人。”市子将又靠到她肩膀上撒娇的阿荣推了推，语气沉重道，“她明天要去探视她爸爸。”

“去什么地方？”

“小菅的拘留所。”

“……”

“那孩子很小就没了妈妈，一直跟他爸爸相依为命，但是，她爸爸犯了罪，你佐山叔叔就把无依无靠的妙子给领了回来，把她当亲生女儿养育。”

阿荣惊愕地瞪圆了眼睛。

“所以，妙子才不喜欢见人，也讨厌到人多的地方去。她对我们也不愿多谈她自己的事。希望你不要太过问她的闲事，也不要介意她的态度。”

阿荣蓦地从市子身边离开。

“设身处地地想想，如果是你爸爸被判了死刑，你肯定也会悲痛欲绝……”

“死刑？”阿荣脸色霎时一变。

“他干什么了？”

“杀人。”市子低声道。

“一审判了死刑，他向高等法院提起了上诉，你佐山叔叔是他的辩护人。”

“原来是这样。”

阿荣沉声道。

“妙子明天要一个人去见她爸爸吗？”

“最近她总是自己过去……”

“阿姨也去过吗？”

“我陪妙子去过，他爸爸表面上来看一点也不像穷凶极恶的人。”

“我也能一起去吗？”

“你说什么呢？可不许羞辱妙子。”市子厉声训斥，但阿荣丝毫没有退缩。

“她爸爸是杀人犯，又不是妙子是杀人犯！”

“是啊。”

“只要她心知肚明不就好了吗？”

“话是这么说，可站在妙子的角度想想……”

“我能接受。”

“嗯？”

市子没想到阿荣会说出这句话来。

“也就是说，你理解妙子的处境了？”

阿荣点点头。

“我和妙子一样迷茫。我虽然喜欢阿姨，但也不能一直在这里给你们添麻烦。”

“这你不用担心。我和佐山都很喜欢你……”

“阿姨和叔叔感情好得跟一个人一样，太让人羡慕了。叔叔除了阿姨以外，还喜欢过其他女人吗？”阿荣突然眸光流转，望着市子。

“这个……你不妨去问问你叔叔。”

阿荣耸了下肩，换了话题。

“那天晚上在站前旅馆，村松叔叔也在，我不是躲起来了吗？我姐姐曾经喜欢村松叔叔的儿子。但是光一不喜欢我姐姐那个类型，总是躲着她，因为这个，我姐姐总是给我脸色看，拿我当出气筒。”

“你们关系那么好吗？”

“小时候，村松叔叔总是抓我给他当模特。我长大以后，老是听他讲大道理，耳朵都快磨出茧子了……”

市子回想起光一沉稳安静的眉眼，突发奇想，不如看电影时把光一也喊上，让他跟阿荣做个伴？

从多摩河的丸子桥畔到新荒川（排水渠）的千住新桥旁边的小菅，等于从大田区到足立区，这段距离几乎是自西南向东北横跨整个东京。

佐山作为辩护人，也常常去探视妙子的父亲寺木健吉。即使从市中心的法律事务所驾车去，也得穿过整个千住银座，过了大桥以后才能到。

从千住新桥上往右岸看，可以望见拘留所瞭望塔的钟楼。

妙子都是搭乘电车或巴士过去，然后与父亲见上五到十分钟。一来一回，大概要耗半日时间。

被告既然没有宣判，便不能被视为罪犯。他与检察官拥有平等的人权，可以继续上法庭打官司。因此，亲朋好友可以随时探视，检方也只能以防止他潜逃或毁灭证据的名义拘留他。他也可以自带衣物，不用穿囚衣。

最开始，妙子几乎隔一天或隔两三天探视一次。

申请探视的手续也不烦琐。只需在到达拘留所后，在“探视申请表”里填上想探视的人的姓名、探视人的姓名、当前居住地、年龄、与在押人员的关系、事由等，提交上去即可。

妙子被佐山家收养以后，去小菅路途遥远，日子几乎都耗在了去探视父亲的路上。不过，时间久了，探视的频率不知不觉地由四天一次，变成了五天一次。父亲甚至叮嘱她不要去得那么勤。

“妙子，拿着，这是电车费和给你爸爸带的东西……”市子给的钱多则一千日元，少则也不会低于五百日元，这令妙子非常不好受，她的父亲也知道。

今天早晨，市子又过来帮妙子扎头发。

“你带把伞去吧，瞧这天色，阴沉沉的……”

“好。”

阿荣立在妙子身后，目不转睛地盯着坐在市子的梳妆台前的妙子。

“阿姨，我要不也把头发留长吧？”

“阿荣还是适合短发。”

“您可别认为我要学妙子！”阿荣亦步亦趋地跟着市子上二楼。

“光一来看电影，看到我跟阿姨在一起，不知道会是什么表情。我跟他两年没见过了，想想真有意思！”阿荣兴冲冲地道。

妙子在去小菅的电车中常常低着头，今天她也一如既往地不看其他乘客和窗外的街景，而是静静地盯着自己的胸前。她偶然间抬头，见玻璃窗上多了几点水迹，才知道下雨了。雨滴很小，落在车窗上并不往下淌。

街道仿佛笼罩在大雾中，行道树上一片新绿，一排排的电线杆上湿漉漉的，仿佛进入了梅雨季节，窗外的景致有种不协调的感觉。天气闷沉，但又寒意料峭。

父亲的杀人事件就发生在梅雨季，所以，妙子很害怕梅雨季节来临。

此刻，望着笼罩在与梅雨季节相似的重重湿气中的街道，妙子不由得回忆起父亲被逮捕的那一刻。她惊恐万分，失去了全部生机。

妙子在法庭上做证时，剧烈地咳嗽起来，当时，站在被告席的父亲脸色惨白，浑身颤抖，他用双手死死堵住耳朵，尖叫道：

“放我出去！休庭！病人……病人……”

不知今年的梅雨季节到来时，父亲会迎来什么样的命运。

在妙子的心中，父亲和有田的身影重叠在了一起。

随着雨势变大，有一种阴暗而热烈的感情在妙子体内翻腾起来。

倘若她与有田之间的关系是爱情的话……

“必须将它扼杀。”绝望促使妙子不由自主地暗下决心。

她常常幻想自己和父亲并肩站在绞刑台上的场景，而那一幻觉，给她带来一种犹如匕首刺入胸膛般的欢愉。

自从父亲杀了人，妙子的恐惧心与羞耻心便与日俱增。

那一天，她站着失去知觉，倒在有田的胸前。尽管只是极短的时间，日后回忆起来，妙子依然羞愧难当。

当时有田的臂膀与胸膛，仿佛深深刻印在了妙子体内。

在有田搀扶着她的时候，她的眼神该是多么怪异，而她的模样又该是多么狼狈。妙子想，自己所有不欲示人的那一面，都暴露在了他的面前。因着那一份羞赧，妙子的心被有田夺走了，她好像已经将自己交给有田。仿佛紧紧关闭的心房在某处破了个洞，而自己的心便从那个洞中挣脱出来了。任何事情都能成为爱情的源头。

过度的恐惧心与羞耻心乃至绝望，都令妙子比寻常人更加纯真。

妙子异常顺从，令有田无比惊讶。

也可能是因为她还神志不清。有田在妙子的眼中看到千言万语，无法丢下她不管。

“我放心不下，还是送你回家吧。”当时他提议。

妙子点头的模样楚楚动人，令他刻骨铭心。

从百货商场出来，直到走出日本桥大道，妙子依然神色恍惚，步履蹒跚。

她虽然没有看向有田，却依偎着有田。

她的眼神飘忽，小巧的脸上没有一丝血色。

“是不是累了？找个地方休息一下吧。要不我们去银座？”有田邀请她。

“好。”

妙子不再抗拒有田。

有田要了一杯可可之后，又考虑到妙子可能还饿着肚子，于是帮她多点了一份鸡肉咖喱饭。

这家店临街的玻璃窗上，只挂着白色的蕾丝窗帘。从店里可以清晰地看到来往行人，从外面也能看到店里的客人。

在可可和咖喱的刺激下，妙子的脸颊恢复了红润。

有田将在展馆购买的《人类大家庭》摄影集送给她。妙子提心吊胆地翻开影集。

那张有一名士兵倒在地上，主题为“说！谁是杀人犯？谁是牺牲品？”的照片，在这里冷静地看看，其实是一张反战的照片。这张照片不至于让妙子联想到父亲而晕厥过去。而且，这部摄影集里并没有出现以“人类穷凶极恶的犯罪”“吸食毒品的疯狂”“悲惨的残疾”“监狱中的囚犯”和“死刑现场”为主题的照片。这是一部展现光明与温暖、充满希望与乐观的摄影集。

但是，仅仅是“杀人”这一个词，就足以令妙子战栗。

有田将她送到多摩河，妙子停在通往佐山家的斜坡下。

“前面就到了，谢谢你。”

“你家好气派。”有田似乎有些退缩。

“我只是借住在这里。”

“是你亲戚家吗？”

“不是的，不是我的什么人。只是……”妙子吞吞吐吐道，“我根本没有家。”

有田说，他下次还想过来见她，妙子答应了他。

然后，妙子悄悄上了三楼，将自己蒙到被子里。她在巨大的疲惫与羞赧、无措和喜悦之下，再也站不住了。

她还没有将有田的事告诉父亲。

写信会被审查，探视时也有看守陪同，这都让妙子顾虑重重。而且现在还没有到必须将这件事告诉父亲的时候。只是，有种前所未有的感情在妙子的心里掀起了波澜，就连妙子的外在都发生了变化。

可这种感情不光给妙子带来了希望，也让她的心底产生了比以往更深的恐惧。

妙子乘坐的电车驶过新荒川排水渠的铁桥。在草色青青的对岸，灰色的拘留所矗立在雨雾中。

在小菅站一下车，妙子便压低了雨伞。她恨不得找东西遮住自己的脸。

妙子已经习惯来拘留所，甚至认识了一个同样来探视和送东西的人，他们见面时会行个点头礼，对方偶尔还会跟她打招呼。有辆巴士在法庭和拘留所之间接送被告，他们在那辆车上也偶遇过几次。

假如此时此刻，在这个拘留所里关押了两千余人，他们的家人和亲戚又有多少人？日本有七个拘留所，还有监狱。

妙子来探视的过程中，渐渐同情起与犯罪相关的人们。她开始觉得，为了那些人工作，或许就是自己生存下去的意义。她曾托佐山帮自己留意这样的工作。

“等你爸爸的判决下来再说吧……”当时，佐山这般回答，结束了这个话题。

妙子打着伞，匆匆走在排水渠大堤下方的道路上。她觉得，此时的自己与和有田在多摩河游乐园一起玩时的自己，仿佛是截然不同的两个人。

前面就是拘留所的正门。

妙子越过一个带着孩子的女人。直觉告诉她，对方也是来探视的。女人年轻但消瘦，背着一个婴儿，手上还牵着个两岁左右的小女孩。她的手腕上挂着一个包袱，里面装的大约是要送进去的衣物。

妙子停下来等她。

“我帮您拿吧。”

“咦？”女人抬起头来，忙道，“不用了。”

包袱挂在她打着伞的那只手上，不方便递给妙子。

“要不我帮您背着孩子吧。”妙子背对着小女孩蹲下来。

“那就麻烦您了。快，姐姐说要背你……”

小女孩抓住妙子的肩膀。

“姐姐不好打伞，你要抓紧一点哦。”

妙子的一只手扶住身后，小女孩的重量没有想象中那么轻，正如女子所言，她撑伞的手非常吃力。

小女孩抱紧妙子的脖颈，小手被雨水打湿了，冷冰冰的。

妙子的脖子被勒紧，差点又咳嗽起来。

这么小的孩子有什么罪过？她一想到这里，便咬紧牙关，单手将背上的重量往上抬了抬。

女人和妙子都默不作声地往前走。

探视的人从南门进出。她们进了正门走到底，往左拐，然后沿着红色的围墙往前走。屹立在这条路和正门的那条路之间的一排排房屋，是拘留所的公务员宿舍。宿舍一共有三百间，据说小菅的人口共有九千人，其中拘留所的员工有一千二百人。以前的小菅监狱时代的红砖，都被拆下来盖成了围墙。

妙子看到常春藤的新枝从围墙内侧攀出来，爬满墙头。在行道树的树根处，不时还能看到盛开的蒲公英。

"谢谢，您真是帮我大忙了！"快走到探视人员等候室时，女人想要将孩子从妙子的背上抱下来。

"我原来不想带孩子过来，但是孩子爸爸想见他们。谁能想到今天下了这么大的雨……"

妙子却避开女人的手。

"马上就到了。"

"可是，背着这么脏的孩子，跟我一起进去，您会遭人冷眼的，您也不愿这样吧？"

"我不介意。"

"是吗？"

女人回头望了望伏在自己背上的孩子。

“他睡着了。听说，还有没断奶的孩子跟母亲一起被关押在这里面呢！”

等候室因为下雨一片昏暗。

有六排椅子面朝同一个方向摆放，每排摆了三张，都是三人座的木椅。去年这里收到的探视申请有三万八千零七十二份，平均一天就有超过一百组人过来探视。辩护人的等候室单独设在二楼。

妙子在等候大厅中的监狱协会商店里，挑了一瓶腌薤白、一罐鲑鱼罐头、一瓶维生素和牛奶、面包等，打算送给父亲，又给今天她背过的那个小女孩买了一盒奶糖。

接着，她在大楼一隅的代笔所请人帮忙填写了送东西的申请和探视申请表。

一走进狭窄的便门，就能看到外来人员接待室。妙子在探视接待室里领取了号码牌。收发室设有不同的窗口，分别收取金钱、食品、衣物、杂物等。办公室相当大。为了将家属送来的东西尽快送给在押人员，工作人员会加夜班进行审查，一直工作到早上八点左右。还有一个返还窗口，办理的是从里往外送衣物或书信的手续。

妙子办理完送东西的手续后先离开了这里，返回探视者等候室。

“三十六号，三十六号！”在工作人员到等候室通知之前，妙子始终垂首坐在油漆斑驳的破旧的长椅上等待。

一走上收发室前面的走廊，便听到砸落在白铁皮屋顶上的哗啦哗啦的雨声，耸立在左侧的混凝土高墙，也被打湿成一片深红色。高达五米的围墙下面，盛开着一片绚丽的花田。一排排接见室的门口，也都摆着鲜花的盆栽。

普通人的接见室有十一个，往里走有一排辩护人接见室。

妙子拉开七号房间的门，见到了站在铁丝网对面的父亲。

“可算把你盼来了！”

父亲的眼睛在高度近视眼镜后面眨了眨。

“你的头发是怎么弄的？”

“阿姨帮我扎的。”

“是吗，很适合你，我差点没认出来。”

“哪至于认不出来……”妙子脸颊微微发烫。她想起了有田。

“你怎么还喊‘阿姨’？太不懂事了，应该改口喊‘夫人’！”

“一开始她自称‘阿姨’，我也只好这么叫。”

“没人会称自己‘夫人’，你得有些眼色。”

“知道了。”

“你在那里有没有好好帮着做家务？”

“……”

妙子有些犹豫，不知是否要把阿荣来家里的事告诉他。

“爸爸，您过得好吗？”这句问候可以写入信中，却绝不能当面询问。因为这句话会惹怒父亲。

父亲刚刚理过发，胡子也刮了，他的焦虑便赤裸裸地呈现在了脸上。父亲瘦了很多。从他那凹陷的脸颊到清瘦的肩膀，都让妙子心疼不已。

“妙子，坐下吧……”父亲避开妙子的目光说道。

“我想站着。”

探视人的身后摆着木椅，被告人却必须站着。妙子之所以站着，是因为一来可以离父亲更近，二来也能感受到父亲的气息。但是，一旁还有看守人员，父女也不好过分亲密。因此，她并不走近。而且，二人之间还隔着铁丝网。

那只不过是夏天用来防蚊虫用的纱网，仅仅是用来防止探视人与被告人私下递东西。探视已经宣判的犯人的接见室没有这种铁丝网。辩护人探视时，不仅没有铁丝网，也不会有看守随同。

总之，妙子在探视父亲时，总是隔着这张铁丝网。即使她回到家中，想起父亲时，父亲的面前也总是横亘着一张铁丝网。往后的日子，她只有在这里才能见到父亲了。她甚至会梦到这间铺着木板的狭小的接见室，并经常在夜半时分，被周围的房间传来的说话声、哭声和尖叫声惊醒。

“爸爸，我养了两只小文鸟，它们特别可爱。”

妙子开口。父亲认真地端详着她的脸。

妙子的左眼是双眼皮，右眼却时单时双。今天，她的右眼上浮现出了浅浅的双眼皮。父亲知道，这预示着她很健康。

“妙子，今天我跟你说说你妈妈，怎么样？”

“我妈妈……”

“你妈妈如果还在，我和你应该就不会是今天这副惨状了！”

“……”

“你越来越像你妈妈了。”

“不，我不像她！”妙子立刻否定，她有些惊讶于自己的反应。

“你还记得你妈妈的样子吗？”

“我记得很清楚。”

“既然你记得很清楚，怎么能觉得自己不像她呢？”

“……”

与母亲永别时，妙子才六岁。

“你很像你妈妈。我每次看到你，就像看到了她一样。你不愿意像她吗？那可是生下你的母亲。”父亲在铁丝网的对面质问她，“难道你觉得自己像我？”

妙子点了点头。她似乎被父亲的气势压倒了。

“你会这么说，是因为你根本记不清你妈妈的样子了。”他的语气放缓了一些。

“你那里没有你妈妈的照片吧？”

“一张也没有。”

“都在战争中烧毁了。我的生活水平也不允许给老婆拍照。她结婚前的朋友那儿或许还有她的照片，不过有没有照片都无所谓。你只要记得，自己身上漂亮的地方都像你妈妈就行了。我被关在这里，见不着女人，每天能见到的女人，也就只有你和你死去的妈妈了。你们越来越像了。”

“如果我真的那么像妈妈就好了……”妙子亦道。

因为她察觉到，在父亲的心里母亲是纯洁的化身，他希望通过找到母女的相似之处，来证明因为父亲的罪孽而烦恼的女儿也是纯洁无瑕的。可她仍然无法看透父亲的真心。

自从被铁丝网隔离以后，纵使妙子与父亲交谈，她也常常无法与他心意相通。这既不是因为旁边有看守随同，也不是因为她想要回避父亲的犯罪和审判。或许因为他们以一种异常的方式被分离，才会更想缩短彼此之间的距离吧。生活在一起的父女拥有很多语言以外的表达方式，可是，那对他们而言却是一种奢望。

“妙子,你的声音跟你妈妈一模一样。你恐怕不记得你妈妈的声音了吧？”

父亲异常执着地罗列着妙子与母亲的相似之处。

“是的，我想不起来她的声音了。”

“我现在还能想起你妈妈生下你的时候，毕竟是在家里生的嘛。当时是半夜，接生婆赶过来给你妈妈接生，她说：‘雪停得真是时候！’知道是女儿后，我马上想到了雪子这个名字，可是你妈妈不喜欢，她从‘白妙[1]之雪’中给你取名叫妙子。”

“这话我早就听过了。”

“是啊。我还记得当时你妈妈盖的被子，被面是牡丹花的花纹。虽然是便宜货，但是很漂亮，那是我为了庆贺你出生特意买的。”

“因为生孩子，头发也不能像佐山先生的夫人帮你扎得这么利索，你妈妈只能随意地在脑后扎起来，头发显得很松散，她还喊我进去帮她擦汗呢！冰天雪地的晚上，你妈妈却出了一脑门子的汗！耳朵都发白了。”父亲注视着妙子的耳朵。

“跟你的耳朵一模一样。接生婆把刚出生的你放在你妈妈的身边，待了一会儿就走了。是顺产。你妈妈盯着我，让我不要只是傻愣着，也去摸摸你。我这才回过神来。那是我第一次摸你……如今隔着这层网，连你的手都摸不到了。这辈子估计都摸不到了……”

“……”

“你妈妈眼中泛着泪光说，多亏了这个孩子，才让我们两个结合。她说得没错。因为你妈妈怀了孩子，你的外公、外婆才不再反对，同意他们的大女儿嫁给我。我不愿当五金店的上门女婿，所以由你妈妈的妹妹继承了店铺。说起五金店的女儿，大家伙儿想到的都是你妈妈，她可是远近闻名的美人。虽然镇上还有其他五金店……我望着刚出生的孩子，心里头思绪万千，我心想，是她将那个五金店的女儿送给了我啊！妙子，你没见过刚出生的孩子吧？”

---

[1] “白妙”在日语中指白色。

“没有。”

“你姨妈跟你联系过吗？”

“没有，我连我现在的地址都没告诉她。”

“你妈妈死后，我就跟他们断了联系了。我记得还跟你去看过一次五金店的废墟呢。当时还是被空袭炸毁后的老样子。我被关进来以后，你没再去看过吗？”

“没有……”

妙子似乎对这个问题始料未及，她摇了摇头。

“是吗？他们一家子虽然很薄情寡义，可是我有时还挺怀念过去的，不知道他们后来是不是又在那里开五金店了……”

“我偷偷地去看看吧。”

“偷偷地去吗？”父亲一脸涩然。

“你妈妈死前说，让我再娶个身体好的老婆。你不知道吧？”

“……”

“现在想想，如果我当初再娶一个，或许你能过得好一点儿。身边有个正儿八经娶进门的女人，我兴许也不会犯事了。如果不是明媒正娶，那么，女人就是灾难。”

“都怪我，当初是我不想让爸爸再婚。对不起。”妙子耸了耸肩膀。

“怎么能怪你呢？你说的话，我根本不会放在心上。要怪都要怪你妈妈死得早。你结婚以后，可别比你的丈夫先死啊！”

往日重现

村松光一借宿的桑原照相馆，位于自由之丘和都立大学之间。

器材和设备都是旧式的，早就过时了。各种陈旧的背景、摆在人物脚下的假草坪、浮夸俗气的椅子、石膏像、沉闷的窗帘、多年没用过的十六毫米投影仪等，都放在库房一般的摄影室里，上面落满灰尘。

这里的器材还不如摄影爱好者光一皮包中的相机有用。

“光一，过来帮忙拍张照！”偶尔有客人登门，他就会被从二楼喊下去。光一在大阪上高中时，常常给父亲打下手，摄影技术可以与专业人士比肩。

外面橱窗里泛黄的墙壁上挂着婚纱照、七五三[1]的儿童照、年轻小姐的平面照，无论什么时候路过，挂的都是那几张老照片。

一到高考的时期，就会有很多应试生过来拍证件照，除此以外，摄影室里鲜有客人。

[1] 七五三是日本独特的节日，在孩子三岁、五岁、七岁时举行祝贺仪式，保佑孩子健康成长，每年 11 月 15 日，是庆祝“七五三”的传统节日。

被光一称作“伯母”的山井邦子在暗房里冲洗的都是外行摄影师送来的胶卷。如果不是这里比自由之丘一带便宜，连他们也不会选择到这里冲印。

邦子已经戴起了老花镜，做起这种细致的工作经常腰疼，她挣的钱不多，收到的埋怨倒有一箩筐。

桑原是光一父亲的老朋友，但是他抛下孤儿寡母死在了战场上。村松为了让他的遗孀藤子能继续把照相馆维持下去，让自己的助手山井邦子前去帮忙。

原本这只是权宜之计，可是，邦子一待就是十多年，两个无依无靠的女人搭伙生活至今。

藤子和邦子已然亲如姐妹，对于町子这个女儿，二人都视为己出。

“町子已经长大了，得多赚点钱，不能让她也受穷。”两个中年女人常常把这句话挂在嘴边。

町子今年读中学二年级。

光一的寄宿费也是一家人的生活来源之一。

二楼的房间很宽敞，光一一个人住绰绰有余。虽然榻榻米的席面没有换过，墙壁也很破旧，屋子却很牢固。

光一觉得楼下那群女人的生活非常没劲。邦子没结婚就到这里来了，她看着町子一天天长大，似乎非常欣慰，比她的母亲更爱为她操心。

她托光一盯着町子学习，町子却完全坐不住板凳。她的作业也都是丢给光一做。

带她去自由之丘散步时，她经常让他买这买那，在咖啡厅里也总是挑最贵的东西点。她就是这样一个少女。

这个家有一件事让光一很不满。藤子和邦子都爱不打一声招呼就随意翻看光一的东西。

“那件事你们怎么知道的？”

她们常常提起一些自己从未提到过的事，令光一非常介意。

在这个家里，负责工作的邦子似乎扮演起了一家之主的角色。

邦子常常念叨着，要把生意萧条的照相馆卖掉，在自由之丘或者涉谷一带开家小店。她每次提起那个幻想中的店铺，说法都不一样，有时是小酒馆，有时又成了小餐馆。

“您打算抛头露面做生意吗？”光一忍不住提出质疑。

“我怎么不能做？这是最适合女人的工作。”

既未谈过恋爱也没有结过婚的老眼昏花的女人，竟会有这样的念头，令年轻的光一有些意外。

她经常来找光一商量改行的事，但光一总是回答：“我不懂。”

邦子和藤子似乎都觉得，只要光一赞成，就算没有明确的计划，甚至无须深思熟虑，她们也能够成功改行。这让人感觉很靠不住。但是，两个女人终究无法豁出去。她们或许是想给自己一个盼头，才会喋喋不休地反复念叨这个话题吧。

光一大学毕业后，她们突然变本加厉地依赖起他来。光一不胜其烦，甚至想搬到别的地方去，可又觉得过意不去。

“你结婚之前就一直住那儿吧。”父亲也这样嘱咐他。

“光一，快过来喝茶。”

今晚，邦子等得不耐烦，给他倒茶的时候，大阪口音都出来了。

“茶很香嘛！”

“要贵上五十日元呢。”邦子自己也喝了一口。

“我家的紫藤花开得一年比一年少。我总觉得这不是什么好兆头。听说往树根那里浇上酒就好了，是真的吗？”

“谁知道呢……”

邦子突然想起一事。

“对了，对了！光一，有你的加急信。你猜猜是谁寄给你的？寄信的人我也认识。”她卖了个关子后，起身离开。

简单的一句话，成功让光一焦虑起来。然而，将来自佐山市子的白色信封接过来以后，他的心口突然一阵悸动。

“她是怎么知道这个地址的？”

“佐山市子是你爸爸朋友的夫人吧？不光人长得美，还很能干。以前，我也在大阪的展览会上见过她一次。”

“……”

因为邦子目不转睛地盯着自己，光一只好当场打开信封。

“里面写的什么？”

“是一张电影票。”光一把入场券拿给她看。信上只草草写了五六行字。

“什么时候？”

“明天。”

“她为什么要邀请光一？”

“信是几点送过来的？”

邦子似乎终于察觉到了光一的不悦，开始收拾起矮脚桌。

光一匆匆走进帝国剧场，不过开演的铃声似乎已经响过了，走廊上看不到一个人影。

他跟着工作人员走进昏暗的电影院，向隔壁座位的佐山致歉：

“对不起，我来晚了。”

坐在佐山另一侧的市子抬头。

“我还以为你不能来了呢？”

“很抱歉。”他们说话时，立体电影的宽屏幕上正在放映雪山的影像。电影正好播放到一架飞机在瑞士的阿尔卑斯山上空飞过的画面。

弓形大屏幕上的画面，是由三个放映室同时播放构成的，在观众席的两侧和后面也都有扬声器，所以，影片中的风光和声音都是立体的，让人宛如身临其境。

光一是第一次看立体电影，无论是沿着雪道急速下滑的冰橇、滑冰表演、在大雪原上纵情滑雪的场景，还是美国黑人的音乐，都给他带来深深的震撼。

在十五分钟的中场休息时间，影厅的灯光亮起，光一起身对佐山夫妇郑重道谢：

“谢谢你们今天邀请我。”话音刚落，他便在市子旁边看到了阿荣。

“你怎么在这儿？”

“你吓了一跳吧？”

市子与阿荣相视而笑。

“是啊，真是意想不到……”

“阿荣现在是我们家的女儿了……”

“……”

“你的地址是阿荣告诉我的。”

“是吗？”

“讨厌，你怎么一副莫名其妙的表情！”阿荣挽住市子的手，“阿姨，我们出去吧。”

光一望着与市子亲密无间的阿荣，一脸不可思议，他跟在二人身后来到走廊上。

“阿姨，电影真好看，我又想起我来东京时翻越雪山的情景了，看得我心潮澎湃！”阿荣的眼睛熠熠生辉。

“电影里不是先坐飞机飞越雪山，然后坐火车在雪山中穿行吗？阿姨，你就在雪山的另一边！”

“那不是瑞士的阿尔卑斯山吗？京都和米原一带的山可不能比。”

“才不是呢！比起立体电影，还是真正的山好。哪怕只是日本的小山……立体电影里的山会动，没意思。”

“这话从阿荣口中说出来，可谓至理名言了！”佐山哈哈大笑。

光一有些费解，阿荣怎么跟佐山夫妇这么熟了？他一时插不上话。市子说阿荣现在是“我们家的女儿”，即使只是玩笑，也足以证明她们之间的亲密。

而且，阿荣似乎有意要在他面前炫耀这件事。

光一和阿荣的姐姐爱子是青梅竹马的玩伴。小时候，他经常无视大人的警告，一个人横穿既危险又宽阔的电车道，跑到三浦家玩。那座古色古香的三浦商会，对于光一而言有传说故事般的吸引力。

但是，爱子很早熟，她的行为举止给人的感觉，总是要比同龄的光一大三四岁。过家家的时候，她也喜欢扮演光一的母亲。

不知不觉间，光一更喜欢和阿荣玩。阿荣任性又要强，他们在打打闹闹中，关系越发要好。

光一还记得，阿荣曾用大眼睛瞪着他，说：“我以后可不要嫁给你这样的暴脾气，再生个跟你一样暴脾气的孩子怎么办……”

随着他们渐渐长大，尽管光一很爱看阿荣跟她姐姐争风吃醋，却不好再往三浦家跑了。

光一的父亲有时会请阿荣当模特，却没再拍过爱子的照片。

光一上高中后，爱子常常给他写信。她会在信中抱怨他的疏远，提出想要跟他见面谈谈，还会以怀念的口吻回忆起儿时的光景。在光一眼中，爱子逐渐变成比以往更成熟的“女人”，他跟她相处时总是很不自在。

到东京后，光一从父亲口中得知了三浦家的近况和爱子结婚的消息。

“阿荣什么时候来东京的？”光一关心地问。阿荣却仍然盯着《新艺拉玛假期》的节目单，头也没抬。

“山上的雪还没化的时候。”

他们在走廊的长椅上看到两个空座位。佐山夫妇坐下后，阿荣硬是在市子旁边挤下去，座位间的空间很小，她只能挨着椅子边儿，侧身坐在那里，脸朝着市子。

光一站在那里。

“我和阿荣是青梅竹马……”光一对市子说。

“阿荣告诉我了。我和阿荣的妈妈是女校时的朋友，村松先生和佐山也是老朋友了。这样想想，缘分实在奇妙！”

“我和光一可没什么缘分。我从来没有感觉到我们之间存在友情……我说得没错吧？”

阿荣咄咄逼人地强迫光一认同自己。

“今后没准儿就会产生友情呢。”市子撮合他们。

“男人的友情太难以预料了，还是和女人在一起最好。”阿荣丝毫也不领情。

昨天她还兴冲冲地计划着出其不意地出现在光一面前，今天见到了本人，她又端起了架子。

《新艺拉玛假期》的第二部从巴黎的观光开始，最后，以在美国奥尔顿湾的夜空绽放的烟花拉下帷幕。

他们还看到了巴黎圣母院的弥撒、罗浮宫博物馆的《蒙娜丽莎》。在聆听巴黎圣母院的唱诗班的合唱时，帝国剧院的观众席仿佛置身于寺院之中。

佐山买的是六百日元的一等席，位于一楼中央的前排，这个区域能够最好地体验到立体电影的逼真性。放映到美国海军的喷气式飞机时，他们也时而宛如置身其中，时而又觉得飞机是从自己的头顶飞过一般。

看了两个多小时的电影，一走出帝国剧场的大门，市子就揉了揉太阳穴。

“好累，实在太刺激了。”

“用画面来刺激人的观光欲，是立体电影的一种技巧。”

“哇，你说话的语气跟个老头子似的……”阿荣取笑光一。

“你可别在阿姨面前卖弄！”

“卖弄是什么意思？”

光一很了解阿荣的脾气，反唇相讥：“你不累吗？”

“我还想再接着看一场。雪山啦，黑人葬礼结束后啦……”

佐山望向皇宫的护城河的方向。

“马上要下大雨了。恐怕不好打车，要不去隔壁坐坐？”

“隔壁是什么地方？”

“东京会馆。可以去法国餐厅或者吃烧烤……”

在剧场前面的马路上，一群人正在争先恐后地往出租车里挤。

“光一，不好意思，我得失陪了。我怕事务所有事找我，要先走一步。”

“叔叔，您不跟我们一起走吗？”阿荣走到佐山面前，“我想瞧瞧叔叔的事务所，您带我一起去吧！”

“那里有什么好看的？”

“可是，我想在叔叔的事务所工作，当然得提前去看看！”听到阿荣突如其来的一句话，连佐山都吃了一惊。他与市子对视一眼，不由得笑了出来。

“今天可不行，我们还得帮光一庆祝呢！”市子责备了一句，越过阿荣往前走，留给她一个撑伞的背影。

“庆祝什么呀？阿姨……”

佐山代替市子回答：“也说不上什么庆祝，光一不是毕业找到工作了吗？”

“所以天就下暴雨了。”

“等你找到工作的那一天，就要下大雪了！”光一留下这句话，追上市子的步伐。

阿荣将自己的伞斜了斜，凑到佐山近前。

“叔叔，到时候您也会为我庆祝吗？”

“我可不想给一个没有任何追求的人庆祝！”

与佐山分别后，市子三人从面对着护城河的门进入东京会馆。

只是走到“隔壁”，伞已被雨水彻底打湿，市子收伞时，暗道：“不知妙子淋了这么大的雨，会不会有事……”

这时，她看到阿荣蹲下身子，从包里拿出拖鞋摆到她脚边。然后，她飞快地摸一下市子的袜子。

“阿姨，袜子没湿。”

接着，她麻利地把脱下来的木屐包起来。在衣帽寄存柜前，她又帮市子脱下雨衣。

“你这孩子今天太反常了。”市子有些难为情，光一也一脸震惊地看着她。

“光一，你可以吃鱼吗？”

“啊，可以的。”

“那么我们就去吃鱼吧。立体电影看得人太累了，我实在吃不下肉。不过阿荣好像还不累……”市子回头看向阿荣，笑着拉开法式海鲜餐厅的门。

一进门便看到一个玻璃冰柜，阿荣跑到冰柜旁边兴致勃勃地看了起来。冰柜底部铺着冰，摆在正中央的是一条巨大的鲑鱼，旁边则摆放着伊势虾、基围虾、螃蟹、牛舌鱼、河鳟鱼、小鲷鱼之类的鲜鱼，上面点缀着黄色的柠檬片。

“阿荣，你想吃什么鱼？”

市子在靠窗的一排小隔间里找了一张桌子。绿色的椅子围在桌子旁，阿荣坐到市子身边，光一则在阿荣对面坐下了。

“你坐阿姨对面吧。”阿荣说。

光一红着脸往旁边挪了挪：“你又想跟我吵架吗？”

“你不是想让阿姨给你庆祝吗？我才不要跟你互相瞪眼呢！”

服务员拿来了菜单，分别递给三人。

“阿姨看着点吧……我不懂法语。”阿荣立刻把菜单还回去。

“光一呢？”

“我也不懂。”

市子点了小虾的前菜、汤和纸包小鲷鱼。

“再要个牛舌鱼吧……”

点完菜后，市子端起水杯，望向窗外。路边银杏树的新枝挡在高高的窗前，树枝随着雨滴摇曳。透过树叶的间隙，能看到对面漆黑的护城河。稍远处，可以看到从马场先门[1]冒雨往皇宫前广场开的汽车。六点半左右，天本应亮着，却因下雨而沉入夜色。

从客人座席可以看到厨房，时不时会有火焰腾起来，阿荣饶有兴致地盯

[1] “马场先门”为江户城的内城门之一，位于日比谷门与和田仓门之间。

着那里看。

“阿姨，阿姨。”市子听到阿荣的叫声。

“你看那边的那桌人，是不是在相亲？”

对面的那个厅比这里要高一个台阶，市子往阿荣示意的地方看去，发现有张桌子旁边围坐了八九个人，的确很像是两家人碰面。

其中一名小姐身着和服，另一个则穿着洋装。从市子这个角度能看到她们的脸。她们像是两姐妹，都是圆乎乎的肉脸蛋。双方的父母似乎也都在。背对市子的青年也许是在和姐姐相亲，只看一眼，便能感觉到他们的拘谨。只有那个四五岁左右的小女孩一点儿也不拘束，她放着自己的椅子不坐，在众人的座位后跑来跑去。

那个小女孩似乎不是小姐们的妹妹。席间一共有三个中年男人，她或许是其中一个男人的亲戚。

“阿荣，不要盯着人家看！”市子教育她。

“一定是相亲，阿姨，您瞧他们那一本正经的样子。”

“阿荣如果去相亲，说不定不会那么一本正经。”

“我才不会。”

“哦？阿荣如果去相亲的话，一定很有意思，我都想陪你一起去了。”

“阿姨如果陪我的话，我随时都可以相亲。”

“那就相一次？”

“相就相！”

“假如现在是相亲，怎么样？”

“现在？”

“你可以和光一相亲呀！”

“我才不要，阿姨您真坏！您说的是什么话，我从小就特别讨厌光一……”

“青梅竹马不是很好吗？”

“阿姨，我要生气了！”阿荣抓住市子的手腕使劲摇。

光一差点笑出来，但又有些难为情。

市子也从阿荣的手上感觉到了她的害羞。

市子本打算说句玩笑话，但是，说不定她是看到阿荣和光一年轻美好的容颜，才由衷地想撮合他们。

大概是为了掩饰尴尬，阿荣松开市子的手，对光一道：“我差点把阿姨心爱的和服扯破！”

“阿姨的和服漂亮吧？这可是非物质文化遗产江户小纹[1]！”

市子身上穿的和服，是小宫康助染制的青灰色鲨鱼纹和服。

侍者牵着里厅的那个小女孩，过来看陈列着鱼的冰柜。

那桌人里背对着他们的男人回过头，目光追随着小女孩的身影。看到他的脸，市子不由得屏住了呼吸。

好在对方的目光一直在小女孩身上，没有注意到市子。

“啊，清野还活着啊！”

这是浮现在她脑海中的第一个念头。她分不清自己到底是惊讶、喜悦，抑或是恐惧，总而言之，他的出现犹如一道闪电，打破了她平静的心绪。

---

[1] 江户小纹与京友禅、加贺友禅，被并列为日本三大友禅印染。其中最高级的三大著名花纹分别是“鲛”（鲨鱼）、“角通”（贯通）、“行仪”（礼仪）。

市子常常想，或许清野在战争期间，已乘着船葬身大海的某处了。对于已经与佐山结婚的市子而言，清野这个人或许最好消失。但是，会有这样的念头，并非她心底潜藏着这样的愿望，而是因为清野是水产工程师，与市子谈恋爱时，他也常常会出海远航。

“那是清野的女儿吗？”市子看向小女孩。

小女孩被侍者抱起来，透过玻璃窗看里面陈列的海鲜。

然后，侍者又牵着她的手，从市子身边路过。她的眉眼与清野没有相似之处。

“被他发现了。”

市子感觉到，清野看向小女孩时，视线也捕捉到了自己的身影。她面色苍白，似乎所有血液都被从体内抽离。

“他看到了又如何？我不过是与他相爱一场而已。”她对自己说。

服务员端来了小虾前菜，市子用餐叉吃了一口，却觉得味同嚼蜡。

“阿姨，你怎么了？脸色好差！”阿荣开口。

阿荣的眼睛清澈见底，瞳仁黑亮，那双眼睛意外地勾起了市子的回忆。

第一次委身清野时的情景，历历地在她眼前重现。回忆似一把利刃刺入她的身体，痛彻心扉，此时此刻，市子思绪万千。

一股意想不到的不安向她袭来，仿佛这十多年来，她都在佐山面前扮演一个不忠的妻子，与他同床异梦。

“我没事，看立体电影太累了而已。”市子回答完阿荣，抬手按住额头。

身边的少女无比敏锐，令她无所遁形，甚至想离席而去。

光一问阿荣：“你说要在佐山叔叔的事务所上班，是真的吗？”

“对啊，这还能有假？”

“你去工作，只是去捣乱吧！”光一揶揄她，但似乎仍然有些难以置信，

“夫人，她真的要去吗？”

“是啊。”

市子心不在焉地点点头。

“我去试试嘛！”阿荣虽然在跟光一说话，却很关心市子。

“阿姨，你别是感冒了吧？”

里面的那桌人起身，朝这里走来。

清野目不斜视，从市子身畔走过，接着，他似才认出来她一般，回过头道:

“好久不见……”

“好久不见。”

清野稳住嗓音，换上客套的语气，将方才那句话重复了一遍。

望着眼前这个容貌出众的男人，市子自然流露出的感情只有怀念，她为此松了一口气。清野的嗓音还萦绕在她耳际。

他的嗓音低沉沙哑，却蕴藏着深沉的感情。那宛如呼唤大海一般的声音，从他厚实的胸膛深处发出来。

市子不由得回忆起少女时代，在被他那厚实的胸膛拥抱时，她的心如同小鹿乱撞。

“真的好久不见了。有十七八年了吧……”她脸颊发红。

她有意将年数说给阿荣听。

“已经那么久了吗？”清野目光灼灼地望着市子，“不过，你完全没变，还是那么年轻。”

“哪里，我已经不年轻了……”

“你父母还好吗？”

“他们都去世了。”

“是吗？”清野沉默良久。

市子忍不住问道：

“你现在还会出海吗？”

“没有，我已经上岸了。”

清野身穿一件双排扣的西装，显得很庄重。市子这才注意到，他的发际线有些后移，因为经常出海而晒黑的皮肤也比过去白了一些。

“市子，能跟你聊聊吗？”

“什么？”

“我去前面的休息厅等你，待会儿再聊……”清野说话时，几乎没往阿荣和光一这两个年轻人身上看一眼。

市子的心里突然涌起抵触情绪，她强忍住身体的战栗。

“跟你在一起的人还在等你吧？”

“没事，不用管他们，我先过去等你……”清野转过身，大步走出餐厅。

阿荣瞠目而视。不知道她是否察觉到了什么，一直没有作声。

一想到清野就在门口等自己，市子就坐不住了。

“不能让他久等，我去去就回。”

“阿姨。”阿荣唤她。

“怎么了？”

“不，没什么。我就是想让您问问，刚刚他们是不是在相亲。”

“问那个做什么？”市子也若无其事地反问。

阿荣盯着市子走出法国海鲜餐厅的门。

“真羡慕阿姨！”

“……”

“刚刚那个人是阿姨的旧情人。你难道不觉得，无论是叔叔还是阿姨的旧情人，都很优秀吗？”

休息厅靠窗的座位上，只有清野和小女孩两个人。椅子对于小女孩而言太大了，她伸直腿坐在上面，市子走近以后，看到了她的红袜子。

清野正静静地望着窗外的雨。小女孩先看到市子，清野察觉到她的表情变化，也回过头来。他示意市子坐在自己面前的椅子上，然后调整了一下坐姿。

但是，市子却立在那里没动。

“你想跟我说什么？”

“唉，我有一肚子的话想跟你说，不过我只是想告诉你，没想到能在这里见到你，我很开心。”

“……”

“你不知道我有多想见你，可我既不能去找你，也不能到你家附近晃悠。我甚至想过，说不定我这辈子都见不到你了。”

清野仰着头同她说话时的声音，唤醒了她沉睡的回忆，市子甚至回想起他那安静的吻来。

“这是你的孩子吗？”

“不，是我妹妹的孩子。这孩子跟我很亲，我就把她带来了……”

“你夫人呢？”

“被我害死了。”

“……”

“虽说她原本就身体不好，精神也很脆弱，不过，也怪我总是出门在外，不能好好地照顾她……”

“这是你的报应。”

市子本没打算说，这句话却脱口而出。

“什么？”清野的眼里闪过一丝诧异，但他坦率地点点头，“确实是我的报应。”

“因为我没能和你结婚，所以就破罐子破摔了……不过，我深深地明白了，结婚这件事很可怕。你或许不一样……毕竟你跟我分手后，也等了佐山很久……”

“我可没跟你分手，也没有在等佐山。”

清野沉默了片刻。

“那两个年轻人是你的什么人？”

“我朋友的孩子。”

“市子你还是老样子，从以前开始，就总有一帮人围着你转……”

“你的意思是，你也是围着我转的人里的一位了？”市子一副打算离开的架势。

“那些不过是我听说的。对于我而言，你是我一生中的唯一。”

“不要说那些没边儿的事……你的余生还长着呢！”

市子很想尽快逃离这里。佐山去了丸之内的事务所，所以，他应该会从大门进来。她提心吊胆，生怕佐山突然出现。

“我们公司好像聘请了佐山先生打渔业权的官司。”清野道，“不过我没见到他……”

“是吗？”

市子一副告辞的神情：“佐山等会儿要过来。”

清野点点头。

“你知道吗？”

清野之所以点头，就是为了市子这句漫不经心的询问。

“我非常清楚，你是佐山先生的夫人。”

“瞧你这话说的，真让人别扭……”

“你不喜欢听，是吗？如果我不那样想，今天只怕不能若无其事地放你离开了。”清野的声音里透着一丝坚决，“市子，你一次也没考虑过跟佐山先生离婚吗？”

“你这个问题太不礼貌了！”

“我只是盼着市子你能幸福，你不明白吗？”

“我不明白。即使没有人盼着我幸福，我也很幸福。”

“也有人在遥远的大海上，以你的幸福为自己的幸福。”

“你可别这么说，像是要逼我领情一样。”

“我确实是这样想的。”

“你在遥远的大海上，又是怎么知道我过得幸不幸福呢？”

“也许是因为那是我的愿望吧。今天见到你，我更加确信你过得很幸福。知道这一点，我便心满意足了。”

“听你这话，我是不是还得感谢你……”

“话越扯越远了。”

“……”

“佐山先生知道我的事吗？”

“应该不知道，我没跟他提过……”市子回答后，有一些后悔，也许她应该给出一个相反的回答。

“那样最好。”

清野避开市子的目光，将小女孩抱起来，从椅子上起身。

“再见了。”

“……”

市子默然不语，目送他离开。

清野牵着小女孩的手，头也不回地走向出口。

市子浑身的力气似乎都被抽干，疲惫地闭上眼睛。

与佐山结婚的那一夜，倘若佐山起了疑心，她本打算把清野的事和盘托出。她的恐惧与羞愧也许被他误以为是纯洁的表现。可她深知那只是一个谎言。此刻，那份羞愧的情绪再度涌上她的心头。

路上小心

日本晴朗的五月天，不知何时已消失不见，今年依然是一个阴霾连绵的五月。然而，植物却五彩缤纷，很符合时令。

草坪青翠欲滴，庭院中树木的叶色层层叠叠，深浅不一。

从三楼眺望多摩河滩，那里的麦田同样欣欣向荣。

窗畔的水仙还未开花，只那茎叶奋力伸展，毫无情趣，可从它身上，市子同样感受到植物蓬勃的生命力。

“路上小心。”市子目送丈夫和阿荣，“今天早点儿回来！”

后面那句话是对阿荣说的。

阿荣比佐山抢先出门，在距离门口两三步远的地方，她笑着挥手，露出一排白牙。

“阿姨，您今天是想学大阪人吗？”

“嗯？”

“在大阪，我们不说‘路上小心’，都说‘早点儿回来’！”

“你就别说笑话了！”

斑驳的树影投落在阿荣白皙的面庞上。

她将没有干透的头发绾起来，发型同往常一样，脸上只描了淡淡一层妆，可仍旧像化妆后等待登台的女演员一般风情万种。

阿荣要在事务所和佐山共处一天，念及此处，市子便从她身上感到一种前所未有的邪气。有种莫名的担心不知不觉地萦绕在她心头。

就在看过立体电影后的第二天，佐山漫不经心地问她："阿荣，你要跟我去事务所看看吗？

闻言，市子的脸猛然间僵了僵："喂，你可别逗她！"

"我可没逗她。"听见市子不悦的语气，佐山有些意外，"昨天她不是说想去看看吗？"

"……"

"真的吗？我太高兴了！"

市子陷入沉默。

与清野的相遇被阿荣知道了，市子在她的面前仿佛失去了自由。

昨天佐山很晚才到法国餐厅，没有撞见清野，可在回程的汽车里，阿荣一直闷闷不乐。

光一在中途下车，谢过佐山夫妇后，跟她打招呼："阿荣，再见。"她同样不理不睬。

不过，光一走后，阿荣的眼里又显出了活泼的光彩。

"你这孩子真不懂事，你到底讨厌光一什么呀？"

"光一一见到阿姨就成了您的崇拜者，阿姨您也一个劲儿地向光一问这个问那个！"

见她如此蛮不讲理，市子不禁板起脸来。

那天以后，阿荣从来不曾提到清野。她表现得若无其事，仿佛压根儿没有见过这个人似的。所以，市子并没有产生被她抓住把柄的感觉。

但是，当佐山说出想让阿荣在事务所上班时，市子依然心生顾虑。她不反对不是，反对也不是，难以表明自己的真正立场。

“就算清野的事被佐山知道了，事到如今又能如何？”仅仅是这般说服自己，也足以令她自我厌弃。

可她早已错过向丈夫坦白自己与清野的恋情的时机。

佐山不曾问过市子婚前的男女关系，一次也不曾。直至今日，市子也不清楚佐山是否从未怀疑过她的贞洁。这抹担忧留在心底，不知何时才会消失。

市子也曾想过，或许是因为他们都是晚婚，佐山觉得没必要过问市子的过去，也有可能是佐山心中也有不欲被触及的往事。

无论如何，过去并未对他们的婚姻幸福产生妨碍。他们彼此都深信不疑，二人的结合本身即是一种幸运。

然而如今，对清野一无所知的丈夫，每天都要和看到清野的阿荣一同去事务所。

“路上小心。”将他们送到门口的市子，心头被阴霾笼罩。

佐山的事务所位于丸之内的老街区，清一色的红砖建筑。

这一带的出租屋大多租给了法律事务所，一般挂着的都是个人事务所的招牌，如果是合伙开的，招牌上便会把合伙人的姓名都列出来。

事务所里只有三四名员工。高中毕业的女职员负责接待客人和转接电话等内部工作，男职员则负责和法院与政府机关联络等外勤工作。

最近有个女员工辞职去结婚了，她是大学毕业，又会速记和英文打字，一直很受佐山器重。

她的工作阿荣恐怕胜任不了。

“阿荣怎么样，有什么她能干的吗？”市子试探着问道。

“她本人好像挺高兴的。大家也都很欢迎她，说是自从她来了，事务所的气氛都变活跃了。”

“不知道她能不能长期干下去。”

“听说她还跑到京桥去学速记了。事务所的日文打字机，她自己摆弄了几天，已经会用了，这孩子还挺有悟性的。”

“这么说来，阿荣的工作就这样定了？”

“她没准儿出人意料地能干。”

“这孩子找工作倒是挺有一套的。”

“确实。事务所还有人传，她是因为美色获得了这份工作呢！”

有一天，阿荣一进门，就兴冲冲地说：“阿姨，我今天和叔叔一起去学习了！”她说罢，回头看向佐山。

“我们去看电影了。”佐山解释。

“电影归电影，但是片名叫《二四五五号死刑犯》……您听听，叔叔是不是有必要去看看？这片子早就上映了，我还没去看过呢。有部阿根廷的电影叫《一一三号女囚》，还有部电影叫《恶人当下地狱》，里面都有监狱的情节……”阿荣正滔滔不绝，觑到市子神色间怒意隐现，忙一把搂住市子，跟她撒娇。

对于躲在市子身后又悄然离去的妙子，她视若无睹。

“回家的时候，我和叔叔没有一起离开事务所，结果我在去银座闲逛的路上撞见了叔叔，就拉他陪我去看电影了。我漫无目的地在外面瞎逛，是不是挺不像话的？”

佐山被阿荣逗得哈哈大笑，这也令市子心烦意乱。

市子在初潮之前就爱做些离奇古怪、恐怖的噩梦。这一天晚上，她又做梦了。

她在佐山身畔躺下，闭上眼睛后，阿荣那青春靓丽的倩影依然顽强地浮在眼帘。市子担心适才自己怒形于色，会让阿荣瞧不起，谁知梦里她也阴魂不散。

市子梦到自己与阿荣同床共枕。阿荣的脸颊晶莹剔透，她不由自主地凑过去想吻她。不经意间往旁边一瞥，却看到阿荣巨大的影子投落在墙上，披头散发的样子诡异骇人。

“阿荣，你的头发……”她想让阿荣也看看那个影子，阿荣却握住她的手臂缠绕上来，试图向她索吻。市子惊叫出声。

佐山见她似被梦魇住，伸手将她摇醒。

“啊，我做了个可怕的梦……”

“什么梦？”

“就是……”

市子吞吞吐吐。

倘若说出阿荣的名字，佐山兴许会笑话她。尽管是做梦，她却怕一旦说出来，会让佐山看出端倪。

“好像是和少女有关的梦……”

“和少女有关的梦，那不是挺好的嘛？”

“……”

“还睡吗？”

“嗯，睡吧。”

“晚安。”听见佐山的声音里带着浓浓的睡意，市子松了口气。

“几点了？”

“不知道。”

市子久久没有入眠。她想象着阿荣伸展手脚睡在单人床上的样子。

市子清晨又做起梦，比佐山起得还晚。

一下楼，便看到妙子正在替佐山倒咖啡。

“阿荣呢？”市子问。

“已经走了。入职后上班要准时，不能一直跟我一起出门，否则别人要说闲话。”

“那倒是。”

市子恍惚应着，在佐山前面坐下。

“最近湿气太重了，我的头晕晕乎乎的。”

“那是因为你昨天晚上做噩梦被吓着了。”

“也是，还好你把我叫醒了。”

妙子在市子过来后，似乎就打算走开。

“千代，千代。”她呼唤停在她肩头的小鸟，将它移到手上后站了起来。

注视着小文鸟扑扇着翅膀的样子，市子不禁露出微笑。

“小鸟长得可真快啊。”

“阿姨，您也叫一声试试。”

“千代，千代。”

文鸟在市子掌中跳来跳去，用鸟喙轻啄她的手指。

“好痒。”

“阿姨，我把它送回去吧。”

“好，你带它去吧。”

“每天都下雨，都不能把它放到院子里了。”

妙子走后，有种无言的抚慰淡淡留在市子心头。市子知道，妙子一直在暗中守护着她。

“妙子在春天过后，突然变漂亮了。”市子说道。

“她不是一直很漂亮吗？”

“话是这么说，不过，你不觉得她有一种花开的感觉吗……”

“那是因为你从以前起就钟爱漂亮的东西。妙子和阿荣这两个孩子如果不漂亮，你恐怕不会留下她们。”

“瞧你这话说的，你自己才是那样的人呢！”市子虽然反唇相讥，却没有什么底气。

佐山很了解市子。他们像了解自己一样了解对方，夫妻关系非常融洽。

市子这么久以来，从未想过佐山会对其他女人移情别恋。在对阿荣产生顾虑而做的那个梦中，也不见佐山的影子。也许在梦中，阿荣之所以向市子求爱，就是因为她从未怀疑过佐山。要是在梦里嫉妒佐山和阿荣，她或许无法原谅自己。

送佐山出门后，市子不由自主地去了三楼妙子的房间。

“妙子，你跟阿荣的关系最近怎么样？”

妙子只是望着市子的脸，沉默不语。

星期天是个难得的大晴天，百货商场的直升电梯前，也有成群的人在排队等待。有田只好去搭自动扶梯。

商场里已经摆出了夏装布料和单和服，到处都洋溢着夏天的氛围。随着自动扶梯渐渐升高，五彩斑斓的店铺尽收眼底，又随着电梯升高消失在视野中。

自动扶梯最高能到六楼，有田踩着干净明亮的楼梯往顶楼走去，他想起自己乡下那阴暗的家。他有很多弟弟和妹妹，父母凡事都很依赖身为长子的有田。去年年底他开始在这里打工，并跟鸟市的千代子交上了朋友。他们无话不谈，连家庭情况他也可以毫无顾忌地告诉她。那些无法跟学校的朋友提及的话题，他都会跟千代子聊。

顶楼同样有很多带孩子的客人，十分拥挤。

透过鸟笼之间的间隙，他看到千代子穿着工作服的肩膀。

有田刚在她面前站定，她蓦地开口："我明天就要调到其他柜台了。"

千代子的声音听上去好像有些过意不去。

"去卖手帕。"

"……"

"在一楼。"

"那妙子以后来买鸟食也见不到你了。"

"是啊，比起顶楼的这个犄角旮旯，一楼会有更多人盯着。有田，你来了也不能找我聊天了。"

"比起我，你的那位更为难吧？"

"讨厌，别跟我提那个人。"

有田眼神黯淡，低声问她："她联系你了吗？"

"联系了。"

有田想给佐山家打电话或写信，遭到了妙子的坚决拒绝。当时，她流着眼泪恳求他。

他们去过多摩河游乐园之后，又见过一次面，可是接下来的一次约会，妙子没有出现。

有田失落地等着她，妙子那谜样的美丽越发令他深陷。他无计可施，只能通过千代子联系她。

"然后呢？"有田急切地催促道。

“有几句话待会儿跟你说，你去儿童火车对面的椅子上等我一会儿，我马上过去。”

有田心里七上八下，他担心自己再也见不到妙子。

千代子双手揣在工作服的口袋里，用手在里面压住裙子小跑过来。

“久等了。妙子跟我说，她下午四点到四点半之间在多摩河的浅间神社等你……”

“谢谢，现在几点了？”

“十二点二十。还早呢。”

千代子看到有田脸上有抑制不住的喜色。

“不过，有田，你对妙子是怎么打算的？”

“什么怎么打算的？”

“我谈不上幸福还是不幸福，可是妙子是真正的不幸。”

“女人是不是总喜欢把幸福或不幸福挂在嘴边？”

“我不是在说我过得幸福还是不幸福！”千代子急道，“我在跟你说妙子！”

“她对于我来说有种神秘的魅力。我对她的印象，不能粗暴地以‘不幸福’来总结。”

“你和妙子结不了婚。”千代子突然挑明。

“怎么突然说这个……你就别吓我了，是你自己不愿跟我结婚吧？”

先前还忧心忡忡的有田闻言后松了口气，因为千代子之前听说了有田的家庭情况，说过：“我可不能和你这样的人结婚。”

大学毕业后，有田还得负担一家老小的生活，嫁给有田注定要受苦，她可受不了。说他不适合结婚，有同情的成分，也有这样的权衡。

有田着实没有想到，千代子竟然暗地里将他当成结婚对象来考虑过。不过自那之后，他们的关系一下子亲密了不少。

“我可没吓唬你，而是发自内心地想提醒你。你对妙子是认真的吗？”

“我很认真。”

“你想跟她结婚吗？”

“先提醒我没法跟妙子结婚，又问我想不想跟她结婚？”

“你别打岔，把话说清楚！”

“你是在试探我不成？”

“算了。你就作为一个不能跟妙子结婚的人，对她好一点吧。别让一个不幸的人因为你变得更加不幸。她真的很可怜，我都没法嫉妒她。”

“吓我一跳，我还以为是什么要紧的话呢……不过，你提到妙子的时候，把话说得太绝对了。”

“关于妙子的真实情况，你什么也不知道。”

千代子凑到有田耳边，将妙子父亲犯下的罪和妙子的身世悄声说给他听。

“是吗？我还以为是她本人有什么问题呢。比如有不好的遗传病、生了重病、小时候犯下了无法挽回的错误什么的……”有田以笑容掩饰他的惊愕，“她的情况我知道了，养小鸟也是因为她太孤独了吧……”

“你看，她是不是不能跟你结婚？”

“……”

“今天你还要去多摩河吗？”

“去啊。”

“你安慰一下她，别太刻意了。”

“嗯。”

“有田，你真是个好人。你喜欢上妙子之后，我总算知道你的好了。以后我有什么问题，你可要帮我拿主意，我现在很迷茫。”

“如果那个人让你迷茫，我觉得还是算了。”

千代子满不在乎的笑意里掩藏着一丝落寞。

“代我跟妙子问好。”千代子回到柜台。

有田时间充裕，于是先去京桥的石桥美术馆和银座逛了逛，才从新桥搭上国电[1]。他在目黑换乘公司线。只有在跟妙子见面时，他才会乘坐这条线。望着沿线的风景，他对妙子的思念越发强烈。

“原来她是杀人犯的女儿。”

今后该怎么办呢？有田心里突然迷茫了起来。

在“人类大家庭”的展览馆里，妙子剧烈地咳嗽着倒在自己胸前，重新忆起当时的情景，他的心里突然多了一些截然不同的念头，他恨不得狠狠地掐住她。

“有田，你真是个好人。”千代子的这句话还依稀留在耳畔，可是他觉得，说出那句话的千代子，才是真正的善良。

不过，面对时而坦率地敞开心扉，时而又紧紧关闭心门的妙子，有田先前总是不知所措，如今他却不可思议地释然了。

在多摩河游乐园前下车后，只见在游乐园相反方向的路上也有许多小卖店，那条路被前来游玩的人堵得水泄不通。

有田逆着人流往前走，多摩河的景色徐徐展开，走到道路的尽头，大街的喧嚣戛然而止。面前是一个小山坡，坡上有片葱葱郁郁的森林，浅间神社就在森林深处。

---

[1] 日本国营铁路电车。

在神社的山脚下，有个陈列着红色或黄色的海灯笼草的小店，有田在那里看到妙子的背影。她脚上踩着一双红色的凉鞋。

妙子察觉到有田的气息，回过头来。她望着他，朝他走了三四步，向他道歉："对不起。"

"嗯？"

"麻烦你跑这么远。"

"远点儿也没关系……"

"不过，太好了，我还以为再也见不到你了。"

妙子走在他前面，登上台阶。

"往上走可以看见河景。"

"千代子让我向你问好。"

"要是没有千代子，真不知道会怎么样。"

"还能怎么样……妙子，你随时可以给我写信，也能给我发电报。"

"……"

"你出来的时候是怎么跟家里说的？"

"阿姨把我送到门口，跟我说'路上小心'的时候，我的整条腿都在抖。"

"你没有跟她提过我吧？"

"……"

"你常来这里吗？"

"常来。"

在山坡的广场上，有一座婚礼会场和一块告示牌。从那里望去，在树丛间也有石阶蜿蜒而上，神社的前殿就在石阶尽头。

"今天先生感冒了，在家休息。阿姨应该也要出门，我其实最好留在家里。"妙子说。

前殿附近潮湿而隐秘，渺无人迹。

妙子将一路上小心翼翼地拿着的用手帕裹着的小包打开。

那是一个软牛皮和精致的刺绣混纺的钱包，开口处镶嵌着五金环。

妙子从钱包里拿出几个一日元硬币，投进功德箱中，然后双手合十许愿。

有田望着她的背影，有一种她会离自己越来越远的错觉。

“你许了什么愿？”

“我以前常来，希望神明能够帮我，许下过很多愿望。”

“刚刚呢？”

“我许的愿望太多了。”

“……”

有田觉得妙子的钱包很罕见，想拿到手上看看。

“给我看看。”

“这是很久之前阿姨帮我做的。”妙子将重新包进手帕中的钱包递给他。

“真精巧。牛皮和布料都是旧的吧，我不太懂……”

有田没想到，钱包虽然很鼓，手感却像小布袋一样轻。

“里面装了什么？”

“我放了些一日元的零钱。”

“为什么都是一日元的？”

“有点儿原因，我攒过一段时间的硬币，不过现在已经不攒了。”

“……”

“里面还有小贝壳。”

“贝壳？”

“你可以打开看看。”妙子说着，自己打开有田手中的钱包扣，把手探进去，从里面摸出一个小拇指的指甲盖大小的圆贝壳。

“这种贝壳叫‘私房贝’。”

“这难道是妙子的私房钱？”

“贝壳的名字就叫这个。还有这个，是‘菊花贝’。”

在黑色的壳上，有菊花的花瓣一般的白色纹理，果真像菊花一样。名为“金铃子”的贝壳，形状则酷似金铃子。

有田很中意一个叫“八角”的贝壳，细长的白色贝壳，形状俨然像一个小型牛角号。

“这些是阿姨给我的，所以不能送给你。阿姨还没嫁人时，经常一大早就跑去海滩拾贝壳，应该是在我出生之前的事了。”

“你动不动就提你阿姨。”

“先生和阿姨对我来说都很重要。”

妙子在可以看见多摩河的草坪上蹲了下来，有田也随她坐了下来。

“阿姨说，她还在上学的时候通过捡贝壳开阔了眼界，发现了一个多姿多彩的世界。”妙子静静注视着躺在有田掌心里的小贝壳。

树香浓郁，将二人环绕。

多摩河距离这里并不远，可是水面却似很低。游人在河畔的草坪上嬉戏的声音，隐隐约约地传入二人耳中，衬得此处更静。不过，从下面的路上驶过的汽车声却不绝于耳。

“我们去那个很长的桥对面吧。那边的风景好像比这里更好，跟乡下一样，你觉得呢？”有田说。

“那是丸子桥，对岸跟这里没什么两样。”

“怎么了？瞧你的脸色，莫不是我到这里来，惹你不开心了？”

“没有，你怎么会这么想？”

“因为你看起来魂不守舍的。”

“是吗？”

妙子欲言又止地看着有田。

“我有件事一直压在心里，不知道要不要跟你说……”

她的烦恼应该是关于她那个杀人犯父亲，有田点点头，等待她开口。

“不过，那是先生的家事，我也不好乱说。”

“哦？”

“和你在一起，我心里那个不好的预感也消失了。”

“不是你自己的事？”

“我从小就厄运缠身，所以常常能预感到坏事，也总是会被一些鸡毛蒜皮的小事吓着。”

“说出来心情能好些。”

“在开心的时候再说吧。”

“开心的时候？”

有田将手中的贝壳放回妙子搁在膝盖上的手中，顺势抓住那只手。妙子僵在那里，连耳根都微微发红。

“上次约会你没来，也不让我给你打电话和写信，你家里将你管得这么严吗？”

“不是的，是我自己不许自己那么放纵。我觉得我最好不要再跟你见面了。”

“可我想见你。”

“阿姨也叮嘱我了。”

“你把我的事告诉她了？”

“我们去多摩河游乐园的时候，好像被阿姨撞见了。”

“她说什么了吗？”

“她倒没有说不准我跟男孩交往，不过……”妙子闪烁其词地说着，突然话锋一转，“即使没有撞见我和你在一起，阿姨似乎也已经知道了。她说，我的样子很奇怪……”

“是吗？”有田的手落在妙子的肩头，试图将她拉近一点。

“肯定是因为爱。以前，我只爱过他们两个人，他们对我恩重如山。”

妙子缩了缩僵硬的肩膀，试图从有田手中挣脱，然后她动了动腿。柔软的嫩草发出了窸窸窣窣的声音。妙子因那几乎听不到的声音瑟缩了一下。

“我不能太任性。”

“爱一个人难道是任性吗？真不像这个时代的女孩说的话。”

但是，有田也僵硬地把手收回自己的膝盖上。在妙子内心深处，有一扇黑暗沉重的门。

“妙子，我希望自己能让你尽情地任性一次。”

“不行的，我得知阿姨知道你的事以后，一个人大哭了一场。我下定决心，再也不见你了。”

“因为你爱的只有你阿姨和先生？”

“那是以前……”

“现在呢？”

“我一想到你，就幸福得像是身边开满了花。我甚至害怕，不知这样到底好不好。”

“……”

“也并不是总这样。有时我会看到彩虹，有时心里会燃起一团烈火。”

“你一直在压抑自己。”

有田往她身边挪了挪。

“你要不要把头靠在我胸前？就像那天你晕倒的时候那样……”

“讨厌，别提那天的事……羞死人了。”妙子羞赧无比，把头靠到有田穿着学生服的肩头。有田将她的头扳到胸前，因妙子的乖巧而无比动容。

“你的生日是哪天？”

“生日？二月十四日。听说那天下雪了。对了，半夜雪停了，我就是那时出生的。听说在第二天早上，还有人把牛奶瓶放在雪里呢。我的名字就取自‘白妙之雪’……”

“是吗？”

“你呢？”

“我是五月二十一日。”

“啊，那不是快了吗？你的生日，我是不会忘的。就算再也见不到你了……”

“别说这种话。下次就在我生日那天见吧。”有田手上的力道收紧。

妙子似乎连火苗都想避开，她摇着头，有田的唇却落到她的脸颊上。

“你别这样。”她坐直身子，“总觉得有人在偷看，真讨厌。”

妙子站起来，说：“我得回去了。”

但是，有田却没有动。

“有人好像生气了，我可不能这么回去，去下面的河堤走走吧。”妙子拉起有田的手。

白芍药

市子有个在读女子美术学校时认识的油画家朋友，每年五月她会在银座的画廊举办个人画展。

市子每次都会携丈夫去参观，有时还会买上一幅小画。这不仅是出于人情，还有一些念旧的成分。这位画家朋友才华横溢，又矢志不渝，如今已经是一名成功女性。

仔细想来，市子的创作与她相比只是小打小闹。不过，市子与佐山结婚后不再从事工艺创作，其实是为了斩断与清野相关的回忆。

今年很不巧，佐山正在养病，所以在画展最后一天的星期天，市子只能独自前去。

市子出门之前，打算去房间看看佐山，可是走到门口，她突然有些担心，自己的发型和和服是不是太花哨？

“今天我自己过去，就不用买画了吧？”

“你一个人的话，人家更容易劝你买。”

“最后一天了，又是下午，也挑不到什么好画和价钱适中的画了。”

从暮春时起，佐山就开始肩酸头痛，动不动就要做按摩，尝试各种新药。

“这烦人的天气什么时候能过去。”他总是懒懒地抱怨。

佐山过去从来没有因为感冒而跟事务所请过假。

市子请医生过来诊治，意外地发现佐山的血压很高。医生勒令他静养。

“我还觉得自己挺年轻的呢。”佐山被那个令人担心的病名吓了一跳。

睡眠和饮食，他都谨遵医嘱。要夫妻两人改过熬夜的习惯困难至极。而且二人生性好客，总是有客人登门。

最近，光一也突然成了家里的常客，一周总会来上一两次，有时还会留宿。市子一直以为光一来家里是为了阿荣。

佐山天天嚷嚷着想去事务所上班，而且他的病情也没有严重到需要陪护的程度，不过因为今天妙子不在家，市子仍旧有些不放心。

“你在银座有需要办的事吗？”她在佐山的被褥旁坐下，漫不经心地问道。

“也没什么事儿。”

“妙子应该也快回来了。”市子顿了一下，道，“你也给妙子找点事干。”

“怎么了？”

“你老是让阿荣干这个、干那个，妙子会觉得自己受了冷落。”

“啊？因为阿荣就在我身边，我顺口就差遣她了……”

“阿荣老是围着你转，回家以后也不收敛。”

“那孩子是爱屋及乌。”

“不是你想的那样的。”

“她那么崇拜你，都快要让人笑话了！”

有妙子在，即使把佐山放在家里，市子也能放心地出门。市子是怎么帮佐山打理内务的，妙子已经看会了。作为一对已经四十多岁的夫妻，市子对丈夫的照顾无微不至，甚至令人瞠目结舌，妙子帮忙照顾佐山时却很注意分寸。

可是换成阿荣，就与市子的风格截然不同了，她很爱闹腾，而且没大没小，有时市子都没眼看下去。阿荣跟个假小子一样，可是一旦天真烂漫地撒起娇来，又充满诱惑力。

最近这段时间，佐山连服药时喝的水，都要让阿荣端给他。即使那是因为他在事务所使唤她惯了，市子也有一种被人从佐山身边挤走的感觉。她反思自己，是不是太不成熟了。

阿荣为了帮佐山传达工作情况，一天要从事务所回来两次。她凑到枕边，把要紧事转达完以后，依然会操着一口大阪方言漫无边际地闲扯。因为健康状况和阴霾的天气而心情郁结的佐山，似乎在阿荣的感染下开朗了起来。

“不会吧……”

市子不认为阿荣爱上了佐山，不过，她还是再次叮咛：“你还是尽量让妙子帮你做事吧。”

“好吧。”佐山点头道，“不过，是不是阿荣把你我看作理想夫妻，所以才想借着跟其中一方亲近来感受一番？”

“……”

市子有些不解其意。

“阿荣去哪儿了？”

“刚刚还在这儿呢……”

市子刚怀疑她是不是在躲着自己，便听到推拉门的动静。

门槛处有一只白嫩小脚的大拇指探进来。

光溜溜的小脚脚尖像个小动物似的，将门给推开了。

市子吓了一跳，心中莫名慌乱。接着，就见阿荣抱着个插着白芍药的大花瓶走了进来。脸被花遮了个严实。

“阿姨，您要出门吗？”

那是一枝初开的白芍药，花很大，直径有十五厘米左右。只有一两瓣开了，花苞的大小似小孩的拳头，藏在翠绿的叶子里。花枝随阿荣的动作摇曳。阿荣将花瓶放在有些昏暗的壁龛里。

“阿荣，你把花剪了吗？”

市子问她，声音有些冷漠。

“它开在院子里，叔叔不就看不到了吗？”

“阿荣，你怎么能不打声招呼就把它剪下来呢？它是我家院子的点睛之笔，怎么能随便剪？花也有生命……”

“可是，叔叔病了嘛……”

“你抱着那么美的花，用脚开门像什么话？”

“我抱着大花瓶，腾不出手来。”

“你先把花瓶放下，再开门不就是了？”

“啊，也是。”阿荣老实地点头，“我只顾着花了，连规矩都给忘了。我一心想快点拿给叔叔看……”

看似纯白的芍药的花瓣，其实掺杂着淡黄色和淡粉色，接近花心的地方染成了绯红。

“这株白芍药，我父亲以前也一直很爱惜。”市子把她的父亲都搬了出来。那株芍药从她父亲还在世的时候就陪伴着她，父亲也仅仅是在庭院中远观，不舍得把花剪下来。

“阿姨，您原谅我吧。”

天不怕、地不怕的阿荣竟也怯生生地低头认错。

壁龛里一直放着市子插的花，搭配了日本百合与金丝桃，可那瓶插花和巨大的芍药摆在一起，立刻相形见绌。市子起身走过去，把它从壁龛中撤了下来。

“凑近一看，这枝芍药还真是了不得！就像中国古代的天子似的。”

他这话既有安抚市子的成分，也有帮阿荣打圆场的意思。

“天子那是牡丹。”

“它可一点也不输牡丹。”

碍于佐山在生病，市子克制住情绪站起来。

“早点儿回来。”面对将她送到门口的阿荣，市子笑不出来。

出门以后，她一面走，一面在路上寻找妙子的身影。她盼着妙子赶紧回来。

市子已经察觉到妙子是去约会了。以妙子的性情，如果一味地陷进去，恐怕会出大事。

“她跟对方交往时，应当隐瞒了她父亲的事。”这一点也令市子心情沉重。

在银座的画廊看完画展，市子提不起兴致立刻回家，也不能让油画家朋友陪她出去走走。毕竟还有客人在，最后一天应该也有些工作需要收尾。

市子心不在焉地走进人流中。她冷眼看着他们，心想，怎么会有这么多人？年轻的女孩子们一走上银座这条街就兴奋起来，连走路都带着满满的劲头。当街上华灯初上，到处都是霓虹灯的流光溢彩时，男人们会约上好友出来玩。哪怕星期天大部分酒吧或夜总会都不开门，他们也自有去处。

“啊，夫人，我终于追上你了！”市子听到身后的呼唤。

是光一。瞧他气喘吁吁的样子，想必追了她很久。

“我去您家了，谁知您已经出门了……”

“你去我家了？”市子诧异道。

“对啊。我刚进门，就听说您出去了，立刻气喘吁吁地追过来了。”

“你怎么不在家玩儿呢……我正好要回去了，一起走吧？”

“我好不容易追上您，这样回去岂不是白跑一趟？”

光一朝气蓬勃的嗓音有些急促。

“你在家见到谁了？”

“见到了阿荣。”

“阿荣？她跟你说我去画廊了吗？”

这是理所当然的事，她的语气却有些难以置信。

或许是阿荣在门口气呼呼地把光一赶出来了。倘若是那样，市子甚至能想象到阿荣当时的样子。

光一走到她身边。他身上是一件还很新的薄西服，市子在他的领口处扫了一眼，心情突然轻松起来。她产生了给他买条领带的念头。从出门时起一直郁结在她心口的疙瘩，在见到光一以后竟意外地消失了。

市子放缓脚步，一面走一面透过橱窗挑选领带。

“夫人，您在笑什么？”

市子没意识到自己在笑，她从橱窗旁边离开。

“光一，你应该知道哪家店的咖啡好喝吧？我最近陪着佐山忌口，五六天都没喝过咖啡了。一出来逛街，我就忍不住想喝了。”

“佐山先生怎么了？”

“他身体不舒服，在家休息呢。”

“我都不知道，阿荣怎么什么也没说……”

“没关系，他就是血压有点高。”

“那看来我不便打扰您了。”光一有些失望，他看了看手表，“其实，我最近也很想去看扇雀[1]，您不是说买票很麻烦吗？我弄到了票，今天就是来邀您去看的。”

“你太费心了……是什么时候的票？”

“今天晚上的。”

“今天晚上？”

市子有些吃惊地望着光一的脸。

“好不容易才买到了两张。”

“所以你就过来追我了？”

“嗯，没错……”

“我在这里碰到你，不是耽误你了吗？今天是星期天，这一带的酒吧和夜总会的美女都放假了，你是约了其中一位吧？”

面对他出人意料的邀约，市子有些不知所措，只能靠打趣他来岔开话题。

“还是说，你其实是来邀请阿荣的，却被她拒绝了，你想要利用我气她？”

市子继续开玩笑，心里却开始坚信这个猜测正确无误。

“您说的哪里话！夫人，我怎么会想跟阿荣……”

“你们不是青梅竹马吗？”

“我们只是彼此了解对方的缺点。”

“那不正说明你们比任何人都了解彼此吗？”

“夫人，您和佐山先生是不是太宠着阿荣了？”

“你不觉得她很可爱吗？她把佐山也照顾得很好……”市子嘴上这么说，却仍然疑心阿荣是不是为了在家里独自照顾佐山，所以才拒绝了光一。

[1] 歌舞伎演员中村扇雀。

“既然这么难得，我就去看一眼吧，演出什么时候开始？”

“五点开始。”

“那不是早就开始了？”

“嗯。不过，我还是先陪夫人去喝咖啡吧……”

光一加快脚步，走进一家咖啡厅。他们走上二楼。

“光线真暗，是特意弄这么暗的吧？”市子环顾四周，到处都是年轻人。

“这里的咖啡很好喝。”

市子好久没有喝过咖啡，浓郁的香气仿佛渗入她的五脏六腑。

“光一，你难道不喜欢阿荣吗？”

“您怎么又提到阿荣了！您完全误会了。阿荣压根儿没把我放在眼里，她只是看不惯夫人您对我好罢了。”

“是吗？”

市子感觉到，光一正注视着自己端着咖啡杯的手。

如果对阿荣没想法，光一又是为了什么三天两头往家里跑呢？

市子将咖啡杯凑到唇边，看向杯子底残留的咖啡时，听到光一开口：“夫人，我工作的时候见到清野先生了。”

“嗯？”

“他过来委托我们公司制作东方产业面向国外的挂历。他们公司想用彩色照片。”

光一从私立大学的商学院毕业后，他那个当商业美术家的父亲托关系帮他找了一份大型美术印刷公司的工作。这件事市子也知情。

“挂历？”

“对，据说是想赠送给外国的老客户。印在挂历上的可以是展现日本之美的风景，也可以是静物，不过不是富士山、日光东照宫或樱花这一类的。

比方说，清野先生提议，八月可以用日本的贝壳……”

清野过去见过少女市子捡的贝壳。或许他难忘往事，才会提到“贝壳”吧。

“我家还有一些贝壳呢。”市子眸光盈盈地看向光一。

眼前的青年不可能知晓市子与清野之间关于贝壳的回忆。市子将自己的秘密藏在这只言片语中，泄露给对此一无所知的光一，她的心被一阵悸动扰乱。

“贝壳的彩色照片，可真是个好点子。”

“我也觉得。既有季节感，又能展现岛国的风情。”

“有大海的感觉……”

市子也曾望着小小的贝壳，思念远赴广阔大海的恋人。那一刻，她自己仿佛也化身为美丽的贝壳。

“我在营业部，但是特别想调到摄影部，于是也申请参与制作挂历了。夫人的贝壳能让我看看吗？”

“当然可以。不过，我也没有很多，而且都不是什么罕见的贝壳，恐怕帮不上你什么忙。要是比较专业的知识，比方说日本特有的贝壳是什么样的，我就不懂了。”

“是吗？”

“你是什么时候见到他的？”

“清野先生吗？上周二。在法国餐厅时，他给我留下了很深的印象，我一直没忘，所以他到公司来的时候，我就立刻认出他来了。不过，清野先生当然没注意到我。”

“你跟他提我了吗？”

“没有，我没提。”光一观察了一下市子的神色，“不过差点就说漏嘴了……”

“说了也没事儿。”市子如释重负。

光一似乎对市子有不同寻常的好感，在这个年轻人面前，对清野的回忆竟丝毫没有伴随着悔恨，反而带着一丝淡淡的甘甜，连市子自己都错愕不已。

离开咖啡厅后，他们过了天桥，走上东京宝冢剧场和帝国酒店之间的街道。高高的汽车专用道正在施工，那一带一片狼藉。

光一一路上边走边向市子倾诉他在寄宿的地方遇到的烦心事儿，市子虽然只是偶尔点头附和，心里却一片柔情。

他们走进剧场，落座的时候，《汤女传》已经接近尾声，似乎正演到高潮。有马温泉的小女佣阿藤，被伪装的恋人骗走了隐匿的基督徒[1]的名单，最终含恨自尽。

扮演阿藤的就是扇雀。

市子是第一次看到舞台上的中村扇雀。他演的女人惟妙惟肖，令市子看入了迷。而且，最让市子印象深刻的是他的年轻风华。

“来看戏的都是年轻女孩，我太不好意思了。”市子道。

以长谷川一夫和雀扇为中心，还有越路吹雪和宝冢的南悠子等演员加入的“东宝歌舞伎剧团”的观众群体与歌舞伎不同，演员的表演也很华丽。

在《汤女传》的第三幕中，由长谷川一夫扮演的假基督徒的仆人，将从雀扇扮演的小女佣那里骗取的秘密名册烧毁后，消失得无影无踪。

幕间时分，市子邀请光一去地下的餐厅吃饭。

接下来的一幕戏是舞剧《春夏秋冬》，长谷川一夫扮演藤娘，雀扇扮演

[1] 日本江户时代，江户幕府发布“禁教令”，禁止民众信仰基督教，在政府的弹压下继续秘密地维持信仰的人被称为“隐匿的基督徒”。这个群体长期受到迫害。

牛若丸，而后由长谷川扮演藤十郎，雀扇扮演阿梶。第五场戏则由热闹的夏季庙会的舞蹈拉开帷幕。市子担心时间太晚，有些心神不宁。

“虽然舍不得后面的剧情，不过我得先走一步了。”

“那我也回去吧。”

“那多不好意思，我自己回去就行，你不用管我。家里人都以为我去过画廊就会回去了。”

“真抱歉，佐山先生病着，我还拉您陪我。”

“哪里，你要是不请我，我就错过这么好的戏了……”

舞剧结束后还有三场戏剧，光一却陪市子一起离开剧院。

他们一起坐出租车到目黑站。

市子的身边坐着光一，突然如此近距离地看他，有一种他是自己的情人般的错觉。市子的心有些发痒。可是，她又觉得今晚的自己过于轻佻。

“下次我还能请您一起看电影吗？”光一像是怕被司机听到，羞涩地轻声问她。

“你还是到我家里来玩吧。”

“我当然会去您家拜访。”

“你下次约阿荣吧。”

“又是阿荣……”

“今天这样的气氛，让人体会到岁月不饶人，还不够凄凉的呢。”

“‘岁月不饶人’？您说起这句台词，看来还是挺乐在其中的。”

“我乐在其中吗？”

“您刚刚说的只是一句台词吧？”

“我说的可不是台词。看着雀扇和你，我觉得自己比不上你们这些年轻人了。阿荣也是，牙齿和脸蛋都正值青春。”

光一点上一支烟，沉默片刻后，说道：“我真想不通，夫人为什么常常把阿荣挂在嘴边。”

“怎么想不通了？”

“夫人希望我跟阿荣谈恋爱或者结婚吗？”

听到光一反问，市子一时不知该如何回答。

“在法国餐厅吃饭的时候，您也让我和阿荣假装相亲，时不时就拿我和阿荣开玩笑……”

“你们是青梅竹马的玩伴，很久不见，一见面就斗嘴，我觉得很有意思，所以忍不住也想跟你们开玩笑了。”市子淡淡解释道。

但是她自己也意识到，她跟光一提阿荣的次数的确太频繁了。难道她在无知无觉中对两个年轻人产生了嫉妒之心吗？还是说她其实在试图将自己内心深处对佐山和阿荣的嫉妒，转移到光一和阿荣身上，以此来粉饰太平？市子开始厌恶自己。

“阿荣今天只告诉我您去画廊了，就将我赶出了门。”

“那孩子很可爱，也很有趣……”

“我去您家，也只是想同您聊聊天而已……”

“……”

市子蓦然看向光一的侧脸，他年轻的嘴唇紧紧抿着。

市子独自搭上目蒲线的电车后，立刻有倦意袭来，与此同时，她感到一阵寂寞。

沼部站沉没在寂静的夜色中。

检票口外，阿荣头上包着橙色的丝巾，孤零零地立在那里。

一看到市子，她便发自内心地笑了。

“阿姨。”

“你过来接我了吗，是不是等很久了？”

“是的，刚刚那是第十三辆车了。”

“我真是拿你没办法。”

阿荣在车站等了将近两小时。

阿荣的喜悦中装满了毫不遮掩的爱意，市子先前的不快仿佛烟消云散了。

“我剪掉了阿姨心爱的花，担心阿姨真的生我的气，在家里根本坐不住！”

阿荣露出如少年般不加掩饰的表情。市子曾经很喜欢这样的她。

“阿姨刚出门，光一就来了，不过我跟他说您不在，撵他回去了。”

“是吗？”

市子没有把自己遇到光一的事说出口。

阿荣拉住市子的手，走上满是馥郁的橡树花香的山坡。

今天早上，在门口的地上摆着一双白色凉鞋。

女佣志麻连这样的小事都得操心，她还得考虑阿荣今天出门是要配长筒袜还是短袜。

阿荣是志麻的重点照顾对象。志麻长期在这家干活，佐山夫妇待人温厚，相较之下，阿荣的性情简直难以捉摸。

阿荣既不是主人，也不是客人，可她仗着主人的偏爱，对女佣颐指气使，脾气反复无常。连妙子都对志麻客客气气的，她却截然不同。

阿荣将长筒袜后面的纹理调整到满意为止，然后戴上一顶俏皮可爱的康康帽。

即使发现志麻在二楼的走廊上偷窥她，她也一副毫不在乎的样子。

门铃突然响了。

“有客人！”阿荣回头喊道。

志麻慌慌张张地下楼开门。

“您是哪位？”

“我是警察，主人在家吗？”他递来一张写有头衔的名片。

“我有些事想了解一下。”

阿荣在走廊上碰见志麻时，问她：“谁呀？”

说着，一把将名片抢到手中。

吃过早饭后，佐山夫妇喝起柠檬茶。市子正在跟佐山说昨天的事。昨天回家时佐山已经睡下了。

从阿荣那里接过名片后，佐山一脸茫然：“我不认识这个人，你去帮我问问他有何贵干。”

市子则全然没有放在心上。阿荣去了很久才回来。

“那人说找阿姨有事。”阿荣走到市子面前。

“找我的？”

“他说光一那里有个女人死了……”

“啊？谁死了？”

“阿姨，昨天您和光一在一起吗？”

阿荣脸上浮现出嘲弄的笑容。

“到底怎么回事？”市子走到门口。

男人冷淡的表情让市子心里有些发怵。

“您是这里的夫人吗？”

“我是。”

“请问您认识村松光一吗？”

“认识。”

“你们是什么关系？”

“……”

“也就是说，你们是亲戚，还是朋友？”

“他是我丈夫朋友的儿子。”

“村松寄宿的地方有个人叫桑原，您认识吗？”

“我只知道他的房东叫桑原。”

“村松有没有跟您提过和他们住在一起的山井邦子？”

“没有……”

昨天，在从银座到东宝剧场去的路上，光一对她吐露了寄宿时遇到的烦恼，但是市子不记得他提到的人名。就连他说的内容，她也左耳朵进右耳朵出。似乎都不是什么大不了的事。但是如今想想，光一昨天是不是打算向她坦白什么？

市子努力回忆，却不知如何回答为好。

“昨天晚上，五点半左右到九点多，夫人和村松光一在一起吗？”

“我们在一起。”

“好的，感谢您。”对方点头致谢。

“到底怎么了？”

“是这样的，山井邦子自杀了，但是也没找到遗书之类的东西，而且，当时只有村松光一在场……”

“……”

“正好是在桑原母女出门期间发生的事。村松回来后，山井邦子给他倒了茶，两个人喝茶的时候，只有山井的茶碗里下了毒。”

“哦？”

“是她自己下的毒。在她抽搐的时候，桑原母女回来了。她是抑郁自杀，估计是不堪神经衰弱的折磨，不过还有一些疑点……”

“是村松回去后立刻发生的事吗？”

“好像是的。”

“……”

“抱歉，一大早打扰您了。我告辞了。”

这位不速之客礼貌地告辞离去。

尽管知道光一不可能杀人，市子的心里仍忐忑不安，仿佛自己也跟昨天晚上那个女人的自杀有什么关联似的。她心情沉重地回到佐山身边。

本来应该出门的阿荣，正在帮佐山换衣服。

“怎么了？”

佐山一面在阿荣的帮助下穿着衣服，一面问道。

“我也不太清楚，听说光一寄宿的那个地方有个女人自杀了……人就死在光一的面前，光一大概也遭到怀疑了。”

一听说人是在他们喝茶时死的，佐山蓦地把脸转向市子：“她是在等光一回来吧……那确实挺可疑的。”

“任谁都会觉得自杀者和光一之间有什么隐情。这应该就是例行调查。死者多大年纪？”

“跟我差不多吧……真让人不舒服。”

因为阿荣还在旁边，市子极力让神情保持镇静。

“真危险啊，市子你也是……”佐山用半开玩笑的口吻道，“我说不定又得去为光一的杀人案做辩护了。”

“别说了……刚刚警察只是过来了解情况，我就吓掉了半条命……”

“那个女人等着光一回家，在跟他一起喝茶的时候死了，如果在十分钟之前，光一还跟你在一起的话，那应该没什么问题……”

佐山的神色渐渐正经起来。

“我今天去一趟事务所，打听打听情况。”

“不知道会不会登报，不会连光一的事也一起报出来吧？”

“应该会把光一写进去。”

市子想仔细读一下晨报，可是见阿荣一直立在旁边听他们夫妻说话，她不由得有些生气。

“阿荣，昨天你看到光一的时候，怎么只告诉他我去了哪里，没告诉他你佐山叔叔在家休息呢？”

“阿姨您也是，昨晚回来后，怎么绝口不提光一？”

阿荣语气生硬地反问她，市子的心头立刻腾起一股怒意。阿荣的口吻简直像是在审问犯人，仿佛在怀疑她是光一的共犯一般。

“我必须告诉你我遇到光一了吗？你为什么那么斤斤计较？”

“阿姨您才斤斤计较呢。”

“我怎么斤斤计较了？昨天你来接我，我很高兴，可是我和光一在一起的事，应该没必要告诉你。”

被市子厉声指责，阿荣蔫蔫地垂下头去。

“也不是什么大不了的事，有什么好争的……”佐山望着市子。

他的语气在市子听来似乎也是在为阿荣撑腰。

市子无法忍受在这样的情绪中送佐山和阿荣上班，更何况这天早上是佐山连续静养数天后第一次出门。可她又没理由阻拦。

“你注意身体，阿荣，照顾好你叔叔。”

阿荣站在正在穿鞋的佐山身后，她突然孩子气地眨眨眼，拉住市子的手。

“请您原谅，阿姨，我不该惹您不开心。从昨天开始，您就把我当外人，我就是太难过了。”

阿荣的掌心一片温热。

“你是不是动不动就觉得我冷落你？”

“是啊。”阿荣有气无力地点点头。

二人走后，市子难以平复下来，她坐到三面镜式的梳妆镜前。

她一会儿补补眉毛，一会儿又改改唇妆，不知该做些什么来排解情绪。

她望着镜中的自己，发现自己的脸上到处都是衰老的痕迹。

“山井邦子这个人到底是为什么自杀呢……”

浮现在她眼前的光一那棱角分明的侧脸有种怪异的感觉。说不定那个青年看似举止得体，其实很会玩弄女性。兴许邦子也曾被他的花言巧语哄骗。昨天在车里，他对市子表现得那么热情，也非常可疑。

不过，市子和年轻的异性在一起时，确实有一种回到年轻时的感觉。

可她又突然有了个念头。自己会跟光一共处那么久，难道不是因为光一提到了清野吗？

“啊，太可怕了！”市子被这个念头吓得站了起来。

三楼的楼梯走了一半，她便唤道：“妙子，妙子！”

妙子今天早上没有出来送佐山。有时，佐山如果和阿荣在一起，她也会躲着不出来。

“妙子。”

妙子刚刚好像一直在和文鸟玩，她闻声慌里慌张地将两只小鸟关进笼子里。

她抬头望着市子，眼神犹如惊弓之鸟。她既像是被碰到伤口的病人，又像是干了坏事遭到盘问的少女。

“你的脸色怎么这么难看？”

“……”

“去多摩河散步吗？”

妙子的脸一直红到脖子根。市子别开脸去：“我在楼下等你。”

妙子久久没有回答。

妙子一直没下来，市子有些等不住，于是穿上一双轻便的木屐走出去。

妙子的眼眶微红。她在这么短的时间里也哭了一场吗？她像一个回到娘家的新娘，模样楚楚可怜。市子一头雾水，不知该怎么开口。

“她一定遇到了什么事。”

昨天晚上，妙子比市子回家还迟。市子在浴缸中泡澡时听到妙子悄悄上楼的脚步声。

市子本打算出门散散心，谁知气氛却更加沉重，她们往河边走去。

无论是妙子、阿荣还是市子本人，都时常强迫自己做个女人。市子的心头浮现出一句法国女作家在《第二性》这本书中引用的某位哲学家的话：

“女人确实是奇妙而复杂的，她们无法用语言来形容。倘若用各种形容词来描述她们，那些形容词便会自相矛盾。如果她们不是女人，就不会被这种矛盾所困扰了。”

妙子从昨天起，对她的恋情更加讳莫如深。

妙子断定，市子罕见地邀请自己来多摩河散步，一定是因为她知道了自己昨天和有田在大堤上约会，说不定连后来发生的事都没有逃过她的眼睛。妙子的双腿有些发软。

“你瞧你，难得出来一次……”市子柔声问道，“怎么害怕成这样？”

妙子因为这简单的一句话羞红了脸。

“你不想散步的话，我们回去好了。”

“……”

“妙子，你的心事还不愿跟我说吗？你爸爸不知道你男朋友的事吧？”

“不知道。”

妙子怔怔地望着河滩，一副泫然欲泣的表情。

在河堤下的草坪上，有一群穿运动服的人正在练习橄榄球。

市子说：“我挺想见见他的。”她迈着发酸的腿走下河堤。

一回到家就看到光一等在那里，市子吃了一惊。

光一正坐在客厅的长椅上焦虑地抽着烟，神色明显很憔悴。

“你怎么搞的？”

“我也不知道怎么搞的，昨天一晚上都在噩梦中挣扎。”

“失眠了吗？”

“我哪里睡得着。”

光一的眼睛里布满血丝。

“去洗个澡，休息一下吧。有什么话等会儿再说。”

光一感动地望着市子，似乎想要将她的模样印在心里似的。

他调整好情绪，迫不及待地道：“昨天跟您分开以后，我一回到家，她就帮我倒了一杯很香的茶。她每天都等我回家，昨天也没表现出什么异样，还问我戏好不好看。我就告诉她，听我们身后的客人说，藤娘的服装价值几十万日元，长谷川和雀扇登台时，女戏迷都激动地发出尖叫，等等。我讲这些的时候，她一直面带微笑地听着。当时，她的那杯茶里已经放进毒药了吧。”

“你跟那个叫山井邦子的人一起去看过戏吗？”

“没有，我怎么会跟她……”光一摇头否定，“我请她帮我添茶，可她一直摆弄手中的茶杯。我哪里料到她要自杀，更别提阻止了。我的房间在二楼，所以就站起来打算上楼。那时，她异常郑重地跟我说了句‘谢谢’，我很纳闷，就看了她一眼，结果发现她已经倒在地上了。

“后来折腾了好一阵子。我哪知道她喝了毒？还以为她是胃痉挛，就想方设法帮她缓解……就在这时町子她们回来了。等到医生赶过来的时候，已经无力回天了，我也遭到了怀疑。”

“警察也来我家打听情况了。”市子道。

“实在太抱歉了，我本来不打算提我跟夫人在一起的事，可是房东和她女儿都知道我去看戏了，她们在我之前把这事说了出去，如果我再拙劣地隐瞒，嫌疑就更洗不清了……”

“你做得对，警察只是过来打听一下详细情况，问我昨天晚上是不是和你在一起。”

“我这次可真是倒大霉了。”光一颓然地点点头。

“不过，见到您之后，我稍微冷静下来了。”

“这件事到此为止了吗？”

“您是说我的嫌疑吗？应该已经解除了……”

“那个叫邦子的人，知道你和我去看戏吗？”

“知道。我干什么事儿她都喜欢打听，甚至有些讨人嫌……”

“是吗？”

“山井说她见过您。”

“哦？”

市子不由得环视四周，仿佛邦子就在身边似的。

“是您以前在大阪办展览会的时候……”

“是吗？那是很久之前的事了。”

“山井一毕业，就到我父亲那里工作了，而且干了很长时间，我从小就跟她很熟。她很认真，人也很好。后来，父亲请她到战死的朋友家里暂时帮忙……

“她就留在了那里。她对町子比她的亲生母亲还操心。拍照的工作也只有山井能干，三个人的生活全靠山井来维持。不过，她经常因为町子的事跟桑原争执。做母亲的再怎么不称职，毕竟血浓于水，山井过于强势了。因为她管得太多，遭到了町子的厌恶。打那以后，她就意志消沉，心灰意冷了。她心里唯一的牵挂就是町子。”

光一从未想过，自己在邦子心中是什么地位。

“女人真是身不由己。”市子喃喃感慨。

“是啊。最近照相馆没什么客人，她还想开个酒馆呢！”

“她有能力开酒馆吗？”

“不，那只是她的梦想。她迫切地想做生意，嘴里总是念叨着要开个酒馆什么的。她说，希望这辈子至少能干件大事，也能像别人一样穿得漂漂亮亮的。但是她又经常哭诉，自己这辈子已经完了，干脆在町子出嫁前死了算了……对了，我想起来了，最近她说过，她担心吃漂白用的赤血盐或吐米尔死不了，又怕吃氰化钾死得太快了。可是当时谁都觉得她只是说着玩儿，没有放在心上。”

“她就是吃的氰化钾吧？”市子心里一惊，忙转移话题，“阿荣可是比警察还会盘问人！”

“我没有告诉阿荣昨天跟你在一起，今天早上她知道了，闹起了情绪。阿荣有时把我当成偶像来崇拜，有时又把我视作一文不值的废纸。我真是不知道该拿她怎么办。”

“我太不懂女人了。山井曾在日记里写，想要谈一场无关肉欲的恋爱……她都人老珠黄了，竟然还想谈恋爱。”

光一无论如何都无法理解一个中年女人为何自杀，市子却很可怜那个叫作山井邦子的女人。

“她平时写日记吗？”

“应该说是像日记一样的东西……听说就是那本日记洗清了我的嫌疑。”

“是吗？”市子起身，从光一身边离开，“你先去洗澡吧，我去让人烧水。”

“今天晚上要守灵，明天或后天要举行葬礼……町子和她妈妈肯定只知道哭。”

“那你回去帮忙吧，洗完澡睡一小会儿再走。”

“听我父亲说，他已经搭今天早上的‘燕子号’赶过来了。”

“你接到他之后，直接领他到家里来吧。”

“好的……”

“她没有亲人吗？”

“山井伯母吗？她只有一个妹妹在神户……至于她的小外甥和小外甥女，她一面都没见过，她根本没时间回关西……”

光一去浴室以后，市子往三楼去，打算帮他铺床。

“妙子，妙子。”她唤道。

妙子不知何时又出去了。

“照顾别人家的女儿还真不容易……”市子虽未说出口，思绪却早已飘远了。

请放心

市子将光一安置到三楼的房间。她想，哪怕他只睡一个小时也好。为了光一，也为了自己，她觉得今天得做一顿色彩丰富的晚饭。她想到了省事方便的什锦饭。

她将扁豆、香菇、莲藕、对虾、鸭儿芹和红姜等材料写到纸上，以防忘了哪一样，然后交代志麻去买。

她一边系围裙，一边来到敞亮的厨房。洗手的时候，她蓦然间又想起山井邦子的死，清野的脸也不时在她眼前闪现，令她心惊胆战。难道邦子的死和清野的回忆有什么关联不成？

在与清野分手后，市子从未想过一死了之。

但是，邦子的死或许挖掘出了深埋于市子心底的女人的悲哀。

“这样太对不住佐山了。”市子关上水龙头。再不关上，她真不知道自己这手要洗到何时。

她听到外面有人叫门，出去一看，原来是送信的。

信和小包裹都是阿荣的母亲三浦音子寄来的。

音子在信中说，她四月末将家里收拾了一番，搬到如今定居神户的大女儿家了。

她说，她每天都很牵挂阿荣，可是今年气候反常，自从五月进入梅雨季后，她神经痛的老毛病便又犯了，从手腕到指尖都疼痛难忍，连信都写不成，东京之行也一拖再拖。她在信中反复道歉。

不过，她倒是还说了，她从二十天前起就打算来东京和阿荣一起生活。

望着那几行字，市子喃喃自语："那当然最好不过。"

可是，阿荣那么任性，又是因为讨厌母亲才离家出走的，她会乖乖听音子的话吗？市子甚至想，如果二人一起在东京生活，兴许连母亲音子都会成为自己的负担。

还有一封信是写给阿荣的。

大概是手指疼的缘故，音子迄今为止也只给阿荣写过两封信。第一次是阿荣刚刚在市子家中安顿下来的时候，第二次则是自那日起二十天之后，信里还有给阿荣的汇款。

阿荣的父亲战后在旧货商的推荐下买了一些茶器，音子从里面挑了一些不起眼的小物件变卖，比如黄濑户的瓷香盒、两柄不知出自谁手的茶勺，结果竟卖出了几十万日元的高价，这大大地出乎音子的意料。如此一来，生计暂时不用发愁，阿荣的零用钱也有着落了。

市子似乎从来没见过阿荣给她母亲写信，她好像很讨厌写信。

细长的小包裹里是一条博多产的和服腰带，漂亮的琥珀色对于市子而言稍嫌艳丽了。

"阿荣来家里马上就两个月了。"

市子想，她大阪的家不久就会被卖掉了吧？

佐山事务所位于丸之内一带，那里历经了大正时代的地震和昭和时代的战火，仍旧保留着昔日的面貌。

行道树开始染上绿意时，暗红色的砖楼仿佛也变得年轻起来。

请了一周左右病假的佐山一来到事务所，大家便纷纷围过来对他嘘寒问暖。

“都怪这鬼天气，天天下雨，我就是稍微不舒服。”他闪烁其词地答道。

佐山讨厌提起自己的高血压，显得他上了年纪似的，连他自己都想把这事儿忘了。

阿荣走到桌边，递给佐山一张表。表上写的是在佐山休息期间她酌情帮他推掉的一些邀请。

“咦？这些事你回家的时候怎么没说？”

“把这些告诉您只会平白让您操心！”

在那张表里，无论是电话还是来客，都标记得简明易懂，正在调查的案件的原稿也都誊写了下来。

能看得出来，阿荣非常卖力，这段时间，她帮佐山把工作处理得井井有条，佐山不禁对阿荣刮目相看。

下午，佐山去了法院。等他一个小时后回到事务所，当天的工作已经处理完了。

正在他漫不经心地翻阅美国杂志上的照片时，有个姓张的中国人过来找他。

张先生以前因为违反经济法找佐山帮过忙，后来就时不时来事务所找他咨询法律事宜，并请他吃饭。

佐山夫妇还曾受张先生之邀，去他位于麻布龙土町的家中做客。

他家虽然是战后才盖的房子，可是除了车库和客厅以外，是纯日式风格。

年过半百的张先生喜欢穿素雅的和服，看上去像是一位日本商人，说他是中国人，谁都难以置信。

据说张先生十二三岁就来日本了。他和他的日本妻子及岳母和养子生活在一起。他的养子是个日本孤儿，今年已经二十多岁，听说张先生夫妇在他出生后不久就领养了他，并将他养育至今。张先生将这个儿子视为已出，把八十七岁的岳母也视若亲生母亲。

除了这个毫无血缘关系的幸福之家以外，据说张先生在外面还有个为他生了孩子的情人，那个情人经营着一家酒吧。

佐山夫妇去他家做客时，市子对张先生的生活惊愕不已。

张先生对他的岳母无比亲热，对着她一口一个“孩子他外婆”地叫着。

他的妻子皮肤白皙，身材娇小，打扮得很时髦，但是并不算漂亮。听到她说她经常和张先生一起去他情人的酒吧时，佐山忙劝道：

“夫人，那样可不太妥啊！”她的母亲立刻赞同。然后，母女二人便为此争执了起来。

张先生继续神色自若地招待客人，丝毫没有因为此事扫了客人的兴致。

佐山和张先生在屏风后的隔间说话时，阿荣端着茶走了进来。

“这位漂亮的小姐是什么时候来的？”张先生这句话不是问佐山，而是问阿荣。

佐山向他介绍了阿荣。

佐山生病和阿荣来事务所的事，张先生都是刚刚得知。

“我们带这位漂亮小姐去夜总会玩玩吧？”

张先生对着阿荣的背影大声邀请。

“今天恐怕不太方便……”佐山笑着回绝。

“今天我要带内人和犬子去吃饭……很久没有跟你聚过了，他们也会很高兴的。”

佐山只好答应下来。张先生跟他约好在日活酒店的大厅碰面后就打道回府了。

佐山一回到办公室，就对上阿荣迎接他的目光。

“刚刚的客人想邀请你去夜总会，你想去吗？”

他悄声问完，阿荣立刻欢呼一声，跳起来道：“啊，太好了！”

“不过，我穿成这样行吗？”她毫无顾忌地将茶色粉格的裙子撩起来给他看。

“你别嚷嚷……”

佐山别过脸去。

“这样穿就行。去了我也不能喝酒，我们过去看看就走。”他的声音似乎有些不高兴。

阿荣却很激动。

“我们几点过去？”

“约了六点碰面。”

“我起码要化个妆吧。六点的话，去美容院还来得及。”

“……”

佐山摸了摸腮帮子。佐山的头发并不浓密，但是年纪越大，倒显得他越发年轻了，让他看上去很有特点。

“这样吧，我也去理个发，六点你直接去日活会馆的酒店咖啡厅吧。咖啡厅就在酒店地下一楼的最里面。”

因为担心阿荣如果先见到张先生一家，会口无遮拦，所以佐山决定先跟她在地下一楼会合，再一起去六楼的大厅。

阿荣喜滋滋地扭着身子，将打字机的外罩盖好，然后将椅子推到桌子下，急不可耐地跑了出去。

佐山从二楼的窗户，望着阿荣轻盈的背影消失在一排排悬铃树的尽头。

有个年轻律师返回事务所，告诉佐山，山井邦子已经确认是自杀了。佐山不知为何有些犹豫，没有立刻打电话告诉市子。

佐山从银座的理发店走到日比谷的日活会馆。他短短几天没有出门，发现街上的年轻女孩已经换上夏装，整个街道似乎都焕然一新。

来到地下一层的咖啡厅时，阿荣已经先到了，她将一只手举至耳边示意他：

“叔叔，您剪了头发精神多了！”

“等很久了吗？”

“没有，我太高兴了，我们一起回家，一起去事务所，现在又在外面见面……”

“……”

从阿荣的发间飘来从美容院带来的淡淡清香。她的妆容也比平日浓了一些，一张脸更加明艳动人。

佐山从她身上感受到强烈的青春气息，他道：“阿荣，你今年是二十还是二十一？”

“我是属鼠的。”

“这么老式的说法你也知道？我也是属鼠的，也就是说我正好比你大两轮。”

“这样的话，我就能放心地喜欢您了。”

佐山轻笑出声。

“放心？我怎么像是在跟小孩闹着玩儿一样。”

“我已经不是小孩了！”

“……”

“那个中国人怎么还没来？”

“张先生他们在上面的大厅等我们。”

佐山走出咖啡厅，坐上直升电梯。

在大厅里和张先生一家打过招呼后，阿荣凑到佐山身边，不时抬起头含情脉脉地望着他，那亲昵的态度跟他的小情人似的。

“叔叔，前面那个正在上楼的人……”她突然开口。

“嗯？”

“那是清野先生吧，我和阿姨见过他。”

“在哪里？”

“东京会馆……我们在法国餐厅吃饭那天，临走的时候。”

“是吗？”

“哎呀，阿姨难不成没跟您提过？”阿荣瞪大眼睛，一脸的难以置信。

“他叫清野吗？”

“我记得是。”

佐山想，难不成是渔业公司的清野？佐山虽然没有见过清野，但是帮他们公司打官司时，他听说过清野这个名字。

佐山刚刚就看到他和另外三人在大厅谈话，现在他们似乎要去餐厅。

清野回头看身后的人时，佐山看到了他的脸。他笑容爽朗，目光坚毅，肩膀很宽阔。

不过，市子是怎么认识清野的？她怎么没有告诉自己她见过清野呢？

“昨天晚上光一的事也有些蹊跷……”

本以为约在大厅见面，应该会在酒店吃晚饭，谁知张先生却邀请佐山他们到一家关西饭店用餐。阿荣到东京后还是第一次吃到红烧鳗鱼，她吃得非常高兴。

佐山已经想走了，可是张先生的夫人和儿子都在，阿荣也在兴头上，于是他决定陪他们一起去夜总会玩一会儿。

客人入座后，女招待点亮了桌上的蜡烛。阿荣觉得一切都很新奇。天花板上的灯闪烁着微光，如点点繁星，宽敞的夜总会里灯光昏暗，桌子上只有一支蜡烛照明，连隔壁客人的脸都看不清楚。

对面和身后都立着树根一般奇形怪状的柱子，似乎分别代表着男和女。代表女性的柱子上，依稀可以看到从腰部到臀部的线条。据说整个夜总会是以宇宙为灵感设计的。漆黑的天花板上用红、蓝的荧光涂料，勾画出一些奇妙的线条。

在明灭不定的灯光中，阿荣的面庞显得纯真而白净。

“能否请您……”张先生的儿子邀请阿荣跳舞。

他叫和夫，身穿一条灰色裤子和一件花哨的黄衬衫。佐山觉得他身上有些流氓气。

“我这样看着就挺好的。”阿荣畏缩道。

这个夜总会很大，据说光女招待就有二百五十多位，阿荣似乎被这大场面给镇住了。

“你不会跳舞吗？”

听佐山这么问，阿荣喝了一口杜松子鸡尾酒壮胆，说：“那我就去跳一个……”

舞池里只有六七对男女，在身着袒胸露乳的晚礼服的女招待们的衬托下，阿荣的棉布裙反而更引人注目。乐队正在演奏一首悲伤的曲子。

阿荣一进舞池就沉浸其中，连跳三四支舞都没有回座位的意思。

她从和夫的下颌底下转过脸，娇羞地朝佐山笑了笑。佐山有些烦躁，那感觉就像自己身边的东西被别人拿去用了一样。

“那姑娘真不错，很天真无邪。”张先生对阿荣不胜溢美之词。

“和夫交了很多女朋友，花钱大手大脚的，我真拿他没办法。”张先生的妻子也注视着正在跳舞的二人。

“我盼着他遇到个好姑娘，赶紧结婚。”

“那丫头可不行。”

佐山拒绝的速度之快，连他自己都吃了一惊。

“不行的意思是？”张先生从容不迫地望向佐山。

正在佐山不知如何作答之际，阿荣回来了。

阿荣擦了擦额头上的汗，又喝了一口杜松子鸡尾酒。

“您跳得太好了，我都停不下来了，乐队也很棒！”

听阿荣这么夸奖，和夫又来了兴致，简单休息了片刻，他再次邀请阿荣。

但是，阿荣的手指却像蝴蝶振翅一般摆了摆。

“叔叔看着我们跳，肯定很无聊。谢谢您的邀请，可我已经跳够了……”她冷淡地拒绝了他。也许她敏锐地读懂了佐山的表情吧。

和夫只好执起女招待的手，走向舞池。

“叔叔。”阿荣唤道。

“我们走吧。”

女招待却把手放在佐山膝上，告诉他时装表演即将开始。十个模特就是这里的女招待，据说是太太们选的。

张先生似乎像今晚一样，常常携家人来玩，他的夫人正在和女招待们相谈甚欢。

观众席的灯光熄灭了，舞池里的客人也回到座位。在追光灯的照射下，身穿晚礼服的模特们手扶红色的螺旋楼梯，从舞台上方的天井口鱼贯而来。十人中有两人身穿和服。她们先走进舞池中站定，再依次走上舞台。舞台前方装饰着假百合花，花的下端透出紫色的光。

佐山打算告辞时，又被告知接下来还有脱衣舞表演，他又没走成。

女招待说，在脱衣舞表演的演员中，如果觉得哪个女孩漂亮，可以将她叫过来，见佐山不应声，张先生的夫人道："那个扎缎带的孩子挺可爱的。"

脱衣舞表演令阿荣面红耳赤，却仍然目不转睛地注视着舞台。

表演途中，那个扎缎带的孩子走了过来，在佐山身侧坐下。那姑娘看上去很老实。她的头发上撒了金粉，令佐山感觉很新奇。她的晚礼服从后背到颈前镶了一圈珍珠似的珠子，佐山指着那些珠子问道："参加时装表演的女孩，都能领到这样的衣服吗？"

"不是的，都是大家自己置办的。"

"那这开销可不小啊！"

阿荣凑过来说："叔叔，我们走吧。"

张先生邀请他们去另一家夜总会，但被佐山拒绝了。他们与张先生一家告辞，离开夜总会。

道路被出租车堵得水泄不通，这时，有群卖花少女围了过来。阿荣开心地买了一枝花。

她挽住佐山的手臂："我喜欢叔叔，您是这个世界上我最喜欢的人！"

"你喝醉了吗？"

"有点儿……"

阿荣纤细的小手有些发烫，那份温暖让佐山感受到一种难以形容的青春活力。

“我的脸上好像蒙着一张蜘蛛网……一喝酒我就会这样。”

“在大阪的时候你喝过酒吗？”

“我爸爸不是不回家吗？妈妈睡不着觉的时候，就要喝一点儿，我也陪着她喝。我就这么喜欢上喝酒了。”

“这么说，你要找个会喝酒的丈夫了？”

“您思想也太古板了……我自己想喝就喝！”

“你刚刚不是说，你都是陪你妈妈喝吗？”

“因为我讨厌我妈妈。”

“你不是你妈妈的孩子吗？”

“不，我更喜欢我爸爸！比起妈妈，爸爸更疼我！比妈妈疼我无数倍！可是，自那天之后，我爸爸就再也没有……”

内心的怨恨化为一声叹息，阿荣把剩下的话吞下去。

“不过，我已经决定忘记他了，这样心里就能好受很多。叔叔能对我好，我就心满意足了……我喜欢叔叔，比阿姨还要喜欢……除了喜欢，我没有别的词可以表达我的心情了！”

佐山决定走一走，好让阿荣醒醒酒。不过他确实早就想跟这名美丽的少女一起走走，没想到今天就有个意想不到的机会摆在眼前。

“您不说话，就好像是在责怪我像个小孩一样，我已经不是孩子了！”

佐山走到和服布料店的橱窗前，避开夜风，点上一根烟。

“叔叔，您累了吧？”阿荣打量着他的脸。

“还不是很累。”

“您只顾着让我开心，身体会受不了的！”

“不会的。”

“店里的人在跟我们打招呼，这是阿姨经常来逛的店吗？”

“是啊。”

佐山注意到这点，从这家店离开。

“再不回去，阿姨要担心了。”

危险的机会仿佛正在离他而去。

“就算现在加快速度赶回去，肯定也会被阿姨骂的。”

“应该会吧。”佐山轻轻一笑，“我就说你喝醉了，怎么样？”

“随便您怎么说吧。阿姨从来没有体会过这种喝醉的不幸，我真羡慕她。”

阿荣脸色煞白，似乎突然从醉意中醒来，细长而清秀的眼梢泛起泪光。佐山一时手足无措。

佐山想，阿荣将市子想得过于理想，她之所以会说喜欢自己，恐怕也是出于对市子的崇拜。

光一去东京站接坐“燕子号”特快列车赶过来的村松了，佐山今天应该也能早一点回家。

市子一边准备晚饭，一边等待他们。村松来东京是为了参加邦子的葬礼，所以不能为他接风洗尘。不过，毕竟他远道而来，佐山也是休养数日后第一次出门，她还是精心准备了自己的拿手菜。

她的用心却付之东流。

将近晚上十点，她才听到门铃声，本来以为是佐山，谁知出门一看，只有村松一人站在那里。

“您总算来了，光一呢？”

“没想到会发生这种事，竟然将夫人都牵扯了进来……”

“您说哪里的话，先进来再说……”

村松正在脱鞋，佐山便回来了。阿荣躲在佐山身后，目光清澈。

“你呀！”村松一看到阿荣，就道，“光一都告诉我了，你竟然自己跑上门来了！”

“光一真讨厌。”

“不过，多年不见，你出落得更漂亮了！是用多摩河的水洗的吗？”

阿荣沉默地耸耸肩，跑上三楼，再也没有下来。

佐山见到村松后非常开心，跟他滔滔不绝地聊起来。村松谈起山井邦子，对佐山道：

“如果我不让她来东京，或许她就不会走上绝路了。我很同情战死的桑原，于是让她暂时过来帮帮忙……我跟桑原其实没什么特别深的情谊，不过，是我让山井过去的，她在那里待了那么多年，没想到就这么死了。她这一死，我总觉得自己也得对桑原母女接下来的生活负责。因缘际会实在奇妙。”

“就像如今阿荣借住在你们家，你也不知道将来会发生什么事儿。”

“是啊，这都是市子一时兴起。”

“人与人之间的事，一时兴起可不成！”

不过，村松似乎并没有因为邦子的自杀而一味地沉浸在悲伤中，他很快就和佐山天南海北地聊了起来。

虽然邦子与佐山素不相识，可是男人大抵都是如此吧。市子虽然也不认识她，心里却一直为那个死去的女人而感到悲哀。

上床休息时，已经过了一点半。

夫妻很久不同床，市子却推开佐山的手。

“你不累吗？”

“不，我还很精神。”

“今天家里可还住着个来吊唁的朋友呢！”

“吊唁吗……”佐山把手收回，边躺平边道，“不过，在吊唁和守夜之后，总是莫名地想要女人，这就是人性吧。”

“我可不是你说的那种女人，请不要侮辱我。”

佐山刚刚说的“女人”，似乎未必是“妻子”。不，在她听来，妻子甚至只不过是将就用用而已，市子的心中产生一种肮脏的感觉。

一个人为某个人的死难过时，或许会希望和某个人彼此抚慰，可是山井邦子对于佐山而言毫无意义。

他或许只是想要将和年轻的阿荣在一起时被撩拨起的性欲，在市子的身上发泄出来。

从下午到深夜，他和阿荣去哪里闲逛了？市子想问他，然而，市子却问不出口，唯恐提到那个名字就会伤害到自己。

而且，佐山没说的那些事，只是一个置之不理便会消失的幻影，可一旦从市子之口说出来，便会赋予它生命。

市子说服自己，如果不是在门口撞见了村松，他肯定会和盘托出。

“你怎么了？”

“一大早就碰到那种事，我这一天都提心吊胆的，而且，我觉得你肯定能早点儿回来……”

“今天张先生过来了。”

“张先生是？”

“市子不是也跟我一起去过他在龙土町的家吗？”

“啊，原来是那位张先生。”

“如果阿荣的母亲再过来，咱们家都成旅馆了。音子不会也住下吧？”

“音子近期要把大阪的房子卖掉，应该可以分到一笔钱。如今她和阿荣相依为命，所以想跟她一起在东京生活。我觉得这样最好。”

“那倒是。不过，虽然她父亲抛弃了她们母女，可是阿荣却更喜欢她父亲，她好像非常讨厌她的母亲，而且，她是崇拜市子才跑出来的，如果音子强迫她，她没准儿又会逃跑。”

“我实在不知该怎么跟这个年纪的女孩相处。我只照顾妙子一个人就够了，阿荣还是还给她母亲吧。”

“你以前那么宠爱她，现在是打退堂鼓了吗？”

“她又不是没有父母。”

市子用不像她的粗暴语气说道。

“她父母双全，父亲也健在……”

“……”

片刻后，佐山的手又悄悄按在了她的乳房上。市子不知不觉间涌出泪水，她不愿这般顺从他。

但是，如果不能满足佐山，或许就会将他推向纯洁无瑕的阿荣。一想到这里，市子突然疯狂地抱住佐山。她想到自己结婚时已经不是纯洁之身，同时，又感觉到丈夫佐山比以往任何时候都强壮有力。

燕飞

连续两天都是晴天，反常的高温还登上了晨报，谁知，今天又下起了凉飕飕的雨。

“这鬼天气真是疯了，故意跟我过不去！”村松玩笑了一句，撑开雨伞。这两天他天天去桑原家帮忙料理邦子的后事，只有晚上会回市子家住。

“我这是名副其实的售后服务。”

“您一定能处理妥当的。”市子道。

“我真想向夫人请教请教，不过，您得以我为戒，不能轻易帮别人拿主意。山井就是把什么事儿都往自己身上揽，才会导致桑原母女这些年的依赖心越来越强。山井一死，桑原那个读中学的女儿就开始缠着光一，还嚷嚷着如果光一搬家，她就死给他看。真不知道将来会怎么样。不过，好在光一的名字没有登报……”

“今天您还是那么晚回来吗？”

“我也不知道，晚饭就不用等我了。”

将村松送出门以后，市子回到一楼，坐到自己的椅子里。她像每天早晨一样，有一段小憩的时光。

院子里的广玉兰已经含苞待放。巨大的白色花苞还有淡淡的绿色没有褪尽，旁边的枇杷树上也结出淡黄色的小果实。

昨天和前天，家里请人帮忙修剪了草坪，眼前一片生机勃勃的绿意。

刚刚来了一只燕子，一直擦着修剪整齐的草坪飞行。它时而从下方笔直地飞向天空，时而又突然俯冲下来。

市子一直望着燕子黑色的后背，当它将白色的肚子翻过来时，市子甚至能清晰地看到它的脸。一直在雨中的草坪上飞行的燕子，仿佛有什么话要对她说。

市子想喊养小鸟的妙子一起来看这只燕子，于是按下桌上的铃。

“你去叫妙子赶紧下来……”她吩咐女佣。

妙子刚刚似乎在打扫卫生，她过来的时候身上还系着白色的围裙。

“阿姨。”

“妙子，你看那只燕子……它一直在咱家的院子里飞。”

它一直贴着草坪低低地飞，妙子起初并没有看到。

“它好像有话要跟我说。”市子指着燕子道。

妙子扒住玻璃窗的边，探身出去。她的头发是市子帮她扎的，从额头到后颈的发际线都一览无余。市子觉得她的容貌远在阿荣之上。尤其是最近，她越发美丽动人。

自那日以后，阿荣每天早晨都比佐山提前出门，晚上又先他一步回来。

她一如既往地喜欢向市子撒娇。

市子的疑惑与嫉妒本该就此打住，可是，阿荣那无拘无束的自由却是一个如影随形的威胁。阿荣能够轻易地舍弃过去，也能轻易地破坏约定。

阿荣仿佛将市子的感情看得一清二楚，从那以后，她绝口不提佐山，佐山似乎也在避免提到阿荣的名字。这令市子在面对佐山和阿荣时，总是有种如鲠在喉的苦闷。

“阿荣一定爱上了佐山。”

市子从未想过，佐山会在这把年纪爱上二十来岁的小姑娘，不过，她觉得自己实在反常。

尽管如此，市子却觉得没必要怪罪阿荣。这不过是在她怯懦的内心上演的一出可悲的独角戏。

就连在庭院草坪上空盘桓的燕子，在她眼中，似乎都是为了告密或警告而来。

晚上七点多，天依然亮着，让人搞不清时间。市子正在漫不经心地等佐山，心里隐隐产生一种错觉，也许阿荣现在和佐山在一起。

“阿荣明明早就回来了……”

市子的心不禁有些沉重。

她决定不等佐山，先去吃饭。去三楼喊阿荣和妙子时，她路过走廊，结果在那里看到立在门口的阿荣的背影。

似乎有客人登门。

“吓我一跳，您怎么也不打个电话？突然就找上门来了……还专门挑人家吃饭的时候。”

“许久不见，你怎么出落得这么漂亮了！”正在打量阿荣的是她的母亲音子。

“你不知道我多担心你！我天天坐立难安，想早点儿过来找你，可是你也知道，家里一堆事儿，我脱不开身……”

“您到底干什么来了？”

“我干什么来了？还不是为了你！你给你市子阿姨可添大麻烦了……”

虽然市子一直盼着音子过来，可是对于她的到来仍然有些意外。

音子一看到市子就泪光闪烁。

“你怎么也不跟我打声招呼，我也好去接你！”

“接什么接，我以前不是经常来叨扰吗？这一带还是老样子，让人很怀念。我上次过来，是不是都是二十多年前的事了？时间真是快得吓人……”

她又变回了东京口音。

市子望着穿戴得整整齐齐的音子，既欣慰又开心：“音子，看见你我就放心了。”

听阿荣描述，音子总是穿一件毛织短外套，邋里邋遢的，神经疼的缘故，她大夏天也会穿彩色棉袜子。

在阿荣的描述中，音子是一个命运凄惨、年老色衰的形象，可是今日一见，市子才知道是阿荣夸大其词了。

她老了很多，白发入鬓，下眼皮暗淡而松弛，上面布满皱纹。不过，倒是没有阿荣说得那么老。

她没有化妆，气质淡雅。

“阿荣，你怎么还傻站着？快帮你妈妈把行李拎进去啊！”市子催她。

因为母亲的到来，阿荣在市子面前有些抬不起头来。

为了让音子好好休息，市子将她带到他们夫妻在二楼的起居室。

阿荣默默把行李放下后就不见了踪影。

音子脱下身上那件颜色素淡却古雅清新的一越碎花纹和服，又从包里找出一件染得恰到好处的结城飞白纹[1]和服换上了。

她又系上一条蓝底淡茶色吉野格纹的腰带。

“我应该跟佐山打过招呼以后再换衣服。”她好像刚刚意识到这件事。

“佐山还没回来呢。”

“他还是那么忙。”

“听说你认识大阪的村松先生？他是佐山的朋友，最近住在我们家。”

“这可真没想到！那我就更不能穿这个了。要不我还是重新换下衣服吧。”

“村松先生也不一定什么时候回来，你不用那么客气。你看看我，最近一直这么不修边幅。”

“我哪能跟你比！”

“对了，我还得谢谢你送我的腰带呢。”

“我应该送一条颜色更艳的给你，你一点也没见老。”

“我只是外表显得年轻，法国小说里把这叫‘年轻的木乃伊’和‘扛老的女人’，真是太讨厌了。”

“这不是挺好的吗？你再看看我。不过，这么跟你聊天，好像回到了从前一样。”

“是啊。福原老师的七十七岁大寿你要是也来了就好了。”

“我哪有工夫去啊。去的人很多吗？”

“很多。”

“市子，你之前捡的那些贝壳还留着吗？”

“留着呢。在聚会的时候，岛津说了一件有趣的事。他说有一件生物学

[1] 碎白点花纹。

上的大发现，那就是情敌也是会死的……”

“她死了吗？”音子盯着市子的脸。

“死了。”

名叫岛津的同级生的情敌或许也死了，但是，音子刚刚的问题当然指的是和清野结婚的女人。在法国餐厅见到清野时，她得知了那个女人的死讯。就连这件事，市子都没有告诉音子。

“是吗？她真的死了？”音子对市子喃喃地重复着同样的问题，“你要是跟他结婚了，说不定也已经死了。”

“讨厌，你怎么这么说？”

“我就是这么一说。人的命运可是说不准的。你与他分手时哭了一场，可是最后不是跟佐山结了婚，过得很幸福吗？分手还是要趁年轻。我就已经太迟了……”

“无论如何，女人与初恋厮守终身才是最幸福、最快乐的……有人也会这么认为。”

“人啊，什么样的想法没有？”音子话锋一转，“市子，你还在搞工艺吗？”

“已经彻底不干了。从一开始我搞的就谈不上‘艺术’。”

年轻时的市子一扎进工作室，就会废寝忘食。可最近几年，她连集中精力画一张和服的设计图都做不到。不知道为什么，她有时觉得自己仿佛又变成了二十几岁的年轻姑娘，心里隐隐怀着某种虚无缥缈的憧憬。从幻想中抽身以后，她的心里只剩下难言的孤寂。到了这把年纪，是否只有她自己才这样？有时，她会因为这种难以消解的忧愁而感到头晕目眩。

“佐山实在是太优秀了。”音子自以为是地说，“也许丈夫还是稍微有些缺点比较好……能给我找把梳子吗？”

市子拉开梳妆台的抽屉。

“阿荣是个任性妄为的丫头，一定给你添了很多麻烦吧？我这两三年对她束手无策，她的个性太强了。”

“也不全是这样。”

“她做起事儿来一点儿也不计后果，可是又什么事儿都不愿帮我做。她从不考虑未来，也不愿吃一点儿苦头。”

“因为她还年轻嘛。最近她在佐山的事务所上班，好像还挺乐在其中的，她干得也不错。”

“还不是因为是你让她干的？她在信中说，她尊敬你、仰慕你，恨不得对你顶礼膜拜。”

阿荣也很喜欢佐山，这件事市子对音子说不出口。而且，见到阿荣的母亲以后，这一疑窦突然烟消云散。

话匣子一打开，二人就坐在那里滔滔不绝地聊起来。

音子再次提起要和阿荣在东京生活。

“三浦呢？”

“我主动提离婚没准儿正中他下怀。”

“不过，我是不会主动提的，他也不会。我们俩之间既没有爱，也没有恨了。”

“……”

“可是，作为女人，丈夫和家庭是个心理安慰，我没勇气抛掉这一切。虽然这让阿荣很瞧不起我……你是不是也不能理解我？”

“我能理解。”市子机械般地回答。

“其实我已经把房子卖了，如今已经没有家了，可是只要户籍中还有丈夫和女儿，我就总有一种家还在的错觉……”

“……”

“阿荣离家出走的时候，我想她说不定去她爸爸那里了，于是去了他京都的家一趟，那里我还是第一次去。”音子说罢，沉默良久，“那个男孩明年就要上小学了。”

“是吗？然后呢？”

“然后就没什么了。事实都这样了，难不成我还能杀了那孩子吗？”

“……”

“如果是个女孩，那个京都的女人应该还会再生一个……”音子无奈道。

“我就不能生了。”

“你还有以后呢！”

“以后？四十多岁吗？”

“是啊，这也不稀奇吧。”

阿荣不知何时来到走廊上。

“妈妈，阿姨，吃饭了。你们聊够了吧！”

音子从大手提包中取出一个红色的小匣子，无言地递给阿荣。里面装的是一块铁达时的小手表。纤细的橙色麂皮表带跟金色的表盘很搭，像一副手镯。

“给我的吗？”

阿荣眼睛一亮。

音子说她从八重洲口下车后，已经在大丸的辻留简单吃了点。不过，她还是陪市子一起吃了晚饭，阿荣也坐在旁边。

妙子比较见外，习惯跟女佣一起吃饭，阿荣却很喜欢跟佐山夫妇一起吃饭。因为不能厚此薄彼，所以他们也经常喊妙子跟阿荣一起陪他们用餐。

给阿荣母亲接风的这顿饭，妙子没有露面。

母亲和市子交谈时，阿荣也基本上不插话。她漫不经心地听着，表现得非常老实，在市子眼中，阿荣似乎突然变成了孩子。

可是，当市子跟阿荣商量该让音子睡哪里时，她却突然开口："让她在我房间打地铺就行。"

"行吗？"

"只要有床被子，她在哪儿都能睡得香。"

"可以吗？你们俩一起睡床呢？"市子问音子。

佐山和村松终于回来了。

村松在大阪很久没有见过音子，对于和她同时留宿在东京的佐山家中，他感到很新鲜，众人聊了一会儿山井邦子的话题。

不过，男女很快就分成了组，聊起了不同的话题，不知不觉天都快亮了。

"我订到了明天晚上十一点的快车票回大阪，三浦你呢？"村松问道。

"我还没想好……"

音子含糊地说了一句之后，阿荣在旁边回答："我妈妈待个两三天也回去了。"

市子和音子对视一眼。

"音子，去洗澡吧。"市子邀请她出去。

"你看吧，我就知道她会那样。"音子道。

"她连你的醋都吃，因为我刚刚只顾着跟你说话了……"

"你干脆收养她吧……"音子也轻笑道。

"你家还跟以前一样，真让人感慨。"

"大阪的店不也一样吗？"

“那里就是太一成不变了，住在里面的人却早已大变样了。而且，那里也没有像这里的多摩河一样的风景……”

“多摩河也变了，天天都有男女在河边幽会。”

“一到这里来，我才发觉，我这么多年竟然哪里都没去过。我这些年到底在做什么呢？明明活着，可是除了年龄变大之外没有任何长进。”

市子帮音子洗着她白胖的后背。

“我不像你，已经是更年期的身材了。”

“那是因为我没生孩子……”

“扛老的女人？”

“已经扛不住了。”

“对了，刚刚我走到你家附近时，隐约看到你以前的房间，就是三楼外面的楼梯旁边的那个房间，里面怎么亮着灯？”

“由于佐山工作的关系，我们家收养了一个有难言之隐的女孩。她刚刚不是出来了一下吗，现在那里是她的房间。”

“那个工作间？”

“不，是那个像茶室一样的小房间……”

“你以前动不动就睡在工作间或茶室的床上。”

“你的记性真好。”

“我都记得，我还记得你伤心欲绝的那个雪夜……”

“……”

“当时，我不是抱着你的娃娃睡在茶室里吗？”

音子笑了，市子却紧绷着脸。

“我是来跟你道别的……你忘了吗？当时我跟三浦还有三四天就要举行结婚典礼了，完婚以后我就要跟他去大阪。”

“是你不让我走，非让我留宿。当时我还真心地想，你竟然这么舍不得我，谁知你只是为了爱情利用我，太过分了。”音子絮絮叨叨地说。

当时，市子的父母严令禁止市子跟清野谈恋爱。

市子回忆起当年避开父母的耳目偷偷去见清野的事。当时她心想，至少让她见他最后一次吧。

市子恳求音子帮忙。她说，清野将要远航，这将是真正意义上的“最后一次”。

“‘一个小时，就一个小时。’市子，你当时双手合十求我帮你，真是我见犹怜。”

“……”

“然后，你从外面的楼梯悄悄地溜了出去，当时天下着小雪。”

“都二十多年前的事了……”

“我不是相亲结婚的吗，才认识三四天，一点儿也不了解彼此，就要跟对方结婚，还要跟他去大阪。我目送着你的背影，无法形容当时的心情，眼泪都出来了。可现在呢，就算女儿离家出走，三浦跟外面的女人有了孩子，我也挤不出一滴泪来。”

“都陈年旧事了，还提它做什么……”

“如果你现在过得不幸福，我是不会故意让你想起往事的……聊一下往事不是挺好的？你走后，我一个人很害怕，连灯都不敢关，一直抱着娃娃。那个娃娃还在吗？”

“不在了。”

“我记得那是个很大的布娃娃，你还给它穿上了你的睡衣，女孩子做的事还真可爱。不过，在下着小雪的半夜出门，可真让人捏一把汗。”

父母或许做梦都想不到，市子会在前来道别的朋友留宿时偷偷溜出去。市子就是这样利用了音子。

“你回来以后，冻得手脚冰凉。”

音子仿佛想通过回忆市子从前的恋情，来抚慰现在的自己。

“这么无聊的事，你可别告诉阿荣。”

“嗯。不过，即使她知道了，也只会更崇拜你。对了，要是让她知道了三楼的那条密道，那就太危险了。她要是跟你学的话，可就让人头疼了。”

音子总算注意到市子的不悦。

“你不会是还对那个人……”音子说漏了嘴，心口不禁一揪，懊悔不已。

音子走进三楼的阿荣房间看自己的床有没有铺好，身穿和服浴衣、系着细腰带的阿荣站了起来。

“你怎么还没睡？”音子问道。

“明天不是星期天吗，村松先生提议大家一起去坐观光巴士，叔叔也跟我们一起去，我就是跟您说一声。”

星期天的黎明，往往都会下一小阵雨。

不过，第二天起来，当村松、音子、妙子和阿荣围在一起吃并不算早的早饭时，天已经放晴了，只是风比较大。

院子里的树在风中沙沙作响，屋子里也忙成一团。

村松在电话里没有订上观光巴士，他说：“我去站前旅馆问问。”然后匆匆出了家门。

过了一个小时左右，村松打电话通知他们票订好了。

女人们为了做出门前的准备，折腾了好一阵子。

阿荣下楼时，上身穿了一件小领落肩的淡粉色泡泡袖衬衫，下半身则是一件藏蓝色筒裙。

纤细的腰肢盈盈一握，阿荣身高五尺二寸五分[1]，穿上高跟鞋后，比市子还要高。

市子因为要系音子送给她的那条腰带，所以选了一件白底的飞白纹和服。她看上去要比音子年轻十岁。

佐山身穿灰蓝色的夏装，没有戴帽子。

四点之前五人出发了，妙子将他们送到门口。

“妙子，麻烦你看家了。”市子回过头，心不由得一紧。

“你不怕吧？要是怕，可以把家里的门都锁上。”

妙子的眼神欲言又止，却又畏缩不前。她僵硬的指尖微微发抖。

市子想留在家里陪妙子，可是又怕村松和音子见怪。

妙子将大门锁好。

每个月二十号左右，从周六到周日晚上，志麻会回三崎的家休息两天。

今天家里只剩下妙子。

妙子像是怕发出声音似的，蹑手蹑脚但又迅速地将该收拾的东西收拾好，把家里的门窗都紧紧关好。

她上了三楼，匆匆地检查了一下小鸟的笼子以后，连镜子都没照，就跑到门边。只有那扇门没锁，她顶着火辣辣的阳光，从楼梯上奔下去。

有田应该从三点开始就在河滩上等她了。

但是，妙子只是焦急，心里一点也不轻松。她惴惴不安，总觉得在自己出门期间会发生什么大事。

“干脆不去见他了……只要不见他……”

---

[1] 一米五八左右。

妙子心如刀绞地停下脚步，却又想：“今天见过他，以后就再也不见了。”

她想，这既是为了有田好，也是为了自己好。她下定决心以后，再次小跑起来。

有田缓缓登上坡道。妙子带着凄楚的表情，静静立在山坡上。有田似乎没有发现妙子。

这么远的距离，妙子其实也看不清他的脸，只是从他的姿态判断出他是有田。不过，高度近视的自己率先认出对方，对方却还没认出自己，对方还是有田，这对于妙子而言是个很不同寻常的瞬间。

她想转身逃离，却又忍不住朝他走近。

有田的周围似乎流淌着冰冷的水流，又似乎飘浮着蓝色的火焰，妙子被他深深吸引。

“抱歉。”

“啊。”有田抬起头。

“我出不了门，今天家里人都出去了，一个人也没有。”

“我还以为今天见不到你了呢。草上都是雨水，没有地方坐。好累。”

“真对不起。”

“你忘了吧，今天……”

“还是记住吧。我不是说过嘛，就算以后见不到面了，我也会记得你的。不过，我只是来跟你说一声生日快乐。我什么礼物都不能送你，也不能为你做什么。”

“不，礼物已经在我面前了。”有田的手落在妙子的肩上。这只手的位置同上次不同，给妙子的身体带来的感觉也跟上次不同。

“我得赶紧回去了……”妙子努力反抗难以抗拒有田的自己。

“在这个地方站着，会被认识的人看到的。”

“那去你的房间，不行吗？”

“我的房间？”

“家里不是只有你自己吗？”

“不行，太可怕了……我哪有自己的房间。”妙子脸色苍白。

“之前你不是都来过我的房间了吗？我也想知道妙子的房间是什么样的。”

“可是，那又不是我的家，而且我怎么能在没人在家的时候……”

“没人在家，不是个好机会吗？”

妙子惊得踉跄了一下，她从有田身边离开时，差点撞上一个人。那个妇人跟她打招呼，原来是她认识的邻居。

妙子心惊胆战，沉默地往家的方向走。

有田隔着一些距离，跟在妙子身后。

妙子在外面的石楼梯上等着有田。

“好香。”有田道。

“是栀子花。”

妙子的房间里只有一张书桌和三个鸟笼，没有其他像样的家具。

妙子把唯一的坐垫让给有田。

“不用了，谢谢。”

有田却没有接受的意思，他似乎被这座房子的格局震住了。

门户紧闭的家里，只有金丝雀的鸣啭高亢而嘹亮，这反而让妙子产生了自己是不速之客的感觉。房间里又闷又热，妙子却没有拉开推拉门的意思。

“房子真气派。我什么时候也能住进这样好的房子？”

“这要是我自己的家，还能招待一下你，现在都没办法给你倒杯茶。”

“能给我一杯水吗？”

“水？”

妙子拿着自己的茶杯，起身去隔壁的水房。她接水时努力不弄出声响。

“我喜欢小一点的房子。”她回到有田身边后，这般说道。

“晚上从外面回家的时候，如果看到千辛万苦建好的小家亮着灯，我肯定会感动得热泪盈眶。”

“是吗？是不是因为你想到自己连一个小家都没有？”

“不知道。”

“是因为你寄人篱下，所以希望能够拥有属于自己的生活吧。”

“我没有那么明确的理由，只是一时有些感慨而已。”妙子说着，像是试图从有田的气息中逃离一般，蹲到文鸟的鸟笼旁。

“千代，千代，千代。”

“千代，是从千代子的名字里取的吗？”

“是的，这只小鸟是千代子送给我的。”

“那么另一只就是叫阿妙喽？”

“不，叫阿雪。因为我是在雪夜出生的……有田，你帮它取个好听的名字吧，作为纪念……”

“……”

“你过生日我也没有什么礼物送给你，我自己拥有的也就只有小鸟了。”

“你怎么又说这个。目前我家倒是挺合你意的。那里拥挤得喘不过气来，我连一天都待不下去。我去年整个暑假都没有回家，一直在外面打工。”

“你难道不想你的父母和兄弟姐妹吗？你不想和他们睡在一个房间吗？”

妙子的眼前浮现出被关在拘留所中的父亲的脸。她只能在监视下，隔着铁丝网与父亲短暂地见面。

即使今天她见到了有田，可是说不定明天就见不到了。她自己也下定决心，这是“最后一次”。

但是这般决定后，她的心里反而有一种奇妙的错觉，仿佛她以前也曾像今天这样将他带到房间似的。妙子的脑子因为这个念头有些迷糊了。

有田握住她的手腕，将她拉至自己身边。

妙子的一只手软软地耷拉在鸟笼旁，知更鸟对着那只手开心地扑棱着翅膀。

有田似乎有些急不可耐，握紧了她的手腕。妙子的心在棉布裙里怦怦跳动，她回应有田的吻。

“我怕。”

妙子起初没有抗拒，却突然按住有田的胸口，将脸藏在他的胸前。

“我害怕。”

“家里人要回来了吗？”

“不，可是，在这儿……”

这是妙子和父亲恩人的家。是这世上她唯一爱的“二人”佐山夫妇的家。

“太可怕了。”

妙子睁开双目。只见她泪光涟涟，瞳仁里一片黯淡的光。

“我想忘了一切，忘了所有人。放开我……把那个给我。”

“那个？”

有田脸色苍白：“那个不行，会上瘾，绝对不行！”

“就这一次……”

她想忘记沉重的身世和少女的羞涩，放任自己沉沦，这欲望到底从何而来，她无法分辨。妙子只是想要尽情地忘掉自己。

她在“人类大家庭”摄影展上失去了意识，如同坠入无底深渊一般倒在有田胸膛，当时那份无依无靠的感觉，不可思议地刺激着她的感官。她被有田带到房间，第一次同他接了吻。然后，她从手提包中取出那样东西，在它的效力下献出了自己。

他们的第一次非同寻常。

那与妙子父亲的犯罪也有关。父亲想要用那样东西引诱别人的妻子，结果却酿成了杀害那对夫妇的惨剧。妙子知道这一切。她偷偷将父亲剩下的东西藏了起来。在她感觉自己要受咳嗽折磨时，曾尝试了一次。第二次尝试时，她失去了贞洁。

今天，妙子再一次动了那个念头：“我要，我要……”

她在有田的臂弯中挣扎。

“不行，家里人回来的时候，你万一起不来……你别闹了！”

“我知道，就像之前一样，只吃一点……”

妙子用小指尖蘸取一点，用有田喝剩下的水送入口中。

“好苦啊。你不要用看犯人一样的眼神看着我！反正我是个坏女孩，是罪犯的女儿！”

“别说了……”

“他们十二点左右要去火车站送客人，志麻也要很晚才能回来。”

大阪当然也有很多观光巴士。据说坐夜间路线还能观赏木偶净琉璃戏，不过住在大阪的村松和音子都没坐过。

佐山和市子也都没有坐过东京的观光巴士。

“我们去坐一次吧。”虽然他们经常这么说，但因为随时都能坐，反倒一次也没有坐过。

当佐山夫妇从阿荣口中听说，她从大阪跑来这里之后，立刻在东京站的旅馆订了个房间，并且乘观光巴士把东京逛了一大圈时，他们为她的明智深深折服。

阿荣之前也坐过夜间巴士，不过跟今天的路线不同。当时的路线是歌舞伎剧场的独幕剧、佛罗里达舞厅、日本剧场音乐厅以及浅草。

阿荣上次是独自出行，不过在旺盛的好奇心的驱使下，即使无人同行她也毫不介意。阿荣想要了解一切，她非常羡慕见多识广的成年人。

今天的“江户夜景”对于阿荣而言也颇具吸引力。何况，佐山一行人之中，只有阿荣一个人有过乘坐观光巴士的经验，于是她非常得意。

“妈妈坐在阿姨身边吧。”见阿荣挑了佐山旁边的座位，市子和音子都瞠目结舌。也许她是想要避免跟光一坐在一起。

身穿深绿色制服的导游小姐上车后，告知客人今天会在驹形的泥鳅餐厅或鳗鱼餐厅用晚餐。

“您吃泥鳅饭还是鳗鱼饭？”她走到客人身边挨个询问。村松选择了泥鳅饭。这个线路的晚饭每份还附赠一瓶酒。

村松也喊了光一，并提前买了他的车票，但是发车时间到了，光一却依然不见踪影。五点半出发的巴士依次开走，只剩下最后一辆。等了三四分钟，导游小姐低声询问村松：“再等下去会对其他客人太不好意思了，您的同伴会不会弄错时间了？”

“应该不会，麻烦再等等。”

头戴白色帽子、身穿白色制服的司机坐进驾驶座后，启动了引擎。

“今天是星期天，光一在搞什么？不喊他就好了……让人这样干等着，真烦人！”

阿荣噘着嘴，故意用大阪方言发牢骚，她的神态惹得乘客们发出一阵笑声。

光一总算慢悠悠地上了车，好像不知道自己迟到了似的。巴士启动了。

导游小姐将小巧的麦克风移到嘴边：

“让大家久等了……”

“东京这座城市，四季的更替自不待言，除此以外，这里从早到晚，时时刻刻都在发生变化。昨天有的事物，也许今天就已消失，今天有的事物，也许明天就会不见……”导游小姐口若悬河地说起讲解词，“……希望诸位今天能够跟我一起，透过由现代文明交织而成的东京夜景，感受拥有灿烂的庶民文化的大江户的风土人情……”

导游小姐说到了以东京火车站为中心的丸之内的商业街，被江户时代的灰墙分割成一个个方正的街区，在她的讲解声中，观光巴士驶过丸之内大厦和新丸之内大厦，朝皇宫的方向开去。

巴士横穿电车道，跨过护城河以后，道路两边赫然出现四排银杏树和柳树，林荫树郁郁葱葱，绿叶成荫。在左右广场的长椅上、草坪上和松树的树荫下，都能看到成双成对的情侣。

导游小姐开始介绍江户城，也就是如今的皇宫。市子想起，今年春天曾经举行千代田筑城五百年庆典。

从大手门前向右转弯后，导游道：“……沿着布满青苔的石墙和松树，逐渐可以看到白墙的平和门了。这一带的城门保存得比较好，最接近过去的原貌。平和门过去是宫中女官的通用门，所以也叫‘御局[1]门’。”

春日局[2]没有赶上门禁，在雪中过夜的故事，也发生在这所宫门。

“另外，元禄时代‘绘岛和生岛’[3]的浪漫故事，也让这个宫门平添一抹浓艳的色彩。不过，这都是很久之前的事了，如今这里仅仅是宫里官员的通用门。”

导游小姐落落大方地为众人讲解，佐山每每见到年轻女孩神情专注地做事的样子，胸中就会毫无来由地产生某种躁动，所以他将目光从导游小姐的身上别开。

护城河河水清澈，浮萍的圆叶子在夕阳下反射出耀眼的光。

导游小姐与阿荣年纪相仿，阿荣入神地听着她娓娓背出辞藻华丽的讲解词。

“我们刚刚过的桥是一桥，因为德川御三家之一的一桥家就在这附近……”

听到导游小姐的话，佐山往窗户下方望去：“哦？这里就是一桥吗？”他对一桥大学、一桥讲堂等地名很熟，也经常在这座桥上走，却没想过这里竟然就是一桥。

越过一桥后就进入神田。神田这个名字的起源，佐山一不留神也给忘了，经导游小姐讲解后才想起来，这里正是为了向伊势神宫供奉大米而填海造就的名副其实的“神田”。

---

[1] 对宫中女官的尊称。

[2] 春日局（1579年—1643年），本名斋藤福，江户幕府三代将军德川家光的乳母，奉命前往皇宫觐见后水尾天皇，得到天皇赐号“春日局”。

[3] 江户时代的女官绘岛代表月光院参谒芝增上寺，归城的路上与歌舞伎男优生岛新五郎熟识，产生了一段有悖当时伦理的恋情。

巴士逐渐从神宝町开向骏河台，导游小姐为了介绍过去的“神田儿郎”的气势，说道：

“这里是工商业区与旗本[1]的地盘的交界处，据说神田儿郎象征着工商业者对武士中的地痞无赖的反抗。”

音子从背后拍了拍阿荣的肩膀。

“你瞧，那里是东京复活大圣堂，妈妈就在那下面出生的！”

音子充满怀念地望向大圣堂。

“市子也在节日的时候去过。”

导游小姐正好讲到神田祭。

市子的思绪被带回去，清野的面庞立刻浮现在她眼前。那一天，市子从音子那里给家里打电话，告诉家人自己要和朋友去神田祭，其实和她在上野见面的人是清野。

音子说的就是那天的事。观光车正往上野的方向开去。

市子仅此一次的恋爱回忆被重新唤醒，可是，这一回忆反而越发让她意识到女人年华逝去的悲哀。

市子望着佐山的后脑勺，坐立难安，她往前探出身子，轻声与他耳语：

“妙子的爸爸会一直坐牢吗？”

“嗯？”

市子在一个意想不到的场合问了一个意想不到的问题。佐山有些惊讶地回过头。

“妙子有男朋友了……”市子无法把这话说出口。她道：“我们把妙子一个人扔在家里，她不会有事吧？”

---

[1] 武士的一个等级，有资格直接晋见幕府将军。

“……”

巴士沿着御成道开往上野广小路的方向，在铃本曲艺场前停了下来。乘客们在这里的门口一起拍了张合影，照片会在去驹形吃泥鳅或鳗鱼晚餐之前冲洗出来，有意向的人可以掏七十日元购买。

“这里的座位都变成椅子了，跟个小型电影院一样。”市子一进去便道。战后她还没有来过曲艺场。

观众席基本座无虚席，观光车的游客们只能站在后面或两侧，不过，阿荣却早早推着佐山挤了进去，他们在对面的窗边找到了座位。

以前，无论是在家里还是在外面，阿荣一定会将佐山身边的座位留给市子，可是最近她似乎彻底把市子忘在脑后。市子不敢看他们二人。

疑心一旦起了，就很难再将它压下去。

舞台上有张绘有牡丹和狮子的金箔屏风，在屏风对面的一个角落立着块写有落语[1]家名号的牌子，他的名字恰好是“燕子”。这似乎并非偶然。市子想起昨天来到院中草坪上的那只燕子。

光一立在市子身边。

“光一，你星期天也有事吗？刚刚车差点就开走了。”

“夫人，我……”光一支支吾吾道，“我在给夫人写信。”

“给我？写什么信？”

“我想从镰仓去江之岛一趟，找找可以拍的贝壳，不知道能不能邀请您一起去？”

“你怎么想起邀请我了？”

[1] 日本的传统曲艺形式之一，表演形式和内容与中国传统的单口相声相似。

市子张口结舌。光一继续道："我想去逛逛特产店。"

"那封信你已经寄出去了吗？"

"嗯。"

"你还是邀请阿荣吧。"

"怎么又是阿荣，夫人您呢……"

"你也没必要特意去一趟江之岛的特产店，在东京有很多卖贝壳的商店。"市子一眼也没看光一，抬脚走到音子身边。

"你一直这么站着，不会神经疼吧？"

"右腿有点儿受罪。我听不下去，想回车里坐着了。"

"你去让阿荣跟你换一下。"

"不行的，那孩子，我……除非她自己想让给我。"

"你平时都这么惯着她吗？"

阿荣这丫头如此任性，身边的人为什么还是会为她牵肠挂肚？市子扪心自问，陷入沉默，就连听到落语的精彩之处，她也笑不出来。

四十分钟过后。

"观光巴士的各位旅客，观光巴士的各位旅客，时间到了！"导游小姐大声通知。

观光巴士从上野开往浅草。田原町的仁丹广告塔在大正的地震中倒塌了，据导游介绍，为了复原这十二层塔，共斥资一千五百万日元。透过右边的车窗看完浅草的六个区，观光车从国际剧场的门前开过。

"浅草是有代表性的工商业区，这里是江户工匠的大本营，接下来我要带各位去的地方，就是这座大本营中的花街柳巷……久负盛名的吉原！"

导游小姐口若悬河地介绍着吉原的历史。

"我们已经进入吉原了。在歌舞伎的舞台上能见到的吉原花街的面貌，如今已经彻底不见了，不过，各位能在两侧看到吉原如今的样子。左前方的‘角海老’餐厅是历史悠久的老店……”

她只字不提“红线地带”和《禁止卖春法》。

“这里就是角海老？”阿荣自然地将手搭在佐山的膝上，将脸探出窗外。

“听说神户的大小姐一到东京车站，就立刻乘出租车到这儿来了。我想看看这里到底是什么样的！”

佐山胸膛绷紧，身子往后缩，阿荣的头发和腋下的味道在鼻息间萦绕，令他蹙起眉头。

“各位久等了，我们到吉原的中心松叶屋了。请大家尽情欣赏以传统闻名的吉原艺术吧！”

在为妓院拉客的茶馆二楼的大厅，他们品尝了本地有名的点心和茶，在观看艺伎和助兴艺人的舞蹈时，佐山走到市子身边。

“妙子一个人在家，你担心她吗？”

称呼

村松回大阪已经两个星期左右了。进入六月之后，气候依然很反常，常常在暑热之后又突然降温。不过，这个梅雨季雨水少，经常连晴数日。

多摩河的禁渔期一过，佐山家的人起床后的第一件事就是眺望钓鱼的人们。到了晚上，还可以看到游船上的灯火。

音子在四五天前去了住在片濑的兄长家。神田的娘家在战争中被烧得精光，她的兄长被疏散到片濑之后，就一直留在了那里，孩子们也都各自外出工作，勉强能够糊口，他已然没有了回东京的心力。

音子倘若不想回大阪，想在东京生活的话，得先去跟兄长商量商量，至少也得知会他一声。

音子原本想带阿荣一起去，可是一跟她说起这件事她就直摇头，拒绝得很干脆："我才不去！"

"在大阪的时候妈妈给舅舅写信，他几句话就把你给打发了！"

诚如阿荣所言，兄长一直不愿跟音子产生瓜葛，他唯恐她向自己借钱或者请他拿主意。音子兄长家的日子如今也过得很拮据。

阿荣从小就跟舅舅一家没什么感情，她也从来没有跟佐山和市子提过这个舅舅。她担心一旦提起这个舅舅，就不能继续在佐山家住下去。

可是，她却每天在音子耳畔念叨：

“妈妈，你赶紧去片濑吧。我们两个人都住在人家家里，太丢人了。”

音子临走前对市子千叮咛万嘱咐，让她一定催阿荣去一次片濑。

“你说的话她说不定能听得进去。”

“也不一定，最近我的话已经不管用了。”

今天佐山正好在家办公。他要整理调查资料，写辩护词的草稿，这三四天都不会去事务所。

市子成功说服了阿荣，让她今天一大早去片濑，她仔细地教她怎么坐小田急线直达江之岛。

“我不想在那儿住，可以当天回来吗？”阿荣问道。

“可以啊。”

阿荣一抵达片濑，音子就打电话向市子道谢。

音子走了，阿荣也不在，这里难得又变成了原先的四口之家，更难得的是佐山也在家。市子似乎整个人都松弛了下来。

她望着院子想，最近的那只燕子还会不会来？在草坪的尽头，之前修剪过的草叶又长高了，有只白色的小蝴蝶立在上面。它的翅膀合拢，偶尔会扑扇一下，却没有飞走的意思。

蝴蝶和燕子都令她心慌，她觉得自己很不对劲。她想和妙子单独聊聊，于是往三楼走去。

妙子不在房间。

窗户打开了一条缝，阳光透进来，将树影映在榻榻米上。不知为何，房间有些阴森恐怖。

鸟笼里的小鸟不见踪影。

“啊……”

书桌收拾得干干净净，上面空无一物，只见一张白色的字条被玻璃镇纸压在下面。

“请原谅我，我是个坏女孩。我无法面对我犯下的错，想了结自己的生命，可是在父亲被执行死刑之前……你们的大恩大德我永生不忘，我不知该如何表达我的歉意。我把小鸟带到我父亲那里了，他一定会狠狠骂我一顿。父亲的事一直以来都是先生操心，请先生千万不要抛弃他，求您答应我。拜上。”

上面既无抬头，也无落款。

妙子离家出走了。

她的字迹潦草，难以识别，像是大醉之后写下的。

市子跑到佐山的书房。

“喂，出大事了！”

市子颤抖着将妙子留下的字条放到佐山的稿件上。

“妙子不见了。”

“……看不清楚，这字写得太潦草了。”

“看来她当时情绪波动很大，连字都写不成了……”

“到底怎么了？”

“她肯定是走投无路了。前段时间家里一直有客人，我们也没顾得上关心她……”

“她平时挺懂事的，是个好孩子，怎么会这么想不开……她离了咱们家可怎么生活？她不会是得了被害妄想症吧？”

“一定是阿荣……”

“这个‘我犯下的错’是什么意思？”

“应该就是指离开对自己有恩的人的家。她不会去她男朋友那里吧……”

“男朋友？那她可能就是去那里了。那人怎么样？”

“不知道。我就远远见过一面，像个年轻学生……”

“她整天窝在家里，是在哪里怎么跟他认识的？真奇怪。她或许跟她父亲一样容易冲动。不过，如果她男朋友知道她爸爸的事还跟她交往的话，我觉得他恐怕不是什么善类。”

“你打算撒手不管了吗？”

“你先冷静冷静。”佐山点上一根烟。

“对了，她不是说带小鸟去她父亲那儿了吗，你去小菅的探视所问问如何？”

“可是，她说不定向她父亲隐瞒了离家出走的事。”

“……”

“有的孩子是母亲在监狱里生下的，他们长大后因为犯罪又回到监狱，这种情况叫‘回老家’……”

“你太冷酷无情了……”

“冷酷无情？我只是陈述事实而已，又不是在说妙子。关在监狱里的是她的父亲，又不是母亲，而且她父亲犯罪的时候，妙子那孩子已经懂事了，不会‘回老家’的。不过，有个那样的父亲，孩子到了一定的年龄，总会让人担心禁不住诱惑干出傻事吧？外面的世界有太多诱惑了。”

“你这么一说，她留下的这些话就更不能掉以轻心了！”市子又看了一遍妙子留下的字条。

“要不去找做笔迹占卜的人看看？”

“你冷静一点。”

“我要是更关心她就好了。她把我们当成唯一的依靠，却又不肯跟我们说心里话，只会对自己求全责备，无论做什么事都带着罪恶感，实在太可怜了。我还跟她说想见见那个小伙子……”

“……”

“你要是能对她上点心，也不至于这样了。”

“你这是什么话？”

“你心里清楚，妙子他们父女一直将你奉若神明，可你却……”

“我却怎么样？”

佐山有些心烦意乱。佐山性情温厚，但非常忌讳别人对他吹毛求疵。何况市子以前从来没有用这种语气责难过丈夫。

市子的声音有些颤抖：“阿荣到家里之后，也许是因为年龄相仿，处处都要跟她比，妙子心里怎么受得了？”

“不是你让阿荣留在家里的吗？”佐山说着，眼前突然浮现出阿荣小巧而粉嫩的乳头来，他突然感到一阵恐慌。那天天很热，阿荣从事务所回来后，在卫生间擦拭身体，不小心被佐山给撞见了。同在一个屋檐下，发生这样的事在所难免，可是，他为什么偏偏在这种时候想起这件事？

“因为阿荣，她肯定越来越觉得自己孤立无援。在事务所就罢了，就连回到家里，你的事儿也让阿荣给包了……”

“我要是连这样的小事都放在心上，岂不是更奇怪吗？阿荣只是眼明手快，很多事我还没说她就已经干起来了。”

“那也用不着抢着干别人负责的事啊！”

“哦？负责？我既不用妙子负责，也不用阿荣负责。”

“失去了养育多年的女孩，我不甘心。”

“你到底想怎么办？我看你是给别人家的女儿当‘阿姨’当上瘾了。”

佐山的语气里满是讥讽。

“我要把阿荣也交还给音子。”

“随便你吧，你想怎么办都成。”

“反正，我们从一开始就没有为人父母的资格。”

“你是在埋怨我吗？”

“我不是在埋怨你。”

二人都惊愕于自己说的话，不由得对视一眼。

夫妇二人都已经接受了不能生育的事实，这么些年，他们始终觉得亏欠对方，时时刻刻都在照顾对方的情绪。没想到这件意想不到的事，竟让他们内心深处的不满爆发了出来。二人都很窘迫。

“市子，你为什么这么钻牛角尖儿？都不像你了。”佐山凝视着市子的脸。市子别开脸。她是一个无法生育的女人。

“你看，阿荣当初是因为仰慕你跑过来的，你还一意孤行，不顾我的反对坚持要收留她。如今，你怎么能因为妙子离家出走，就轻率地认定原因在阿荣身上呢？我实在无法理解。”

“她们两个从第一次见面起就不合拍。”

“就是你把她们两个放到一起的。”

“我哪里想到，阿荣会处心积虑地把妙子赶出去。”

“处心积虑？难道是阿荣让妙子找男人的吗？”

“什么找男人，你的话太难听了……”

“男人和恋人不都一样吗？那我就换成男朋友吧。”

“你别开玩笑！”

“你是说，妙子交男朋友也是阿荣的错？”

“说不定呢。”

“哦？”

“这就是女人。”

“真麻烦。”

“阿荣就是一个麻烦的姑娘。一开始她的确将你我看成一个人了，可是渐渐地就有所区别了。你难道没有注意到，最近她总是和你站在一边吗？”

“什么意思？”

“你还问我什么意思……”

“她什么时候和我站在一边了？”

“最近都有好几次了。”

“……”

“那孩子嫉妒心强，只要我稍微对谁好一点，她就会刁难人家，对妙子就是这样。她甚至还想在你我之间插上一脚。”

“那丫头的心思让人捉摸不透……”

佐山叹息一声，冷静了下来。

“不过，如果我们不管阿荣，不知道她会干出什么事来，你没想过吗？”

尽管想过，可是她想说的并不是这个。连市子也有些含糊，不知道她究竟在跟佐山争什么了。

“你如果觉得要对妙子负责，那么你对阿荣同样也得负责。”佐山努力用平静的口吻道。

“阿荣离家出走的时候，我们不是聊过责任的话题吗？我当时说，一个人赋予自己的责任，也许反映了他的品格……”

“我把照顾阿荣的责任让给你，那或许正遂了阿荣的意……”

佐山的火气又上来了。

“也就是说，你认为阿荣喜欢我，才这样斤斤计较？你到底想让我怎么办？男人想要欺骗一个喜欢自己的女人易如反掌，可我绝不会做这种残忍的事！”

市子噤声不语。

佐山掷地有声地表明立场，似乎令市子哑口无言，谁知，他的眼前却再次浮现阿荣的乳头。

“我们两个闹得这么难看，正中阿荣的下怀，她说不定正在片濑嘲笑我们呢。”

市子说这句话本是为了掩饰羞愧，也是为了跟他讲和，可是在佐山听来却透着阴阳怪气。

“被你这么一说，阿荣就像小恶魔一样。难不成妙子的被害妄想症也传染给你了吗？”佐山毫不掩饰自己的不悦，他站起来紧了紧和服的腰带。

“你是不是不打算找妙子了？”市子逼问他。

“我难不成要跑到一个莫名其妙的男人家里，叫他把妙子还给我吗？”

“她要是你自己的女儿，你会怎么做？”

“……”

佐山无言以对，沉默地走出家门。

“志麻，你知道妙子是几点出门的吗？”关门时，他听到身后传来市子的声音。

他本以为市子会追上来，然而他的猜测落空了。

佐山从来没有一个人在家附近散过步。

多摩河的风景也和每天从家里俯瞰时的感觉不同。河滩上似乎有夏季比赛，搭建了很多卖汽水和啤酒的简易屋棚，还有个男人开着房车四处卖冰淇淋，此外，岸边还有游船出租。对岸有人在割麦子。

佐山沿着河堤往丸子桥的方向走去。一列绿色的快速电车在眼前驶过。沿着一排樱花的林荫树往前走，河滩上出现一座巨人队的棒球训练场和网球场，右边是一片风景区。再往前走，他又看到了蔬菜大棚和马术学校。

河边的风很轻柔，佐山心里却并不畅快。市子带着醋意的话令他心乱如麻。

“要是自己的女儿……”

佐山想，要是妙子是自己的女儿，他一定会找到她男朋友那里吧。要是还不知道对方的姓名和地址的话，他应该会更惊慌失措。

冷静地回想起来，市子心慌意乱、感情用事，其实才是真正的人性的表现。由于市子过于慌乱，佐山才不得不站在男人的立场，表现得更加冷静。

而且，市子用嫉妒的口吻说，都是因为佐山过于偏爱阿荣，才会将妙子逼走。佐山仿佛被抓住了小辫子，立刻拉长了脸。

佐山此刻反而觉得市子比以前更重要了。不过，这或许只是一种奇怪的矛盾或者狡猾的本能在作祟，当男人移情别恋时，往往会重新意识到妻子对自己的重要性。这样一想，佐山便能够理解为何最近市子的情欲那般强烈了。是市子的嫉妒重新激发了她的情欲。

“阿荣太可怜了，对于这对已经没有激情的夫妻而言，或许她只是一剂让他们找回年轻的感觉的催化剂。”这或许也只是佐山的自我辩解。作为一个品行端正的男人，在性这方面他也必须时刻维持体面，伪善有时也会成为男人的保护色。

如果连阿荣都“可怜”的话，那么妙子就不用说了。

换成市子也一样，倘若妙子是“亲生女儿”的话，她应该早就跟妙子谈过心了。虽然妙子是因为性格和身世而难以表明心迹，可是，也不能说市子就全无过错。阿荣刚刚从站前旅馆到家里来的那个夜晚，妙子美丽得光彩照人。

“难道那个时候，她已经……”

当时他察觉到不对，应该做些什么的。

佐山悔不当初。散步的路也走到了尽头。

佐山一直主张废除死刑，还加入了废除死刑运动。杀害无数人的战争败北后，日本制定了如今的宪法，东京审判宣判时，佐山也在场，看到被宣告绞刑时几个战犯的表情后，他更加坚定了废除死刑的决心。

“要尊重人命，甚于整个地球。”这是昭和二十三年三月十二日最高法庭的判决（但是，该战犯的上诉遭到驳回，被判处死刑）词中的话。尊重人命当然是指不能杀掉他，除此以外还必须让他更好地活下去。

佐山接受了被地方法院宣判死刑的妙子父亲的辩护工作。刑事诉讼的酬谢金往往低于民事诉讼。另外，辩护不仅需要利用冰冷的法律条款，还要倾注一腔热情。收留妙子也可以增强他为她父亲辩护的斗志。但是，他非但没能让妙子过上更好的生活，反而失去了她。这或许会给佐山的职业正义性蒙上一层阴影。

佐山还不想回家，他在多摩河游乐园前乘电车，打算再去自由之丘逛逛。

从自由之丘站前的转盘右转，是一条繁华的大街，小店的橱窗鳞次栉比，有很多像银座后街一样漂亮的化妆品店和时髦的服装店。

佐山漫不经心地往橱窗里看去。他仿佛第一次发现女人的物品这般精美、这般艳丽。

一对壶形的玻璃耳环一百日元，贝壳做的绣球花二百日元。

“好便宜，做工还算精致……”虽然有些出乎佐山的意料，可他实际上对价钱高低并没有概念。

佐山从未如此瞧过女人用的小物件的价格。不仅是小物件，他从来没有给市子买过东西。

市子家境优渥，什么都不缺，这些佐山都知道，而且她的衣着和用物都很讲究，所以他也不敢随便给市子买东西。这种想法逐渐成为习惯，一晃十多年都已过去。

“是啊。”

他似乎今天才意识到这一点。

佐山自从结婚以来，他身上穿的东西，小到领带和袜子，都没有亲自买过。市子给他准备什么，他就穿什么，还时常被别人夸“有品位”和“时髦”。多年来他对此已然习以为常。就连定做西装，也都只是让西装店的人拿去事务所给他试穿一下。市子会提前帮他挑好。鞋子也总是在要穿的时候就已经准备好了。

“真奇怪，到底为什么会这样？”

他的眼前浮现出市子帮自己穿袜子时的手。那双手确实美丽得无与伦比。

佐山动了想要反抗那双手的念头，也第一次产生想为市子买些什么的念头。两个念头在佐山心里交战，最终，他还是离开了橱窗。他不想让她觉得，他是在夫妻吵架后为讨好她才给她买东西。而且，他想买一件能带给市子巨大惊喜的礼物。

“先生，您一个人吗？”

佐山被光一的声音喊住。

“啊，是你啊。对了，你是不是就住在这附近？”

光一大概是刚刚短途旅行回来，手上拎着一个塞得满满的波士顿包。

“你从哪儿回来的？”

“江之岛……”

光一面颊微红，似乎有些羞涩。

“江之岛？”

“是的，我去拍照了。”

“那是照相机？”

“是。”

望着眼前这个羞涩的年轻人，佐山露出温和的笑容。

这两个月左右，光一和市子变得很亲密，说不定他对市子有好感。佐山这么想过。

不过，这只是他的一种猜测，即使光一喜欢市子，佐山也不至于感到嫉妒或产生危机感，反而因此对这个叫光一的青年产生兴趣。

“找个地方坐坐吧？”

佐山找到一家蛋糕店走进去。

“这里一到晚上，就只用蜡烛来照明。”光一说。

“确实到处都是蜡烛。”佐山没头没脑地附和了一句，便没了下文。他是想起了受张先生之邀和阿荣去的那家夜总会了。

面对市子的时候，光一会放下心防，毫不拘束。他被温暖的香气围绕，整个人都得到释放，他甚至觉得市子跟自己在一起时也很自由。去江之岛拍摄贝壳时，他亦心想，如果市子也能一起去，不知有多愉快。于是，他剃头挑子一头热，提笔给市子写了那封信。

她的回信久等不来。光一在经历了失望、困惑、屈辱之后，总算心灰意冷。昨天，他自己去了江之岛。

光一想，市子总不能把那封信给佐山看吧？他有意挺起胸脯，不过仍旧感到有些喘不过气来。

即使聊着相扑的夏季比赛、赛马比赛，两个人仍然有些生分。

“阿荣也去片濑了。”

佐山沉默片刻，说道。

“我今天早上见到阿荣了。”光一望着佐山的脸，“我还以为认错人了。”

“……”

“阿荣说：‘没想到在一个意想不到的地方碰见你了。’不过，我更意想不到。她和先生、夫人面前的那个阿荣简直判若两人！”

“是吗？”

“她对我太热情了，我都没敢认……”

“……”

这话如一阵冷风吹到佐山脸上。

有一天，佐山又一次问阿荣：“阿荣，你打算留长发吗？”

“嗯，就留到可以绕着叔叔的脖子一圈半那么长吧。”

“……”

“大概到这个位置吧。”阿荣在肚脐附近比画道。对于这样一个女孩，他真的能轻而易举地骗取她的心吗？佐山对自己适才那个自负的想法产生怀疑。

长发的妙子不在了，阿荣是不是就会放弃留长发？

昨天，光一从片濑跨越漫长的栈桥，在江之岛爬了无数个狭窄的石梯，找到很多陈列着贝壳的商店。尽管贝壳可以出租，可是天阴沉沉的，又是在岸边，想要拍摄彩色照片十分困难。

他留宿了一夜，今天早上时间那么紧，他也在埋头工作。就在他返回片濑时，在步行道上看到了骑着自行车的阿荣的身影。

光一有些意外，怀疑是不是看错了人，正在他愣着的时候，阿荣轻快地从自行车上跳下来，走到他身边。

那不是他在佐山家见过的阿荣。她如少年一般开朗爽快。

光一跟她交谈了两三句后，又重新从她身上找回了儿时玩伴的感觉。

“看到叔叔喜欢我，阿姨就气成了这样！”阿荣抬起双手，用手指比画出牛角的样子，“我说不定会被扫地出门。”

听说了这些，光一有些抗拒佐山，于是故意把阿荣的话抖搂了出来。

“我其实正准备回来，不过恰好下起了小雨，阿荣也说她收拾收拾准备回家，于是我在车站前的茶馆等了她一会儿，跟她一起回来了。”

“是吗？”

“那太好了。”佐山吞下到嘴边的这句话，心中莫名有些不安。

咖啡厅里开始繁忙起来。

佐山唤来侍者，让他将店里最大的蛋糕装进白色盒子里。

“你有空来家里玩儿。”

“好的，我带着贝壳的照片过去。我还用剩下的胶卷给阿荣拍了几张……”

“要是彩色照片的话，没有幻灯机就没意思了。”

“也不是多重的东西，我把幻灯机也带过去吧。”

“那就不必了。”

和市子一起看用幻灯片播放的阿荣的大幅彩色照片，也太不成体统了。

“这个你拿去吃吧。”佐山把蛋糕盒递给光一。他原本是打算买给家里的。

光一在半路跟佐山道别，一到家，就听町子说：

“哎呀，有个自称是佐山先生夫人的人刚刚来过。”

“夫人？然后呢？”

“当然是走了，谁让你不在家！”

光一鞋脱到一半，也顾不上穿回去，便冲出家门。可是在两边都是深绿色的树篱的道路上，只有温热的风送来青草的香气。

市子意想不到的造访，令光一躁动不已。

这里正好位于自由之丘和绿之秋之间，也不知道市子去了哪个车站。光一放弃追上去的念头，回到家里。

不过，佐山为什么也在自由之丘附近闲逛？

“奇怪，一定发生了什么事。”

他回忆起阿荣的那句“叔叔喜欢我”，感到很蹊跷。光一对此半信半疑，觉得她也有可能是在试探他。不过，也有可能是佐山和市子吵架了。这是他暂时的推断。尽管如此，市子来找光一应该也与此事无关。

光一原本跟町子约好星期天要带她去看后乐园的《冰上假日》，但是，他爽约了，或许她是因为这个在戏弄他。她就是这样的一个少女。

“你没骗我吧，夫人真的来了？”他小声向她求证。

“是真的，怎么了？”

“你没骗我就好。”

“疑心病那么重，光一真讨厌！”

“你别嚷嚷得那么大声。她没留下什么口信吗？”

“我不知道。你去问妈妈吧。”町子冷漠地走开了。

在光一父亲的建议下，破旧的桑原照相馆被改建成了民宿。有橱窗的宽敞的走廊加了一道墙板，成了个小房间。光一就住在那里。

因为山井邦子自杀一事，光一想要把心一横搬出去住，却遭到了父亲的反对。而且，暗房和干燥室他已经用惯了，对摄影工作而言还是很方便的。

自从邦子死后，女主人藤子似乎重新振作了起来，逐渐将邦子忘记。这也多少减轻了光一的负担。

跟库房差不多的摄影室也被改成了两个房间。二楼应该也能租出去。每天都有工人师傅过来干活，家里当啷作响。

光一一回到新房间就脱下袜子，换上运动衫。他拖着倦怠的身子倒在托父亲弄来的床上，思绪却远远地飘向市子身边。

他想去问问藤子，可是藤子似乎忙得团团转，从厨房传来"哗啦啦"的水声，这个时候打扰她，他实在过意不去。

结果藤子却主动到光一的房间来了。

"佐山夫人找我有什么要紧事吗？"光一装作漫不经心地问道。

"她只说她正好来附近，顺路过来看看……我请她进来，可是她马上就回去了。"

"是吗？"

"她长得很漂亮，所以显得很年轻。因为她跟邦子的自杀也有那么一点联系，所以我看得很仔细。"

光一非常懊恼，当他在江之岛和阿荣一起等电车、与佐山一起喝咖啡时，他白白错过了见到市子的机会。

第二天，光一从公司给市子打了一通电话，市子却很冷淡。

"我只是在随意溜达的时候，想到你住在附近，过去瞧一眼而已。"她的声音恹恹的。

“我去江之岛拍照片回来了。您要看看吗？我跟佐山先生约好了，改天带幻灯机过去。”

“是吗？”

“我们在自由之丘碰见了……”

“我听说了。”她挂断了电话。

光一讨了个没趣。他想，市子动不动就这么冷若冰霜。

下班的时候，阿荣打来电话。

“昨天谢谢你，我好无聊呀，想见见你。”

“……”

“去哪里好呢，我在皇宫前的广场等你吧。”

“什么？”

“等等，你还是从警视厅前面过了护城河来樱田门吧。”

“……”

“我正在河堤上看着桥。过桥的人很少，我一眼就能看到你。”

从昨天开始，阿荣突然对他很热情，像换了个人似的，令光一大为费解。与此同时，他又嗅到一丝危险的气息，如果稀里糊涂地跑过去找她，肯定会被她拽着到处跑。

但是，阿荣喊他出去，也许跟昨天佐山和市子的行为有关。从阿荣那里应该能打听到市子的情况。

“怎么能让女孩子在河堤上傻等着……”光一嘟哝了一句，打了个出租车去樱田门了。

快到樱田门的时候，他就在护城河对面的石堤上看到了阿荣。她正立在白色箭楼右边的树荫下朝自己拼命地挥手。

黄昏时分，潮气很重，阿荣在棉布无袖衣外面搭了一件柔软的淡紫色毛衣。她挽着光一的胳膊往前走。附近的情侣都是如此。

“我今天晚上怎么都不想跟阿姨他们一起吃饭。”

阿荣最近开始用的迪奥香水的味道很浓郁。

“怎么了？”光一问。

“我家不是还有个叫妙子的人嘛，她是杀人犯的女儿……她跑到她男朋友还是什么人那儿去了。阿姨为这事儿大闹了一场。”

“是你欺负人家了吧？”

“没错，欺负她了。谁让她在我们出门的时候，把男人带家里来了？阿姨的神圣都被她给污染了！”

“阿荣不也一样吗？比起阿姨，你更喜欢叔叔，那份神圣不也扭曲了吗？”

“没错。阿姨说到底也是女人，我的幻想破灭了。”

“阿姨和我妈妈也没什么不一样的。”阿荣的手从光一的手臂上滑落，拉住光一的大拇指。

“连阿姨都那样的话，我干脆别做女人了。”

“那就别做了吧。”光一揶揄道，“都是你过度掺和佐山家的生活，才会引起轩然大波。”

阿荣任性妄为，像个男孩子一样，被光一一针见血地指出之后，她抬起眼来。

“没错。”她老实地点点头。

市子似乎对这样一个天真幼稚的少女产生了妒意，并为此火冒三丈。光一想，市子竟然也这么孩子气。

“昨天我回家的时候，家里一个人也没有。叔叔先回来的，我们正说话呢，阿姨也回来了。她心情很不好，拿我撒气。真受不了！”

“你肯定不会服输。”

“我当然不能忍气吞声，阿姨说是我嫉妒妙子，把她给逼走的。太荒谬了！妙子可比我可怕多了。她肯定在背地里幻想过无数次要把我杀了，说不定做梦都想杀我呢！”

“啊？你对你阿姨也是这样说的？”

“没错。这话我对妙子也说过。妙子当时吓得连话都说不出来，我看她脸色苍白，浑身发抖。”

“你太不讲道理了。脸色苍白，浑身发抖，可不能当成妙子想杀你的证据。”

“人心可是看不到的。不过，我就是知道！妙子的父亲不就杀了人吗？”

“……”

“阿姨也是因为叔叔爱我，才会借机发作，把妙子离家出走赖在我头上。她根本没有发觉自己是在迁怒。”

“爱和被爱可不能像你这么轻易挂在嘴边。”

“为什么？女人不是都喜欢爱和被爱吗！”

“你不是不做女人了吗？”

“我不做女人的话，就像小时候那样，只是你的青梅竹马喽？”阿荣露出天真无邪的表情，可是转瞬之间，她就目光坚定地盯着光一，“我如果能拥有一个人，肯定就不胡闹了，可我不知道那个人会是谁。”

“不是佐山先生吗？”

“不知道。”

“你真可怕。”

“阿姨？还是我？”阿荣凑过来，用眼神问他，“以后如果每天都是那样，那就太郁闷了！”

“你不是要搬出佐山先生家，跟你妈妈一起生活吗？”

“那样一来，我就不能在现在的地方上班了。”

“你可以从你妈妈那里过去上班嘛。不过，那样更危险了。”

“什么危险？”阿荣天真地反问。

“要是你不住在佐山先生家里，只去佐山先生的事务所上班的话……”

“你说我和叔叔？我觉得恰恰相反。我会像远远地看着大火被扑灭一样……”

“嗯，阿荣的话倒也说不定。因为跟你竞争的阿姨不在你眼前了……”

“我跟阿姨竞争肯定会输的，要是能赢的话我可就太了不起了！”

“确实了不起。把那个叫妙子的赶出去，可把你累坏了，现在你是想暂时歇一歇吗？”

“我才不要离开阿姨家跟我妈妈一起住呢！”

“我说，自始至终你在说些什么，连你自己都不明白吧？”

“那你就让我明白明白呗。”

“……”

“光一，你要不要去山上拍照片？趁现在雪还没化完……我可以陪你去。江之岛的贝壳有啥好拍的。”

光一打算去新桥站附近的茶泡饭店，不过他进入西银座以后，发现似乎走错了路。

“我们两个不愧都是大阪人。”光一笑道。

“在银座走着，也觉得这里好像离我们很远。”

他们在那一带的寿司店解决了晚饭。

阿荣对自己很关注，同时，她也很关注那些回头看自己的男男女女。

“只是闲逛太没意思了。这是家什么店？上面写着‘法国小曲演奏中’。我们进去看看吧。”阿荣站在门口探了探头，“呀，真吓人……一片漆黑。不知道里面都是些什么人。”

阿荣抓住光一的手臂，又把迈进去的腿缩回来了。通往地下室的楼梯五颜六色，下面宛如一个黑暗的洞穴。

“我们都找不到一个宽敞明亮的地方玩儿。前段时间，叔叔带我去夜总会了，特别好玩儿。两个人也不能去那种地方……”

“你想去的话也行啊。”

“好像很贵哦。”

“那去小酒吧？”

“酒吧？要是碰到醉鬼和不检点的女人怎么办，想想都讨厌！”

“碰到了就当不知道呗。”

阿荣点点头，缩着肩膀依偎在光一身旁。

蒙蒙细雨仿佛夜雾，皮肤略感凉意。

路上到处都车水马龙，他们穿过好几条大街，终于找到一家酒吧。光一侧身用肩膀推开酒吧的门。

光一点了一杯苏打威士忌，给阿荣要了一杯杜松子鸡尾酒。

“把毛衣脱了吧，不然待会儿出去会冷。”

“我想等会儿再脱。”

酒吧像一个山中小屋，天花板没有吊顶，大概有四坪[1]大。里面摆放着古色古香的木雕椅子和桌子。

---

[1] 日本的面积单位，1坪约3.3平方米。

白色的墙壁上也装饰着西方的古代服装、盾牌和剑。因桌上摆着栀子花，整个屋子都飘荡着浓郁的香气。

酒吧里放着节奏舒缓的舞曲。

年轻的女招待装作不经意地打量着如花似玉又一脸倔强的阿荣。

“在这么小的地方？”

阿荣的杜松子酒比光一的威士忌更早见底。喝第二杯的时候，她不知何时把毛衣脱了。

圆润的肩膀袒露在外。刚刚能露肩的季节，没有什么比少女柔润瘦削的香肩更美的事物了。光一的目光落到她的肩头：

“现在，佐山先生他们没准儿正在商量着把你也赶出去呢！”

“……”

“家里只剩下自家人，他们说不定正在享受这美好时光呢。”

阿荣不睬他。光一也续了一杯苏打威士忌。

“我要是有钱，想开一家带露台的咖啡厅。”阿荣开口。

“像路旁餐馆那样，想散心、跳舞的时候，随时都能进去。谁想来跳舞，或者想来看人跳舞，随时欢迎……”

“想跳舞的时候，在哪里都能跳舞。”光一握住阿荣的手肘，他惊讶于自己的大胆。

阿荣站起来，抚平裙子上的褶皱。光一走到酒保看不到的柱子后面，抱住阿荣。除了馥郁的香水味以外，似乎还闻到了她乌黑的头发上的幽香。

“真是可爱的小脑袋啊！”

他似乎从很久以前开始，就很想将这个形状姣好的脑袋捧到手中试试。

“我跟佐山先生约好，要把贝壳和阿荣的照片带到家里去。不过，你要不要先去我家看看？”

“还是你来吧。我无所谓……不过，光一你可不准对阿姨有非分之想。”

有客人进来了，二人便回到座位。阿荣把手放到声如擂鼓的心口上。光一又劝她喝威士忌，于是她便要了一杯，小口小口地抿着。

“我本来想好好干的。我从来没有想过，要让市子阿姨把我当成迷路的小猫一样对待。”

光一强忍笑意。

离开那家店时，他要了一支栀子花，别在阿荣胸前的毛衣缝里。

“家里的三楼也都是这种花的香味，讨厌死了！”

一上出租车，阿荣便精疲力竭地软作一团。

“好累啊，眼皮很重，嘴唇发麻……”说着，她一头栽进光一的怀里。

别作声

玻璃柜里摆放着各式各样的手帕。从儿童手帕到五寸左右的女式方手帕，应有尽有。绘有匹诺曹图案的儿童手帕四十日元一条，而一条蕾丝花边手帕则高达七百日元。

近松千代子得知要换柜台的那一天还兴高采烈，这才过了两三天，她就开始怀念从前在顶楼的时光了。

玻璃柜里一直开着灯，烤得玻璃上头热烘烘的。室内密不透风，各种人的体味混着香水味，熏得人喘不过气来。

“这里空气真差。”这都成千代子的口头禅了。

顶楼的花鸟市场无比悠闲。抬头就能看到天上的白云，有时还能逗逗小孩。

可是在一楼，有很多客人和店员盯着，一整天都必须打足精神。一到梅雨季节的下午，每个人都无精打采。

一个肥胖的中年妇女趾高气扬地挑了半天，总算买下一条雪白的蕾丝手帕，千代子觉得自己快要歇斯底里了。这个场面简直跟精疲力竭时做的噩梦无甚两样。

“好久没见过妙子了，不知道她是不是还会去楼顶买鸟食……”

额头汗涔涔的千代子正这么想着，突然听到有人喊她：“近松，有人找！”

在一堆手帕的样品旁边，出现了有田的脸。

“哎呀！”

“打扰你了，我有件事想找你商量。”

“……”

有田一脸走投无路的表情。

一定是妙子的事儿。千代子想。当然，她还在上班时间，不能离开柜台。

“你去地下的休息室等一会儿。我再过十五分钟能过去。”

“那就麻烦你过来了。”

有田叮嘱一般望了一眼千代子，转身走了。

千代子焦急地等待着换班的时间。

一走到地下的休息室，就看到一大家子围坐在一张大桌子旁，有田则孤零零地坐在他们旁边。

“有田，是不是妙子的事？”千代子开门见山地问他。

“嗯，是的。”

“你没遵守跟我的约定吧。”

“约定？”

“你忘了吗？我当时让你珍惜妙子，不要让不幸福的人因为你更加不幸……”

“现在已经不是这种抽象的话题了。”

“有田，你做什么坏事了吧？”

“我也不知道是好是坏。妙子从佐山先生家跑到我这里来了。”

“你说什么？什么时候的事？”

“七八天前，突然……”

千代子惊愕之余，又感到几分难为情。这是有田和妙子的蜜月。不过，看到有田愁眉苦脸的样子，千代子忙问：

“妙子生病了吗？”

“我来找你估计也是病急乱投医……”

有田吞吞吐吐地开口。

“妙子也没有别的朋友……”

“怎么了？”

“我想让你找她说说。”

“说什么？”

“我想今天直接回老家……”

“你老家？”

“是的，我必须得回趟乡下了……”

“然后呢？”

“妙子也知道。”

“嗯。”

“她知道我会在六月底回来，好像想跟我一起去。”

“……”

“但是，我不能带她去。”

“你想让我跟她说，你不能带她回家？”

“不，我告诉她能带她一起去旅行，我怕她是听了这个，才从佐山先生家跑出来的。”

“你那么说，就是为了引诱她跟你走吧？”

“我没有。”

“我真不敢相信，妙子竟然会从那个家里逃出来。真是太可怕了。”

千代子以女人的目光审视着有田，仿佛她口中的“可怕”就是指他。

“你想回老家，告诉家里人你要和妙子结婚吗？”

“是的。”

“真的？”千代子仿佛有些顾虑。

“我之前不是提醒过你，不能和妙子结婚吗……”

“……”

“不过，女孩子没有什么不能的。”

“……”

“妙子也已经打定主意要跟你结婚吗？她想跟你一起回乡下吗？要是那样的话，妙子应该也很幸福……有田，你问过她的想法了吗？”

“即使我不问，也……”

“怎么样？”千代子嘟哝道，“有田，你现在只是一时头脑发热，把妙子想得太简单了吧？我是不知道她心里到底有什么。”

“她心里有我。她一时半刻都不愿跟我分开，我为这个很烦恼呢。”

“那难道不是因为她自己待着害怕吗？”

“总之，千代子你是最了解妙子的人，我想请你跟她说说。”

“啊，也就是说，你要瞒着妙子回老家，是吗？”

“我一见到她，肯定又走不成了。”

“有田，你很快就会回来的吧？”千代子有些不安。

“我还想当天回来呢！”

有田的衬衫袖口卷起，手腕上没有手表。千代子想，有田也不容易。

“我打算瞒着妙子去搭火车，你能帮我跟她解释一下吗？”

“你的房东对妙子好吗？”

“这个嘛……”有田的神色沉下去，“妙子来了以后，阿姨突然像换了个人，天天都没有好脸色。她说我要是带女人来住，就搬出去。一开始倒不是这样的，她还带妙子去过澡堂呢。妙子好像连怎么去澡堂都不知道。”

“不会吧？”

“她养小鸟，可是自己就跟一直生活在鸟笼里一样。房东阿姨跟她聊电影，她也不搭腔，问她家里的情况，她跟受人欺负似的，偷偷在背后哭……她一直把自己关在房间里。”

“有田，她能依赖的只有你啊。”

千代子望着远方。

“可是，感觉这么下去我也会被拖垮。我明知道回家求助，只会给本来就不轻松的父母出难题，可我也只能横下一条心，一条路走到黑了。”

“是吗？”千代子只能跟着一起点头。

“在你回来之前，让妙子跟我住也行。住在一个总是刁难她的人那里，她一个人肯定很害怕。”

千代子让有田在一楼的出口等她，然后回到自己的柜台，买了两条男士手帕，递给有田。

“拿着吧，在火车上擦汗用。”

在离开百货商场时，她又为妙子买了一束樱桃和麝香豌豆花。

千代子还没有去过有田住的地方。

在高田的马场下了国电之后，她照着有田画给她的地图，找到户塚一丁目的门牌号。眼前是一栋寒酸破旧的两层小楼。她推开门，也没见任何人出来。

“谁啊？”从黑漆漆的房子里传来一个人的声音。

千代子有些犹豫，不知道该怎么回答。

“我找有田家的妙子……”

一个身材魁梧的主妇突然走出来。她神色睥睨地望着千代子：

“有田还没回来。”

她明明听到了妙子的名字，却故意刁难，存心不想帮妙子的朋友传话。

“这个泼妇……”千代子腹诽了一句，“是有田让我来的，我来找妙子……”

“她在二楼。”

二楼有个六铺席大的单间，推拉门敞开着，画了淡妆的妙子起身走来。

她一定是在等有田。

“哎呀，千代子？”妙子的声音有些令人难以置信。

“妙子，恭喜你！”

千代子觉得这么说比较好。妙子满面通红，她的美让千代子惊若天人。

两只文鸟被放在房间里，其中一只立刻飞到千代子的头上停住。

“千代，千代。”妙子唤它。

“它很喜欢人的头发，小心会啄你的头发。”

“这只叫千代？”

“就是你送我的那只。”

“这个，送给你的。”

妙子接过花之后，便一动不动地立在那里。她在揣摩千代子出其不意来访的动机。

“这是观赏樱桃。这些小家伙肯定喜欢玩儿……”

曾经在鸟市上班的千代子知道文鸟喜欢发卡、火柴棍儿之类的东西。

“有田去找你了吗？”妙子屏住呼吸问道。

"是啊，刚刚他去了店里……"千代子只好承认，"有田说，他有事要回家商量……他说一看到你就没法一个人走了。"

"他瞒着我自己去了？"

"他托我帮他跟你说说。还让我在他不在家期间，好好照顾你呢。"千代子轻轻笑了一下，试图缓和气氛，可是妙子却面无血色，仿佛连头发的颜色都淡了。

"我是他的绊脚石，给他带来了很大的负担。"

"要是那样的话，他就不会回老家商量了。"

"就算去了也没用，他明明知道，为什么还要去呢？"

"有田之前基本上是靠自己打工攒学费的，这一次家里总得贴补贴补吧。"

"他回家商量，还不如跟我一起想办法，订个计划呢……我什么工作都愿意干……"

"就算家里不能出钱，他应该也是想把妙子的事跟家里说一声吧。"

"我的事？"

妙子的心里又扑腾了一下。

"你是爱有田的吧？"

"……"

"你要是爱他，就相信他，让他按他的想法去做吧。他说他马上就会回来。他回老家无论商量成什么样，也比你们现在这样好，不是吗？"

"从我过来的那天起，有田就很为难。"

"那也没办法，以后你们两个应该怎么生活，他完全没有准备。你突然跑过来，谁都会手足无措的。"

千代子继续说。

“你要是能在佐山先生家再多待一阵就好了……起码等到有田毕业，或者等到他找到工作。”

“我办不到……”妙子摇头，“我没办法利用那个家。”

“你也不是白白待在那里，你不是还会帮忙做家务吗？”

“我背叛了他们，让我若无其事地待在那里，比死还难受。”

“爱上一个人，怎么算背叛他们二位呢？”

“我对他的爱，还不至于可以理直气壮地说出来。”

“这就是问题所在。”千代子将手中的樱桃扔到榻榻米上的文鸟那里，“无论你爱得再怎么深，只要有这种想法的话，就都是一样的。你没告诉佐山先生的太太吗？”

“要是家里只有我自己的话，说不定我就会说出来了。”

妙子没有将阿荣的事说出来。

“有田到家里来的事，我也没有告诉阿姨，我没脸继续待下去了。”

“他去你家了吗？其实我之前拜托过有田，让他好好对你。事情怎么会变成这样呢？”

“不知道。他从一开始就知道我爸爸的事，却还跟我来往。”

“他也不是从一开始就知道。”

不过，是千代子把这事透露给有田的，她感到自己也有责任。

“我今晚要住下。”她说道。

“他一定会绝望地回来的。他会硬着头皮把我和我父亲的事告诉他的家人，他的家人听完以后，肯定会吓得面无血色。”

“你想得太多了。只要你们两个能把日子过下去，那不就得了？”

“为了和他过日子，我什么工作都愿意干……”妙子的语气透着坚毅，让千代子非常惊讶。

“不过……”

“最近，你还咳嗽吗？”

“不咳嗽了。”

“妙子，我差点认不出你了，你变得更坚强，也更漂亮了。你自己也有这种感觉吧？你已经从阴影中走出来了。”

“……”

妙子也感觉到了自己的释放。但是，她的蜕变先反映在了她的身体上，她的心却还没有跟上。

“你要自信点。”千代子说。

早上，千代子去了百货商场，妙子自己一直扎不好发髻，手腕很酸。她停下扎头发的手，拭去脸颊的泪水。又下起了小雨。

她想扎市子帮她扎的发型。她无比想念市子。

房费中包含了一日三餐，但是她们昨晚聊到了很晚，第二天早上，千代子赖在床上，向妙子比画着那个胖墩墩的妇女的身材。

“那个泼妇做的饭，我可不吃。”

昨天的晚饭，是千代子自己去外面的快餐店订了两份咖喱饭，让他们送过来的。她今天早上走之前也留下了饭钱。

“千代子，这只知更鸟能卖吗？卖给鸟店也行。价钱定得尽量高一些，愿意出高价买的人，应该会更加珍惜它吧。”

“应该也卖不出什么好价钱，而且，它的脚还肿了。”千代子怜悯地望着妙子。

“千代是你送给我的，你把阿雪也一起带走养吧。”

“你把小鸟送出去，自己打算怎么办？”千代子很诧异。

“我没什么打算。”

“除了小鸟之外，你什么都没有吧？”

她说对了。今天早上，妙子一醒，就看到快从榻榻米边上掉下去的千代子。

“千代子，千代子。”妙子摇了摇她，试图把她抱回来。

“不要，太热了。”

妙子满脸通红。

妙子的日常用品要么是佐山家的，要么是市子给她买的，因此，她什么都没带出来。要不是因为不能光着身子在路上走，她恐怕连身上的衣服都要脱下来。

千代子住了一晚之后，觉得有田面对这种情况应该也很为难。

“我本来打算把小鸟带到我爸爸那里的。”

“那样最好。你要是送给我，白天我要去上班，家里都没个人陪它们。”千代子说。

将千代子送到门口时，妙子听到主妇喊：“快来吃饭，别耽误我收拾！”

妙子没理会她，径自上了二楼。然而，勉强把头发扎好以后，她还是得下去吃饭。

不过，如果有人像阿荣和这个主妇一样，用异样的眼光看着她，妙子反而会更加振作。她心里有股不服输的劲儿。千代子所说的“自信”，她并不是全然没有。她还活着，就是她自信的证明。

“一个人很寂寞吧？”

主妇坐在走廊旁边，目不转睛地盯着妙子吃饭。

妙子回到二楼，笨拙地系上缎带。她收拾了一下，准备去见父亲。

“小鸟怎么处理，你最好先去问问你爸爸再决定。”

她带上一个小包裹，将一小把樱桃枝装进去。

妙子身穿小领的白色衬衫和印花裙，懂事地朝屋里打了声招呼："阿姨，我出门了。"对方没有搭理她。

她从鞋柜中拿出一双塑料凉鞋，心想，自己连双鞋都没有。离开佐山家的时候，她根本顾不上，随意蹬上一双鞋就跑出了家门。

从多摩河沿岸的沼部到遥远的小菅，可以搭电车，也能坐公交，有各种交通方式。不过，妙子一般会搭国电，从目黑坐到涩谷，然后换乘地铁到浅草，再从那里搭东武电车。

叶平桥、钟之渊、堀切等古色古香的站名，妙子已经熟识于心，过了那些站后，电车就过河了。

但是，今天她却选择去上野坐长磐线，然后在北千住换乘。这是她来有田这里后第一次去探视。由于换了住所，乘车路线也变了。

就像有田瞒着她回家一样，妙子也没告诉有田今天要去见父亲。她也没办法告诉一个不在的人。不过，也有可能是因为有田不在，妙子才会产生去见父亲的念头。

家境贫寒的有田和杀人犯的女儿妙子刚刚同居两三天，父亲应当不会正好在这两三天内被判死刑吧？有几次，有田听到了妙子的话，仍旧默不作声，这令妙子的心凉了半截。

"肯定不会的。"她坚定地重复了一遍。

"嗯。"

那时的有田让妙子恐惧。她怀疑有田是否在想，她的父亲最好被判死刑。

妙子默默地掐灭了那仿佛要向有田扑去的、恐惧与爱交织的绝望的火焰。

今天见到父亲，倘若她告诉他自己离开佐山家的事，不知父亲会如何骂她。父亲一直以来总是告诫她，要和佐山家搞好关系。

"我想去工作。"若是这样说，不知父亲能不能答应。

有田的事她想暂时瞒着。就像她对市子开不了口一样，她对父亲也难以启齿。

“这也是为了有田好。”这种不明缘由的念头，让妙子很悲伤。

但是，父亲只怕一眼就能看出妙子的变化。父亲被幽禁在拘留所里，只能跟独生女儿见面，他的目光更加锐利。

从位于坡上的小菅车站一走到下面的路上，就看到河堤上密密麻麻都是小蓬草的白花。每次来这里，夏草就会比上次来时旺盛几分。

小雨在坐电车期间就停了，中午的骄阳照在肩膀和手臂上。

要去接见室所在的南门，必须沿着红砖墙走上一小段。

这里没有人行道，两旁的树影在脚下摇曳。

独自走在这条静谧荒凉、仿佛被世人所遗忘的路上，妙子的心不可思议地平静。

这让她产生了某种错觉，仿佛要进入只有自己和父亲两个人的世界。二人之间没有秘密，即便有秘密也不会被识破。妙子觉得自己今天的影子突然变长了。

“谁？”

她以为路上只有自己，不知什么时候有人跟了上来。妙子在一股莫名的熟悉感中回头。

那个撑一把浅蓝色的遮阳伞，快步朝她走近的人竟然是市子。妙子屏住呼吸，怔怔地立在那里。

“太好了，幸好我来了一趟！”

市子将遮阳伞举到妙子头顶，妙子被一股熟悉的清爽的香水味包围了。

妙子不敢看她。她想大叫一声扑到市子怀中去。

“找个地方坐坐吧。”

道路尽头的探视人等候室里，隐约能看见稀稀落落的人影。

对面的路边有家店，店前挂着一面破旧的红旗，上面写着“浪头之冰”。

“这里不行呢。”市子只是往里探头看了看，就推着妙子的肩膀，往延伸到等候楼旁边的绿荫道上走去。

“我没生你的气，这件事就先不告诉你爸爸了。”

“……”

“刚好碰到你，实在太好了！”

刚刚消失在视野中的运河又出现了，浑浊的河水从拘留所的灰色混凝土墙的下方汩汩流出。

二人踏着茂盛的夏草往前走。

妙子的羞愧再次在心中翻滚。她没必要对市子做任何辩解。她觉得就连自己内心深处的想法，市子都已洞悉。

“我就觉得，来这里说不定能见到你。不过，也不仅仅是这样。你爸爸的公审日好像快到了。毕竟法院马上要放暑假了。我想在公审之前来探视一下你爸爸。”

“我爸爸的事，劳您费心了……”妙子嗓音颤抖。

“费心的是佐山，我只是来探视的。”

“……”

“妙子，无论你在不在我们家，佐山都会尽最大努力的。”

妙子点点头。

“我是说真的。你知不知道我有多担心你，我跟佐山和阿荣还为此吵了一架。”

“和先生？”

市子没有回答，突然道：“他是个学生吧？”

“他有能力负担起生活吗？你没考虑过吧？”

妙子仍旧是从佐山家离开时的装束。一看到她这模样，市子无须多问，就什么都清楚了。

“你什么都没带就走了，也让我很担心。我准备了些钱，想着如果能见到你就给你……”

“我不能收！”

“他很有钱吗？”市子淡淡地打趣道。

“没有。”

“你太不谙世事了，一点也不考虑将来。”

市子将装钱的信封放入妙子的手提袋中。

“你们住在哪里？”

“户塚一丁目。不过，我们必须得搬走了。”

“你难道又想躲着我吗？”

“不是的。”

妙子本想说有田回乡下老家的事，可她犹豫间，又错过了机会。

“你怎么会这么冒失呢？我真是看错你了。”市子试探着说道。这句话其实也是在问过去的市子。

如果那是妙子自己的家，她也会瞒着家人跑去男朋友那里吗？当初，市子最终没有与清野私奔。

“是他让你跑的吗？”

妙子痛苦地摇了摇头。

“是吗？”

市子在惊讶中点点头。

“阿荣是不是欺负你了？”

妙子无法回答。

“阿荣的妈妈在阿佐谷买了个小房子，昨天一个人回大阪了。下次她再过来的话，阿荣就要去和她一起住了。”

“她的工作呢？”

“不知道。为什么问这个？”

“……”

“阿荣对你说什么了吧？她说的话让你在家里待不下去了吗？”

“她说了很多。”

“说了什么？”

“她说我的眼睛里藏着仇恨，说我是不是想杀了她……我吓坏了……”

“那孩子还真是口无遮拦。”市子笑了。她本想举个阿荣说自己的例子，最终还是算了。

那话是佐山告诉她的，阿荣说，市子作为妻子太美了。

“男人娶一个丑陋的太太，是对情人的尊重。”

倘若太太过于美丽，情人就会退避三舍，这对男人来说太亏了。最好是找一个能让情人自我感觉良好的妻子。

市子不知道阿荣的这一套歪理邪说是为了褒奖市子，还是为了讨佐山欢心，抑或是她将自己当成佐山的情人在与市子作比较。

市子难以一笑置之。她觉得阿荣似乎总是在考虑如何用她那清秀的面孔和美丽的双目让人神魂颠倒。

但是，市子不打算对妙子讲阿荣的坏话。

二人在蒸腾着青草的热气的道路上，返回拘留所的方向。

市子从身后抓住妙子扎成死结的缎带，道："你的男朋友好像不怎么细心。"

在她的手下，妙子的脸红了。

"他不在家。"

"不在家？"

"他回乡下的老家跟父母商量我的事了。"

"是吗？"

"我知道他家里会怎么说我……我想去工作。"

"……"

"应该没有人愿意雇我这样的人吧。"

"有些困难。"

"所以，像是照顾可怜的病人或孩子、为服刑者的家人提供帮助这一类的工作，是不是也不行？"

"你如果是认真的，我帮你跟佐山说说。"

"我很认真，我常常会想，这里有没有我能做的工作。"妙子抬头仰望拘留所的混凝土高墙。

刚才她们经过的红墙内，立着一排排同样结构的建筑，那些都是这里的公务员宿舍，晾衣杆上还挂着鲜艳的花裙子和小孩的尿布。

"不过，妙子，你想在那样的地方工作的话，得跟你男朋友好好商量，不然会很危险。因为你的父亲现在还不是他的父亲。这是我的想法。你是从你父亲的角度来考虑工作的事，可你男朋友一定想忘记你父亲。"

"他知道我爸爸的事。"

妙子小声道。

妙子提起这个小伙子时，俨然是一副自己人的口吻。对于她迅速的转变，市子感到非常不可思议。

市子做梦也没有想过，妙子会不声不响地离家出走。她知道，那并不是因为妙子对市子的感情发生了改变，也并非她不信任市子。妙子不可能背叛市子。但是，对于没有孩子的市子而言，妙子的离家出走令她非常难过。她张皇失措，甚至将火气撒在了佐山身上。

市子并不是将妙子当成了女儿，可是，在她投入男人的怀抱时，自己的那份失落，难道跟母亲真的有那么大的差别吗？

按照市子的性格，绝不会对她破口大骂，可是，在这里遇到妙子，当母亲的应该会先训斥她一顿吧。妙子与那个男人在一起短短数日，整个人都仿佛被照亮了，变得美丽动人。市子震惊得一句话也说不出来了。

在代笔所填写送物品的申请表和探视申请表，妙子已经驾轻就熟，市子便交给她去办了。

男人的外表

这五六天，佐山在事务所的时间还不如在地方法院的时间多。

阿荣除了负责帮佐山转达客人的要紧事以外，就没有别的工作了，成天对着办公桌百无聊赖。

“你可以读读这些。”佐山把手边的书递给阿荣，那都是跟“法官”“死刑”和“卖春”等有关的作品的新书版[1]。

“这些书太阴暗了，我光看妙子就已经看够了！”

她干脆用打字机将晨报上刊登的小说笨拙地敲下来。

她随手拿起一本周刊杂志，一眼就看到一篇文章。文章中说，日本女性是世界上最时髦的女性，作者认为，那是因为日本没有专门盛装出行的地方，她们才只好在散步和逛街的时候好好打扮一番。阿荣深有共鸣。

在那本周刊杂志中，刊登了一张年轻人彻夜舞蹈的凹版照片，阿荣连那个舞场在哪里都不知道。

[1] 一种开本较小的出版物。

光一也比想象中古板，最近也没有再约阿荣出去玩。

是不是到了佐山那个年纪，所有人都会像他那样，一点生活情趣都没有？阿荣暗忖。

阿荣只能接触到佐山和光一这两个男人。即使将脸埋进男人的怀里，她依然对男人一无所知。无论是对方还是自己，都没有遭到任何破坏。

阿荣唯一明白的，似乎只有同样身为女人的市子的嫉妒了。

“还是阿姨好。”阿荣自言自语。没有一个男人愿意认真地了解自己。

母亲把大阪的破房子卖了，开始规划起母女二人将来的生活：“不知道在东京教人书法能否糊口。”

阿荣就像是在黑暗里化妆似的，满心焦虑。

“我真不明白从大阪跑出来的意义是什么。”

正在她为将来发愁时，佐山打电话过来，让她送一份文件到法院。

文件就在阿荣手边，立刻就找到了。她拿着文件去找那个在夜间高中读书的勤杂工。他刚刚打开盒饭准备吃饭。

“你把自行车借给我，我可以帮你送。”

阿荣突发奇想。

“自行车有点儿脏。”

“脏就脏，能骑就行。”

“我不去送的话，会被骂的。”

“我想去送。”

“你能行吗？很危险啊。”

高中生从自行车停放处拉出一辆旧得当啷作响的自行车。

阿荣轻盈地跨上去，一下子钻进汽车的车流里，不见了踪影。

佐山正在开律师会，他在门口看见阿荣，不禁目瞪口呆：“你骑自行车来的？太危险了！这里这么多车，随便被撞一下，你的小命可就没了！”

“我就是想骑过来试试。”

“真是胡闹。”佐山的目光中流露出的担心溢于言表，阿荣感到一阵暖意。

“你以后不准有任何‘试试’的念头。”

“我想试的事，没有一个能做到。”阿荣娇嗔道。这一路上她确实提心吊胆，涨红的脸颊明艳动人。

“你去把自行车存一下，等我工作结束之后，跟我一起回去吧。”

阿荣点点头。

“叔叔不来事务所，我无聊死了。”

“你要不要去旁听一下庭审？”

“叔叔要做辩护吗？”

“不，我负责的案子，你不能旁听。”佐山摆摆手，“那边的建筑，你随便去瞧瞧，都是法庭。你从写着旁听者入口的门进去，可以坐在后排悄悄地听。”

“有意思吗？”

“什么有意思？阿荣，你不是也在律师事务所工作吗？那可是打官司！”阿荣又被训斥了一顿。

阿荣从佐山身上感受到了从未在父亲身上感受过的亲切。

“听见了吗？愣着干什么？”佐山提醒她。

“右边的木房子和左边的新楼也有三四个法庭。你去新楼看看吧。里面在打什么样的官司，外面的公告牌上应该都写了，你看到有意思的进去看就是了。”

佐山回过神来，笑道："我说的有意思，和你说的可不是一个意思。"

只剩下阿荣时，她心想，妙子的父亲会在哪栋房子里被判处死刑呢?

市子今天早上说要去小菅时，阿荣见佐山反对，也忙劝道："阿姨，您别去了。"

"你别插嘴。"市子冷冷道。

这下连佐山都不开口了。阿荣不知道佐山为何要阻止。不过，市子似乎决定一意孤行。

"阿荣，一提到别人的事儿，你就不开心。"市子对阿荣态度冷漠。

东京地方法院内部很大，有很多栋楼。其中那座气派的旧式砖楼就是高等法院。

法院内有理发店和各种商店，还有许多人来来往往。食堂的客人正在排队等待。

阿荣按照佐山告诉她的那样，穿过走廊，沿着后院的道路，进入那幢新建的混凝土大楼。里面像是一个大型医院。

在阿荣看公告牌的时候，有一群铐着手铐、用绳子连成一串的年轻人在另一群人的簇拥下往二楼走去。

阿荣追上他们。

阿荣一边爬楼梯，一边望着这群被绑住双手的被告的背影。不时有人理理头发、擦擦汗。

"他们做了什么呢？"阿荣心里也有些不是滋味儿。

阿荣单纯地认定，没有必要同情罪犯这种没有同情价值的人。可是，第一次看到被捆绑、等待制裁的人，她的心却无比难过。

身穿黑色法官袍的法官在高高的审判席落座。有人用钥匙将被传唤的被告的手铐打开。

那奇异的场景令阿荣心里忐忑。

有风呜呜地从对开的窗户穿过，阿荣坐在后排，根本听不清声音低沉的法官说了什么。

前两个被告都被宣判了。第一个人被判处三年有期徒刑，缓期两年执行。听到判决后，他欣喜不已，用重获自由的身体和旁听席的家人们一起走出法庭。

下一个人被判处一年有期徒刑和三万日元的罚金。宣判以后，他立刻又被铐上手铐带走了。

“咦？判三年的人可以回家，判一年的人竟然……”阿荣感到很不可思议。

第三个人因为辩护人缺席而宣布延期审理。

接下来被传唤的是一个年轻的被告。

他是一家食品公司的工人。据说他假装接到客户的电话，将二十五罐饼干私自带出去卖了。

一个跟他年龄相仿的证人起身宣誓。不过，他无比怯场，对于法官的问题，完全回答不到点子上，而且漏洞百出，导致进程缓慢。

在此期间，辩护人申请被告进行答辩，法官同意了。

被告起立之后，指出证人自始至终也都是偷窃饼干的同谋，饼干是两个人一起在街头卖掉的。

“卖出去的赃款也由我们两个均分了。”

证人语无伦次：“骗人，骗人，他在骗人！胡、胡说八道！你这个浑蛋！”

庭审变成了被告和证人之间的争吵。不知证人是不善言辞，还是因为他就是盗窃的同谋，整个过程他都结结巴巴、惊慌失措。二人争论不休，法官也绷不住笑了出来。年迈的记录员打起了瞌睡。

“两个蠢货。”阿荣看不下去两个男人争执不休的丑陋嘴脸，悄悄走了出去。

下楼后，她又看起了公告牌。

“怎么了？”

佐山走到她身后。

“你没去旁听吗？”

“太无聊了。”

佐山也抬手揉了揉发酸的脖子。

“走吧。”他先迈开双腿。

“您工作结束了吗？”

“嗯。”

“要回事务所吗？”

“嗯。”

阿荣摇了摇佐山：“我最讨厌男人说‘嗯’了！”

“哦。”

“我对我爸爸的‘嗯’恨得牙痒痒……”

“……”

“事务所如果没事的话，我能提前回去吗？”

“可以啊，要是没什么事儿的话……我今天也提前回家。”

“我可不回家。”

“你要去哪里吗？”

“我想一个人随便逛逛。”

“一个人随便逛逛？那才无聊吧。”

“我想回到出发点。”

“出发点？”

“我很怀念我一个人住在东京站的旅馆的时候。那时候我很崇拜阿姨，我心想，如果能去阿姨身边，不知该有多好……”

“你对你阿姨失望了吗？”

“是阿姨对我失望了。最近阿姨把我当成一个厚颜无耻的女孩，我很伤心。”

“市子不是那种人，你跟她聊一下她就能理解了。”

“不行。”

“有什么不行的？”

“因为你们是夫妻。”

“……”

阿荣的脸上浮现出轻蔑的微笑。

佐山恨不得将这个小姑娘捏碎。

“总之，先回事务所吧。”他让阿荣在出口等他，然后回到律师会的休息室取文件夹。

出来的时候，阿荣已经不在那里，自行车也不见了。

“这丫头。”

他为阿荣的叛逆焦头烂额，同时又觉得她那孩子气的花招非常可爱。

他还很担心阿荣骑自行车遇到什么危险。

在日比谷公园的后街，有几台空车停在林荫树下等客人。

出租车一开，佐山就在附近的路上寻找阿荣骑自行车的身影。

有辆旧自行车停在事务所前，她比坐出租车的佐山到得还早。

佐山甚至没有注意到自己松了一口气。他心情愉快地上了二楼。

“太危险了。”他又说了一遍。

“你这孩子净让人担心。”

但是，阿荣却一副一本正经的样子，在做下班回家的准备。

她走到佐山的办公桌前，认真地低下头：“我下班了。”然后飞速离开事务所。

佐山别说阻止了，连句话都来不及说，阿荣的背影就消失在了门后。佐山感到一阵空虚和疲惫。

阿荣最初是为了市子来的，因此，佐山也是通过市子才接触到阿荣的。他原本没有以男人的目光看待阿荣的美貌。

因为市子喜欢少女，并且乐于当她们的阿姨，所以，总有美少女围绕在市子和佐山的身边。妙子也可以说是其中一个。

尽管带妙子回家的是佐山，可是让妙子留下的却是市子。也许是因为妙子自有她的美丽之处吧。

佐山甚至觉得，妙子的身上比阿荣更具备奇异的魅力。虽说每当目送市子身边的少女结婚离去时，作为一个男人，佐山都会怅然若失。可是，当得知妙子投入情人的怀抱时，他的震惊是前所未有的。

“连那孩子也……”

他的这种感情，市子大概不会了解。他甚至觉得，为妙子的父亲辩护虽然是他的职业义务，可是，更多的却是出于对妙子的情义。

但是，佐山从来没有时间在外面追求快乐。他所从事的也并不是一份很容易和娼妓扯上关系的职业。而且，这份职业最好没有道德污点。身为伦理家的佐山保护着身为法律家的佐山。

另外，市子驻颜有术，直到今天依然优雅美丽，并且为他提供了一个可以停泊的港湾，佐山对此无比感激，并心满意足。工作正在上升期，家庭也幸福美满，他对自己的中年生活甚至暗暗拥有一股自豪感。

可是，市子对阿荣反常的嫉妒，反而令佐山从阿荣身上感到一丝诱惑。市子越责备阿荣，佐山就越想为阿荣撑腰。

倘若阿荣搬到音子家中，也辞掉事务所的工作，佐山应当会很怅惘吧。这份留恋不知从何而来。

“这大概是老年人怀念青春时代，对年华逝去产生的哀愁……”

尽管佐山故意夸张地将自己想成“老年人”，实则他非常恐惧年华老去。

佐山一脸疲惫地回到家时，已经八点左右。

门口的最边上整齐地摆放着一双黑色的鞋。

“是光一来了吧。”这是佐山的第六感。

“我一直以为阿荣那天以后会约光一出去……”

在佐山的眼前，浮现出像迷路的孩子一样独自在街上彷徨的阿荣的身影。刚刚他要是和她一起走就好了。阿荣走路的样子应该还是那么优雅美丽吧。

过来迎接他的市子仿佛终于把他盼来了。

“还好我坚持去了这一趟，我今天碰到妙子了！”

“是吗？”

“她果然去探视了。看见妙子，我立刻放下心来了。只看她留的那张字条，我还担心她有什么事儿呢。没想到她气色还挺好的，有种亭亭玉立的感觉。她说她想去工作。”

“她男朋友的人品如何？”

见佐山最先关心的不是妙子，而是她的男朋友，市子瞬间有些扫兴。

“不管他人品如何，就算是个坏男人，女人一旦陷入爱河，便会什么都不顾了。”

“可是……”

“我没见到他，妙子是自己去的。”

“他没跟妙子一起去吗？”

“怎么可能一起去？”

“为什么？要是结婚了，那就是他的岳父，至少也是他爱人的父亲吧？”

“这件事可没有那么简单。听说他回乡下跟父母谈妙子的事了。”

“他还挺认真的。”

“那是因为他们两个没钱生活……妙子也到了为自己和生计发愁的年纪了。”

“一直待在这个家里，对她来说就跟接受施舍一样，应该很痛苦吧？而且，说是陷入爱河，可他只不过是接近妙子的第一个男人罢了。”

“如果第一个男人能让她幸福的话……”

市子话音刚落，就听到佐山问道：“光一来了？”

市子点点头：“阿荣呢？”

“今天她提前离开事务所了。”

“去哪儿了？”

“不知道。”

市子恍然，原来佐山是因为这个才一脸不高兴。

二人坐在平时的位子上吃起晚餐。他们彼此之间似乎心有芥蒂。光一是吃过晚饭来的，他坐在旁边有些尴尬。

“光一说要给我们看幻灯片。阿荣的照片拍得好像挺漂亮的，她要是早点回来就好了……”市子说。

光一飞快地看了一眼佐山。

“不是什么大不了的照片。就是去年初夏的烟火大会、十和田湖跟前两天坐观光巴士时拍的两三张照片，还有片濑的一些……”他说着，从正在吃饭的佐山身边起身，走到放映机旁边鼓捣了一会儿，好让照片投放在正对面的墙上。

“插头在哪儿？”

电线接上以后，放映机立刻亮了起来。

志麻送来了餐后的葡萄。她走后，光一便熄灭了房间的电灯。

墙上映出初夏的烟花。

“哎呀，可真漂亮！”市子不由得赞叹出声。

“挂历做好了吗？用这些烟花的照片也挺不错的。”

“嗯。我打算让清野先生也看看这几张烟花的照片。”

听到光一提起那个名字，市子惊了一下。她垂下头，剥掉葡萄的薄皮，递给佐山：

“给。”

黑暗中，她隐隐看到佐山兴味索然的神情。

佐山不知道市子和清野的事，但是为了避免清野的名字再次出现，市子开口：“你听说了吗，光一和阿荣最近一起去酒吧了。”

“哦？”

“后来……”

光一很慌乱，露出女孩子似的羞涩表情。

“后面的事不能说……”

“你放心，我不说。你好好放幻灯片吧。这不是阿荣吗？”市子发出愉快的笑声。

墙上映出阿荣的照片。正在开怀大笑的阿荣的彩色照片在墙上轻轻摇晃。

那张放反了的阿荣的脸，让佐山的心怦然一跳。

“我这是嫉妒了吗？”

佐山尽管觉得荒谬，却又暗自揣测，光一也许是因为被开了和阿荣的玩笑，所以惊慌失措之下把照片放反了。他甚至怀疑光一是为了挖苦自己才故意放反的。

市子的语气意味深长，却又一脸无辜，让佐山心生反感。

胶卷放完之后，佐山沉默地去了浴室。他也没有工作的兴致，一头扎进卧室，就再也没出来。

市子知道他不会出来了，光一好像一门心思以为佐山还会再过来。他和市子聊起了挂历的设计。

“因为是要送给国外的客户，所以一月可以选择漂亮的门松、梅花、雪竹，等等，只用青竹的竹竿怎么样？二月就用某个地方的雪景，三月用传统的女孩节娃娃，四月还是用樱花吧，五月用鲤鱼的鱼拓[1]。”

“鱼拓挺有意思的。”

“六月的话，不知清野先生会选择什么，水莲或者庙会的神轿……”

“七月我从刚刚您看到的那些烟花的照片中，选了那张巨大的菊花正好在夜空绽放的照片。八月用贝壳。”

光一继续说道：“九月秋草、十月菊花、十一月落叶，这几个月都是植

[1] 一种将鱼的形象用墨汁或颜料拓印到纸上的技法和艺术，起源于中国宋代。

物，有些重复了，暂时还没确定，十二月我想用日本的老教堂或者毽子板集市[1]……”

“这些都是你自己想的？”

“没有，清野先生也提了很多意见。”

“……”

“清野先生说，封面可以做成纯白色的，只用红色字体写上年号和公司的名称就行。”

像这样不动声色地倾听别人谈论自己遥远的爱人，令市子感到很不可思议。

丈夫既然不在场，她就不用对丈夫有歉意。不知光一知不知道清野是市子曾经的恋人。即使在法国餐厅吃饭的那天，他曾察觉到不对劲，应当也不会想到市子的感情如此热烈和深刻。市子从提到清野名字的年轻的光一身上，感到一丝淡淡的甘甜。

“现在这样好像挺有意思的，但是让人感觉不到这是日本的渔业公司的挂历。要是只有五月的鲤鱼鱼拓的话……”

“确实，夫人，您有什么好建议吗？”

“这个嘛……”

对于在清野的挂历中悄悄放入自己的想法，市子犹豫良久，终究没有回答。

“我得告辞了……”

光一似乎意识到了佐山一直没出来。他开始收拾放映机。

---

[1] 毽子板是使用木板拍打有羽毛的球体，并让球体避免落地的一种游戏。在日本是女孩子新年时玩的游戏，据说新年打毽子会带来好运。每年浅草寺都有毽子板集市。

“你再待一会儿吧。”市子挽留他，并端上了一盒名为多摩河的点心。点心是香鱼的形状，放在用竹子的外壳制成的小船里。市子帮他倒了一杯茶。

“阿荣应该快回来了，要是我让光一走的话，不知道她又会怎么怨我呢！”

“夫人，您怎么也捉弄我！”光一没有刚刚那般拘束了。

“我一在您面前，就什么都想往外说。是不是我刚刚在先生面前说多了，惹先生不高兴了？”

“你想多了，佐山不会因为你们这些年轻人的事不高兴的！”

“可是，我作为一个旁观者，觉得先生很赏识阿荣，先生好像被阿荣身上的某种东西‘打动’了。”

“你太没大没小了，怎么能说这种话……”

光一的脸迅速红了。

“你嫉妒了？”

“您真过分……”

“不管怎么说，我跟佐山恩爱，是阿荣生气的根源。”

“是吗？”

光一被市子的气势吓退了。

“我明白了。”

市子送走光一后，为了平息亢奋的情绪，慢悠悠地泡了个澡。

佐山被阿荣身上的某种东西“打动”了。光一的这句无心之言，让市子深受打击。

市子走下走廊，喊女佣：“志麻，你去洗澡吧，可以锁门休息了。”

“好的。阿荣还没回来吗？”

“她回来会按门铃的，到时候再起来就行了。”

“好的。”

“等一个不知道什么时候回来的人，要等到什么时候？”

“……”

女佣似乎被市子不寻常的语气惊了一下。

市子厌恶妙子口中的阿荣，也反感光一口中的阿荣。

光一与其说是善谈，毋宁说是在擅长倾听的年长女人市子的引诱下，不自觉地侃侃而谈。听说，阿荣因为市子的嫉妒非常烦恼，在佐山家坐卧难安。

而且，在出租车里，她烂醉如泥，缠着光一要与他接吻。

“后来，她一点也不像个姑娘家，怒气冲冲地说：‘无论如何，我都是我的，不属于任何人。’”

“真讨厌。”

“一点也不可爱。”

“不，我是说你。你不觉得惭愧吗？我最讨厌把自己和谁接吻的事拿出来夸夸其谈的男人了。”

“可是，我就像是被她戏弄了一样……”

引诱他说出了这番话，听完之后却立刻翻脸。市子惊讶地发现，自己竟无意中露出了女人的本性。

但是，阿荣既然能跟光一接吻，她平时又那么爱缠着佐山……

“她跟佐山恐怕也……”市子疑窦顿生。

市子从浴池中起身，望向黑夜里的镜子。

她必须将阿荣的反复无常和强势告诉佐山。男人不光难以看清这点，反而容易为那份魅力动心。

另外，市子却又盼着听到阿荣的脚步声。倘若阿荣彻夜不归，市子就会变成一个“坏阿姨”，她的整个生活将天翻地覆。

要是自己收留的两个女儿都离家出走，那她又是一个什么样的女人?

身为同性，她对少女的纯洁无比爱惜和担心，并为此牵肠挂肚。

市子擦完雪花膏后站起来，将刚刚让女佣上的锁重新打开。

佐山按响了卧室的铃。

楼梯很暗。

佐山借着枕边的灯光，望向市子。

“回家了吗？”

“早就回去了。”

佐山蒙眬的目光温柔如水。

“不，我是说阿荣……”

市子恍然大悟。刚刚佐山的问题，原来不是在问光一是不是回家了，而是问阿荣有没有回来。

“还没有。”

佐山一定是听到了楼下的动静。锁的声音响了两次，他大概误以为是阿荣吧。

“不知道她什么时候能回来。她一向喜欢心血来潮，我是拿她没办法了。”

“她可不是心血来潮。她那么崇拜你，你却厌烦她，所以她心灰意冷了。”

市子将淡蓝色的薄被子拉到乳房下，轻轻闭上眼睛。

“你是这么想的吗？”

“那孩子是这么说的。”

“她的话靠不住。”

“怎么靠不住？”

“……”

“她不会骗我的。”

市子静静望着丈夫的脸。

一直以来，市子都不会像其他妻子一样担心丈夫。她觉得没有必要窥探丈夫的心思，对于丈夫的想法，她如同了解自己一样了如指掌。

可是最近，夫妻俩有话都憋在心里。阿荣的影子在二人之间挥之不散，搅乱了他们的心。

刚刚，光一说自己和阿荣接吻了以后，她忍不住看向他年轻的唇。虽然只是轻轻一瞥，可是，如今在丈夫的唇上，她却仿佛看到了阿荣那娇嫩小巧的唇瓣。她恨不得将他的枕头抽出来。

丈夫对一个美少女怀有幻想，并为此苦苦挣扎。无论如何，他都是不愿放弃阿荣的。

所以，他有意将阿荣与市子绑在一起。佐山仿佛想要通过市子来维持自己对阿荣的爱欲和期待。这份企图在内心深处蠢蠢欲动，令品行端正的丈夫难以自持。

市子剖析着佐山的内心，不禁蜷缩起身体，道：“算了，不提那孩子了。”

可是，空气一静下来，市子就更清晰地感受到了佐山对还没有回家的阿荣的牵挂。二人似乎都在屏息凝神等待阿荣的脚步声。

市子忍不住开口：“那孩子一从大阪跑过来，就一个人住进旅馆了。她跟妙子不一样，再晚也用不着担心她。”

“要是她也像妙子一样的话，那不就糟糕了吗？”

“她一时兴起还跟人接吻呢……”

“跟谁？”

“……”

市子知道，佐山也在难以分辨的感情中挣扎。

佐山看了一眼已经快要十二点二十分的夜光手表，熄灭台灯，伸手抚摩市子的肌肤。

市子努力接纳丈夫。

当时，他们听到了门铃声和开门的声音，却不加理会，用力地抱紧彼此。

通往楼梯的走廊上传来一串零乱的脚步声，又听见“扑通”一声，似乎有人倒在了地上，再后来就没了动静。

“怎么了？”佐山说罢就急急推开市子，离开房间。

那一瞬间，市子被一股令人汗毛倒竖的厌恶感所侵袭。丈夫毫不留恋地松开正在缠绵的手臂，奔向阿荣身边。

“我才不去，随便他吧。”

市子躺在床上，为自己此时的姿势感到无比难堪，忙侧身蜷缩起来。

“喂，喂，快过来想想办法！”佐山大声地叫市子过去。

阿荣像沾满泥泞的花束一般躺在楼梯下。

市子一凑近她的脸，立刻闻到一股刺鼻的酒气。

“她喝醉了。”

“到底怎么回事？”

佐山呆呆地立在那里，望着阿荣。

“阿姨，对不起……我好累。”

冰冷光滑的手臂突然缠绕到市子身上。

阿荣一脸悲戚：“我被阿姨抛弃了，好难过……”

从她紧闭的双眼里滚落的泪水，将市子肩头的和服睡袍都濡湿了。

“你到底跑哪里去了？”

“我跟他们说，别看我这样，其实已经结婚了。可是，根本没用……”

听着阿荣断断续续的话，市子和佐山面面相觑。

“你还是个年轻姑娘，喝什么酒……”佐山的声音克制不住颤抖。

“年轻很悲哀，叔叔不会明白的……”

“……”

“还会被阿姨误会……”

“你劝劝她，先让她睡下吧。”佐山道。

市子也不愿让佐山看到阿荣这副衣衫不整的样子。

“好了，我们回房间吧。”

“阿姨，您生气了吗？”

“我没生气。”

市子让她靠在自己的肩头，将她搀扶起来。阿荣像只大型软体动物一般重。

酒气、香水味和汗味混合在一起，很冲鼻。

“阿姨生气了。”

“抱紧我。”

“要知道会发生这种事，我就不来东京了。”

“发生什么事了？”

“阿姨，我好难过。”

“好好睡一觉，明天再说吧。”

市子将摇摇晃晃的阿荣放到床上，帮她解开衬衫和裙子的扣子。

阿荣乖乖让市子帮她脱下衣服。市子的手触碰到她的身体，不会令她感到羞赧。

“应该没事。”市子这般感觉。

她说："你可算回来了。"

帮阿荣穿睡衣时，市子因为阿荣那雪白无瑕的裸体感到相形见绌。触碰到她小巧玲珑的乳头时，她的心中甚至涌上一股奇异的悸动。

既不是女儿也不是妹妹的阿荣的喜怒哀乐，倘若都是因市子而起、因市子而终，那么无论市子是否情愿，都必须对阿荣负责。

从中午开始就紧闭的房间里潮湿闷热，耳边萦绕着蚊子的振翅声。阿荣的一只手耷拉在床边，有只小苍蝇停在那里，吮吸着她的香汗。

市子从阿荣身畔起身，打算去拿蚊香。

"阿姨，不要走，再陪我一会儿。"阿荣哀求。

"我就是去取个蚊香，马上就回来。"

阿荣点点头，用渴慕的目光痴痴地望着市子。

不知佐山是不是也难以入眠，自他的房间里漏出一丝细细的光。

市子带着蚊香进来后，看到阿荣将脸埋在靠垫里，似乎在抽泣。

市子将一条薄被子盖到她身上，手被阿荣抓住了。

"我实在太讨厌自己了。"

"因为你喝醉了吧。"

阿荣啜泣着，用孩子一般的鼻音道："每个人都讨厌我……我赶走了妙子，跟光一出去玩，还有……"

"还有？"

"还有让叔叔看到了刚才的丑态……我讨厌自己，觉得自己很脏。"

"这些事你不用放在心上。我年轻的时候，也曾经很叛逆，就跟对纯洁有敌意一样。"

"阿姨无论做什么，都跟我不一样。"

"是一样的。我想跟男人一样大醉一场，还很想试试在外面玩乐到通宵。"

“阿姨不用为了原谅我故意这样说。”

“为什么？”

“阿姨跟叔叔都很靠谱……虽说靠谱的人不能责备一个不靠谱的人，可是我觉得您应该也不会原谅我。”

“……”

市子又被她搞迷糊了。

“我另当别论，要是佐山不靠谱的话，还怎么为不靠谱的人辩护？”

阿荣更用力地握紧市子的手。

“我也要跟阿姨说再见了……”

“说什么再见？”

“我妈妈要是从大阪过来跟我一起生活的话，我就不能在叔叔的事务所上班了吧？”

“你总是小题大做。阿荣，你要是想继续在那里上班，继续做下去就是了。”

市子脱口而出，她有一种明知这或许是阿荣的陷阱却还是跳进去的感觉。

“等我一下……”

“别走，阿姨。”

“我帮你擦擦身子。”

市子走到原先妙子的房间里的水房，拧了条湿毛巾回来。她帮阿荣擦了擦脸和脖子。

“阿姨，好舒服。”

“你去哪里瞎逛了？”

“我被叔叔抛弃后，离开了事务所，去看了一部叫《白娘子传奇》[1]的电影。里面出现了白蛇和小青蛇。白娘子就是白蛇……”

“看完电影之后呢？”

“我走出电影院以后，觉得自己又孤单又渺小，很受不了，感觉自己就像小青蛇一样……我想起上次去过的酒吧，觉得光一有可能在，便想过去看看。那里的女招待还记得我，她说让我给光一打电话，在那里等他过来。我太要强，不愿去打，后来，就跟那里的两个年轻客人喝起酒来。”

“你太乱来了，怎么能跟两个素不相识的人……”

“我不想让他们瞧不起。他们看着很体面，可是一喝醉就缠着我不放，好像把我当成了猎物……”

“猎物？”

“是啊。我跟他们说，别看我这样，其实我已经结婚了，但是没有用。”

“什么意思？”

“后来，我总算把他们两个甩掉了，搭上目蒲线后，我感到很孤独，又自责又后悔……我只想在阿姨的怀里大哭一场。”

“……”

“一来到家门口，酒劲儿就发作了。我好像无故生了场大病，手脚都使不上劲儿……”

市子将毛巾放到阿荣手中。

“好了，剩下的你自己擦吧。”

“您能帮我跟叔叔道个歉吗？今天晚上的事……”

“我会帮你道歉的。”市子说着，突然意识到，自己的身上是不是有丈

---

[1] 1956年由东宝电影和香港邵氏兄弟合拍的影片，日本版《白蛇传》。

夫的气味？她想起身离开，可是阿荣像是不让她逃跑一般，支起半个身子，将脸埋在市子的胸脯里。

望着那满是爱恋的少女的明眸和可爱的唇瓣，市子突然浑身燥热。阿荣究竟想要什么呢？

“我是属于阿姨的……”

阿荣抬起小脸。

她们的唇触碰到一起。

“我讨厌所有男人。”阿荣梦呓般道。

“很讨厌。我实在摸不清男人的外表下藏着什么心思！”

这是市子的第三个吻。和她接吻的第三个人，是眼前这个年轻的同性。

阿荣松开她的手后，却换上若无其事的语气：“阿姨，上高中的时候，有个很喜欢我的学妹。我跟别人说话她会生气，跟别人说笑打闹时，她也会生气。我当时很喜欢欺负这个学妹。”

“欺负？”

“都是女孩子，如果她不为我生气、为我哭泣的话，我怎么能知道她爱我？”

“……”

“今天晚上我很高兴。因为我知道，阿姨也有些心疼我了……很久以来，阿姨都是我最崇拜的人。”

阿荣说着眨了眨眼，轻轻打了个哈欠。

“你休息吧。”市子逃离房间。阿荣双唇的触感，如噩梦一般留在她的唇上。

她的心像不消化的胃一样，塞满了病态的爱情，令她喘不过气来。然而，她的脑子里却一片空白。

“怎么了？”

佐山放下正在读的杂志，望着走进来的市子。市子避开佐山的目光。

“没事儿。她就是喝醉了。”

“我知道。她为什么喝酒？”

“就像你说的一样，她觉得被我讨厌了，所以才自暴自弃。”

“我说得没错吧？你要是不理睬她，她就使劲儿折腾。”

“这孩子真可怕。”

市子躺下后，不由自主地把手放到唇上。阿荣的唇曾经触碰过光一的唇，或许也曾触碰过佐山的唇。

市子在阿荣的房间里的那段时间，佐山显然一直都在担心阿荣。

佐山终于忍不住问：

“你在阿荣的房间里做了什么？”他握住市子的手。市子粗暴地甩开他。

“已经很晚了，都怪那孩子，可累死我了。”

“你们刚刚究竟在做什么？”

“什么也没做。”

市子声音嘶哑：“你是不是睡不着？”

“……”

“因为等你太久了。”

市子背朝佐山。

她闭上双眼，阿荣的影子却始终挥散不去。

差一小时

天空出现了两架飞机，像迎面扑来的两只小蜻蜓。它们突然朝房子冲过来。而且，两架飞机的间隔越来越小，银光闪闪的机翼眼瞅着就要撞上房檐。倘若撞上了，整栋房子都会化为灰烬。

“得赶紧把佐山叫醒，对了对了，要把阿荣也带出去……”

市子在三楼急得团团转。

阿荣怎么摇都摇不醒，市子想将她抱起来，却像是在水中行动一般，手脚都使不上劲儿。

家中四处都是爆裂声。

“啊，我救不了这个孩子了！”

市子尖叫一声，从梦境中挣脱出来。

喉咙里一片干涩。

佐山的下巴仰着，似乎睡得很沉。市子蹑手蹑脚地下了楼。

志麻已经做完早餐，正站在梯凳上擦窗户。

外面下着肉眼几乎看不见的蒙蒙细雨。

志麻的手一用力，玻璃就发出刺耳的声音。

也许是因为这个声音传到了将醒未醒的市子耳中，她才会做那样的梦吧。

“等会儿再擦吧。”她对志麻说。

可是，市子想起，妙子有一天也被从多摩河上空飞过的飞机吓了一跳，当时的飞机也像银板一般刺眼。

“难道是因为我昨晚跟欺负妙子的阿荣做了那种事？”

市子换衣服期间，佐山也起床了。

“我睡过头了，得快点儿。”他慌里慌张的。

自从知道自己有高血压，佐山就遵医嘱不再喝咖啡，早餐也一直吃少盐的蔬菜。

今天早上的豆腐味噌汤看上去色香味俱全，可是，市子还是很怀念浓咖啡和培根配煎鸡蛋。

“最近没听你说过肩酸或心悸，你感觉怎么样了？”

“肩还是很酸。”

“以后就再也不能喝咖啡了吗？”

市子说着，喝了一口热腾腾的味噌汤，谁知汤汁却渗到了牙根里。针扎似的剧痛让她的脸皱成一团。她放下碗。

“怎么了？”

“我经常这样，有时牙根里还会进风。”

“这可不能放着不管。我不是之前就让你去田中医生那里看看吗？”

田中是在新桥大楼里开诊所的牙科医生，佐山经常去找他看牙。

不过，市子的牙很好，还没有过蛀牙或牙齿缺损的经历。最近下排的前臼齿的牙根有些外露，遇冷遇热都会疼，可是她懒得去看医生。

“去新桥治完牙，你给事务所打个电话吧。”

“今天你不忙吗？”

“也不是不忙，四点左右的话，我应该能走。”

市子觉得佐山今天在讨好她。

他们都心照不宣地避免谈到阿荣。夫妻间有一丝微妙的不自在。

市子昨晚被胡闹的阿荣折腾了一晚上，宛如经历了一场噩梦。当然，这场噩梦不仅仅是被阿荣亲吻那件事。既然阿荣重新回到了她的身边，她就还要将她当成亲人看待。

不过，她仍旧反感阿荣缠着佐山。尽管她不知道丈夫是如何看待阿荣的，可是又怕一旦质问丈夫，阿荣就会像一个突然拥有生命的布娃娃，脱离她的掌控。在市子心中，阿荣目前还只是一个“布娃娃”。

牙只疼了一次，市子就忘了这件事，又恢复了平静。

“我今天还是出趟门，去治一下吧。”市子说。

“你想吃什么？”

“我先想想。”

他们二人也已经很久没有单独在外面吃过饭了。

志麻端来了焙茶[1]，问道：“要不要喊阿荣起床？”

“别管她了。”佐山道。

他的茶喝到半途，便起身整理衣装。

“马上就要到多摩河的烟花大会了，这天却一直都不放晴。”

“雨是从五月才开始下的嘛。今年你打算邀请谁一起去烟花大会？”

“不知道，邀请谁好呢？”

[1] 绿茶的一种，经过焙煎后饮用。

“要是妙子他们两口子也能来就好了。”

“什么两口子，我可不承认。”

送走丈夫后，一阵倦意向市子袭来。有睡眠不足的原因，应该也有潮气重的缘故。她回到楼上的卧室，在床上躺下了。

不过，她只睡了一会儿，就被音子吵醒了。

音子是昨天从大阪过来的，她从片濑的兄长家里借了个女佣，将阿佐谷的新家收拾了一番，在那里住下了。她一脸疲惫。

房子是新建的，占地面积四十坪，建筑面积二十坪，据说买的时候格外便宜。

“亏你能找到这么合适的房子！”市子道。

“大阪的房子连家具也一起卖了，不过还是有一堆东西用火车托运了过来。哥哥家里的女佣我也不能借太久，阿荣回来以后，你能不能让她过来给我帮把手？”

音子说着，从塑料的编织袋里掏出一份纸包的礼品。

“阿荣昨天晚上回来太晚了，还没醒呢！”

“我真服她了，再晚也不能睡到这个时候啊！市子，你也不能太惯着她。那孩子最会耍赖皮。”

“我去叫她起来。”音子这般说着，却没有起身的意思，她像是突然想起来一般道，“我离开大阪的时候，村松先生特意过来送我，提到想让光一和阿荣在一起。你觉得光一怎么样？”

“不是我觉得好就行……这还得看阿荣的意思。”市子无奈地回答，又道，“不过，阿荣的心太难猜了，估计没人摸得清。”

“再碰上一对瞎眼的父母，就更难了……”

“光一和阿荣啊……”

市子的目光如同看着摇曳的影子。

“光一的收入怎么样？”音子问道。

“他这个春天才刚刚工作，加上奖金，月薪大概一万五千日元吧。”

“市子，你能不能帮我旁敲侧击地问问阿荣的想法？”

“这个嘛……”市子似乎没什么兴致，“我去问的话，她肯定会使小性子。”

“我连房子都卖了，已经什么都没有了，必须想办法早点儿给阿荣找个依靠。”

“……”

“三浦也为钱的问题焦头烂额，听说他在大阪的生意黄了，在京都也混不下去了。事到如今，他还到处说我的坏话，一点儿也不像个男人。明明是他自己任性妄为，才落到这般田地。我拼了这条命也要把阿荣嫁出去！”

音子说这番话时，头发和脸都已梳洗得干净利落的阿荣带着一丝羞赧走了进来。

她看到音子后，却一点也没露出惊讶的表情。

音子看了一眼阿荣的脸，连埋怨的话都忘了说，便说起她把大阪的房子卖掉以后的打算。

市子起身，打算把音子带来的大阪寿司拿出来。回房间时，她在走廊上碰到了正在等她的阿荣。

“妈妈说她很忙，让我过去帮忙。”

“叫你去你就去吧。”

“事务所我要请假吗？”

“你妈妈一个人不是忙不过来吗？”听到市子严厉的语气，阿荣垂下头去。

“我的房间还没收拾，后天是星期天，等我那天回来之后再收拾。”

“行，知道了。”

“谁也不准碰我房间里的东西！”阿荣哽咽道，“我好像越来越不明白，我为什么要来东京了。”

被阿荣充满控诉的眼神望着，市子有些为难。

“因为阿荣来了东京，你妈妈也下定决心来东京了。是你帮你妈妈进入新生活的呀。”

市子这样安慰她，阿荣却听不进去。

“离开了这里，我肯定立刻就会想阿姨的。”

“我们随时都能见，你的新家不也在东京吗？”

“我讨厌东京的家……如果不是同一个家……”

阿荣楚楚可怜的面庞凑近市子，上面写满了尊敬与崇拜。

市子甚至怀疑，是不是自己最近过于胡思乱想了，才会这么排斥这孩子。从怀着对市子的仰慕跑到这里的第一天起，阿荣似乎就没有任何改变。

不过，市子去厨房的短短几分钟，阿荣竟乖乖地答应跟她的母亲走了。离家出走的女儿要被她母亲领回去了。

母女走时是下午一点钟。

整个家都空落落的。市子难以忍受，开始收拾东西准备出门。

她想彻底换个心情，于是选了一套斜纹呢的套装。

后脖颈的头发有些长了，很难看。不过，市子心想，佐山应当没有注意吧。佐山连他自己的衣装都交给市子来打理，与其说他对妻子的服饰或妆容毫不关心，不如说他已经从心底认定，市子的装束绝不会不得体。

这也是夫妻和睦的证明。

“只有阿荣的事……”

自己为何会受伤？为何会萌生顽固的敌意？她一面盘算着要在阿荣不在的日子里，好好整理一下头绪，一面从小抽屉里挑选颜色合适的尼龙袜。正在这时，门铃响了。

“谁啊，来得真不是时候。”

市子不希望有人妨碍自己出门。

志麻带着名片上了楼。

“咦，三浦先生？”

没想到阿荣的父亲竟然登门拜访，市子慌忙去门口迎接他。

三浦身材高大，气质优雅，身边站着一个七八岁的小男孩。

打眼一看，那男孩的眉眼竟酷似阿荣，市子甚至不敢多看一眼。

他穿着一件可爱的衬衫和短裤。

音子一个小时之前来过这里，阿荣也一直住在这里，市子像是为此感到理亏似的，半晌说不出话来。

“给您添了不少麻烦，所以，我想过来表达一下歉意……”

三浦似乎也很难为情。

“您快请进……”

“阿荣在吗？”

“这个……”

阿荣父亲的眼神告诉她，他是专程为了见女儿来的。

要是早来一个小时的话，就能见到阿荣了。不过，当时音子也在。

市子不知道他们是见面好，还是不见为好。

当着市子的面，不知阿荣看到父亲带来同父异母的弟弟，会是什么样的态度。

“阿荣刚刚出去……”

市子欲言又止，不知要不要告诉他阿荣去了音子的新家。

“是吗？她出门了吗？”三浦怔怔地重复道。

“您什么时候过来的？”

“东京吗？过来三天左右了。”

“还会在这里待几天？”

“还会待两三天。”

“我回头会跟阿荣联系，您先给我留个地址吧。”

“好的。”

他立在门口，打算在名片后面写上地址。

“我正要去看牙医，跟您一起走一程吧，您先进来坐一会儿……”市子将他请到客厅。

不知三浦是住在朋友家，还是不想让阿荣知道他旅馆的地址，他只写下“木挽町二光商会内田先生”这几个字。三浦如今大概也是居无定所。

市子和音子是女校时代的好友，不过，她们的来往并没有那么密切，她不至于帮音子一起批判三浦。望着神色萧索的三浦，市子也能够感觉到他的悲哀。

电车启动了。

“这一带真不错。”三浦说话时有些心不在焉。

小男孩正目不转睛地望着游乐园，三浦也随着他的目光往那里看过去。

“阿荣这孩子脾气怪，小时候如果我不抱她，她就哭个不停。她从小就对她的母亲不满了。”

“……”

“得知她离家出走的时候，我特别自责，都是我没好好管教她。”

在等待电车让道期间，三浦继续道："听说她跑去您家里添乱之后，说实话，我偷偷松了一口气。虽然太不像话了，可那对阿荣来说是一件好事。"

三浦对妻子的不信任让市子无言以对。

"我们也没有帮到阿荣。"

"哪里。音子好像希望跟阿荣在东京继续生活……"

三浦的脸上浮出讥讽的笑意。

到了新桥以后，小男孩不知道为什么闹起了别扭，三浦拉着他的手，顷刻间消失在人群中。

这里有一个二坪大的西式房间、一个四铺席大的起居室和一个六铺席大的日式房间，带厨房的餐间比想象中要大，在浴室的旁边，甚至还有一个三铺席大的女佣房间。

这座房子小巧亮堂，设计简约。新家的榻榻米还散发着淡淡的草香。

"跟大阪那个散发着霉味的老房子一比，这里太不一样了！"音子心情颇佳。

"不过榻榻米太软了，感觉踩上去会塌陷。"

她一摸细细的房柱，手指上立刻沾了一层抛光粉。

望着忘记神经疼、在房子里走来走去的音子，阿荣感慨地说："妈妈，您能想开可真不容易！"

"一切都多亏了你呀……"

"您一有事就会说'都怪我'。妈妈，我真看不惯您那样。"

"自从你来了东京，我就不说那话了。我得感谢你，多亏了你，我才有勇气从黑暗里走出来。"

"傻瓜。追着离家出走的女儿道谢，您老糊涂了不成？"

“两个人一起生活，你难道不开心吗？”

“有什么好开心的？”

你一言我一语地拌着嘴，阿荣的心情也愉快起来。她麻利地解开行李包。

“你那样弄会弄坏菜刀的，绳子也没法再用了！”音子道。

将眼熟的锅碗瓢盆堆放到角落里，阿荣笑着道：“这些东西没一个跟这所房子搭的，就像是把佛像放进塑料盒子里一样。”不过，她说这话时，又觉得面前仿佛坐着一个慈眉善目的老人。她很久不曾像今天这样，想要孩子气地跟母亲撒撒娇了。在一种血亲之间无法言喻的亲昵中，她放下了所有的心防。来到东京之后她一直在逞能，此刻也得以松懈下来。

从片濑跟来的女佣一回去，就只剩下母女二人。

“阿荣，为了庆祝我们搬家，你想吃点什么？”听到这个问题，阿荣意识到，自己也很久没有听过“你想吃点什么”这句话了。

难得有机会和母亲其乐融融地站在厨房里一起做饭，阿荣心情非常愉快，就像是在过家家。

从邻居家的厨房里传来女人的说话声，又飘来阵阵烤鱼的香味。说不定这边热火朝天地做事时，也会被邻居看到。

六铺席大的房间应该算是这个房子的客厅，站在客厅外的走廊上，越过狭窄的院子的树篱，能看到对面邻居的厨房和浴室的灯光。

这里跟大阪的深宅大院和市子家三楼的房间不能比，即使关上纸拉门和防雨板，阿荣也跟躺在路边一样，睡不安稳。

“妈妈，您能睡着吗？”

“睡不着。”音子应了一声，突然泪流满面。

“我想起了很多事。阿荣，你在市子家里一直住在三楼吗？”

“是啊，那是最差的一个房间。”

“你这是什么话？”

“是妈妈问我哪个房间的嘛！”

“我想起之前在那里住的时候的事了。当时我和市子一起睡，不过不是你住的那间房……”

“跟结婚前的阿姨是同龄的好朋友，妈妈也算是生在好时候了。”

“我们现在也是同龄呀。”

“现在不行了。妈妈是个糊里糊涂的弃妇。”

“‘糊里糊涂的弃妇’？我从来没有听过这么过分的话。”

“这种女人不是很多吗？我想视而不见都不行。夫妻分手是迫不得已的事，我不希望妈妈因此变成老糊涂。”

“今后只有我们娘儿俩相依为命了，妈妈天天提心吊胆的，怎么能糊涂呢？”

音子和女儿睡在新家里，内心是无边无际的怅惘与孤寂。

未来充满孤独与不安。自己能依靠的只有阿荣，可是音子却摸不清这姑娘的心思。

她刚说完自己的母亲是“糊里糊涂的弃妇”，就发出香甜的鼾声。

音子望着睡着的女儿的美丽容颜，心想：这孩子再怎么悲伤，也都还没到糊里糊涂的年纪，再说，她也不是那样的性格。她望着这个与自己的模样没什么相似之处的女儿，又忆起了自己的遭遇。阿荣应该不会和她一样，成为一个中年被丈夫抛弃、只能回忆过去的女人，她也不希望阿荣成为这样的女人。而且，她也不会成为这样的女人。

音子嫁到大阪时，与阿荣年纪相仿。成为别人的妻子之后，她从来不曾有过自己的意愿，更不曾按照自己的意愿行事。她把一切都交给丈夫拿主意，也一切都为丈夫着想。连女儿都说她糊涂，看来，她是名副其实的“糊里糊涂的弃妇”。

被丈夫抛弃后，她满腔都是怨恨。她甚至觉得，死守在丈夫离开之后的那个家的自己都不是自己了，而是跟那所房子一样老的女人的亡灵。

当音子也抛弃了那个家之后，才终于醒了过来。直到这时，她才明白离家出走的阿荣的心情。并不是和母亲生活在同一个屋檐下，女儿就能感受到母爱。她的存在反而更加令女儿怏怏不乐。

“今后这孩子一定会听话吧。”音子满心期盼。可是，她发现自己又把希望寄托在了别人身上。

以后跟女儿一起生活，或许比跟丈夫三浦在一起时还要艰难。

“更别提这孩子结婚之后了……”

阿荣睡得很沉。

在新家迎来天亮的这个早晨又潮又阴沉，不过，没过多久，天空就像是擦过的镜子一样，彻底放晴了。到底是七月了，太阳一出来，连风都顿时变得热烘烘的。

音子虽然有些没睡好，可是在开始新生活的第一天，她的精神非常饱满。而且，她似乎也被睡了个好觉的年轻女儿的活力感染了。

院子里只有草坪，光秃秃的。阿荣一大早起来，就种起了美人蕉和松叶牡丹。音子做梦也想不到，自己有一天能见到阿荣这么勤快的样子。

音子欣慰地望着阿荣的动作，心想：你也会干这种事吗？

“阿荣，你昨晚好像睡得挺香的。妈妈在旁边看着都开心……”

“这也是我家，没准儿是因为我放开了手脚吧！”

阿荣放着乱七八糟的房间没收拾就过来了，就连日记本都摊在桌子上。

尽管她很惦记自己在市子家的房间，也跟市子约好了星期天回去。可是，此时她却莫名懒得动了。连她自己都觉得不可思议。

她是想对市子表达一份小小的抗议吗？也可能是因为和母亲重逢之后，她的心产生了动摇，不想再回到市子身边。不过，她的自尊心无论如何都不允许她这么想。阿荣对市子的仰慕，已经不知不觉地渗入了她的自尊心里。那份自尊心令她觉得自己的现状与自己的价值不匹配。阿荣在那份自尊心的驱使下，将市子过于理想化了。

“我只是希望能够成为一个平凡而善良的人。”有一天市子曾这样说，阿荣却并不认同。如今的市子确实在努力成为一个“平凡”的人，可她结婚之前一定不是如此。结婚对于女人而言难道是毒药吗？

“阿姨，您是因为害怕再次陷入爱河，才会‘矫角杀牛’[1]。”

“阿荣，你还知道这样的格言啊？不过，我可不是猛牛，也不需要犄角。这个世界上还有很多默默无闻的善良的男女，即使世事无常，他们也能自如应对。”

市子的唇远比光一的唇更让阿荣留恋。她的感情也更加热烈亢奋。推迟一天与市子见面，反而令她有种痛苦的欢愉。

阿荣一面在寒酸的院子里种上花草，一面哼着歌：“思念故乡的女孩啊，故乡只是临时的落脚处……”

音子静静地听着。那是一首东北的古老民谣。是旧时日本女孩出阁时唱的民谣。她或许是将这个简陋的家想成了临时的落脚处，才不自觉哼出来了吧。即使阿荣兴高采烈地唱着，也无法掩饰自那古老曲调中流淌出的哀婉。

[1] 日本俗语，意为矫正牛角后再杀牛。比喻总是记挂着缺点，一心想矫正缺点，结果却如磨瑕毁瑜，毁了全局。

音子写了个“书法教学”的小看板，唤阿荣来看。

“妈妈也意外地爱逞能啊！您能教吗？会有人来学吗？每个月您打算收多少学费？”

“不知道，我去问问市子收多少合适吧。”

“阿姨怎么会知道？妈妈厚着脸皮去问，只会把她吓一跳。您真的能教吗？”

“我其他的手艺样样都生疏了，唯独写字还跟以前一样。你说神不神奇？最近不是又开始流行练书法了吗？”

“妈妈在外面挂牌子，不需要宗师的证书或者政府的许可证吗？”

“应该不需要。如果不行的话，对方应该会过来催吧。我打算去买个书架，在上面摆满书法的书。”

“您的大阪方言也得改改。您的弟子过来之后，会笑掉大牙的！”

“你别看妈妈这样，我可是在神田出生，在神田长大的。你是在大阪出生的，我只是在配合你说大阪话罢了。”音子为自己鼓劲儿道，“你就做我的第一个弟子吧……”

到了和市子约好的星期天，阿荣约母亲一起去神田的旧书街买书法书了。那天她醉成那副德行，第二天就离开了市子家，一想到星期天夫妻二人并肩迎接她的场景，她就莫名有些抗拒。

阿荣喜欢市子，也喜欢佐山，即使二人合为一体，她也喜欢。可是，有时看到他们两个人在一起，她却会感到无比烦躁。

阿荣决定到星期二再回家。

“你跟市子借一个女佣过来，也别忘了向佐山先生问好……”

阿荣小巧圆润的肩膀的肌肤，在朝阳的映照下似乎泛着光。

从阿佐谷出发的公交车，并不是开往市子所在的多摩河的方向，而是开往佐山事务所附近的东京车站的方向。阿荣会先见到佐山。

“都怪这公交车！”阿荣将责任推到了公交车头上。已经过了上班的高峰时间，公交车悠然地行驶在夏日明亮静谧的街道上。

自从那天夜里她醉醺醺地回到家，她就没有再见过佐山。一想到那天的情景，她就面红耳赤。

佐山对阿荣的爱，会在他担心阿荣时，从他望着阿荣的眼神和他的只言片语中自然地流露出来。每当那时，阿荣的心里都会涌起一种女人的欢喜。那份欢喜她甚至无法从市子身上感受到，更遑论光一了。阿荣也一定被佐山所吸引了。虽然她爱过青梅竹马的年轻的光一，可是她觉得光一对自己的爱过于浅薄，索然无味。阿荣自己都觉得奇怪，她分明不是那种不三不四的女人，可她竟然完全不在意与男人的年龄差。她甚至幻想过委身于年长的男人的情景，那一幻想反而给她带来一种难以言喻的快感。

但是，阿荣既迷惘又气愤。因为，佐山平日里似乎并未将阿荣视为女人。

对于佐山体贴地将自己当成孩子来看待，阿荣早就火冒三丈了，那像是给了她一副好牌，却怎么也不让她赢似的。

“如果叔叔只把我当成个黄毛丫头，那么我就先跟光一结婚，再跟他离婚好了！”她甚至这样想过。

因为她是个姑娘，所以不能像缠着市子那样缠着身为男人的佐山。

阿荣从来没有想过取代市子或者破坏他们的夫妻关系。可是，自从她吻过市子的唇以后，就觉得不能仅仅让佐山心动，还要把他也牢牢抓住。倘若佐山担心阿荣发生危险，她宁愿他亲自占有自己。明知这是一种荒唐的心理，可是在阿荣的内心深处，那份女人心依然蠢蠢欲动。

她还记得母亲说过，每个人的情况都不能一概而论。音子有个结过三次婚的朋友。听说那个朋友每次结婚时，都会寄信说她很幸福。而且据她所言，再婚比初婚更幸福，第三次结婚的幸福简直无与伦比。

“或许她觉得多结几次婚会比较幸福吧。难道这也是命吗？”

“也不能说没有那样的人。”

“这就是人啊！”母亲能说出这样的话令她刮目相看。

阿荣一个人住在旅馆的时候，隔壁房间的老人带来了一个年轻女人，她从早到晚嗲里嗲气地叫个不停，一会儿“啊”一声，一会儿“呀”一声，丝毫不顾忌别人的眼光。那个女人成天用娇嗔的语气没正形儿地说个没完，时不时还苦闷地唱上两句。阿荣被那女人给吓到了。对市子的憧憬和自己的孤寂，令她觉得那女人太不干净。但是，她却震惊于对方竟能发出那样的声音，并难以忘却她的声音。阿荣如今也偶尔会觉得，或许对于有些女人来说，那是一种极致的幸福。正人君子佐山恐怕绝不会允许女人在自己面前那般放肆。

巴士在四谷见附的教堂前停下后，她突然看见光一上了车。

“啊！”

两人同时发出一声轻轻的惊呼。由于当时阿荣正在不着边际地胡思乱想，看到光一后整张脸都红了。

“怎么会在这儿碰到光一……”阿荣见车内的人寥寥无几，便想学那个女人的声音跟光一开个玩笑，可是她无论如何都发不出那样的声音。她心里很恼火，怕别人以为她面红耳赤是因为在跟情人碰面。

“你怎么回事？佐山先生的夫人不知道你的新家地址，一直联系不上你，快担心死你了。”

听到光一的话，阿荣也惊了一下：“哎呀。”

“会不会是妈妈忘了说门牌号了……”

“可不是！她把阿佐谷的家里的情况说得非常详细，却忘了说最重要的门牌号和街道。”

“妈妈果然老糊涂了。”

“夫人也忘了问了。”

“老糊涂了。”阿荣重复了一遍。

“还有你，起码要打个电话回来吧？三四天都不打一声招呼，太过分了！”

“我打算马上就回去的嘛！”

“别人可不知道你的打算，我那天也是。”光一似乎为那天去酒吧的事很不满。自从在回家的车里跟他接吻以后，她就再也没找过他。

“阿姨生我的气了吗？”

“与其说是生气，不如说很为难。”

“她找我有什么事吗？”

“你爸爸好像过来了。”

“爸爸。”

那个瞬间，阿荣的心口轻轻一动，不由得叫了一声。深埋在心底的思念在她的体内激荡。

阿荣沉默不语。那样的阿荣对于光一而言非常令人心动。

巴士从半藏门沿着皇宫的护城河往前行驶，窗外树影婆娑，绿水淙淙。

“你能不能在樱田门的石堤上再等我一次？”

“光一，你爸爸那天送我妈妈去大阪站了，你听说了吗？”

“我爸爸写信告诉我了。”

“说了什么？”

“……”

“光一，你等会儿要去哪儿？”

“我要去上班。你呢？”

“我也去上班……我打算去事务所，不过我怕会被骂。”

“听说你喝得烂醉，很晚才回家。”

“阿姨怎么也那么多嘴多舌，连这事儿都跟你说，你们是不是有不寻常的关系？”阿荣一生起气来，感觉自己似乎能发出做作的声音了。

“那天我本来想喊你过来陪我的。我给你公司打了电话，结果你已经回去了。我一个人太无聊了，就想到了和你去过的酒吧，我想去看看你在不在，去了以后，那里的女招待说让我在那里等你。”

“我也从酒吧那里听说了……”

“一个人去我们一起去过的酒吧，那种感觉真讨厌……”

“……”

光一似乎有些措手不及，他看向阿荣的脸。此时的阿荣像小女孩一般娇憨可爱。

二人又各怀心事地沉默了半晌。

“你陪我去事务所吧。”阿荣开口。

“为什么？那会让佐山先生为难吧。”

“也许吧……一见到你，我就不想去事务所了。”

“……”

“东京有能玩飞碟射击的地方吗？”

光一没有立刻明白她说的是什么。

“我爸爸喜欢打猎，他以前有把兰开斯特，还有把柯尔特。我小时候让他带我去过一次射击训练场。树枝上挂一个陶瓷盘子，那就是靶子。我死乞白赖地求爸爸让我打一次，结果被他骂了一顿。我现在都还记得。如果现在还有个那样的射击场的话，我想瞄准那个靶子射击一次。”

转角

想不到巴士到东京站后，阿荣非常爽快地说：“再见。”

“啊。”

“我还是去事务所吧。”

“也好。”

“代我跟你爸爸问好……”

“嗯？”光一神色诧异。

“跟他说声谢谢。”

“谢他什么？”

光一也不由得换上了大阪腔。

“讨厌。你不能装作不知道吗？谢谢他在大阪站跟我妈妈说的那些话呀……”

“是吗？”光一有些古怪地打量着阿荣的神色。

“你已经给你爸爸回信了吧？”

“嗯。”

“我还要想一想。”

阿荣挥了挥手，留给他一个背影。

从这里到事务所很近，不过必须走一段路。

她往树荫的方向走去。只见阳光洒落在红瓦房上，才三四天不见，前方的林荫路的绿叶和对面的人行道就给她一种新鲜的感觉。

古色古香的砖楼没有安装空调，所有的房间都开着窗。登上楼梯后，连后院对面的事务所里面的情况都能看见。

阿荣在窗边看到了佐山的背影，心不禁怦然一跳。她出人意料地脸红心跳，愣愣地站在原地。

“三浦，你怎么了？”

她在走廊上遇到了事务所的同事。

“我去搬家了。”

阿荣心不在焉地回答，然后跟在对方后面，走进事务所。

她走到佐山的办公桌前。

但是，正在看文件的佐山只是抬眸看了一眼阿荣，便又冷淡地继续看起了文件，阿荣有些无所适从。

蓝色的电风扇正在大幅地摇着头。

“歇了那么多天，真抱歉。”

“哦。”

佐山只是点点头，目光停留在文件上。

阿荣慢吞吞地回到自己的办公桌前。

在阿荣请假期间，她的工作都是一个女文员帮她做的，阿荣心不在焉地听着对方的说明。这位女文员是同一个事务所的另一位律师的秘书。

阿荣却连一声“谢谢”都没心思说。

没过多久，佐山站了起来。

他似乎有一瞬间往阿荣这边看了一眼。

从刚刚开始，阿荣就一心盼着佐山往自己这边看。

可是，佐山却头也不回地走出了办公室。

“叔叔。”阿荣在心里唤了一声，却无法发出声音。她还是第一次遇到这种情况。

尽管知道佐山是去法院了，阿荣依然觉得他是讨厌自己才出去的。

阿荣在纸上打下“心情不好”这几个字，然后将那张纸揉成一团，粗暴地丢到垃圾桶里。她又接着扔了三四张纸。

“你心情不好？”女文员似乎是觉得阿荣遇到了什么烦心事，“怎么气呼呼的？”

“太无聊了。”

“这都成三浦的口头禅了。”

“不是口头禅，这是我的真情实感。我最讨厌人身上的习惯了……无论是语言还是行为。”

“要是喜欢的人有你喜欢的习惯，不是挺好的吗？”

“是吗？”阿荣有些轻蔑地用大阪话道，“我是在说我自己的事。”

“每个人都有习惯。你的习惯就是你的魅力，你自己应该也知道吧？”

“我可没这个心思。”

“总之，应该是你心里在期待着什么，才会有无聊这种感觉吧……我们反而都羡慕你呢！”她用手托了托眼镜，再次望了一眼阿荣。她已经在事务所工作了七年。

阿荣年轻、活泼，常常语出惊人，与事务所的风格格格不入。不过在大家一起吃午饭时，都觉得有阿荣在气氛更加活跃。

今天午休时，他们议论的第一个话题是关于废除死刑法案的新闻报道。七月十日，英国的上议院经过为期两天的讨论，针对刚刚在下议院通过的废除死刑的法案《希尔巴曼法案》进行了投票，最终以反对票二百三十八票、赞成票九十五票予以驳回。这样的话题也很符合事务所的氛围。

佐山参加了废除死刑运动，再加上妙子父亲的案子，阿荣对此也并不是毫不关心。

英国上议院所拥有的权限，只能让立法推迟一年，只要下议院再次通过，就能呈交女王裁决，并可以成文。另外，尽管九十五张赞成票不到占多数的反对票的一半，可是在一九四八年，上议院驳回下议院的决议时，赞成废除死刑的人只有二十五名。与当年一比，如今的这个结果让人有种隔世之感。

不过，话题很快就变了。他们聊到佐山的上一任秘书，她今年春天才结婚，明年就要当母亲了。后来又聊到格蕾丝·凯丽和费雯·丽也要当妈妈的话题……

“叔叔的秘书怎么能跟摩纳哥王后和劳伦斯·奥利弗的妻子扯上关系？太无聊了！”阿荣较真道。众人不禁愣了一下。

“光凭你喊佐山先生‘叔叔’‘叔叔’这一点，就已经很让人羡慕了！”那个戴眼镜的女文员提醒她。

但是，阿荣在那极短的一瞬间，觉得佐山仿佛离自己很远。

下午，有人喊阿荣：“有客人找佐山先生……”

她走出去一看，发现是张先生的儿子和夫来了。

“之前承蒙您关照……”阿荣轻轻鞠了个躬。自从那天她和佐山一起受邀去夜总会，跟他跳过舞以后，他们还没有见过面。

“那天晚上我也玩得很尽兴。”

和夫是专程来送舞会招待券的。招待券装在透明的塑料封套中，从那鲜艳的色彩可以联想到聚会的盛大场面。

“是外国学生们主办的，可以欣赏到各个国家的舞蹈。我爸爸不能去，如果先生不能来的话，您跟夫人务必过来玩玩儿。里面有两张票。”

“好的。”

和夫只坐了一根烟的时间。他的邀请非常郑重其事，阿荣也不好说什么。正赶上她心里不痛快的时候，她本来想留和夫多坐一会儿的。

虽然佐山很可能不会去，阿荣还是将两张招待券放在桌子上，压在镇纸的下面。

整个事务所的员工都在静悄悄地工作，她走到戴眼镜的女文员身边：“刚刚聊到格蕾丝·凯丽和费雯·丽生孩子的话题，不过，更值得谈论的难道不是战争遗孤的问题吗？听说，在西德出生的战争遗孤足足有八万五千人，英国有三万五千人……”

“什么？”

“就是美国大兵的私生子……”

“日本有多少？”

“亚洲估计有很多，听说有一万左右……”

“是吗？”

女文员停下了正在写字的手。

“当妈妈的方式太多了！”阿荣说道。

“啊，你说的是午休时的话题啊？”

她似乎刚刚才反应起来，有些无奈地望了阿荣一眼。

佐山过了下午四点依然没回来。

眼见着事务所的人陆陆续续地下班，阿荣望着佐山的办公桌，眼巴巴地盼着他回来。

后院渐渐被夜色笼罩。

也许佐山从法院直接回多摩河的家了，也有可能是去哪里应酬了。

“太过分了。”

阿荣空等一场。他连个电话都没给她打。

她有生以来还是第一次这么干等一个人。

只要没什么特殊情况，负责锁门的年轻小伙子一般下午六点就会锁门下班。他不时往阿荣那里看一眼。

阿荣克服了不甘，开始无精打采地做回家的准备。

“瞧他的态度，是不是叫我别回阿姨家，也别来事务所了……”

阿荣想立刻回母亲家。

“我把乱糟糟的房间扔下不管，阿姨肯定很不开心。”

不过，在这种时候想回家，太没出息了。而且，阿荣还是有些抵触回母亲家。

另外，如果她只来事务所露了面，却没有回沼部的家的话，市子应该会更加浮想联翩吧。

她还从光一那里听说了父亲来访的事。

“爸爸……”

他是为什么事而来呢？她在心中默默呼喊着父亲，可是，心里似乎还有另一个声音在呼喊着“阿姨”。

阿荣有些沮丧，她重新涂起口红。这时，佐山突然从屏风后走了过来。

“辛苦你了……我回来晚了。遇到了点小纠纷，连打电话的工夫都没有。”

佐山对值班的小伙子道歉。

随后，他的目光落到办公桌上。看到舞会的招待券后，他才问阿荣："这是什么？"

阿荣走到佐山身边："这是张先生的公子送过来的。"

"是吗？"

佐山漫不经心地装进口袋。

阿荣的胸口蓦地一堵。

"他说其中一张是送给我的，另一张如果先生不方便去，就送给阿姨……听说张先生不能去。"

"啊，你怎么不早说？我看在我的桌子上放着……"佐山平静地说道。他将招待券从口袋中掏出来，递到阿荣面前。

阿荣却没有动，她低着头，肩膀耷拉着。

她看上去似乎在哭。

"怎么了？"佐山想打量一眼阿荣的表情，但似乎是意识到保管钥匙的小伙子还在，便道，"走吧，你也跟我一起回家吧。你市子阿姨每天都在等你。"

"阿姨？"

阿荣的眼泪差点夺眶而出。

佐山若无其事地起身走了出去。

他们如往常一样，往有乐町站走去，不过阿荣始终落后佐山一两步。

佐山的背影也给人一种可靠的感觉。但是，今天这个背影却如同一堵墙，挡在阿荣面前，令阿荣难以开口打破这沉重的气氛。

下班时间的国电中人挤人，到处都是人身上的汗味儿。目蒲线也很拥挤。佐山和阿荣不知不觉地被人流冲散了。

到了洗足站附近，下车的人多了，他们俩终于坐到了一起，但是依然没有交谈一句。佐山埋头阅读晚报。

才四五天时间，佐山对阿荣的态度竟变得这般疏远。年轻的阿荣宛如凝视漆黑的深渊一般，感到一阵心寒。

尽管阿荣的言行常常会惹人生气，但是一旦对方真的生气，她就像别人故意欺负她似的，心里无比委屈。阿荣身上还有孩子气的一面。

以她这种孩子气的心态来看，今天佐山的冷漠态度自然有些莫名其妙。

她想，大概是她那天醉酒晚归让佐山生气了吧。她那天跟市子说好会立刻回去，却好几天都没有露面，市子应该在为此生气。就连母亲忘了说门牌号，市子恐怕都怨在了她的头上。

除此以外，最让阿荣不舒服的是，在自己不在的这几天，佐山夫妇在背后谈论她时的那种“夫妇”的感觉。

阿荣仰慕市子、崇拜佐山，可是，一旦将他们视为“夫妇”，她便觉得他们有些深不可测。

共同生活多年、恩恩爱爱的中年夫妇，在身边的年轻女孩的眼中非常可怕。

夫妻之间有时只需一句话、一个眼神，便能明白对方的意图，这种夫妻之间的心有灵犀，令阿荣捉摸不透。

她与市子亲吻、与佐山纠缠，都是出于她对他们极致的爱恋。不过，那份年轻女孩对“夫妻”这种关系莫名其妙的反抗和嫌恶，也在暗中怂恿她介入他们之间，窥探二人的内心世界。

阿荣从小目睹自己的父母夫妻关系破裂，在她心底的某处，其实偷偷憎恨着作为“夫妻”的佐山和市子。她只要一想到相亲相爱的夫妻，就觉得令人作呕。

下了电车已是黄昏时分，阵阵晚风自多摩河吹来。这风也让人感觉到盛夏将至。

佐山依然默不作声。

阿荣渐渐焦虑起来。难道她要在这种憋屈的情绪下出现在市子的面前吗？有种疯狂的情绪堵在胸口，令她不堪忍受。

一走上没有人影的坡道，阿荣就朝着佐山的背影吼道：

“太过分了！叔叔太过分了！就知道生闷气，太不像个男人了！”

佐山惊愕地停下脚步。

“谁说我生气了？”

“胡说，胡说，您跟阿姨串通一气……”

“串通？串通是什么意思？”

“就是同谋。”

“同谋？”

“同谋。您跟阿姨串通起来，将我当成不良少女……”

“不良少女？”

“是啊，你们两个人背地里认定我是个不良少女。”

“说什么傻话？”佐山不禁笑了。

“叔叔和阿姨成天做出一副和蔼可亲、了不起的样子，其实一点也不了解我。你们太自以为是了，和其他人没有什么两样。”

“也许吧。”

“我最讨厌叔叔这点了，摆出一张慈祥的脸，用温和的声音跟我说话……”

“连我的脸和声音你都看不惯了吗？”

“是叔叔和阿姨看不惯我。”阿荣一脸愤懑，“我心里非常清楚！”

“你怎么也净往歪处想？”

“是啊，我的脾气比妙子还古怪！”

“你别搬妙子出来比！”佐山不禁沉下脸，“你爸爸、妈妈都来东京看过你，可是妙子呢？没人会来看她。”

“他们不打声招呼就过来了，也不是我让他们来的。妙子只不过是妈妈死了、爸爸被抓了而已。”

“什么叫‘而已’？”

见到佐山动怒，阿荣也不由得怒气上冲，道：“如果您不想我的父母来，把他们赶回去就是了！”

“你就不能听我把话说完？”

“我不听！您的意思我听得很明白。您觉得，既然我爸爸、妈妈都来了，我就别在这里碍事了，是不是？这正是打发我走的好机会。如果你们嫌我碍眼，不用像今天这样不搭理人，直接让我滚就是了。事务所我也待不下去了……叔叔，您太卑鄙了！”阿荣说着，脸颊上突然感到一阵火辣辣的疼痛。她踉跄了一下，身体缩成一团。

佐山甩了她重重一耳光，令她猝不及防。不过，阿荣的感觉与其说是疼痛，倒不如说是触电般的震惊。

阿荣捂住脸哭了出来。

“对不起。”

佐山手足无措地道歉，连声音都变了。

“再打。叔叔，您可以打得再狠一些……”

“你明明知道我是怎么想的。刚刚我在气头上，才会……”

“知道什么？我不知道！”

“你很可爱呀！”

佐山的声音有些嘶哑。

阿荣的心里涌起一丝欢喜，她抑制住颤抖。

“能被叔叔打，我很开心。这还是我出生以来第一次挨打。我爸爸、妈妈和学校的老师，都没有打过我。”

“是我不好。”

“您不用哄我。如果您不想再打我了，我就回去了……”正说着话，阿荣突然被抱了起来，双脚几乎被抱离地面。

她闭上双目仰起头，从微微张开的嘴唇间露出整齐的牙齿。

阿荣走的时候，说过“谁也不准动我的房间”。市子非常理解她的心情。

女人都讨厌别人碰自己身边的东西。

这四五天来，阿荣一直没有音信。

“像那孩子会干出来的事。”市子倒也没有多生气。

“她们刚刚搬到新家，又没有人手，肯定忙得不可开交。不过，音子别是累坏身体了吧……”

音子也有些不像话。哪怕打个电话也好啊！

她们走后的第三天，阿荣的父亲打来了电话。

“其实，我还没有联系上她……”

市子有些尴尬。她要是说不知道阿荣的去处，就跟睁着眼说瞎话似的。

三浦来的时候，市子随口答应他会转告阿荣。如今他一定会以为，她是音子的同伙，故意阻拦他跟阿荣见面。

市子如果说不知道阿荣的行踪，确实很难让人相信。她没法明确地告诉三浦，阿荣原来在自己家，后来去了音子那里。

不过，三浦在市子面前也很小心翼翼，因为与其让阿荣跟音子一起生活，他更希望阿荣跟着市子。

“明天我就回京都了，过段时间我还会再来，请您……”他客气地说道。

“好的，如果这两天我见到了阿荣……”

市子只能含糊其词地回答他。

那天只是晚了一个小时，三浦就与女儿擦肩而过，明天他便要回京都了。他电话中的声音里也流露出一丝失望。

市子虽然并不同情三浦，还是不由得嘟哝道：“阿荣到底是怎么回事……太不让人省心了。”她心血来潮，打算去阿荣的房间看看。

这两三天气温急剧上升，最好给那个潮湿的小房间通通风。

“真是的。”

市子皱起眉头。

床上的被褥还是刚起床的样子，一片凌乱。梳妆台上扔着几个沾了口红的纱布团，还有一堆头油和雪花膏的瓶子，当中有的连盖子都没盖上。

窗帘的金属挂钩上挂着晾衣架，上面胡乱挂着浅褐色和粉色的方格衣服以及缎子的衬裙。

从那堆衣服间飘出一股淡淡的酒味儿。

“这孩子果然还是这个样……”

但是，连市子自己都不明白这个“果然还是”指的是什么。

靠墙的桌子上，有几本从市子的书架上拿过来的小说和时尚杂志，都被阿荣胡乱地堆在一起，旁边还放着一个厚厚的笔记本。

“不知道她在上面写了些什么？”

市子很想偷偷看一眼那本笔记。那里似乎藏着一把了解阿荣的钥匙。

市子有些迟疑，但终究没有抵挡住诱惑。她觉得自己有必要了解阿荣的内心世界。

市子在床边坐下，拿起那个笔记本。那一刻，她又回忆起阿荣那温润的嘴唇。想要深入了解阿荣的想法更加强烈了。她觉得阿荣的唇允许她这样做。

可是,打开一看,日记的开头却只有寥寥几笔,从中似乎瞧不出任何端倪。

阿荣写了一手好字，大概是遗传了她的母亲吧。每篇日记只有只言片语，有的还只有图画。

“某月某日。阿姨，雪山，迎接图。”

这是第一页的文字。在群山上方，画着一张酷似市子的脸。

“某月某日。家里要是有个小孩就好了，那样我就能疼爱他了……”

市子的心不由得一跳。这篇日记的日期是阿荣来多摩河没几天的时候。

这也许是阿荣随便写的。可是，没有孩子的市子，似乎突然看到了阿荣女人的一面。

她面红耳赤，已经不好意思再看下去了。她信手往后翻，直到最后一页映入眼帘。

“某月某日。我喜欢阿姨，也喜欢叔叔。因为喜欢阿姨，我更喜欢叔叔了。谁也不能不让我喜欢叔叔。也不能因为我喜欢上了叔叔，就不让我喜欢阿姨。我喜欢迷恋阿姨时的自己，也喜欢迷恋叔叔时的自己。我讨厌同时喜欢上他们两个人的自己……懂吗？不懂。阿姨是女人，叔叔是男人，我是女人……”

市子双手颤抖，将笔记本放回原处。她走出阿荣的房间。

晚上七点半左右，市子换上一件新和服，没跟女佣打招呼就出门了。

这四五天，总是按时下班的佐山迟迟不归，令她有些惴惴不安。

在坡道的转弯处，她出其不意地看到了丈夫和阿荣。

“啊。”市子不由得停了下来。

佐山无比慌乱，阿荣也张皇失措。

市子有些不大自在。

幸好朦胧的夜色帮他们掩饰了不自然的神情。

“阿荣，你怎么了？”

“对不起，阿姨……”

佐山似乎不敢看市子，他越过阿荣和市子往前走去。

“你怎么回来这么晚？”看到阿荣僵立在原地，市子只好和颜悦色地问她。

“就我和妈妈两个嘛！妈妈想问您借家里的女佣过去帮帮忙。”阿荣也转移了话题。

“我还以为你们到了阿佐谷的家之后，会给我来个电话呢！”市子道。

“那天你们前脚刚走，你爸爸后脚就过来了。”

“……”

“你佐山叔叔应该告诉你了吧？”

“没有，详细的情况还没……”

“哪还有什么详细的情况？你爸爸好像是来看你的，也没跟我说什么话。我不知道你们的地址，太对不住你爸爸了。他说不定觉得我故意瞒着他呢！”

“阿姨，我爸爸还好吗？”

市子不知道阿荣是关心她的父亲，还是想转移自己的注意力。

“这个嘛……”

佐山家的门灯下聚集了许多飞蛾。

市子借着灯光，看到了阿荣脸上的泪痕。

佐山迅速跨进家门。阿荣也闷闷不乐，连新家的事也绝口不提。市子觉得有些蹊跷，他们为什么互不理睬？到底是怎么回事？

阿荣一脱下鞋，便道：“我去收拾一下房间。”然后，就一溜烟儿跑三楼去了。

佐山正在浴室擦汗，市子拿着浴衣走了进来。她语气虽轻，却单刀直入地问道：“你老实交代。”

“交代什么？”

佐山忐忑地转过头。

“阿荣怎么了？我看她好像在生气。她是不是哭了？”

“嗯，今天是她搬家之后第一天来上班，我去了法院，很晚才回事务所，她因此不高兴了……”

市子如往常一样，打算从身后帮他穿浴衣，闻言不禁顿了一下。

“她净说一些惹人生气的话，我也忍不住对她大发雷霆。”

“你竟然会对女孩子生气？”

“……”

“你对阿荣生气，她很开心吧？”

“嗯？”

“我就知道她会这样。”

市子的心里突然涌上强烈的不安。她的整个身体似乎都陷入一片虚空。

佐山与往日不同，他斜着一侧的肩膀披上浴衣以后，有些笨拙地接过她递来的腰带。

“那孩子可以跟任何人接吻，连我都……”

市子说完，脸色霎时惨白，她说这个做什么？

对那姑娘

妙子像变戏法一样，不断从包装纸中取出物品，摆在有田面前。

有夫妻茶杯、塑料碗、带盖的罐子、酱油壶、蚊香……

“咦，你连蚊香都买了？”有田望着那意想不到的小物件。

“这对茶杯最贵了！”

上面有旋涡形的花纹，拿到手上非常轻巧。

“你不觉得很好看吗？听说旋涡是手绘的，所以很贵……”

“很贵吗？”

“对啊。不过，这是用文鸟换来的，如果太便宜的话，总觉得对不起千代子……”

“下次我们就用这个茶杯，请千代子过来喝茶吧！”

“这是我们的茶杯呀！”妙子说完，又道，“你来看看这个。这是知更鸟换来的。”

她打开另一个包装纸，取出一个朱漆的梳妆镜。

“好看吧？当然，除了知更鸟还添了点儿别的……”

有田不动声色地从镜子和妙子身上移开目光。

妙子将梳妆镜拿到有田面前。

“照得很清楚吧？”

“那还用说？镜子要是不能照……”

“但是……”

“别照了，我一见这张脸就……”

“我以前也不愿看我自己的脸，不过现在不同了。”

“是吗？”

“是的，我觉得我变样了。”

“嗯。”

妙子不知不觉间丢掉了以前的畏首畏尾。她从内到外似乎都焕然一新，整个人生机勃勃，光彩照人。

有田反而天天坐立难安。他有时甚至会觉得，自己身上那点儿青春活力，好似都被妙子吸走了。

有田从乡下老家回来的第二天，二人就搬了家，现在这个地方是从贴在家门口的电线杆上的小广告上找到的。

房子有六铺席大，房租三千日元，无须缴纳保证金，只要付三个月的房租当作押金即可。虽然与以前在同一个街区，可是这里距离车站更近，周围到处都是独栋小楼。即使打开窗户，也只能看到邻家的高墙。这里就像是一个封闭的箱子，热气散不出去，暑热难熬。

尽管如此，妙子还是为窗户做了一副窗帘。

有田没有从老家带来一件好消息。在他去之前，妙子就已经知道结果了，果然不出她所料。

也怪他去得不巧，当时，他的弟弟正好因为阑尾炎手术住院，他是在病床旁边见到母亲的。

再有半年，有田就能大学毕业了。父母盼着能够把对他下的教育本钱收回来，他的弟弟、妹妹也都指望着将来靠他养活。

这种家庭状况，令他难以开口说妙子的事。

他只好试探着跟母亲说了一下。母亲一听，脸色立刻变得很难看。有田自己就是个穷学生，如今一个穷丫头主动投怀送抱，还想跟有田结婚，这种事对于一个常年含辛茹苦的农村老妇而言，自然不是什么高兴的事。

她受到报纸、杂志和电影的影响，觉得东京有很多不三不四的女人，难不成她的宝贝儿子被其中一个给迷住了吗？

听说妙子刚满十九岁，母亲立刻说她跟有田命相不和。就连弟弟生病，兴许都是因为长子和一个跟他命相不和的女孩在一起。

不过，母亲还是替他张罗了一笔钱。

"我先帮你瞒着你爸爸，钱不多，请那个姑娘原谅。你要是不好张口，就由我来给她写信说。"

听母亲的话音，是想让他跟妙子分手。这笔钱就当作分手费。钱虽少，可他只不过是一个穷学生，她应当能理解他的难处。

"那姑娘的家里人如果有怨言，我可以登门道歉。她家是哪里的？"

关于妙子的父母，有田难以启齿。她根本没有家。

有田就这样回到东京。妙子高高兴兴地到门口迎接他。

"多摩河的夫人原谅我们了！我已经心满意足了，就跟终于能见光了一样。阿姨还给了我一笔钱。"

有田很惊讶，只是三日不见，妙子的吻竟都跟以前不一样了。市子对他们关系的认可，难道让妙子的身体都得到了解放吗？还是说在有田不在的这几天，她对他昼思夜想，悄然间变成了一个奔放的女人？

这间房子的租金也是妙子先垫付的。

房东是个寡妇，在楼下开了一家裁缝店，二楼的三间房都租了出去。

有田和妙子对外以兄妹相称。

“为什么要说我们是兄妹？别人一眼就看出来了……”妙子很纳闷，“你是觉得丢人？还是觉得如果我们不是兄妹，房子就不租给我们了？”

“要是怀孕不就麻烦了吗？”

“啊。”

“不过不可能怀孕。”

女房东干瘪的胸部裹在一件不符合她年龄的花哨衬衫里。她正从眼镜的上方目不转睛地盯着二人搬家，他们的行李少得可怜。无论是剪裁还是缝纫，她都需要佩戴老花镜。

妙子开始往单调的房间里添置女人的生活用品，逐渐扩大自己的地盘。

新买来的锅光可鉴人。

“终于能做饭了，好开心。”妙子激动得热泪盈眶。

“这个小锅太可爱了！”

有田一点也无法理解女人的这种感情。

姑娘家为了自己心爱的男人，兴冲冲地学做饭，有田当然明白她的心情。可是，在二楼的走廊里做着寒酸的饭菜，实在不好看。而且，据说女人做饭是她此生苦难的起点。

有田已经厌倦了农村的家庭、家人和生活。

然而妙子恰恰相反，她不曾拥有家庭、家人和生活，对此懵懂无知。佐山和市子的家，与普通人的生活并不是一个世界。

妙子如同一颗落在大地上的种子，开始生根发芽，拥有属于自己的新生活给了她无穷的力量。好像一个常年漂泊无依的人，总算找到了一个可以停靠的地方。

阴暗的过去顷刻间烟消云散，未来的不安还没有到来。人的一生中，难得有这种时刻。

再没有比跟有田在一起更好的事了。只要能和他在一起，她便别无所求。

只要她工作，就不愁活不下去。

“我不会拖你后腿的。”

仿佛是为了证明自己的决心，在搬家过来四五天之后，妙子到楼下的裁缝店毛遂自荐。

眼下这个季节，定制简单夏装的顾客很多，有些工作，比如给袖口和领口镶边儿、缝扣儿，连没有接触过裁剪的妙子也能做。而且这一类的活儿多到数也数不清。

妙子从市子那里学了一手漂亮的针线活儿。

望着妙子干活儿的样子，楼下的女主人像是捡到了宝贝一般惊喜。可是，她却故作冷淡：“我一天只能给你一百日元。”

“正好可以抵房租了。”

“这个说不好……要是每天都有活儿的话还可以。不过，我可没有雇你。你别忘了你就是个帮工，连学徒也不是。”

因为必须准时把客人定制的衣服做完，所以店里的活儿不分昼夜。

妙子有时还会将连衣裙和衬衫拿到楼上自己的房间，连夜赶工。

对于过早开始同居生活的男学生而言，有些适应不了不同的作息时间。

“你不能去楼下店里做吗？”

“老板娘说，晚上可以在你身边做。”

“我可不想看到你也戴上近视眼镜。”

“可是……”

“开着灯我睡不着，你就歇一会儿吧。”

一到早上，妙子就骄傲地说：“昨天我一夜没睡。”她眼窝深陷，眼圈发黑，脸上写满疲惫。

“你一直没睡吗？我都不知道。”有田有些心疼地说，“你别太勉强自己。”

“没事儿。最近我的咳嗽也好了，我扛得住。”

“你不困吗？”

“不困。我在旁边看你睡得可香了！我见你出了一头汗，就用凉毛巾给你擦了擦，谁知你一下子把我的腰给搂住了。”

“我都没意识。”

有田还在断断续续地打零工。在百货商场做中元节的促销、给书包书封，有时还会帮人看家。

“给人家的院子割草的工作最没出息，那是养老院的老头儿、老太太的活儿。有一次，天太热，我躲到树荫里打瞌睡，结果被那家的太太发现了。”

现在正在放暑假，随准备高考的学生一起去山中湖的别墅是一份好差事，不过因为要陪妙子，他就不能去了。

有田最怕他的父母从老家来东京。到时候他恐怕就要跟妙子分开了。

暂时瞒着父母和妙子一起生活，令有田无比内疚。而且，他觉得这种生活也不是长久之计。对家人的责任感从小就深深地烙印在他的观念里。那既令有田意志坚强，也让他变得瞻前顾后。即使他脱离现在的家，也无法逃离那张束缚着他的家庭的网。

有田对家庭不抱幻想，妙子却对家庭有无限向往。除了男女有别之外，也是不同的成长经历和身世的原因。目前，只有有田感受到了这种差距。

但是，妙子也为有田带来了快乐。妙子并非有田的第一个女人，可是在他的心里，她却胜似第一个女人。倘若因为老家的重担，他和妙子也不得不分手的话，他想暂时忘却那副重担，珍惜和她当下的时光。

每每想到这里，有田就越发迷恋妙子，他对她的爱充满恐惧与愧疚。他熟悉妙子身上的每一寸皮肤，无法离开她。

不知妙子是不是隐隐察觉到了什么，她越来越喜欢缠着有田，有时甚至让有田苦不堪言。

她还经常会买一些孩子气的小玩意儿回来。

妙子还留着那些轻得能浮到水面上的一日元铝币。她有时会数出五枚买一根黄瓜，有时会数出十五枚去澡堂，有时还会给有田几枚。

“以前你问过我为什么攒硬币，当时我不是没有告诉你吗？其实，起初只是因为用不着，随手将它们扔在了抽屉里，结果就越攒越多了。后来，我便想到可以将它们送给那些可怜的孩子，于是就认真地攒了起来。”

“给孩子？”

“我在报纸上看到，有的孩子连一个完整的苹果都没有摸过。我忘了是哪个地方了，只记得那里有个孤儿院。有一天，有个寒冷的地区捐了几箱苹果过去，可是，将苹果一个个发到那些孩子手上以后，他们都没有马上吃，而是将苹果拿在手里不停地打量，根本不舍得吃……他们都是特别小的孩子。也许他们吃过苹果，但是从来没有得到过一整个苹果。我真想给他们每个人买一个又大又圆的苹果。可是，孩子太多，不是简单的十个、二十个，而且是一日元的硬币，想攒够太难了，我的毅力也耗尽了。”

“你真是个慈善家。我都不好意思用了。”

妙子的脸不由得红了。她后悔说这些没用的话。

“我只是想为这些和我身世差不多的孩子做点事，那样我自己的心里也能好受些。”

“……”

“我给爸爸送苹果的时候，他也不舍得立刻吃，总是拿在手上看了又看。”妙子不小心说漏了嘴，慌忙换了话题，“不过，就算只是一日元，攒得多了，说不定哪天也能派上用场呢！”

有田握着那些硬币，踩着落日的余晖往澡堂走去。他的背影看上去有些颓废。

妙子很担心有田，胡思乱想了一会儿，她想起来该热饭了。她想，要不去楼下找女房东借平底锅吧？妙子的注意力转移到了这些女人的事上。

妙子心甘情愿地为有田付出，她自己也从付出中获得了极大的满足。因此，她很害怕如果自己做得不好，有田就会抛弃自己。

“以后绝对不能再提爸爸了。”

妙子正在切洋葱的手突然滑了一下，在手指上留下一个小口子。她刚刚将左手的手指放入口中，就听到后门处传来有田的脚步声。

那一瞬间，仿佛有只焦躁不安的蝴蝶，开始在妙子的心里扑腾。

有田刚刚洗完澡，看上去神清气爽。

“好热。”他脱下衬衫，坐下吃晚饭。

“出去散步吧？”

“好啊，去哪里？”

“上野怎么样？”

“这里我都不熟悉，去哪里都行。”

“不忍池的岸上点了雪洞灯，灯火倒映在水里，非常美。听说那里正在举行纳凉大会。我们去那儿逛逛，然后去浅草走走吧？”

“浅草？”妙子顿了一下。去小菅拘留所时，她经常在浅草换乘电车，现在回想起来，她也在上野站换乘过。

妙子将这些回忆赶出脑海，擦了擦汗，将梳妆镜放到桌子上。

“有田，有人找！”

正在这时，从楼下传来一个声音，将二人吓了一跳。

二人对视一眼。

有田应该没有将妙子和这个新家的地址告诉任何人。

“是家里来人了吗？”有田心里咯噔一声。他穿上衬衫，下楼去了。

“是你啊！”

原来是有田的好朋友阿原。

“你这是什么反应？”阿原笑着道。

“我帮你把你的邮件带过来了。”

这封邮件寄到了以前的地址。阿原是从女房东那里打听到了有田的新地址。

阿原刚刚从十和田湖和北海道旅行回来，听他兴致勃勃地讲着旅行的趣事，有田觉得自己仿佛也徜徉在广阔的大自然中。

不过，妙子在，他不敢请朋友进屋。与其说他觉得羞耻，不如说是觉得“丢脸”。尽管可笑，却是事实。

可他有一肚子话想跟这位许久不见的朋友聊。

“我们出去聊吧，等我一会儿。”

有田回到妙子身边，随手将邮件放进桌子的抽屉里，和妙子出去散步的约定也自然而然地作罢了。从他的表情能够看出，他觉得身为男人，这种情况是理所当然的。

“我和朋友出去走走。”他撂下这句话，匆匆跑下楼去。

妙子连抱怨一句、叮嘱他早点儿回来的机会都没有。

有田和朋友并肩走上街头。他有一瞬间注意到了妆容精致的妙子悲戚的表情。

“算了。今晚我还回来，明天也都会陪着她……”他很快将妙子的事抛之脑后。

一轮巨大的月亮升上半空。

阿原笑着调侃：“你是不是不愿出来？”

“为什么？”

“你就别瞒着我了。我说的是二楼的那个女孩，朋友之间都传遍了！”

“这个嘛……”

“你很为难，是不是？”

“嗯，有点儿……”

“你看起来不怎么幸福，怪不得不跟我介绍。你不会是上当受骗，被不怎么喜欢的女人缠上了吧？”

“那倒不是……”

“找个地方喝一杯吧，我可以帮你参谋参谋。你就说出来吧，我一直很担心你！”

有田留下妙子自己走了，妙子无奈之下，只好回到楼下的缝纫台前。

缝纫台上放着两件颜色像紫阳花的纱裙。据说这是一对双胞胎小姐的衣服，一件要镶的边儿有四五米长。

晚上十点左右，妙子将剩下的部分带回房间做。

她轻手轻脚地走进房间。不知何时回来的有田突然一把搂住妙子的脖子，将她抱到怀里。他满脸通红，双手滚烫。

“那家伙也说了，我们不能要孩子。”

有田冷不防说道。

“一喝醉就说这种话！”

妙子很讨厌男人的轻浮。有田的手移上她的胸部，她突然握住他的手腕，狠狠咬下去。

“啊！”有田惊叫出声。他疼得面容扭曲。连他自己都不知道，当时的他到底是羞愧还是兴奋。

“也许我已经怀上了。如果怀上的话，你打算怎么办？”

妙子笑了起来，那笑容里带着一丝妖媚。

“你别吓我。”有田僵硬道。

“我可没吓你，我有时确实会有这种感觉。”

咬了他一口之后，或者说谈到孩子的话题之后，妙子似乎立刻占据了上风。她想进一步看有田为难。

妙子的心跳得越发剧烈，她紧张不已。或许接下来就是确认有田是否爱她的时刻。

“你不要开这么过分的玩笑！”

有田的酒似乎醒了。

“你就把他当成是我自己的孩子吧……英国不是有处女受孕吗？”

“你……你的遗传不好。”

妙子仿佛被泼了一瓢冷水。

“骗你的。”她双唇颤抖，“刚刚我是骗你的。”

“你为什么要撒那样的谎？”

有田的神色又变得非常难看。

“我只是说着玩儿的。”

妙子无法自控，眼泪从眼眶中滚落，她的胸口感到一阵刻骨的刺痛。

有田也很后悔自己刚刚说了那么过分的话，他不知所措，索性从壁橱中拿出被子，背对着妙子躺了下来。他的头隐隐作痛。

妙子本是个命运多舛、身心都很脆弱的温柔姑娘，可是，自从和他同居之后，她竟越发强势。有时在有田犹豫不定时，她还会压在他头上逼迫他做决定。他非常理解妙子的心情，可是越是理解，就越是感到沉重得喘不过气来。

他不堪重负，不小心对她恶言相向。

妙子用紫纱裙遮住自己的上半身，到楼下去了。

不知过了多久。

有两个不同的妙子身穿紫纱裙，如双胞胎一般立在有田面前。一个是身为杀人犯女儿的哀伤的妙子，一个是身为有田爱人的热情似火的妙子。那阴森可怖的影子映在天花板上，越来越大。

有田发出痛苦的呻吟。

在头顶的电灯的灯光下，有田仿佛被噩梦魇住了，妙子将他摇醒。

有田睁开了眼睛，但是他翻了个身，又沉沉地睡去。

妙子感到一阵怆然。

倘若有田醒了过来，妙子打算向他道歉，她不该为了故意气他而撒谎，她还想跟有田聊聊他口中的“遗传不好”。

可是，连妙子都不清楚自己的“谎言”究竟是不是“谎言”。她可能昨天怀上了，也可能前天怀上了。至少身为女人的妙子有那种预感，在感情上，那并非毫无根据的谎言。

“遗传不好”当然说的是她父亲。要是有田不想和一个杀人犯的女儿生孩子的话……

“最好分手。”

他们也可以像市子夫妇一样，一辈子都不生孩子，可是，要是有田有那样的想法，妙子一天也忍不下去。

有田很清楚她父亲的犯罪，却依然接近她。妙子对他深信不疑，甚至从佐山家跑出来，投入他的怀抱，难道那只是妙子的一厢情愿？

“遗传不好，没准儿说的是近视。”她试图为有田找借口。

夜越来越深，她却越来越清醒。

知道父亲杀人时的自己，被佐山家收留后的自己，和有田在一起的自己，这三个自己如此不同，连妙子都无法在她们身上找到关联。

妙子对自己的现状无怨无悔。自从她爱上有田并委身于他，她像是突然醒了过来，感受到一种前所未有的自由与解放。她逐渐走出以前那个封闭的世界。

妙子表面上事事依赖有田，可是实际上，却是她在拖着早已身心俱疲的有田艰难地往前走。

有田似乎没有即使抛弃家人、受千夫所指，也要奋不顾身地爱妙子的激情。可是他的软弱反而让妙子更加执着。

如果有田是品行更加恶劣的男人，妙子一定会像胆小的孩子一样更加顺从。

也许是妙子的认真，将有田原本有的那些坏心眼给吓没了。

所以，在有田温厚纯良的内心深处，或许深藏着自私与无情。那份自私与无情，与他那贫穷的家庭和血亲有密不可分的关系。

有田睡得很沉、很香，妙子舍不得把他摇醒。她默默地将手覆上有田的手。仅仅是静静握着他的手，妙子的心就逐渐平静下来。

幼年失恃的妙子，常常轻轻握住父亲的手睡过去。

“说我的遗传不好，太过分了……”

妙子突然想到，佐山是律师，他认识很多罪犯的妻子，要不请他跟有田谈谈？

有田头发浓密，手臂上也生着黑色的汗毛。妙子在他的手背上也看到几根，她觉得又稀奇又好玩儿。刚刚她咬过的地方，还留有红色的牙印，她轻轻吻了上去。

第二天早上，妙子简单做了早饭，一回到房间，就看到有田正在床上读她母亲的来信。

“昨天的事，对不起。”妙子笑着道歉。

“是我不好。今天晚上我们出去散步吧？”

有田也柔声道。

“你今天晚上也要缝那两件软蓬蓬的衣服吗？”

“昨天已经完成了，怎么了？”

“衣服的颜色不好，害我做噩梦了。”

他的梦魇就是妙子，这句话他难以启齿。

“原来你是因为这个做噩梦的，我把你喊醒了。你梦到了什么？”

“我连你喊我起来都不记得了。梦到了双胞胎，真让人不舒服。”

“因为双胞胎能穿同样的衣服吧。”

“听说双胞胎也会遗传……”

“……”

有田又提到了“遗传”。他语气轻松，似乎忘了昨天晚上曾说妙子“遗传不好”。

妙子努力维持着平静的表情。

“对了，也不知道谁会过来，你把梳妆镜收到抽屉里吧。”

“你希望把我的东西藏起来吗？”

“那样最好……”有田放低姿态。

“你不希望别人知道我和你在一起吗？”

早晨的天空如同覆着一层薄纱，没有一丝风，能够想象到中午会有多热。

妙子目送有田在干得发白的路上走远。他突然回过头笑了一下，妙子也回他一个笑容，朝他挥手。

妙子脸上笑着，心里却更加悲凉。

有田应该是去找兼职了。

妙子心不在焉地化了一层淡妆，她按照有田的建议，将梳妆镜收进了抽屉里。她望着狭窄的抽屉，心想：

没有我可以躲的地方，如果我躲在楼下的缝纫间，不知道会不会让人看出来……

并不是将梳妆镜收起来，这个房间就没有女人的气息了。妙子喜欢把房间打点得整整齐齐，她的东西虽然少，但还是有那么几件。她环顾四周，怔怔地立在原地。

妙子的眼前浮现出阿荣的房间的样子。无论在哪里，阿荣都喜欢把房间里的东西翻出来，连挂在窗户上的衣服也不收。她仿佛听到了市子家的知更鸟的声音。

“多摩河要放烟花了。”

她望着报纸上的新闻。有田走时连报纸都没取，妙子在楼下的裁缝店草草翻看了一遍。在她将报纸拿到房间的角落堆放起来时，看到有封信放在那里，便顺手拿了起来。

那是有田的母亲节子的来信。

她很想看看。

妙子还是第一次想要偷看别人的信。

她好像听说过，宪法禁止私拆别人的信件。

但是，妙子突然想到，佐山夫妇之间就不存在“信的秘密”。只要是寄到家里的信，即使是寄给佐山的，市子也会拆开看。她会拣重点告诉佐山，然后对信件进行整理和分类。就连各种聚会和邀请的回复，她都会代佐山回复，并且会帮助佐山将决定出席的日程填写到他的日程本里。

在妙子眼中，那仿佛是一件理所当然的事。她和有田有一天也能如此吗？

从来自有田的母亲的这封信上，妙子嗅到一种“别人的秘密”的气息。如果她嫁给身为长子的有田，那么，有田的母亲也会成为妙子的亲人。

“他从家里回来以后，突然不提家里的事了。之前还经常跟我提老家的事……”

妙子的手因为罪恶感而轻轻颤抖，但她无法从那封信上移开目光。

“这样说或许对不起那姑娘……”这行字率先跳入她的眼帘。她将目光移到前面的字上。

“我觉得你肯定是被那姑娘骗了。如果她真的为你着想，肯定不会在你毕业自立之前就让你这么为难。你说她是从收留她的人家里跑出来的，可是依我看，她是犯了错被赶出来了吧？你不是一个人，还有这么多家人，只要能大学毕业，就能在乡下娶一个家世清白的姑娘。一个来历不明的丫头，将来可帮衬不了你。这样说或许对不起那姑娘……”

在这一段的前后还有很多字。

妙子不知不觉地来到楼下的水房，她呆呆地将手指放到水管下，用手掬起一捧喝起来。

有田的母亲如果再听说妙子父亲的事，不知会说些什么。

妙子眼前一黑，差点晕倒。

但是，他母亲信上写的内容，正是从有田瞒着妙子回老家时起妙子就在担心的事。她和来这里看她的千代子也谈过这样的话题。

也许正像千代子告诫她的那样，妙子不顾一切地跑到有田这里，是一件非常欠考虑的事。或许在有田找到工作之前，他们不应该同居。难道女人爱上一个男人并委身于他，无法获得男人的任何承诺吗？

妙子一直以来都对这个世界心怀恐惧，反而因此变得不谙一点世事。

“但是……”

妙子在心里算了算和有田在一起生活的时日，在这些日子里，她的身心发生了许多变化。她开始洗脸，心情逐渐平复下来。

烟花和贝壳

光一在美术印刷公司不是做摄影师，而是隶属于营业部。不过，他的父亲是知名的商业美术家，在他父亲的面子下，他刚进公司不久，就参加了一些大项目，还完成了清野的公司定制的宣传挂历。因此，光一在上半年也收到了一笔奖金。

据说挂历大受好评，清野为答谢光一，还邀请他一起吃饭。

光一能完成这份工作，全都仰仗清野的帮助，他总觉得这是因为那天在东京会馆自己和市子、阿荣一起遇到了清野。就连清野请他吃饭，他也觉得是因为自己跟市子沾亲带故。

他一到筑地的高级餐厅，就被侍者领到一个舒适明亮的包间。

清野已经脱掉上衣，端着白色的酒杯。有一个年近三十的艺伎亲昵地坐在他身边。

“抱歉，我迟到了……”光一开口。

“快请坐。离我们约好的时间还有十分钟左右呢！是我喊你过来的，我自己倒先喝起来了。”

“没关系。”

清野大概比光一的父亲和佐山年长六七岁，光一也不太清楚。他那仿佛常年在海上暴晒的肤色、深邃的眼眸和有些发蓝的瞳孔，都给人留下一种外国人的印象。

市子没有告诉他清野的妻子过世的事，光一自然不会知道。不过，虽然清野不算平易近人，但他对光一却很亲切。

“来一杯吗？”清野说着，示意艺伎过去。

“不，我就不必了……”

“少喝一点就行。我也顶多喝两杯。要不给你换成啤酒？还是洋酒？”

“不用了。”

光一将酒杯拿开了。

今天他不能喝醉。他要陪阿荣去参加舞会。佐山家邀请他一起去多摩河看烟花时，市子送了他一张舞会的招待券。

“我想请你帮我监视阿荣。那孩子要是又被那个中国商人的养子给勾引了，我可就头疼了……不过她也可能主动勾引对方。”市子笑道。

“我这把年纪，已经不好意思去学生的舞会了。”

看烟花的那天晚上，市子家不知为何没有邀请阿荣。

又有个年轻的艺伎走到清野的身边坐下，她似乎跟清野很熟，不过同样恪守本分，很少开口说话。

铺着碎石的庭园里凿了一个小水池，稀稀疏疏的竹影映照在墙上。

光一感受到了清野对自己的好意，但是他反而因此拘谨起来。

“我听说您和佐山先生的太太认识很久了……”光一直截了当地问出口。

面对光一出人意料的问题，清野简短地“嗯”了一声，就沉默下去。

光一也无法继续下去。

清野单独喊光一出来，是不是想打着挂历的幌子，打听市子的消息？即使不开口说话，他是不是看着光一就能想起市子？

光一望着对面的清野，不禁产生这种感觉。清野对光一这般亲切，与市子有脱不开的关系。

要是不在这里说出市子的事，光一总觉得憋得慌。

“您看过佐山夫人收藏的贝壳吗？”

“嗯。”

清野心不在焉地应了一声，仍然面不改色。他目光悠远，仿佛回忆起了过去。不过，也有可能是因为他常常眺望大海，所以一直是这种眼神。

但是，他也没有为了转移话题而跟艺伎交谈。

在东京会馆遇到的时候，光一记得阿荣曾眼光敏锐地指出：“刚刚那个人是阿姨的旧情人。”他应当不会记错。不过，光一却有些摸不透清野。在成熟老练的清野面前，光一还太稚嫩。

光一转过脸，邀请年轻的艺伎给他当一次模特。话音刚落，清野便主动提起：“挂历上的那张照片拍的是市子夫人的贝壳吗？”

“不是，那是去江之岛拍的……”

“江之岛？原来如此。”

“……”

“竹子和烟花也很好，可是像我这种二十多年都在海上的人，还是对八月的贝壳最念念不忘。”

“是吗……”

将贝壳的照片放进去最初是清野的想法。

光一不由得觉得，市子那温婉的身影不时地在自己和清野之间闪现。

“我记得今年春天，你和一位漂亮的小姐在一起。”

听到这句猝不及防的话，光一有些不知所措。

“那位小姐是？”

“她是佐山夫人朋友的女儿。”

“是吗……我还以为她是你的什么人呢。”

“我还没有……”

“确实没必要操之过急，不过也不能错失良机。像我这种单身汉当然无忧无虑，就是生活太乏味了。”

听到清野这么说，两个单身的艺伎听不下去了，立刻表达了抗议。

“哎呀，我的意思是说，我和他虽然都是单身，但是外面的商标相同，里面装的东西可不一样！倘若我是罐头的话，从外面敲一下，就会听到腐烂的声音。”

“真想敲一下。”

“好啊，随便敲！”清野将身体转向年轻的艺伎。

“不过，你就不用说了，就连我……”清野对光一道，“今后的人生也还长着呢！”

“对啊，还长着呢。”

“这句话也是有人对我说的。”

光一感觉，那个人应该也是市子。

“人跟罐头还是不一样的。就算把一个人丢在那儿，也没那么容易腐烂。不过，罐头如果腐烂了也很可惜吧。”清野笑着道，“实际上，我正好有个罐头的工作要找你……我想让你帮我制作一份关于罐头的宣传手册。当然，里面需要插入照片。我过几天会把公司的商品送到你那里。”

就连给光一这样的新人工作机会，清野也毫无倨傲之态。光一不好意思跟他提起自己今天晚上和阿荣有约的事。

清野吃得很多，喝酒似乎只是为了开胃。

“您不会再上船了吗？”

“我在战争中可吃尽了苦头，再也不想上船了！我的船被征用为运输船，能够活下来，只能说是老天保佑了。”

走出高级餐厅以后，清野又邀请他：“我好像吃多了，要不要一起走走？”

“实在抱歉……我跟别人有约了。”

“那你坐我的车去吧，我正好走走。”

让清野公司的车送自己去舞会，光一自然过意不去，但是清野已经跟司机打好了招呼。

光一坐在车里，又忍不住暗忖，清野会不会是想一边散步，一边跟他打听市子的情况？

光一坐直升电梯来到商业会馆的五楼。走廊的椅子上坐着很多人，他放眼望去，没有找到阿荣的身影，于是走进会场。

会场内正在介绍各国的学生代表。

身穿缎面旗袍的中国代表，正站在灯光下接受大家热烈的掌声。

乐队奏响了舞曲，一对对男女从光一身边经过，走到圆形的舞厅中跳舞。

小姐们都穿得花枝招展，袒胸露背，拖着大大的裙摆。年轻的小伙子们也都西装革履。虽然也有穿学生制服的人，却令光一瞠目而视：“他也是学生？”

不知道他们是不是都是富家子女，还是因为今天有外籍学生参加，他们才会这般盛装打扮。这些衣着华丽的人都是从哪儿来的？舞会散场后，他们又要回到哪儿呢？

这些人与光一印象中的学生大相径庭，他立在那里呆呆地看了一会儿。

左边有个狭窄的过道，只见阿荣和一个身材高大的男人从那里走了过来。

阿荣穿着泡泡袖的衬衫，下面是一条像牵牛花一样的百褶裙。虽然还是平时的打扮，在这里却让人眼前一亮。

阿荣跳舞的时候，脸几乎贴在她男伴的胸前。她时不时抬起头，望着对方说话。她那红通通的笑脸光彩照人。

自从阿荣跟光一接过吻后，光一就看明白了，阿荣这个人无论做什么都是三分钟热度，她需要你的时候娇俏可人，不需要你的时候立马翻脸不认人。她没有任何真心热爱的事物。

光一很想扒开她的心看看，她究竟想要什么。

阿荣似乎看到了光一，但是一曲结束之后，她的手仍旧搭在青年的肩上，继续与他跳舞。

“他应该就是那位中国商人的养子了。”

光一想到市子叮嘱他的话。

他好像被阿荣给耍了，可是又不能没风度地扭头就走。

光一看到一个跟他在同一所大学的低年级女生，于是也走下舞池。

跳了两三曲之后，他浑身发热，就回到了座位上。

阿荣摇摇晃晃地走到光一旁边，一屁股坐了下来。

“啊，累死我了……”

她的表情和身体霎时垮了下来。

“你跳上瘾了？”

“他跳得太好了……”

“陶醉了？”

“其实我早就看见你了！”

“那你还装作没看见我？”

“我想让你先观摩一下。”

“那可真是感激不尽。”

“他一直在跟我聊新车的事，不过，那也不错。”

“这也不错，那也不错。”光一仿佛在嘲笑阿荣，“那个中国人是做什么的？”

“他还在上学呢。”

“他是学生？”

“他不是中国人，是日本人，只不过是被中国人领养了。”

“那他就应该是中国人。”

“走吗？”

“嗯？你不跳了？”

“你要是想和我跳，我也能陪你，不过我已经和张先生说过再见了。”

阿荣像是个玩腻了的孩子，懒懒地倚在椅子上。

“张先生看见你，问我：‘是不是你的情人来接你了？’我说：‘是。’他那个人特别难缠。”阿荣用周围的人也听得到的声音说道。光一面红耳赤：“我可不愿当你的挡箭牌。”

“可是……”

“那个养子正在看我们呢。”

“管他呢。”

阿荣像是筋疲力尽似的，亲昵地抓住光一的手臂站了起来。

马上就到九点半的散场时间，离家比较远的人相继坐电梯下来了。

“你家是在阿佐谷？我送你吧。”一听光一这么说，阿荣就摇起头。

“我不回家。”

“不回家？”光一轻笑道，“你妈妈一个人在家吧？”

“昨天女佣就过去了。我跟她说，今天晚上如果我结束太晚的话，就去阿姨家住。”

“那我送你去多摩河吧。”

“不要！”阿荣大叫道。

“我不要去！”

刚刚还像是耗尽了体力的阿荣，此刻跟充上了电一样，快步走了出去。

“你要去哪儿？”光一跟在她后面。

“去东京站吧。”

“现在就坐电车回去吗？”

“我才不回去呢！东京站对于我来说已经是老地方了。那里的每个角落我都熟悉。不过，我第一天来的时候，从八重洲口打车去了站前旅馆，那里就在乘车口前面……”

“……”

在漆黑一片的高楼大厦中间，隐约能看见站前的灯光。

“我想去东京站坐车，离开东京。”

光一佯装没有听到阿荣这虚张声势的自言自语。

“我想去一个能听到流水声、能闻到青草芳香的地方。”

“去多摩河不就行了？你是跳舞跳晕了头，现在又伤感起来了吗？”

阿荣回头瞪他。

“你跟着我干吗？”

“夫人托我今天晚上监视你。”

“笨蛋。”阿荣将手提包换到左手上，朝前走了两三步，右手作势推开光一。

但是，她犹豫的工夫，却被光一握住了手腕。阿荣用力地挣开了光一的手。

“阿姨她……为什么要让你监视我？”

阿荣快步往前走去。

她怒不可遏，走路的姿态却依然优美。光一在她身后望着她纤细的腰身，心头不由得一动。

他的“监视”带有玩笑的成分，没想到阿荣竟当真了。市子托光一“监视”阿荣，或许也带有玩笑的成分吧。

阿荣来到出站口前，突然转了个向，沿着车站大楼朝乘车口的方向走去。

“她不会是又想去住站前旅馆吧？”光一追上她。他无奈地想，阿荣应该是算准了他会跟上吧？

然而，阿荣却根本不在乎光一是不是会追上来。

从好几天前开始，阿荣的脑子里都是佐山。她特别受不了这样的自己。

如果可以，她想远远地逃离佐山和市子。

那天，她突然挨了佐山一巴掌后，被他抱了起来。每当回想起当时那份贯穿身体的喜悦，她就像是被扼住喉咙一般难过得喘不过气来。

她有生以来第一次产生这种奇怪的感情。对一个人日思夜想，到底是怎么回事？

阿荣满脑子都是“他”，迄今为止的任何事，欺负妙子、接近光一、与市子接吻……她想：都是因为我喜欢叔叔……

来到东京后的几个月时间里，不知道有多少次，她望着佐山的眼睛，心跳如擂鼓。她今天终于明白，她一直都在极力压抑这份感情。

为了隐藏那份毫无来由的爱意，阿荣焦虑不安，惹是生非。为了佐山，她变成了一个性格乖张的姑娘，净做一些过分的事。

但是，阿荣却羞于见佐山，从那天开始，她连事务所都没再去过。见不到面，她就一个劲儿地想他。

佐山当时对她说："你很可爱呀！"那句话令阿荣欢欣雀跃，陷入癫狂。可是自那之后，他却依然跟市子过着风平浪静的生活。阿荣很想冲动地随手抓起一样东西，将它扔在地上打碎，或者在手中撕得粉碎。

多年来她对市子所怀有的渴望之火熄灭了，再也不会复燃。那份渴望转移到了佐山身上。她对佐山的情感，与对同是女人的市子的情感不同，她被那份情感的烈火烤得无比焦躁。

她曾那般仰慕市子，可是如今只要一见到她，她就觉得无比龌龊。她从未想过，是市子龌龊，还是自己龌龊。

对于今天晚上的舞会，"阿姨要是来的话，那我也来。"阿荣带着半分自虐的情绪，同张先生的养子跳了一晚上舞。

阿荣也不知道，若是在这里见到市子，她要怎么出去。

不过，见到来的不是市子，而是光一，阿荣还是松了一口气。

阿荣是一个人来的。所以，张先生的养子和夫从一开始就很死皮赖脸。

他一会儿说自己要买新车，请阿荣周末跟他去兜风，一会儿又邀请她到自己轻井泽的别墅做客。他还夸阿荣比他的所有女朋友都会穿衣打扮。

阿荣心不在焉地听着和夫的话，想要在和他跳舞的这段时间里暂时忘记佐山。可是，和夫耳朵的形状和那双大手都令她反感。

在她跳腻的时候，突然看见了光一。她立刻甩掉了和夫，看着他那失魂落魄的样子，她心情非常畅快。

但是，她对光一说想去一个能听到流水声、能闻到青草芳香的地方，正是她内心孤独恋情的伤感自白。

光一对她的心事浑然不知，不仅说要送她回多摩河，还说他是受市子之托来“监视”她的。阿荣听后不由得怒上心头。光一的那番话不光让她更加焦虑，还令她悲从中来。

跟在阿荣身后的光一看到她买了两张二等车票。

“你要去哪儿？”

阿荣没有回答，走到检票口时，她却递给光一一张车票。

“小田原？”

光一很诧异。

阿荣一言不发地快步往前走。

这个时间，湘南电车中的乘客非常多。距离发车好像还有一段时间。

阿荣坐到窗边，对光一不理不睬。光一弯着腰对她道：“阿荣，回去吧。这个时间了，你打算去哪儿啊？再晚我们可就回不来了。”

“我不是说让你自己回去吗……我想一个人静静。”

“那你为什么还给我买票？”

“我不知道。”

阿荣纤长的睫毛上闪烁起晶莹的泪光。光一坐了下来。

“我今天晚上不想回妈妈家，也不想回阿姨家。”

“怎么了？”

“不知道，我……”

阿荣不断地抬起手，用指尖偷偷拭去睫毛下方的泪珠。

光一甚至觉得阿荣是喜欢自己才会这样。他觉得抑制不住感情的阿荣无比可爱。从小时候起，这样的阿荣便很有魅力。

“我不能丢下你一个人不管……”

“我没关系。”

“我陪你去你想去的地方好了。”

“随便你。”阿荣说着，脸上露出一抹笑容。

电车缓缓启动。

“现在发车，到小田原估计要将近十二点了。”

“几点都一样。”

“什么都一样？”

“一切都一样。电车照样往前走，到了品川的下一站横滨照样会停，光一照样是光一，我照样是我……阿姨和叔叔在多摩河的家里不知道有多开心。真没劲！”

“但是，他们要是知道我们一起去旅行了，应该会觉得你跟我不一样吧。”

“哎呀，你很为难吗？”

“……”

“对不起，我向你道歉。”阿荣直率地说，“不过瞧你的表情，可是一点也不在乎我会怎么样。”

电车到横滨之后，光一一声不响地下车买来了盒饭、烧卖和茶。

虽然不知道目的地在哪里，可他决定走一步看一步。

阿荣的情绪也渐渐平复下来。但是，接过光一递给她的烧卖之后，她却将它放到膝盖上，望向窗外。

“你为什么要买两张火车票？”光一原本想这么问，可是话到嘴边，却换了问题，“你不吃吗？”

“我不吃，你吃吧。”

“我一个人大口吃烧卖，多不好看。”

“哟，你还挺体面的。”阿荣笑了，她亲昵的语气仿佛回到了两小无猜的童年。

阿荣知道，最近母亲和市子都盼着自己和光一结婚，而且光一也知情。

阿荣早就感觉到，光一一面在极力与她保持距离，一面又忍不住关心她。她非常清楚，无论何时，她将头深深埋入光一的怀中，他都不会无情地拒绝。从酒吧回去的那一天，他便是如此。

小时候阿荣也很喜欢跟光一玩儿。或许是因为姐姐爱子喜欢光一，阿荣才会喜欢他。她甚至清楚地记得，当时姐姐对光一死缠烂打，光一却很讨厌姐姐。她就是因为这个，才会对光一产生好感。

在东京重逢时，也许他们之间本来可以顺其自然地产生爱情，如今想来，她之所以中途退缩，原因都在叔叔身上。

那个时候，佐山已经深深印在阿荣的心底。

但是，阿荣突然想，她索性顺了他们的意，跟光一结婚算了。

那样一来，也能让市子放心地把她留在佐山身边了。

阿荣的眼眶里又闪烁起了泪光。

“你在想什么？”光一凑近，关心地问她。阿荣仿佛感到一阵寒气，突然打了个冷战。她避开光一的身体。

“你到底在想什么？”

阿荣缩在窗边，额头几乎抵到了车窗的玻璃上。

光一轻轻搂住她的肩膀。

“你的身子好冰啊。怎么了？要不要把窗户关上？”

面对男人的嘘寒问暖，阿荣无力拒绝，同时，她又讨厌起这样的自己，后悔今晚这么莽撞。

阿荣无比乖顺，令光一有些陌生，他想，大概是因为她第一次和一个男人一起外宿，心里有些不安吧。想到此处，光一不禁产生一阵悸动。

但是，阿荣看起来既不似害羞，也不似恐惧。

光一轻轻握住她的手。她那冰冷柔软的小手安静地躺在他掌中，没有丝毫反应。

此刻的阿荣和那天在樱田门的大堤上等他、与他一起去酒吧并醉醺醺地回家的阿荣判若两人。

光一怀疑，有些男孩子气的阿荣，是不是连身为女孩的危险都没有感觉到？与此同时，各种小时候的片段在他脑海中掠过，他不禁感到一阵温馨。

他松开阿荣的手。

阿荣突然望住光一的脸，这次，她主动找到光一的手握住。

"太寂寞了。"

"……"

"已经到大矶了吧？光一，吃盒饭吗？"

每经过一站，就有人陆续下车，车厢渐渐空了。

"我不吃了。在去舞会之前，有人在筑地请我吃了一顿。"

"谁请的？"

"清野先生，就是那次……"

"清野先生？"

阿荣突然激动了起来。

"就是阿姨的那个旧情人？"

"嗯。他说他还记得你呢。"

"光一，你觉得叔叔和阿姨那样的夫妻怎么样？"阿荣认真地问他。

"我没什么想法，不过我爸爸一直觉得他们是理想中的夫妻，非常佩服他们。"

“你也很崇拜阿姨吧。”

“那不是你吗？”

“我恨阿姨。”

“哎呀！”

光一被阿荣这个直白的回答吓了一跳。

“真可怕。”

“阿姨才可怕呢。光一，你仔细想想……你和我、叔叔，还有妙子，都被阿姨玩弄于股掌之中。”

“玩弄？”

“是啊！我现在已经醒过来了。”

“……”

“那个叫清野的，阿姨结婚前的情人跟阿姨的事，我已经从我妈妈那里都听说了！”

“那又如何？你在法国餐厅的时候不是还说，阿姨的丈夫和情人都很优秀吗？”

“现在我已经改变想法了。无论阿姨是个多好的妻子，我都觉得叔叔很可怜。”

“阿荣，你不要信口胡说。”

“叔叔被蒙在鼓里，什么也不知道。”

“要是蒙在鼓里更幸福的话，你就不要多嘴了……”

“这种事，男人都可以接受吗？”

“……”

“你将来的太太要是一个不贞洁、心里还有其他男人的女人，你也能接受吗？或许你不在乎，但是对叔叔不公平。”

“哦？”

光一望向阿荣的脸。

“阿荣。”光一用责备的语气说，“你那么仰慕阿姨，还受到了她那么多照料，今天却突然说起了她的坏话，这样只会伤害到你自己。”

“是的，我已经受伤了。”

“你一点儿也不知感恩吗？”

“你别教育我……”

“贞洁或不贞洁，你说得轻巧，可是，你真的明白贞洁是什么意思吗？”

“那还不简单？”

“那你说说看。”

“你傻吗？那种事怎么说得出口。你倒是说说看？”阿荣脸上既没有羞涩也没有笑意，她咄咄逼人地盯着光一。

“贞洁就是女人在当下对男人保持忠诚，与过去的事无关。”

“你说得轻松！”

阿荣扫兴地扭过脸去。

“男人是不会明白女人的贞洁的。”

“……”

“无论如何都不会明白。”

“那还不简单？就像你说的那样……”

“只有贞洁的女人才懂什么是贞洁。”

“简直胡说八道……每一个女人在失去贞洁之前，不都曾拥有贞洁吗？而且，男人比女人自己还要在意她的贞洁。”

“没有的事，那可是女人自己的东西。”

“你爱怎么想就怎么想吧……”光一说到这里，突然想到，难不成是今天晚上将要发生的事，与阿荣心中的“贞洁”起了冲突？

“不过，佐山先生的太太在结婚前谈过恋爱，这有什么错吗？”

“或许没错，但是她对不起叔叔。”

听到她言之凿凿的回答，光一不禁沉默了片刻。

“光一，你也不对。叔叔和阿姨那么照顾你，你怎么还跟阿姨的旧情人吃饭？”

“……”

“是不是因为阿姨？阿姨真坏，每个人都受到了她的玩弄。”

“你不要曲解别人的好意。”

“我已经醒了。”阿荣重复了一遍。

列车快到小田原时，阿荣提出想去箱根。

视野中出现了汤本站的灯光，塔泽站也过了，阿荣却像是害怕下车似的，说：“再往前走走吧。”

中年人的责任

阳光最毒时，佐山事务所中的温度计数值攀升到三十一二摄氏度，这是今年以来的最高气温。

佐山尽管是坐车回家，依旧大汗淋漓，仿佛刚刚洗了个热水澡。

“这种鬼天气，下午的电车和公交车都跟桑拿房一样，我实在受不了，提前下车了！”

“没想到一下子就进入盛夏了。我今天出门的时候也吓了一跳。”市子道。

天气这么热，佐山反倒很亢奋，他兴冲冲地道：“张先生的养子买了新车，特意开过来给我看了一眼！”

“他去事务所了吗？”

“对啊。是什么车来着？瞧我这记性。连是法国车还是美国车都忘了。总之，那车像贵妇人一样漂亮。”

“他没开着那辆新车送你吗？”

“没有。那是一辆蓝白相间的中型车，我也想坐一圈儿试试，不过他可没那份闲心送我。听说他是想给阿荣看，一提到车就开过来了。”

“……”

“他本来想开去昨天晚上的舞会，不过没来得及。他好像对阿荣挺有意思。今天是星期六，要是阿荣在的话，他估计是想带她去兜风吧。”

“说起阿荣，我倒想起来了……”

“……”

“太奇怪了。昨天晚上不知道怎么回事……她也没回阿佐谷的家。”

“她不是去跳舞了吗？”

“嗯。她要么是跟光一一起去的，要么就是跟他在那里碰面了。不过，我刚刚回家的时候，听说音子在我出门的时候来过一通电话，说是让她今天早点儿回阿佐谷……”

佐山的脸色突然覆上一层阴云。

“这是怎么回事？”

“她没去事务所吗？”

“没有。最近她都没来过。”

“到底是怎么了？她也没给音子打电话，就算打了，我们也不好冒失地去问。她不会是和光一去哪儿玩了吧？”

佐山点上一根烟。能够看得出来，他在试图冷静下来。

“我对音子有责任，不能不管。妙子出了那种事，要是阿荣也出了什么岔子，那该如何是好？”说话间，市子似乎更加慌了，“吃过饭之后，我去光一那里看看。你最好也一起去，就当散步了。”

“夫妻俩一起上门，太小题大做了。”

“这可不是一桩小事！”

市子摆放餐具的手似乎也很紧张。

“你会跟我一起去吧？”

“就算两个人一起去，能有什么不一样的？”佐山努力隐藏自己的不安。

市子明白他的心情，而且她知道，佐山的不安和自己的不安并不一样。

这一天的晚饭吃得很不愉快。

“实在不知道这丫头会做出什么事来。这个时候她应该回家了吧？”

市子很讨厌佐山的这种口吻。

“我自己去吧……”正当市子要起身时，外面的门铃响了。

听见是光一来了，市子和佐山不禁对视一眼。

“你瞧，这不是没什么事儿嘛。”佐山松了一口气。

但是，站在门口的光一脸色却很差。

“看来他是来坦白的。”市子有些紧张。

光一看起来很疲惫。

“快进来。”佐山用爽朗的语气，若无其事地问道，“昨天晚上怎么回事？市子还以为你们两个会过来，一直在等你们呢！”

市子惊愕地望了一眼佐山，她没想到佐山竟会来这么一出。

光一似乎有些难为情，嗫嚅道：“这个……”

他晃着漂在麦茶上方的冰块，向市子投去求助的目光。

“我去晚了，没有和阿荣跳上舞。”

“你没见到她吗？”佐山询问。

“见到了，我本来想将她送过来，可是在去东京站的路上，阿荣一会儿生气一会儿又哭的。我见她买了车票，以为她会搭电车回来，就跟着她走了，谁知她买的是去小田原的车票。”

“……”

“我们就这样坐上了湘南电车。”

“你们去哪儿了？”市子迫不及待地问。

“去了箱根。”

二人都沉默了片刻。

“我一夜没睡。”

“到底怎么回事？”佐山问。

“还不是阿荣，一晚上都不睡……她不去泡温泉，也不换睡衣。”

说到这里，光一似乎放松了下来。

“现在四点左右天就亮了，所以，很快就到早晨了。”

“你们去了箱根哪里？”

“强罗。阿荣说山里比较好……”

“你们去干什么了？”佐山面露不悦。

“我也不知道。”

“真像那孩子会干的事儿。”市子道。

“是啊，很像阿荣的作风……”

光一忙顺着市子的话音，道：“我可被折腾惨了。”

“那孩子心里只有自己。无论身边的人受多大伤害，她都不在乎，什么样的事她都做得出来。”

见市子直接相信了光一的说辞，佐山觉得妻子过于单纯了。

“不过，和女孩子一起去泡温泉，男人会受伤吗？”他的语气有些揶揄。

“啊？”

光一看向佐山。

“在我们去的电车里，阿荣也说自己受伤了。”

“那是什么意思？”

“我也不知道。”光一沉默下去。

无论佐山和市子是否相信了光一的辩解，不过，对于阿荣跟光一去箱根这件事，男人和女人似乎有不同的感觉。

光一沉默不下去了，原本想跟佐山解释，却对市子说道：“天一亮，阿荣突然跑去泡了个澡，泡完澡后，她整个人都精神了。我本来以为该回来了，谁知……”

说到这里，光一红着脸挠了挠头。

“她又拉着我从强罗搭缆车，横渡大湖，翻过十国岭，玩了大半天。”

“然后，阿荣回家了吗？”市子问道。

“嗯，回家了。”

于是，光一就跑过来跟他们诉苦了。这样一来，连佐山也开始觉得他似乎有些欲求不满。

光一说，他这一天吃了很多乱七八糟的东西，什么都不想吃，连佐山劝他喝啤酒，他都拒绝了。

“阿荣喜欢你。”佐山对光一道，“难道你不觉得吗？”

“不觉得。”光一摇头。

“只要她觉得你们冷落了她，就会过来纠缠我。”

“这样说来，我们还是放手比较好。”

“那可不行！要是那样的话，我又要受她欺负了！”

“那孩子连她自己在做什么心里都没谱儿。”佐山向市子寻求认同。

“倒也不是。”

“她还是个孩子。”

“我看未必。她还是孩子吗？就是因为身边的人都让着她，才会受到她的玩弄，被她牵着鼻子走。”

市子刚一说完，就为自己的话感到羞愧，脸颊烧了起来。

“我去给你弄点冰镇的东西喝吧。”市子对光一说着，站了起来。

只剩下佐山和他两个人时，光一在令人窒息的气氛中讷讷开口：“阿荣说，星期一她想去事务所。”

“是吗？”

“她好几天都没去上班，有些不好意思，说想让我陪她一起去跟您道歉……”

“阿荣会不好意思？”佐山忍不住笑了，“要不星期一的下午你们来事务所吧。”

“好的。”

“我们三个人一起吃顿饭。”

“好的。”

光一不知道，佐山口中的“三个人”里的另一个人究竟是市子还是阿荣，然而他又问不出口。

光一迅速将自己和阿荣的箱根之行说完，似乎终于了却了一桩心事。不过，连他自己都不大理解，为什么非要跑过来汇报或坦白不可呢？

首先，他是为了替自己辩解，这自不必说。但是，似乎也是心底的怨气怂恿他来到了这里。

尽管光一很难相信，可他知道，阿荣爱慕佐山。阿荣苦苦挣扎，想要从那份让她无计可施的爱恋中挣脱出去。光一在箱根之行中察觉到了这一点。

光一既不能向市子倾诉，也不能告诉佐山，不过，他还是来到了佐山和市子家。

阿荣说所有人都受到了市子的玩弄，市子却说阿荣在玩弄所有人。她们都用了“玩弄”这个词，也很值得玩味。

光一觉得从昨天晚上到现在的自己很滑稽。之前，山井邦子在他的眼前饮毒自尽，如今他是不是又被阿荣利用了？

市子端来了一杯桃红色的果汁。

然而，气氛依然沉闷。佐山拿起晚报读起来，市子的脸上也阴云密布。

“我该走了。”光一道。他想回自己的房间好好放松放松。

光一一走出家门，双腿就像是突然灌了铅，困意和倦意同时向他袭来。

佐山说想三个人一起吃个饭，看来另外一个人是阿荣，不过他是在打什么主意呢？难道他是想将两个人都喊到眼前，盘问他们在箱根做了什么吗？到时阿荣会是什么态度？光一越想越心烦。

光一走到坡道下的拐角，忽然听到身后传来脚步声，他忙回过头去。竟是刚刚送他到门口的市子。

“天太热了，我想出来走走。”

夜空中的暑气，似乎将河对岸的点点灯光也压低了。

“您要去河滩吗？”光一问。

“不，我就在附近转转……”

不知不觉地，从家里出来的市子倒像是在送光一似的。光一随着市子沉重的步伐往前走，开口：“夫人，我昨天晚上见到清野先生了。”

这句话他没敢在佐山面前提。

“他请我吃了晚餐，又交给我一份新工作。”

“那挺好的。”

市子轻轻道。

“我以后还会和清野先生见面……”

“是吗？”

“我总觉得，是因为我跟您关系好，他才会对我照顾有加。”

“应该不是吧。”

“不，是真的。”

“你说是就是吧。”

市子有些不悦地撂下这句话。

走到小站前的路灯下。市子停下脚步：“再见。”

“快走吧，车好像已经进站了！”

“好的。”

“回去好好歇歇，你也累了吧。”

市子很少用这种撵人的口吻说话。

光一的电车开走后，市子往河岸的方向走去。身后有车灯打来，市子不禁转过头。车灯前方出现一位带着小女孩的父亲的身影。

市子登上河堤，静静地坐到草地上。

今天晚上她不想听到清野的名字。可是现在她就像是为了听他的名字而特意追上光一似的。

“到底是怎么了？”市子问自己。

事到如今，她做梦也没想到要去见清野。市子很确定，清野应该也是如此。

但是，要是清野当真对光一很亲切的话，应该正如光一所言，是看市子的面子。一想到这里，市子就失去了冷静。年轻时那些激情的岁月在她眼前闪过。

“怎么会变成这样？”

难道是最近阿荣和妙子的事扰乱了她的心吗？

市子抬头，眺望灯火通明的游船。

她听到年轻女孩咯咯的笑声和带着鼻音的说话声。从河堤到河滩这一带有很多幽会的男女。

但是，也有抱着不肯入睡的婴儿出来散步的母亲，还有牵着白色小狗路过的年轻女孩。

市子意识到，自己失去清野的那一天，也以同样的姿势坐在夜色中的大堤上。和佐山结婚之后，她似乎一次也不曾这样。

“我是不会改变的。”

市子喃喃地站了起来。

这十几年来，她一直爱着佐山，无论发生什么，她都不会“改变”。但是，她又惊愕地发现，这句话听起来又像是爱着清野的自己无论如何都不会“改变”一般。

她向挂着路灯的洋槐树旁边的那条路走去。穿过铁桥的电车的窗灯倒映在水面上。

市子想一个人多待片刻。

佐山望着阿荣时的眼神浮现在市子眼前。市子已经习惯了丈夫看妻子的眼神，她差点忘记，佐山也会用截然不同的目光看着其他女人。

“市子。”

听到佐山唤自己的声音，市子吃了一惊。

“你突然不见了，我还以为你出什么事了呢。”

“我想出来吹吹河风。”

“家里的二楼很凉快。”佐山走到她身边。

“出来的人还挺多的，我们随便走走吧。”

“嗯。不然回到家，又要左一个阿荣，右一个阿荣了。”

“……”

“从现在起到死那天，我们应该还会遇到各种出人意料的事吧。”

“你说什么呢？”

佐山觉得市子跟平时不大一样。

“应该会遇到吧。毕竟给人类的意外事件做辩护就是我的工作，所以很难说遇不到。”

“我不是说别人的事，而是你和我……”

佐山更加确信，市子是在吃阿荣的醋。

“但是，中年人应该保持和谐，这是中年人的责任吧。”

“和谐？”市子突然感到一阵凄凉，“用得着自己说自己是中年人吗？”

“难道我们不是中年人吗？”

“就跟自暴自弃了一样……我还希望将来能够和你出人意料地有个孩子呢！”

“……”

佐山犹如出其不意地挨了一记闷拳，有些不知所措。

“中年人要保持和谐，或许的确需要有个孩子。”

“妙子要是怀上了孩子，真不知该怎么办。”

“啊？”

佐山仿佛又挨了一拳。

凌晨时分，光一被一阵肚子疼给疼醒了。然后，他就一趟趟地往厕所跑。

昨天他胡乱吃了很多东西，还喝了很多冷饮，回到家之后又吃了一碗冰镇糯米圆子。大概是吃得太杂，得了急性肠胃炎吧。

他本来乐观地想，只要不吃东西，睡上一觉就好了，谁知他却发起了三十九度四的高烧，只好把医生喊来。

光一只病了一天，就憔悴了很多。

星期一他没有去上班。

光一托町子给公司打电话，为他星期六无故旷工道歉，又让她打给佐山，推掉一起吃饭的邀约。

“两边都说让你保重身体。”

町子回来后，坐到光一的床沿儿上。

“谢谢。”

公司那边大概是觉得光一从星期六病到现在吧。

“是糯米圆子害的吗？”町子注视着他问道。

“也许吧。”光一回答。

“可是，我跟妈妈怎么都没事儿……”

星期六正好是邦子的忌日，光一回来之后，町子端来一碗浇了糖的冰镇糯米圆子给他吃。

“这是我做的，还给邦子阿姨的牌位前也供了一碗！”

町子似乎害怕是她的那碗糯米圆子害了光一，说道：“光一，看来阿姨很怨恨你啊！”

“笨蛋。不光是糯米圆子，还有很多其他原因！”

“什么其他原因？”

“……”

少女拿来一个团扇，坐在椅子上，帮光一驱赶头顶的苍蝇。

“都怪你私、自、外、宿！”

她的发音跟个牙牙学语的小孩一样，让光一感到很可笑。

“你别惹我笑，一笑就肚子疼。今天晚上的病号餐交给你了，你可要好好研究。”

町子帮他扇着扇子，光一不知不觉睡着了。

他一觉睡到了下午，睡醒之后，迷迷瞪瞪地觉得自己仿佛梦到了阿荣。

星期六在新宿分开时，阿荣对光一道歉：“对不起，下次我一定做个乖女孩，你可要再陪我出去玩儿啊！”

但是，光一从阿荣临别时的样子就能看出，她绝对会出尔反尔。

不知此时她在事务所会跟佐山说什么。本来约好了三个人一起吃饭，要是光一不去的话，她恐怕会拿他当成讨好佐山的工具，说：“他肯定是在装病！”

光一不知佐山为什么要提议“三个人”一起吃饭。今天不能过去，他虽然松了一口气，眼前却不由得浮现出他们“二人”的脸。

“有客人！”町子上楼来了。

“夫人过来探病了！”

“啊？”

光一忙从床上坐起来。

“你躺着吧。”

“好的。”

“你还好吗？在电话里听说你病了，我过来瞧瞧。”

“不好意思，还麻烦您跑一趟。”

“你今天和佐山有约吗？我已经给他打过电话了。”

光一听了更加不好意思，脸不禁红了。

他让町子在电话簿中查一下佐山事务所的电话号码，看样子町子是把电话打到家里去了。

光一感到非常过意不去。吃坏肚子这样的小事，哪里有必要特地打电话通知市子？而且这样一来，还得麻烦她给佐山打电话转达。

“你躺下吧。”市子柔声道。

光一坐着确实难受，他也想在市子面前当一次小孩，于是就听话地躺下了。

“你连水果也不能吃吧？一会儿我让人送点吃的过来。”

“不用了，我可以喝果汁。”光一用那退烧后仍有些迷离的眼睛，注视着市子纤细修长的手指。

“我在箱根一晚也没睡，又胡乱吃了西瓜和凉的东西，所以……”

“你这是自讨苦吃。”

“是啊，阿荣说不定也吃坏肚子了。”

“阿荣挺精神的，昨天她来我们家了。”

光一很吃惊，脸又红了。

“她还穿着新做的漂亮的洋装……”

“……”

“昨晚还去多摩河游泳了呢！那孩子特意带了泳衣过来，样式很时髦。她那个时候还挺可爱的……”

“看来她已经忘记和我去箱根的事了。”

“那你可错了，她故意把你们去箱根的事说得滑稽可笑，跟你的说法完全不一样。”

“……”

“佐山星期天也在家，他虽然含笑听着，却忍不住数落了她几句。她突然恼了，哭着说我们两个合伙欺负她一个小女孩。她还吓唬我们说下次要一个人出门。佐山哄了她好一阵儿，她才总算答应从今天开始回事务所好好上班。”

市子无奈地笑了。

“算了，我是来探病的，怎么又说起阿荣了……”

佐山怀疑，阿荣星期天来多摩河的家里，就是为了星期一去事务所上班，来观察佐山和市子的脸色的。

她带着泳衣过来游泳，应该也是为了找一个登门的借口或者掩饰难为情吧。

佐山想：阿荣其实也知道自己这次太过分了吧。虽然他没有动怒，不过，阿荣星期一在事务所表现得非常老实。

佐山接到市子的电话后，对阿荣道：“光一病了。”

“哦，是吗？”

阿荣似乎不想提起光一。

“这下可难办了。”

佐山望着阿荣。看他的眼神，似乎在独自思忖着什么。

“我本来跟他约好，今天我们三个人一起吃个饭的……”

“跟光一？”

“是啊。”

阿荣很吃惊。但是，看到佐山一脸期待落空的失望表情，她不由得想要想方设法逗他开心。

“光一太不像话了！他肯定是想躲着叔叔和我。”

“没那回事。”

“刚刚的电话是阿姨打来的吧？”

“嗯。”

“他要推掉跟叔叔和我的约会，为什么要给阿姨打电话？”阿荣的目光咄咄逼人。

“如果他不是真的生病，就是在将叔叔当猴耍。”

“他确实病了。”

“我还不愿跟光一一起吃饭呢！”

“为什么？”

“没有为什么……”

“你这样太可疑了，我还想多打听打听你们之间的事呢。”

“叔叔怀疑我吗？”

佐山一本正经地点点头。

“叔叔。”

“我们走吧。”

和阿荣一起吃饭，令佐山有种做亏心事的感觉。之所以选择法国餐厅，就是因为法国餐厅是开放式的空间，周围的客人可以看到他们的一举一动。

“你想吃什么？”

“我想吃虾，只要是虾，什么菜都行！”

“对虾还是伊势虾？”

“今天吃对虾吧。”

阿荣很清楚自己想要什么，佐山觉得她这一点也很迷人。

阿荣似乎非常开心，她的脸红通通的。

“今天晚上光一原本也要来的……”

佐山又旧话重提。

“不过，提前问问你的想法，或许也不错。”

“……”

“你和光一，怎么说呢……”

“打住，叔叔。一听到这个名字，我就觉得您像是在故意挖苦我。”

“我可没挖苦你。我们都很支持你和光一结婚……”

“‘我们’是谁？”

“我和市子，还有你妈妈……”

“还有呢？”

“还有光一的爸爸，他也不会反对吧。”

“然后呢，还有谁？”

“然后，应该还有你爸爸吧。”

“那我呢？”

“我这不就是在问你的意思吗？”

“我不愿意。”

“哦？也是，你要是愿意的话，就算是别人不催你，你自己也会主动去追求的。可是，在这个问题上，你还是不要意气用事吧？”

“叔叔，我没有意气用事。叔叔不是说过我‘可爱’吗？”

佐山仿佛要逃避阿荣那动听的声音似的，换了话题：

“你和光一去箱根，是因为……”

“是因为我喜欢叔叔！”阿荣不等他说完就道。

“你是在跟我赌气吗？”

“不，人家又寂寞又难过。”

“……”

“光一也知道，他应该就是因为知道，今天才会装病不来的。你叫我们两个一起来吃饭，我就知道你恐怕要说这个。”

佐山沉默片刻。阿荣像是突然想到什么似的，突然愉快地问道："我能隔一天去一次阿姨家吗？"

"……"

"我想一直陪在你们身边嘛！我不愿总也见不到阿姨。我可以一天回阿佐谷，一天回多摩河，您帮我跟阿姨说说呗。"

她有几分真心，这份真心能持续到何时，这暂且不论，佐山听到阿荣这过家家一般的计划，忍不住轻轻笑出来。

"但是，阿姨已经不待见我了。"

"没那回事。"

"明天我要带着睡衣去上班……"

"睡衣家里还是有的。"

佐山回到家后，市子一看见他，就道："妙子今天过来了！"

"是吗？"

"她看上去还跟小姑娘一样。看她的模样，实在让人想象不到，她会跑出去跟男人同居。她明明是个很文雅的姑娘。"

见市子似乎忘了阿荣，兴冲冲地想跟他聊妙子的事，佐山不禁松了口气。

"我刚探完光一的病回来，就听说妙子在家里等我。"

"你去探病了？"

"人家都打电话来了，我怎么好意思不去瞧一眼。"

"光一卧床了吗？"

"对啊，从昨天开始就没吃东西……"

"是吗？"佐山点点头。看来他并不像阿荣说的那样在装病。

"妙子说想请你帮她个忙，我看已经快到晚上了，就想让她在家里吃饭，但是没有留住，她还是回去了。毕竟家里不止她一个人……”

“她找我有什么事？是为了公审吗？”

“公审的事她当然也挺担心的，不过，她这次来是为了工作的事。她说想在她爸爸身边工作。”

“在她爸爸身边？”

“她想在保护和救助犯人、前科犯和他们的家属的机构上班。”

“以前就听她提过。不过，妙子那个对象，是叫有田吧，他能理解那种特殊工作吗？妙子的精神怎么样？她跟那个学生之间是不是出什么问题了？”

“我也是这样想的。总之，要维持两个人的生活，妙子也必须得出去工作，即使那样……”市子的眼中浮起一抹忧色，“我跟她说，工作的事我会帮她问问，还让她有困难就到家里来。我看着她的身影消失在夜色中，突然想起她咳嗽发作时我帮她打针的时候，她的胳膊细得跟什么似的……不过她现在稍微胖点了。”

“……”

“还有阿荣。我们总是为她的幸福着想，才会被她耍得团团转。”

“是啊。”

“别看阿荣那样，其实她一点也不爱交际。她总是待在我们之间，根本不搭理别人。我还怪心疼她的。”

“那孩子很有意思。”佐山将双手放在市子肩上，那个动作有些让市子意外。

“她说，想每隔一天来你这儿住一晚。”

“什么？”

“她说，去事务所上班，只能见到我一个人……”

“只能见到你一个人怎么了？阿荣是怎么说的？”

“你笑什么？”

“你这人，只要别人对你表现出好感，你就觉得人家是个好人。”

“你在说你自己吧？”

“女人这样也不错，男人可就危险了。”市子仍旧笑吟吟的。

“那孩子心里还是很仰慕你的。”佐山语气笃定，似乎是想将自己的想法强行灌输给市子。

“那好像是她唯一一句真心话，女孩的崇拜实在太强大了。”

佐山既没有糊弄市子，也没有欺骗她的意思。

和阿荣吃过饭以后，他一个人走在回家的路上，仍然没法相信阿荣的那句“我喜欢叔叔”是句认真的话。即使阿荣对他有好感，应该也是将他当成父亲，不可能将他看作恋爱的对象。阿荣生活和感情上的偏差，致使她胡言乱语。他决不能将错就错，害了这个可爱的姑娘。

即使佐山受到了阿荣的青睐，那应该也是沾了市子的光，还有一种相反的可能，那就是一切都是她的嫉妒心和好胜心在作祟。

这么年轻的姑娘怎么会爱上自己？作为一个中年男人，佐山有自知之明。他越是看到阿荣的青春靓丽，就越是清醒。

“她很崇拜你，不愿离开你。”

“阿荣崇拜我又怎么样？即使她对我投怀送抱，我一个女人，又不能给她什么。”

市子说罢，觉得这句话太露骨，脸不由得红了。她想起和阿荣接吻的事，慌忙转移话题：“你原本也约了光一，想三个人一起吃饭吗？”

“嗯。我想撮合他们的婚事……”

“是吗？”市子屏住呼吸，“你对阿荣提了吗？”

“嗯，提了一句。”

“她肯定说不愿意。”

“还是你了解她。”

“阿荣肯定会那样说。”

“她不喜欢光一吗？”

“她对光一的感情，应该不是喜欢和不喜欢的事。”

“那孩子虽说有些特立独行，不过，那应该是因为从她记事起，她爸爸就被年轻的女人勾走了，她才会养成这么乖僻、轻易不相信人的性子。她之所以对我们与众不同，是因为她从以前开始就很崇拜你。”

这一天，佐山和阿荣吃了晚饭，很晚才回家，但不可思议的是，夫妻竟然恢复了原来的和睦。

不在的人

从有田回乡下老家的那天算起，已经半月有余。

妙子为了掩盖残留在心里的孤独与不安，把所有的精力都投入工作中。有时她直到晚上两三点才会放下手中的布料。

夏天天亮得很早。在似梦似醒的浅浅的睡眠中，她的眼前都是布匹的花纹和色彩。

早上起来一睁开眼，映入眼帘的是堆在外面的物品和贫穷的房间。

“跟个脏兮兮的免费治疗站的病房一样。”只剩妙子自己时，她的感觉跟和有田在一起时截然不同。她有些受不了。

窗户被邻居的墙壁挡住了，整个房间跟个封闭的“箱子”一样，不过，这反而给了刚开始同居的两个人一种安全感。眼前的高墙既隔绝了暑气，也挡住了别人的视线。可是，一想到现在就像是在“坐牢”一样，妙子就蓦地打了个冷战，抬起脸来。在这座“监牢”里，她不可能看到父亲。

“只要想到爸爸……”

但是，她却看不到父亲。无论往哪里看，眼前都总是会浮现出那个不在的人的身影。

她想从这个房间逃出去。

妙子只能下楼，到裁缝店做分配给自己的针线活儿。

“真看不出来，你还挺坚强的。”女房东说。

妙子轻轻点了一下头。

“不过，最热的天已经过去了……八月初最难挨。动不动就是三十五六摄氏度的高温。”

“天气越热，我干起来越有劲儿。”

“是吗？说到底还是因为你年轻，你的体质又不爱出汗……”

妙子总是会感到强烈的心悸，喉咙也常常火辣辣地疼。但她硬撑着挺了过来。

这份工作季节性很强，秋天快来了，工作越来越少，也越来越难。妙子虽然心灵手巧，又很勤奋，可她到底是个外行，她很怕裁缝店会辞掉她。而且，马上就要入秋了，这让她非常不安。

有田只在四五天前给她寄了一封言辞冷淡的信。

“能帮我把之前整理好的书和笔记寄过来吗？记得用男人的名字……要是知道是你寄的，母亲又要写信念叨你了。”

信中的这句话刺痛了妙子。

他还说他会尽快回来，把他的东西卖了也无妨，以他现在的情况无法抛开一大家子不管，等等。可是妙子明白，这些只不过是有田的借口。

“他肯定不好意思直接提分手。”

有田接到母亲的来信，得知父亲病了，便赶回了老家，也不知道他的父亲怎么样了。

倘若他的父亲真的病了，他就应该在信中告诉她一声。他就是为这件事回家的，却只字不提。

妙子再次感觉到，有田一家根本没有将她放在眼里，而且已经彻底将她拒之门外。

“他连我的名字都没有告诉他妈妈。”

有田被困在由家庭与家人筑起的高墙内，妙子于他们而言，是一个“不存在的人”。她从有田的信中，感受到了他的家人对她的敌意。

但是，妙子起初也并没有考虑过有田的兄弟姐妹，就私自跑到了他这里。自己没有接纳他们，难道还指望他们接纳自己吗？

彼此之间素不相识，妙子却已经将有田的母亲当成自己的母亲来看待了。难道不是她太天真了吗？他的母亲如今是他们之间最大的障碍。

妙子在摄影展上倒在了有田的胸前，那件事恍如昨日，又仿佛已时隔经年。

自那之后，妙子便在不断地为他付出，如今她仅剩下的……

“也许只有分手了。”

倘若她痛快地放手，或许可以让有田和他的家人更幸福。他是那个家的一员，而且，他无法脱离那个家。

“即使在乡下的家里，他恐怕也在为我苦恼吧。”

因为他让她不要用自己的名字寄包裹，她甚至想，不用自己的名字写分手信是不是不妥。连妙子自己都为这个想法感到不可思议。

然而，她却不恨有田，对自己的选择也无怨无悔。她对有田既谈不上怨恨，也谈不上原谅。

她给予的东西，即使对方不还，她也已经得到了。爱一个人，也让她获得了爱。妙子被有田改变了。

即使在失去有田的悲痛中，妙子依然坚信，她不会白爱一场，爱总会有回报。

楼下的女房东也惊讶于她的坚强，也许，妙子就是在有田给予她的力量的支撑下，才能挺到今天。

就连她的身体都被有田改变了。想到这里，妙子突然浑身一僵，眼前浮现出有田的身影。

前几天她去拜访市子时，有田已经不在了。她怕市子会看穿自己，于是早早回来了。

但是，随着月底临近，妙子担心楼下的那点微薄的帮工费不够用，所以想去问问市子，她托市子找的工作是不是有眉目了。

妙子放下干了一半的活儿，忽然道："对不起，我有事要出去，今天下午想请假。"

妙子那纤瘦的身影刚刚从店门口消失，女房东便对另一个女工发牢骚："这让我怎么办？还有三件今天之内必须做完……"

"最近她老是自言自语，有时还会自己在那儿挥拳头，看着怪吓人的。"

"她被那个学生甩了吧？他们一开始还自称兄妹……"

"是啊！那种说法一听就很可疑。明摆着的事儿，他们还藏着掖着的，我估计不单单是怕人笑话，肯定还有别的名堂！"

"我看妙子是被他给迷住了。"

"男人啊，你对他越痴情，他就越不在乎你。你也要小心一点！"女房东嗤笑道。

"我可笑不出来，妙子那么好的女人上哪儿找去？"

"她干什么都很专心，工作也是……"

“可不是吗！”女工点点头。

“我在旁边看着都觉得她累。她还长得那么标致，实在是难得。”

妙子只涂了一层淡淡的口红就出门了，没有化妆的脸暴露在暮夏的骄阳下。

但是，一搭上目蒲线，她就仿佛回到故乡似的，胸中涌起怀念之情。

她暗下决心：“今天我要把所有事都告诉阿姨。”可是，一来到家门前，她就又犹豫起来。于是，她穿过树林来到后门。

“哎呀，你怎么从后面……”女佣志麻吓了一跳。

“夫人今天不在家。”

妙子仿佛没有了抬脚的力气，杵在那里一动也不动。

“快进来……你上次来之后，夫人怕你下次来的时候她不在家，特地跟我说，让你来了等她一会儿。”

“是吗？”

志麻从冰箱里取了冰块，加到果子露里，端给妙子。

“新买的冰箱？”

“是啊。”

妙子没见过这个新冰箱。白色的冰箱好像让厨房的一角变了个样子。

“你不在之后，我就忙不过来了。最近阿荣又回来住了，她一点儿也不帮我的忙。”

“阿荣？”

“不过，她是隔一天回来住一次。”

“……”

妙子想直接回去。她不知道阿荣会说些什么。

“本以为她是为了夫人来的，谁知她成天黏着先生，还总是欺负我这个女佣……”

妙子以前养在三楼的金丝雀，现在被放到了一楼那个宽敞的西式房间里。

当时，她为了凑足钱买夫妻茶杯和梳妆台，把知更鸟和文鸟卖掉了。妙子一面回忆着，一面走上三楼。

妙子以前住的那间四铺席半的茶室风格的房间和阿荣的小房间，都在开着门通风。

妙子立在自己住了很久的房间门前，久久不敢入内。里面被收拾得干干净净，连地板上的花盆也不见了。

“很怀念这里吧？”志麻走到她身后问道。

妙子的心情不仅仅是怀念。

“你冬天用的那些东西，我都给收到楼下了。”

“麻烦你了。”

志麻似乎对妙子很好奇，所以才跟在她身后过来了。

“真没想到妙子你那么勇敢。你过得幸福吗？”

“不。”

妙子回避一般，走到阿荣的房间门口，往里面看去。房间里只剩下一张床。在这张撤走被褥的床上，也感觉不到任何年轻女孩的气息。

“阿荣的腰，估计也就这么粗吧。”志麻用两只手比画出一个五十厘米左右的圈。

“你是不是比以前胖了一点？”

“嗯。”

“我以为阿荣不在了，家里能安静点儿，谁知她又任性地跑回来住了。总是有邻居向我打听她，烦死人了。他们好像把她当成先生的什么人了。”

妙子偏头望向多摩河。阳光下，桥的倒影将波光粼粼的水面分割成两半。

妙子决定等市子回家，便帮着志麻打扫起了房间。

晚饭只有她们两个人，志麻没忘记把妙子之前用过的碗筷也拿了过来。妙子只觉得如鲠在喉。

志麻去锁门期间，妙子去二楼帮佐山夫妇铺床，她已经很久没有为他们铺过床了。她的心里涌起一股暖流。

妙子正在摆放枕头，志麻走了进来："不知道今天晚上他们会怎么睡……"

"……"

"这几天他们太奇怪了。先生嫌蚊帐麻烦，睡觉的时候要点蚊香。夫人一闻到蚊香的烟味，喉咙就不舒服，于是在隔壁的房间支上了蚊帐睡。"

"是吗？"

妙子有些困惑地望着志麻的脸。

"就是从阿荣过来住的那天晚上开始的，因为阿荣要和夫人一起睡。"

早上，佐山和阿荣一起出门的时候，约市子一起去看电影。

"今天我就不去了……"市子犹豫道，"你们两个去看吧。"

市子的头昏昏沉沉的，身子很慵懒，胸口也有些发胀。她已经三四天没来例假了，要是出门的话，还得准备身上用的东西，她嫌麻烦。

但是，阿荣却很缠人，站在门口不走，非要拉她去。

"那你们在事务所等我吧，要是五点半我还没到，你们就自己去吧。"

市子努力克制着厌烦的情绪。

"阿姨，您要不来的话，我就一个人在事务所等到明天早上。"

"随便你吧。"市子转身走回房间。

中午阿荣打电话过来："阿姨，您会来吧？"

市子莫名有些烦躁。

“她会不会认为我在吃醋？”

心里一产生这个念头，她也开始觉得自己似乎在吃醋了。

她害怕阿荣怀疑自己因为她和佐山去看电影而吃醋，或许，这一担心正好证明了她在吃醋。

阿荣隔一晚来住一天，看似是在讨好她，说不定只是想要消除她的嫉妒。

莫非阿荣是害怕连佐山也抛弃了她，才会又来纠缠自己？

“我这样疑神疑鬼的，什么时候是个头儿？”尽管市子想拂去心头的恶意揣测，却又忍不住觉得，阿荣说不定是为他们夫妻带来灾难的妖精。

可是这些天，看到阿荣睡在市子身边时的那份喜悦，又委实不像是装出来的。

市子不知道自己身上何时会来，有“别人”睡在自己身边，总觉得不方便。

市子想起阿荣来东京时，也说过：“我想干干净净地去您家。”

与当时相比，阿荣仿佛一点也没变。她常常躺在枕头上，用清澈、崇拜的目光望着市子。

市子到了这把年纪，不至于因为生理期推迟三四天，就立刻往孩子那方面想。这几天，她经常望着身畔风华正茂的阿荣，一边黯然神伤，一边默默地关上灯。

“我这是怎么了？”

市子在家里坐立难安，下午早早就出门了。

她慢悠悠地逛完百货商场的染织博览会，然后去了佐山的事务所。

“阿姨，你这么早就来了！”阿荣一路小跑，挽住市子的手。

电影散场后，市子被人群挤出了电影院，有乐座的电影院内开着空调，一来到大街上，立刻有股热气扑面而来。市子像是闻到毒气似的，感到一阵眩晕。她手抵额头，从熙熙攘攘的人群中逃出来，靠到墙边休息。

这条路的对面就是东京宝塚剧场，那里也刚刚散场，这条路顷刻间就被散场的人群淹没了。

阿荣紧贴着佐山，他们也在人群中被挤得东倒西晃。

这一带的剧场和电影院散场时，很多出租车也都聚集过来，鸣笛声响个不停。

"啊。"市子在车流的对面看到了清野的身影，不由得惊叫出声。

清野似乎早就看到了市子，他目光灼灼地望着她。

市子浑身一紧，立刻就想分开人群走过去。

"不行。"她有些后悔。

可是已经迟了，她已经温情脉脉地迎向清野含笑的目光。

"太危险了。"

市子想朝他走过去，可是清野却先她一步走了过来。清野又护着市子回到了有乐座。

"你怎么……"市子问道。

清野刚刚像是特意站在对面等着她似的。

"我还以为你不会注意到我呢。"清野回答。

"你也来有乐座看电影吗？"

"不，我只是路过。"

"……"

"这条路很危险，很容易就会碰到我的。我经常会在帝国酒店和日活酒店之间往返。"

被他这么一说，市子才意识到，这两个酒店确实正好在有乐町兴行街的南北两端。

“我刚刚也跟几个外国人在一起。”

“他们呢？”

“我看到你们出来，就让他们先走了。”

“是吗？”

“你们两个经常来看电影吗？”

“是三个。”市子纠正他。

“对，还有上次碰到的那位小姐，她挺漂亮的。”

清野的话不知是不是想让市子放下戒心。他一笑起来，眼角便出现了几条鱼尾纹。

市子想，阿荣肯定会回来找她。她信步走进有乐町的小巷子里。

“我本来没打算叫你。但是，一看到你，我就走不动了。”清野不由得表白心声，然后，他努力放缓语气，“从以前开始，你就喜欢看演出和听音乐。”

清野的这番话勾起了她的回忆，过去的一幕幕如走马灯一般在眼前闪过，令市子吃了一惊。

她和清野一起看过莉莲·哈维的《交际舞会》、伊丽莎白·伯格纳主演的《做梦的唇》等电影，这些女演员的音容笑貌依然留在她的记忆中。

他们还一起去看过“阿根廷女孩”[1]的阿根廷探戈表演，一起去听过勒内·舒梅的小提琴曲。这位舒梅女士曾经改编宫城道雄的《春之海》，与宫城一起进行了小提琴和古琴的合奏。那场演奏会他们同样一起去听过。她甚

---

[1] 阿根廷女孩（1890—1936年），原名Antonia Merc é y Luque，西班牙著名舞蹈家。出生于阿根廷，因此以“阿根廷女孩”为艺名。

至还记得他们去观看这些演出的那一天的季节和天气。

舒梅女士有力的手臂和宫城肩膀上带着黑色条纹的演出服，如今依然历历在目。

不知是因为年轻时候的感情比较深刻，还是因为那是她和清野的恋爱回忆。只有与他在一起的那些记忆无比鲜明，自从与他分手，她的回忆便失去了色彩。

与清野出其不意的重逢，如一道闪电，照亮了往昔的记忆。不仅如此，还重新唤醒了她对青春的感受。市子想，或许在失去清野的同时，她连感受青春的灵魂也一同失去了。

市子被这个念头吓了一跳，她想就此与清野道别。

“那么……”清野率先开口，“我们这是第二次见面了，这两次都很偶然。我们也就只能在偶然的机会下才能见面了。”

市子点了点头。

“不过，偶然虽然让人摸不清，但还是存在的。”

“再见。”

“啊，你多保重……下次要是再偶然碰见了，请把那位漂亮小姐介绍给我。”清野轻笑一声，以掩饰自己的尴尬。

“好的，要是她马上回到这里的话……”

市子也玩笑一般答道。

清野头也不回地大步离去。

市子在那里站了片刻，目送他的背影。

待他的身影消失不见，市子又在附近转了几圈，可是佐山和阿荣都没有回来找她。

“真奇怪。”

佐山和阿荣不可能丢下她先回家。

有乐座一带已经冷清了下来。就像清野说的那样，这条路的南北两端，可以看见帝国酒店和日活酒店。

市子无精打采地往有乐町的车站走去。

她后悔与清野见面，也怨恨跟佐山一起离开的阿荣，可是，她的心里更多的是失落和无助。

她在车站里也寻找了一会儿二人的身影。

市子相信，即使佐山看到自己和清野说话，也绝不会和阿荣一起离开。

市子走上站台时，电车刚刚从她眼前开走，她只好又等了一辆。

“要不要把清野的事向佐山坦白？”市子第一次产生这个念头。

“事到如今，还提二十年前的事干什么……”

若是坦白了，佐山会理解自己吗?

不过，虽说是二十年前的事，市子的烦恼却没有在二十年前消失。她的烦恼似乎持续了二十年。

不，多亏了佐山，她的烦恼几乎所剩无几，在佐山面前，她甚至忘记了身为女人的自卑。可是，自从她“偶然”遇到清野，阿荣闯入了他们夫妻之间以后，那些旧伤疤便仿佛被重新撕开，火辣辣地疼。

而且，从伤口中流出的血正是她对清野的情感。那份情感既不是爱也不是恨，而是从身体深处涌上来的滚烫的热流。

所以，她开始怀疑自己是一个不能深爱丈夫的女人，她甚至怀疑自己正是因此才不配拥有孩子。

“一个忘不掉一生唯一一次热恋的女人，一个招婿上门的女人，一个结婚后从未离开过日本，甚至没怎么在日本国内旅行过的女人……”

眼下这种情况，她竟生出这么多奢侈的不满。

“让佐山带我出去玩玩，在旅行途中，是不是更好开口……”

但是，她从今日偶然遇到的清野身上，发现他对自己仍旧一往情深，她难以抑制住心中的那份喜悦。她觉得现在不是坦白的时机。然而，她的心里又有另外一个声音在责备她，正因如此，她才更应该向丈夫坦白。

换乘目蒲线后，市子也在车站寻找佐山和阿荣的身影。

市子心里很矛盾，她不知究竟是希望他们两个先到，还是希望自己先到。按下门铃后，过来给她开门的竟是妙子，她的脸上挂着羞涩的笑意。

“啊，妙子，你来了？”

妙子光着脚站在那里，她应该是听到门铃声就立刻飞奔过来了。

“佐山呢？”

“……”

“他还没回来吗？”

“没有。”

妙子的头发干枯，毫无光泽。

“把水端到二楼吧，记得放冰块。我去把腰带解开。”市子为了不让她看到自己的脸色，朝楼梯走去。因为，她看妙子的表情，感觉妙子更需要安慰。

市子正在解腰带时，妙子上了楼。

“你等很久了吗？”

“嗯，我马上就得走了。”

“你今天住下吧。只住一天应该不要紧吧。他会怪你吗？”

妙子眸光黯淡。

“他不在。”

“不在？”

“他回乡下了。”

“回乡下？放暑假了吧。”

“是的。”

“这么说，家里就只剩下你自己了？那就可以放心地住下了。我们慢慢聊吧！”

市子从妙子手上接过拧干的湿毛巾，用它敷了敷眼睛。

“妙子，瞧你那表情，什么眼神，快别这样。”

妙子正揪着落在额前的两三缕头发，眼睛向上盯着发梢。

被市子责备之后，她慌忙松开手，两只眼睛的眼皮深陷下去。

“妙子，你有话要跟我说吧？佐山也快回来了。”市子站起来。

“我出了很多汗，想去洗个澡，妙子，你也跟我一起洗吧？”

“不，我……”

“冲一下会舒服得多……谁先去泡澡，佐山都不会在乎的。”

市子想先借洗澡调整好自己的情绪，再听妙子倾诉。要是她自己心里一团乱麻，还怎么安慰妙子？

而且，她也想在佐山回家之前，将遇到清野的身体清洗干净。

不过，市子只是胡乱地冲了一下，没有进浴缸就出来了。

有人给她拿来了浴袍，听动静好像是妙子。

“妙子？”市子确认道。

“是我。”

妙子准备将市子脱下的衣服拿走洗，市子道：“不用，你放着吧！”

“阿荣今天晚上来吗？”

“她今天应该会回阿佐谷的家……阿荣在这儿住，你不乐意吧？”

“我讨厌她。”

“我们三个人去看电影，结果走散了。”

“为什么？”

妙子隔着浴室的毛玻璃门对她道：“阿姨，一会儿再说。”

她留下这句话走了出去。

市子在二楼的梳妆台前坐下以后，妙子也来到她的身后坐下。市子刚刚出浴，浑身发烫，她坐在那里等待热度退去。

镜子里也映出了妙子。她神情忧郁，可是从脖颈到胸前的肌肤却一片细白，比过去还有光泽。市子不禁看痴了。她草草化了个妆，转向妙子。

“妙子，你有什么话就说吧。”

“没什么……我只是想来看看您。”

“别骗我了。”

市子起身关了房间的灯。

“我们去走廊上凉快凉快吧。”市子把手搭在妙子肩头，“你真的胖了，比以前健康多了。”

“真的吗？”

妙子的肩膀圆润又富有弹性，就连同样身为女人的市子，也感受到了那份同过去截然不同的风韵。

“不过，你的肩膀怎么这么僵硬，怎么了？”

“我在裁缝店帮工，我是个生手，只能拼命干。”

“怪不得我摸上去硬邦邦的！你这样操劳，会把自己累坏的！我帮你按摩按摩手臂和后背吧。我经常给佐山按摩，技术很不错哦！”

“阿姨，我怎么好意思让您按摩！”妙子像是怕痒似的，逃到了走廊上。

市子也走过去，舒服地坐到地板上，将脚伸了出去。

月色朦胧，从河岸的方向不时传来人的说话声。

“妙子，我来猜猜你的心事吧。”市子道。

“你不会是因为怀孕了在烦恼吧？”

“不，怎么会……他说要是生了孩子我们就完了。还说我的遗传不好……”

“遗传？太过分了。这种人人品不行。”

“……”

“他回家干什么去了？”

“他接到家里的加急信，说是他爸爸病了……他家人好像都接受不了我。”

“我可以作为你的家长，去跟有田他家那边聊聊。”

“不用了。他们家在乡下很穷，供大儿子上大学很不容易。我早就知道这件事，可是，却没有想到他的家庭条件会那么困难。”

妙子低着头，似乎在无声地啜泣。

“有田自己是怎么想的？”

“他应该也很纠结。我决定先跟他分开，一边工作，一边等他回来。”

“是吗？你打算等他几年？”

听到市子严厉的口吻，妙子突然抬起头来：“我不知道会等他几年。就算白等了，我也不会怨他。”

“妙子，你不会白等的。和男人分手后，女人往往会觉得自己受伤了，或者吃亏了，可是，爱一个人不该有那种想法。”

市子还想继续说下去，楼下却突然响起急促的电话铃声。

那天晚上的事

电话铃声响个不停，打破了深夜的静谧。志麻大概在打盹儿，电话一直无人去接。

市子心想，应该是佐山或者阿荣打来的。他们这个时间不回家，打电话过来，能有什么事呢？

“算了，我去接吧。”市子将妙子按住，亲自去接电话。

“喂？请问是佐山先生家吗？这里是筑地医院……”

“啊？”

“请稍等。”

“喂？”

“是阿姨吗？”

“阿荣？都这个时间了，你们在哪儿？在医院吗？”

“叔叔受伤了。”

“啊？怎么回事？”

“被车给……”

“被车怎么了？是撞了还是碾了？”

“我也不清楚……”

“然后呢？”

“然后……”

佐山因为右肩和右腿挫伤，被送到了筑地医院，医院怀疑他右肩下方有内出血。听完阿荣的话，市子吓得面如土色，她用一只手撑住墙壁，问道：

“伤得重吗？”

“嗯。”

“我马上就过去，医院在哪里？”

市子打电话叫了辆出租车。

她精神恍惚地将住院需要的被子、睡衣、毛巾、鸭嘴壶、便壶等找出来。

市子对不知所措地跟在她身后的妙子道：“你留下看家吧。”说着，她迅速穿上从衣柜里取出的和服，系好腰带。

由于车不能开到家门口，妙子和志麻便帮她把行李搬到路边。

被子的收纳袋非常大，二人不小心碰到了门口的紫薇树。开满红色紫薇花的沉甸甸的花枝摇晃了一下。

“小心一点……”市子心里一惊，觉得很不吉利。花朵上空，月色晦暗，也让她觉得不舒服。

汽车在夜色中往医院疾驰。市子忍不住自责地想，都是因为自己今天和清野见面，与佐山他们走散了，佐山才会出事。

“这是报应。”她颤抖的双手紧紧地交握在一起。

不知阿荣有没有事。刚刚跟阿荣通电话，她却对阿荣一句关心也没有。

从医院紧闭的门中透出冷清的光，让人觉得车祸仿佛只是一种错觉。

她将行李交给司机和医院来接待的人，跟在护士身后，走上昏暗的走廊。

“我先生怎么样了？”

“我不清楚，您问问医务室的医生吧。”

阿荣正一脸焦急地等在病房门口，看到市子过来，她一下子扑过来抱住市子。

“阿姨！”

阿荣抓着市子的衣领，大颗大颗的泪珠往外涌。

“对不起。”

“佐山呢？”

“医生说，要是照 X 光片发现内脏有出血的话，可能得做手术……”

“……”

医院静得可怕。

佐山头顶的灯罩被包袱布一样的东西裹着，透出昏暗的光。

“佐山。”市子唤他。

他没有回应。市子走近，注视着佐山的脸。

“他是被撞晕过去了，还是打了麻药睡着了？”她回头问护士。

“这个我也……”

“他伤得很重吧？”

“我不是医生，也不太清楚，您可以去医务室详细问问。”护士有些抱歉地离开病房。

市子凑过去听佐山的呼吸，问阿荣：“他怎么会被车给……”

“我也不知道，我当时没看见。”

“阿荣，你不是跟他在一起吗？”市子厉声责问。

“您不知道我们找了您多久！”阿荣也不甘示弱。

“不知道您当时是跟谁聊起来了！”

“……”

“我们以为您会追上来，就往帝国酒店的方向走了。”

市子的脸色更加苍白，她沉默不语。

难道是阿荣眼尖地看到了清野，故意带佐山走的吗？

“后来，我们又回去找了阿姨两三次。第三次的时候，叔叔说您应该先回去了，我跟叔叔打赌说您绝对不会先走，自己又回去了一趟。谁知我回去找叔叔的时候，发现叔叔也不见了！因为我们约好了吃完寿司再回家，我就想，他是不是先去我们经常去的那家新桥的寿司店了。可是我跑到寿司店，还是没见着叔叔的影子。我左等右等他都不来，以为你们两个把我丢下了，差点气死，就一个人吃了点寿司。可我还是有些担心，就又回到帝国酒店附近了。那里有个浮世绘版画店，老板把门关了，正在外面给橱窗装玻璃。他跟我说附近出车祸了，我立刻感觉跟叔叔有关。”

“是吗？”

“我去向交警打听了一下，他也不知道受伤的是谁，只告诉我人被送到了筑地医院，我过来一看，竟然真的是叔叔！”阿荣说着说着又开始流眼泪。

这时，有人用小推车送来了佐山的卧具。

但是，佐山现在不能动，也换不了睡衣，她们只好把行李堆在病房的墙角。

佐山躺在急诊病人用的白床单上，身上敷了消炎药，裹着一层又一层绷带。

市子又抓住护士问道：“请问医务室在哪里？”

“医生一会儿会过来的。”

跟在送行李的人身后进来的不是刚才的那个护士。

“他伤得很重吗？”

“应该不太严重，不然医生是会寸步不离地盯着的。”护士望了一眼佐山，“病人已经打了镇静剂，现在睡得很好。”

“好的。”

市子终于松了口气。她又凑到佐山的枕边，手伸到他的额头处，却没有落下去，而是轻轻抚摩了一下他的头发。

“阿荣，你来的时候，他的情况怎么样？”

“跟现在一样，我还没跟叔叔说过一句话呢。”

听到她这个古怪的回答，市子不禁回头。

有个医生健步走了进来。他一看到市子，就停下来问道：“您是这位病人的太太吗？”

“是的，让您费心了……我先生怎么样了？”

“您不用担心，他不需要手术，也没有骨折……”

“是吗？”

医生诊过脉，测完体温以后，又认真地诊察了一遍。

“今天晚上应该不用联系外科主任，要是您不放心，我可以先给他打个电话。”

“那就麻烦您了。”

医生从阿荣面前经过时，问她：“小姐，您怎么样了？”

“阿姨一来，我感觉好一些了。”

“没给她吃药吗？”医生纳闷地走了。

过一会儿，有个护士拿着一包药粉走过来，递给阿荣。

“连水都没有，我怎么喝药？”闻言，护士愕然地望着阿荣。

“怎么了？”市子问。

“我到这里一看到叔叔，就犯了脑贫血，现在腿还软呢！”

护士让市子明天去办理住院手续，还交代她床下有陪床用的木床，要是病人醒了或者有其他情况，必须立刻通知她。说完，她离开了病房。

“那个医生一见到阿姨，态度立刻就变了。”阿荣小声抱怨。

“我来之前，他们连叔叔叫什么、住在什么地方都不知道呢！”

阿荣的语气有些愤愤不平。

阿荣倚在墙上，朦胧的光从包裹着电灯的布的接缝处透出来，将她的轮廓勾勒得很清晰。

她的秀发垂落在额前，虽然凌乱，但别有一番风韵。她眼眶发黑，眼神有些恍惚。也许她还惊魂未定，可市子又觉得她看向自己的眼神冷冰冰的。

“你别用那种眼神看我。”市子想责备她，却将这话吞下去，道，“今天也让你担惊受怕了。”

“阿姨，是我不好，都怪我。”

“不，是我不好，怪我。”

面对阿荣出其不意的道歉，市子也不由得说了同样的话。

“阿姨，对不起。我宁愿自己受伤死了。”

“说什么胡话？”

市子忍不住怀疑，难道阿荣对佐山的爱这么深吗？

“幸好你来这家医院看了一眼。”

市子回家了，阿荣却在敏锐的感觉下来到了佐山身边。

“应该是在我第三次去找您的那段时间，叔叔出了车祸。阿姨，对不起。”阿荣虽然对她道歉，市子却有一种被怪罪的感觉。

“是我不对。”

“我这样的人，还是死了好。”阿荣的下唇轻轻抖动。

“你太累了，佐山已经稳定下来了，你去休息一会儿吧。记得把药喝了……”

市子想从佐山的床下把木床拉出来，谁知那张床相当重，发出刺耳的声音。阿荣也过来搭了把手，和她一起把床拖了出来。

只有佐山的被子送了过来，所以，她将那床被子铺在木床上。

“你在这儿睡吧。”市子催促阿荣。

“阿姨，您也到这里来坐吧。”阿荣道。

病房里只有一把硬木椅。

市子渐渐地习惯了病房，她这才注意到，后院的对面也有一栋住院楼。在朦胧的月光下，很多病房的窗都开着。

佐山床头的窗户也开着。没有夜风，市子却觉得皮肤上泛起一片凉意。

“还是关上吧。”市子从椅子上起身。

要是佐山有什么好歹，阿荣也想一起去死。

但是，那份心痛的感觉，在市子来到医院后就消失了。一见到市子，阿荣顿时松了口气，佐山的事也渐渐被她忘在了脑后。

不仅如此，阿荣一心盼着市子赶紧过来。给市子打电话的时候，她也忘了说自己的事。

不过，市子来到医院后，阿荣也感觉到，自己对于他们夫妻来说不过是个外人。

幸好佐山的伤没有大碍，可是，阿荣开心的同时，又仿佛被兜头浇上了一瓢冷水，心如死灰。

“阿姨当然讨厌我、怨我。”阿荣说道，“我总是给你们添麻烦……”

“今天晚上的事，又不是你的错。”

“不光是今天晚上的事。啊，我真讨厌自己，太讨厌了。”阿荣痛苦得浑身发抖。

“你再不吃药，药效可就没了。”

市子从佐山的枕边回过头，看着坐在矮木床上的阿荣。

“你睡一觉吧。”

“我睡不着，心一直在跳。我害怕叔叔醒过来。”

“为什么？”

“我不想让叔叔看到我。”

“……”

“要是我能看不到自己就好了……真讨厌。”

“阿荣，你要是以自我为中心想太多的话，肯定会讨厌自己的。”

“我好想消失，等叔叔的伤养好了，我去京都找我爸爸得了……”

“找你爸爸？”市子板起脸来，“你也为你妈妈想想。她来东京住，还不是为了你？”

“可是，妈妈天天都在我耳边念叨着‘你是个女人，你是个女人’，还说‘要是妈妈不在了，你打算怎么办？你这孩子，到底在想什么？让人一点儿也猜不透’。我要是想让妈妈称心如意，就必须变得跟女佣一样！”

“那是你……”

“而且，妈妈一直盼着我能找个男人。我只是想到要和哪个男人过日子，就觉得恶心！”

这时，护士走了进来。

“没什么事吧？”

护士一边交代要注意佐山的小便，一边掀起他的衣服。

市子忙起身挡住阿荣的视线。

护士一走，阿荣就继续道："妈妈连您跟叔叔对我来说有多重要都不理解。"

市子想，阿荣又要开始发牢骚了。

"阿姨对我太冷酷了……"

"……"

"没有一个人理解我，也没有一个人肯原谅我，要是我能代替叔叔遭这份罪就好了……"

"别说了。我也担心坏了，现在头疼得要命……这两三天我的身体有些不对劲，总感觉冷。"

"那可不行，阿姨，您快躺下休息一会儿吧。这里我来守着。"阿荣突然体贴起来。

"不用了。"

"阿姨，这里更舒服。"阿荣过来拉她，市子只好也坐到木床上，看了一眼手表。

"已经两点了。"

"阿姨，我是不是不该从大阪来您家？"

"……"

"要是我不来，叔叔就不会出事了。"

"又不是你开车撞他的……"

阿荣沉默下去。市子似乎也明白她在烦恼什么，却没有作声，病房陷入一片沉寂。

不觉间，阿荣倚在病床边睡着了。

市子借着昏暗的灯光端详着她。她的脸上还残存着临睡前的哀伤。市子将一条毛毯盖在她身上。

阿荣似乎比妙子还惹人怜爱，她找不到人生的方向，正处在危险的边缘。市子总是无法狠下心对她不管不顾。

阿荣对佐山的爱会不会也是一种不掺杂任何杂质的崇拜？正值青春年华的阿荣，究竟被佐山的哪一点吸引了呢？

市子望着阿荣疲倦的睡脸，觉得自己对这个女孩的嫉妒真是一件咄咄怪事。

可是，那份嫉妒却给市子的生命带来了不可思议的变化，说不定她因此而有了“孩子”。正在她为这个念头惊愕时，她听到佐山唤自己的名字：“市子。”

“市子。”

佐山又唤了一声，他的脸费力地转过来，望着市子。

“你醒了？”市子起身，一只手放在枕头下，另一只手轻轻地握住佐山的手。

“疼吗？你可吓死我了！”

“真不走运。”

佐山的眼睛里带着些许难为情的笑意。

大概是麻药的效力还没下去，他还有些迷糊，痛感也还没那么强烈。

“不过，幸好你伤得不重。医生也说不用担心。”

“这里是筑地医院吗？”

“是啊，你怎么知道？”

“被撞飞的时候，我记得自己说了两声‘筑地医院’，然后就没有知觉了。”

“你现在能说话吗？”

“我头有些晕。”佐山皱着眉，抬起左手揉了揉眼睛，然后，他又摸了摸脸和头顶。

“我的头怎么回事？右手动不了。”

“那是因为绑着绷带。你的头没受伤。”

市子将佐山的手放回原处，然后摸着他的头，用轻柔的力道帮他粗略地检查了一遍，没有发现任何问题。

“我在那里等你的时候，看见你急匆匆地走了过来，于是就冲到马路上想要喊你一声，结果，突然有辆车开了过来。都怪我不小心。我还以为是你，谁知是认错人了。”

“对不起，都是我……”

“是我不好。那里正好在帝国酒店到银座的天桥底下。人命真的太脆弱了。”

“……”

“市子，你呢？”

“我跟你们走散之后，在原地等了一会儿，然后就从有乐町坐电车回家了。”市子艰难地说道。

佐山的眼睛正望着阿荣。

“她刚睡着。是阿荣打电话通知家里的。”

佐山望着天花板，忍痛忍得面容扭曲。他越来越清醒，疼痛也越来越厉害了。

“妙子来咱们家了。”

“嗯，她爸爸的官司快开庭了……不知道还得几天才能走路。啊，我不能再说话了，一说话就胸口疼。”

“你别说话了……能睡得着吗？”

“睡不着。右腿跟不是我的腿一样，一动就疼。”

市子一心等候天亮。她的身体疲倦到极致，头脑却极清醒。

五点半，护士轻手轻脚地走了进来。

“量体温。”

“阿荣，起来一下。”市子摇了摇阿荣的肩膀。

佐山此时也迷迷糊糊的。他的体温是三十八点一摄氏度，有些发烧。市子的心又提了起来。

“我也发烧了。给我量量……”阿荣将温度计夹到腋下。

佐山似乎连笑一笑都会疼。

“市子，你的脸色怎么那么差？”

“昨天我一夜没睡。”

佐山一脸担心，似乎觉得她才应该量一下体温。

在七点吃早饭之前，身为陪护的市子非常忙碌。

她在阿荣的帮助下收起木床，将病房打扫干净，正在洗脸时，开饭的铃声响了。

佐山一点食欲也没有。

市子打电话给妙子，让她过来一趟，把昨天来不及准备的东西带过来。

晨间查房开始了。外科主任带着主治医生、实习医生和护士浩浩荡荡地涌入病房。

“真是飞来横祸啊。”主任走到床边。

佐山说他有个朋友曾经在这里住院，他来探望过三四次，所以，他出事的时候立刻就想到了“筑地医院”。

市子将一群穿白大褂的医生送到走廊上，询问佐山的病况。

“只要没有其他并发症，发点儿烧也不必担心。”主任简单地回答。

“好的，多谢您了。”

病房里弥漫着一股膏药的酸臭味，市子有些反胃。

妙子拎着一个巨大的行李包，不声不响地走了进来。

“阿姨？”

“你叔叔没事儿，不用担心。谢谢你跑一趟。”

妙子点点头。她像是一夜没睡。

阿荣立刻露出不悦的表情，丝毫也不加掩饰。她看也不看妙子一眼。

“妙子，那是今天早上的报纸吗？”佐山问道。

“是的，我带过来了。”

“你能不能拿到我面前，帮我展开？”

“好的。”妙子刚走近，坐在佐山床边的阿荣就一言不发地伸出手。妙子把报纸递给阿荣。

阿荣将报纸展开，放到佐山胸口。佐山突然疼得闭了一下眼睛。

“叔叔，我帮您读吧，从哪里开始读？”

“算了。好疼。”

“你最好别看报纸了。”市子道。

阿荣有些不屑一顾：“阿姨，是你通知妙子过来的吗？”

“也不是特意通知的，妙子正好来家里了。”

市子克制住内心的烦躁。

“能让我安静一会儿吗？”

市子不知道阿荣会对妙子说出什么话来，所以想让她安静，道：“我想歇歇。”

“这里根本歇不好。护士来来去去的，您等着吧，铃声马上又要响了！”

正如阿荣所言，有个护士带着装有消炎药的药瓶进了病房。每隔两个小时就要换一次药。

“这么小的房间，三个人陪床，连转个身都转不开！”

阿荣似乎觉得妙子很碍事。

“阿荣，你从昨天晚上就一直陪着，一定累了。要不你先回家睡一觉再过来？”市子故意打发阿荣走。

“我可不像妙子一样有家有室的，我要陪着叔叔。”

“别吵了。管他三个人、四个人的，热闹点儿不好吗？”佐山皱起眉头。

市子出了汗，却又浑身发冷。她的大脑昏沉，后脖颈处一跳一跳地疼。好像并不仅仅是因为疲惫和睡眠不足。

“我去办住院手续。”

市子一走出病房，就感到一阵恶心和目眩。

不知道这是生病的征兆，还是她已经病了。市子心想，自己不能在这里倒下，于是她顺便去了一趟医务室。医生已经去了门诊，护士看到市子的脸色，带她去门诊找医生。

“您太累了吧。”医生随口道，“也有可能是妊娠反应，不过目前还不能确定……”

“啊？”

市子有些怀疑自己的耳朵，脸“唰”的一下红了。

护士手法老练地为她打了一针。

市子像是如梦初醒，精神抖擞地迈向走廊。

“不会吧，怎么会在这个时候……”

虽说她也不是全无预感，可是，听到医生若无其事地说出来，她反而更不敢相信了。

然而，她的难以置信源自她心里有按捺不住的期待。

市子一瞬间忘记了疲惫。

有新的担忧涌上心头。倘若她真的怀孕了，为什么偏偏是这个时候？她会不会再次流产？

距离上一次流产，不知不觉已经十年，她早已放弃希望，不敢奢求。

“太不可思议了。”

倘若这是真的，的确很不可思议，可是，她既然是女人，就没有什么好奇怪的。

回到病房，一对上佐山的目光，市子的脸又烧了起来：“还疼吗？”

早上下起了雨，大雨冲洗着窗户，一直到下午，雨势依然不减，病房里冷飕飕的。

佐山身上绑着支架，他感觉脚很凉。而且，被撞到的右腿和左腿的感觉不太一样。

这三四天里，佐山的疼痛逐渐减轻，也没有出现并发症，恢复得很顺利。

但是，市子从昨天下午起就没有来病房。佐山有些担心，忍不住问了一句。

“叔叔这里已经没有大碍了，所以我们两个催阿姨回家好好休息一天。”阿荣非常罕见地寻求妙子的认可。

佐山半信半疑，因为市子不可能不打声招呼就回家了。他又问了一下护士，这才知道市子在其他病房休息。

“也许您家要有喜事了。”

“什么？”

“医生说，您太太可能是怀孕了。”

“……”

佐山惊讶地说不出话来。

“阿姨怀孕了？”阿荣的小脸顿时绷紧。

“不，目前还不确定。”护士含糊地应道。

“是吗？”佐山望着白色的天花板，一动也不动。

佐山想立刻就见到市子。他想让阿荣和妙子都出去，和市子单独见面。

不过，车祸要是再严重些，这个孩子说不定就要在他父亲死后出生了。实在是太险了。

车祸也很意外。人生处处都是意外。

要是真像护士说的那样的话，来年在他们夫妻之间，就会有个孩子了。过了六十五岁，他们就会有个像阿荣这样的女儿，或者像光一那样的儿子。

他的眼前浮现出流产后将苍白的脸埋在被子里哭泣的市子的身影。那时的市子还很年轻。

“叔叔，您今天该睡不着觉了吧？”

佐山沉默地闭上眼睛。

一睁开眼睛，就看到阿荣坐在床边的椅子上。

阿荣身穿白色的尼龙衬衫，披着一件黄色的短毛衣，嘴里叼着一根香烟。她往外吐烟的动作还不太娴熟。佐山望着阿荣正在吞云吐雾的嘴唇，觉得像是在做梦。

“你什么时候学会抽烟了？”

“叔叔受伤之后……”

“什么感觉？”

“没什么感觉。我只是觉得能让我忘记烦心事。从自己嘴里吐出烟来，您不觉得很有意思吗？而且，望着这些烟可以放空一下。”

“妙子呢？”

“妙子在陪阿姨。”阿荣说着，又吐出一个烟圈，她的目光追随着那渐渐散去的烟。

“你一直在这儿吗？”

“是啊，您睡了两个小时左右，我总觉得以后见不到叔叔了……”

阿荣一直注视着佐山的睡脸。她觉得那从窗户上落下的雨水，仿佛是自己的眼泪。

市子怀孕的消息宛如一场车祸，让阿荣深受打击。她觉得自己被市子和佐山抛弃了。

“叔叔受伤的那天晚上，其实我很想一走了之……”

“……”

“可是，当时我没办法离开您半步。”

“你在想这些吗？”

佐山觉得阿荣很可怜，甚至有些不忍看她。他能感受到阿荣的绝望。

“你能叫妙子过来吗？”

他似乎无法忍受和阿荣共处一室。

这个女孩的可爱令他难以忘怀，可是，他的心动却给了她幻想，并让她伤痕累累。佐山悔恨交加，无比自责。

“您找妙子有事吗？”阿荣望着雨帘问道。

“嗯，我想问问市子的情况。”

“我过去帮您看看吧。”

“可以吗？”

阿荣起身离开，不一会儿，她和妙子一起回来了。

“市子怎么样？”佐山望着妙子。

“阿姨说，您要是担心的话，她就过来。”

“不，你去告诉她，不用过来。”

“好的。”

等到妙子的背影消失在门外，阿荣开口：“叔叔，我想跟妙子和好。”

“太好了。”佐山淡淡道。

“她会原谅我吗？”

“哪有什么原不原谅的。”

“可是，我心里没底。我从一开始就不了解她。”

“因为你从来没想过了解她。”

“我或许谁也不了解，就连阿姨和叔叔也……我真的太不像话了。”

看到妙子进来，阿荣催促道：“叔叔，您快帮我跟她说说。”

“你们也不需要别人调解吧？”

阿荣闭口不言。她的目光像箭一样射向妙子。

去河边

尽管佐山的膝关节还有些疼，院方却同意他出院了。

他的腿绑了一周的绷带，天天直挺挺地伸着，已经不能自由活动。医生建议他每天都要按摩和散步。

他在家里也扶着市子的肩膀走路。即使没有那个必要，市子也会过来扶他。

有时，他也会扶着妙子的肩膀或阿荣的肩膀。

阿荣的肩膀瘦削圆润，露在无袖衫的外面，佐山每次都尽量避免碰到那里。

“大家都在迁就我。”佐山忍不住想。

佐山受伤以后，市子有了怀孕的先兆，家里的人都开始相互体谅、照顾，时时刻刻都以他的意思为先。嫉妒和争执消失得无影无踪，家里一片其乐融融的景象。

“逮住了，逮住了！妙子，你在哪儿呢？”阿荣一大早就大声地喊着妙子。

阿荣的房间里放了一个捕鼠器。

“逮到了一大一小两只！”

小老鼠还只有一寸长。

阿荣伸直胳膊，将那个带铁丝网的捕鼠器拎起来，问妙子：“怎么处理？”

“不如放到水里？”妙子提议。

阿荣走进院子，将捕鼠器浸到水池里。

大老鼠游到小老鼠身边，将它叼起来以后游得更加卖力，试图挣脱铁丝网。浑身湿透的大老鼠痛苦万分，黑溜溜的眼珠子几乎要掉出来。大老鼠将衔在嘴里的小老鼠推到露出水面的铁丝网上以后，便死去了。

小老鼠还活着。

“真可怜，把它放了吧。”妙子握住阿荣的手臂，脸色骤然一片惨白。

她的眼前浮现出和父亲见面时的那张铁丝网。

“它们太可恶了！”阿荣将捕鼠器浸到水里。

“别这样，快住手！”

这时，从屋子里传来市子的叫声：“阿荣！”

市子手扶窗框，直犯恶心。可是，她只是干呕了几次，却什么也吐不出来。

阿荣和妙子忙跑过来，一个为她按摩后背，一个给她端来茶水。

市子恶心难受，痛苦得眼泪在眼眶中打转。她捂住眼睛躺了下来。

“太难受了，我实在是……”

难道她这次又要流产了不成？这种不吉利的念头萦绕在她心头，挥之不去。

三个女人的心里头都沉甸甸的。

妙子只跟佐山打了声招呼，就去见她的父亲了。

阿荣下午也无精打采地回了她母亲那儿。

三四天前政府就发布了台风警告，这场台风终于在九月十日袭击了九州岛。不过，在经过山阴之后，台风便往洋面刮去，没有进入关东。

台风过后依旧闷热，根据天气预报，这闷热的天气也许要持续到九月十九日的中秋节。不过，还未见到中秋明月，天气却骤然转凉，接连下了好几场雨。

可是，到了中秋那天，佐山夫妇却透过云缝隐约看到了明月。

市子仿佛在短时间内变了个性子，从前热情好客的她，如今却不愿见人。每当有客人来访，她都闷闷不乐，话也很少。她只想和佐山过二人世界。

市子有时还会这样说：

“你不要对我太小心翼翼了，这样一来，我心里更紧张了。”

“我是高龄产妇，又是第一次生孩子，会不会有什么不测？”

市子还很担心佐山的高血压，她怕孩子还没长大就会失去父亲。

“你抽烟抽太多了！”市子夺走佐山手中的香烟，看了片刻，忽然把它叼到自己口中。

“别胡闹。”

“我就吸一口试试。”

佐山看着市子吐出一口烟圈。

佐山受伤后，阿荣也学会了抽烟，尽管二者没有任何关联，他依然有种奇怪的感觉。

市子近来对各种气味都很敏感，常常没有食欲，有时还会心血来潮，想吃一些古怪的东西。今天她突然想抽烟，应该也是因为这个。

她让志麻帮她把夏天的东西收起来，早早就做起了过冬的准备。这种神经质的表现，也反映了她内心的不安。

“一般人生孩子比较早，以后还有很长时间可以和孩子一起生活，可是我们这么晚才生孩子，做父母的时间比别人短多了。”听了市子的话，佐山心想，女人真爱杞人忧天。可是，一想到自己已经年过四十，便又觉得她的这番话似乎也不无道理。

佐山怕市子像上次那样流产，一直不敢碰她的身体。但是，他在一个偶然的机会下同她行了房事，第二天早上起来，发现市子容光焕发，又恢复了以往的心平气和。

这是一个晴朗的星期天，河滩上传来孩子们的喧闹声，好像是在开运动会。

很久不见的音子突然登门。

“石墙上垂下来的胡枝子真漂亮！”音子立在门口，“不知道是不是光线的原因，你好像变了个模样！”

市子避开音子的打量，问道：“阿荣呢？”

“我这次就是为了她的事来的，你听了铁定要吓一跳！”

最近，阿荣不光学会了抽烟，还整天出去喝酒，音子道：

“她好像失恋了，天天都在瞎闹腾，比在大阪的时候还让人没辙！”

“有一天半夜，还是光一把她送回来的，我以为她是跟光一出去玩儿了，就把光一叫过来，让他好好对待阿荣……可是，阿荣却拦着光一，不让他搭理我。她让我别管她，还说她跟光一在一起，什么也不会发生。你听听，这是什么话？”

接着，音子又盯着市子：“还有一件让你惊讶的事。”

“……”

“佐山先生呢？”

“他在二楼工作。”

“是吗？”音子压低声音，“前天晚上，已经十二点多了，有辆车停在了我家门口，我以为又是光一送阿荣回来了。我当时穿着睡衣，不能出去，就透过窗户偷偷往外看了一眼。我看见有个男人把烂醉如泥的阿荣从车里扶了出来。那人个子很高，我还以为是个外国人呢，结果吓了我一跳！你猜是谁？”

“反正不是外国人。”

“是清野先生！就是那个……”

“什么？”

“你吓一跳吧！我问阿荣刚刚那个人是谁，她满不在乎地说：‘是清野先生，阿姨的旧情人。’我吓得半天都说不出来一句话。”

市子只觉得从脚底腾起一股寒意。

“听说光一最近在帮清野先生印广告，就把阿荣介绍给了他。清野先生也实在不像话！”

“……”

“听说他太太死了，现在独身一人。”

市子垂下眼帘。

“清野先生明知阿荣住在你这儿，还把她灌醉！阿荣也是，她非要听你们谈恋爱时的那点事儿……你说这究竟是什么事儿？”

“太不像话了。”市子喃喃自语。

“但是，清野先生嘴倒是很严，你的事儿他一个字也没说，还捉弄了阿荣一番。”

市子对阿荣忍无可忍。她爱慕佐山，戏弄光一，如今连清野都勾搭上了。市子身边的男人，她竟然一个都不放过。

她是在跟佐山和市子赌气不成？

“我想让你或者佐山先生帮我狠狠说她一顿。”

“这可有点难办。这件事别告诉佐山，佐山也很关心阿荣，所以……”

市子的神情出奇地冷静、平和，音子不禁怔了怔。

这时，佐山从二楼走了下来。

“市子，要不要去河边走走？音子也一起去吧！”

佐山看了一眼市子的脚。

“你怎么不穿袜子？”他关心地问道，恨不得亲自帮她把袜子穿上。

要去河边，必须得从高高的河堤上踩着青草往下走，一不小心就会滑倒。市子一步一步小心翼翼地走着，佐山在旁边随时准备扶住她。

音子看在眼中，对他们无比艳羡，她无言地往河边走去。

河滩的草坪上，有一群小学生坐成一排，正在画蜡笔画，还有一群幼儿园的小朋友在跟家长和阿姨玩游戏。

对岸的广场上，也能看到打棒球和橄榄球的人，欢声阵阵。

“难得碰到个好天气，大家都过来玩儿了。”

“我也好久没来河边了。”市子道。

佐山在青草上坐下来，摸着自己的右腿道：“快好利索了。”

潺潺的流水给人一种秋天即将来临的感觉。

在欢快的喧闹声中，音子暗自神伤。

她刚过四十岁，就跟丈夫分道扬镳。只靠她一个女人，不知今后该怎么过下去，她一点生活的盼头都没有。

以阿荣现在这种状态，估计将来也靠不住。音子天天为她的事发愁。

“妈妈可是下定决心要和你同生共死，才到东京来的。”

“别说得那么夸张！”阿荣似乎不堪重负，“反正我会比妈妈先死，随便你吧。”

阿荣一直很崇拜市子，可是不知何时起，她的心思转移到了佐山身上。音子从阿荣的只言片语中发现了这种端倪。她觉得不能坐视不理，成天牵肠挂肚。更想不到的是，阿荣竟然结识了市子的旧情人清野，并且故意接近他。音子被自己的女儿吓住了。

她六神无主，只好过来找市子商量。市子听后也惊愕不已，可是，在来河边的路上，音子却感觉他们夫妇感情和睦，彼此之间没有任何猜疑。

望着他们，她更加哀叹自己的不幸。身为一个女人，她一切都要从头开始，前方暗无天日。

“你现在招到几个学书法的学生了？”

听到佐山的问题，她无精打采地回答：“现在正在放暑假，一个也没招到。到了九月，应该会有人来报名吧……”

“这次可多亏了阿荣热情地照顾我。”

“她哪可能有什么热情？”

“怎么不可能？一到关键时刻，她就会热情洋溢，这次她就立了大功了！但愿她能够找到真正想做的事，平凡的生活和工作对于她来说似乎是一道枷锁。”

从河边回去之后，直到吃晚饭时，音子依旧郁郁寡欢。

自从妙子被丢在裁缝店的二楼，女房东反而对她热情起来。

像妙子这般认真勤恳又便宜的帮工，她打着灯笼也找不到第二个。而且，有田不在，她还能将妙子当成女佣来使唤。

“你一个人在二楼做饭，吃得不好，又不划算。而且，你不觉得冷清吗？不如到楼下跟我们一起吃吧！”起初，她这般建议。

妙子开始在楼下的厨房帮忙。

接着她又劝妙子，一个人住一间房太浪费了，不如搬到楼下和她一起住，二楼的房间可以租给别人。

她对妙子提过很多次，妙子却一直没有答应。

“就算你守着这间房，在这里苦等着，有田也不会回心转意的！”

“我能住到我找到工作为止吗？”

“我可没有让你搬走的意思。”女房东安抚她，“你在这儿住当然好，我就是看你可怜，而且这样对你也没好处啊！你自己住一间房，他当然求之不得，依我看，他就是在玩弄你的感情！”

妙子垂下眼帘，怔怔地望着铺在缝纫台上的浅蓝色中式服装。

“你们两个一起住的话，我倒是无所谓。可是，要是有学生时不时过来找住在我家的女孩子，还在这里过夜的话，别人肯定会说三道四。人言可畏，我的这张脸也没地儿搁啊！”

“我会让他不要再来了。”

“你要是到楼下住，他肯定就不能过夜了。反正都会分手，你没道理再让他玩弄。”女房东又劝道。

有田从农村回来后的第二天，就搬去了只有男生的学生宿舍。听说是有田的父母托同乡的学生帮他找的地方。

这里变成妙子一个人的房间之后，有田还是会在想来的时候过来找她。

妙子本来已经下定决心，在有田毕业自立之前，要和他彻底断绝关系，她没想到有田还会跟她保持这种不明不白的关系。她感觉他们之间的爱情被玷污了。

然而，妙子却无力抗拒有田。

一听到有田的声音和脚步声，她的心就怦怦跳。每当有田的手搭在她的肩头，她只是象征性地反抗一下，便又倒在他的胸前。

“我们这样算什么呢？我很害怕。”对于妙子的话，有田置若罔闻。

“每次你过来抱我，我就感觉自己在堕落。”

“我只是换了个地方住，其他什么也没变啊……”

“可是像现在这样，我就像是被你排斥在了你的生活之外一样。”

妙子依偎有田的臂弯里，双手捧住他的脸。

“你就是这样的人，从来不考虑我幸不幸福，你自己也很悲哀。”

“和你在一起时，就是我最幸福的时刻。”

“我们总不能一直这样下去。”

“这个房间不能住了？”

“我说的是我的心情。”

“你不爱我了吗？”

最近，他们即使见面，也都避免谈到爱情和未来的话题。可是，有田却轻易地说出了这句话。

“如果不珍惜爱，爱就会变得很可怕，不是吗？”

妙子很焦躁，她想维护爱情的纯洁，却无法明确地指责有田。

“要是不能静静地忍耐和等待，我们之间的爱就会产生裂痕。”

“是啊，可是我们身不由己啊。好不容易见一次，我们就及时行乐吧。”

“不，不！”妙子的嘴却被有田堵住了，她觉得自己像一只动物。

有田似乎觉得，像这样常常上门，就是爱她的证据。他还试图让妙子也接受这一点。

但是，妙子已经不吃这一套了。这不是妙子所期待的爱情。她期望能和他一起生活，共同经营这份爱情。

妙子似乎想要挽救已经无法挽救的事。

“我没后悔，我也不觉得我做错了。”妙子先确认了一遍自己的爱，然后将手伸向黑暗中。那双手碰到有田的脖颈。她的指尖蓦地一抖，慌忙把手缩回来。她将身体挪远了一些，害怕感受到有田的体温。

一股阴暗的感情在她的体内滋生。

有田的呼吸均匀而绵长，与妙子急促的呼吸很不协调。妙子几乎要窒息。

“醒醒，醒醒！”妙子疯狂地摇晃着有田。

“怎么了？出什么事了？”有田的声音里带着浓浓的睡意，他伸出手，想要将妙子拉过来。

妙子却躲到一边，正襟危坐。

“你也起来吧，我很害怕。”

“怕什么？”

“我爸爸快要被宣判了，他也许会被判死刑，我却跟你干这种事！”

“……”

“你不要再来了！”

千代子天天待在百货商场的商店里，经常忘记外面的季节和天气，她有时甚至会有种错觉，仿佛外面还跟夏天一样，到了傍晚，天也还亮着。

可是，最近她走出百货商场，外面常常漆黑一片，阴雨绵绵。

这一天，有个身穿红色雨衣的客人来到橱窗前，千代子看到她的穿着，猜想外面一定在下雨。她突然想起自己的雨鞋掉了一颗扣子。

年轻女孩是和一个中年男人一起来的，她让千代子把各种手帕拿出来给她看。

男人只是站在旁边，一言不发。女孩拿着一条白色的亚麻手帕翻来覆去地看。

她拿起一条纹理细腻、尺寸较大的手帕，对男人道：“这条最贵，看着也挺高档。男款还是简单点好。”

千代子被裹在红色头巾里的女孩那娇艳的脸庞惊艳了。

等到女孩挑起自己的手帕时，就没有刚才那么干脆了。千代子见她犹豫不决，干脆从橱窗中搬出一箱带首字母的手帕供她挑选。

“连手帕上都有名字，我不喜欢……把那条漂亮的蕾丝手帕拿给我看看。”

男款和女款她都挑了一些最贵的。

“每样要两打儿。”听到女孩清脆的声音，千代子忍不住打量着他们，他们看上去就像是要出国旅游一样。这位男客人是要带着漂亮的秘书一起去吗?

一个身材修长、背影挺拔的男人和一个腰肢纤细、步态优雅的女孩，难免会让人想入非非。

千代子呆呆地目送着他们走出大门，突然看到妙子走了进来。

妙子好像认识那个戴红色头巾的女孩，二人擦肩而过时，她停了下来。不过，女孩却低着头，将妙子抛在了身后。

等到妙子走到跟前，千代子被她阴沉的脸色吓了一跳。

“刚刚那个人你认识？”

妙子本想摇头，却转而点了点头。

“你们怎么了？”

“她叫阿荣，以前在佐山先生家住过，她总是跟我作对……”

“她就是阿荣？”

千代子曾经听妙子提起过阿荣。

“她长得那么漂亮啊！”

妙子的脸上露出勉强的笑意。

“跟她一起来的男人是谁？”

“不知道。”

“不是佐山先生吗？”

“不是的。”

这时，闭店的铃声响了。

“千代子，今天晚上你要是方便的话，能听我说件事吗？”妙子道。

妙子在员工出口等了千代子一会儿。

员工们鱼贯而出。雨已经停了，夜空中甚至有点点繁星。可是，没有一个人注意到那些星星，他们都行色匆匆地往家赶。夜风异常阴凉，街道寂寥而冷清。

黑漆漆、湿漉漉的地面上到处是积水。大概也是连日下雨的缘故，今年的林荫树的树叶也早早泛黄，颜色很难看。

“你跟有田怎么样了？”千代子问她。除此以外，妙子也没有别的事情可以和她聊了。

“你们有什么变故吗？”

“有变故的也许是我。”

妙子却一直垂着头往前走，似乎不知该如何说起。

“我一个人的时候，满脑子都是他。可是和他在一起的时候，我的心情反而更加沉重。也许我这样的人不配喜欢一个人。”

“什么你这样的人？”

“我爸爸的事，还有其他一些事……”

“是有田不好。他怎么能让你有这种想法？他不是从一开始就知道了吗？”千代子的安慰已经是老生常谈，对妙子起不了什么作用。

“有田那个人很老实，就是太懦弱了，妙子，你可不能松劲儿呀！”

“我让他不要再来了。”

“不要再来了？”千代子停下脚步。

妙子将有田搬到学生宿舍之后还经常来找她的事告诉了千代子。

“真不像话。”千代子注视着妙子的脸，“你们现在是这种状态吗？太让人意外了。不过，也没办法。”

“确实没办法。”

“你是想继续，还是想分手？”

“我想静静地等着他。”

千代子无法理解妙子的想法。

“你现在说这话不是太晚了吗？你要是这样想的话，从一开始就不该越过那条线……”

“……”

“一旦越过了那条线，女人就只能死缠烂打了。”

“这样下去不行。”

“确实不行。”

“晚上我看着他睡着的样子，恨不得杀了他。”

“啊？”

“很可怕。”

“你别吓我。”千代子小声嘟哝了一句。

“我虽然不了解你的感受，可是，爱一个人爱到想要杀掉他，不是常有的事吗？就像是看到可爱的婴儿就想掐他一下，捏他一把，或者咬上一口。”千代子想要驱散妙子心头的阴霾，笑着说道。

“我的想法可没你说的那么温柔。我的内心有阴暗的一面。有田说我遗传不好，我也无言以对。”

“你别想那么多，跟我学学……”

“就连刚刚那个穿红色雨衣的阿荣，我都想过杀了她。”

“……”

“无论她怎么欺负我，我都能忍，可是，她却想勾引佐山先生。先生和阿姨对我恩重如山，为了他们，就算我会跟我爸爸一样进监狱，我也毫无怨言。我是不是很可怕？”

让阿荣服下毒品，然后掐死她，就算是体格纤弱的妙子也可以做到。

说到毒品，妙子曾经为了献出贞洁，在羞耻和恐惧的驱使下主动服用过。她从一开始就是带着半自杀的心态与有田发生关系的，这种关系并不正常。

千代子却觉得妙子只是太冲动了。

妙子的父亲之所以杀人，或许也是毒品的关系。

但是，和有田在一起之后，妙子的身心却都恢复了健康，连咳嗽的老毛病都好了。

妙子开始担心，倘若和有田分手，她是不是又要坠入暗无天日的深渊？可是，如果她和有田分手，就能在有田的父母和佐山夫妻面前抬起头来了，更重要的是，她就可以清清白白地活下去了。这是一个很不切实际的愿望。

“妙子，你太爱钻牛角尖了。你是不是想跟他分手，但是做不到？”千代子一脸真挚，“你这个人，嘴上说爱有田，可是说不定你只是爱上了爱一个人时的感觉。你只是放不下那种感觉罢了。只要你想开了，或许就会发现他不过是个乏味的男人……喜欢的男人，只是女人在心里描绘出来的爱情的幻影。因为那个幻影无法抓牢，你就起了杀掉他的念头，是不是？无论是逃跑还是继续，最终受伤的都是女人。”

“千代子，你能陪我见见有田吗？”

看到千代子点头，妙子环视四周，找到了一家香烟店，那里的柜台上摆放着一部红色电话机。

“等一下。”

妙子似乎是想立刻叫有田出来，千代子忙叫住她：“先把见面的地方定下来吧。面馆怎么样？要不还是我来喊他吧？”

有田的电话很快就通了，他听到妙子的声音，有些惊讶。

“有什么事吗？”

“我和千代子在一起，你来一趟吧。”

“下着雨，你怎么出门了？”

“已经晴了。”

千代子看到，妙子只是听到有田的声音，脸就涨得通红。

“他说他会过来……”妙子声音嘶哑地说完，立刻咬住了自己的手背。

“他问在哪里见。”

“我来说吧。”千代子拿过听筒，将店名和路线告诉他。有田的声音非常开朗。

“他说他马上过来，我听他的声音好像挺开心的，妙子，是不是你想多了？你是跟他吵架了，心里有疙瘩吧？”

“也许是我心里的疙瘩。”

快到银座了，夜幕中的霓虹灯却很暗淡，仿佛蒙着一层水泽。

千代子每个月都会在外面吃两三次，不是别人邀请她，就是她邀请别人，借此来缓解工作的压力。她知道好几家物美价廉的餐馆。今天晚上的面馆就是其中的一家。这家小店位于银座的小巷子里，铺面狭窄，有两层楼。

楼下只有一个瘦小的服务员。千代子在墙角找了一张桌子，先点了两份煎饺。

“真难相信这里是银座。这么冷清，安全吗？”

“你放心好了！”

“里面是什么？”

“里头是厨房。”

“只有厨房吗？”

“不知道，我没看过。怎么了？”

“我爸爸犯罪的地方，就是这样的店……”

“……”

“不，那里跟这里截然不同，是个又脏又偏僻的面馆……”

面馆只是一个幌子，里面其实是毒贩秘密交易的地方。

妙子的父亲寺木健吉和面馆的老板娘有地下情。她的丈夫从一开始就心知肚明，却睁一只眼闭一只眼。秘密贩毒和制毒的这伙人彼此握有对方的把柄，任何人想要离开或者想金盆洗手，都不被允许。寺木也染上了和女人一起吸毒的恶习。

“在事发的两年前，我父亲经常换地方住，要么是根本不能住人的出租房，要么就是附近有一群可怕的人。我也隐隐知道他干了一些亏心事。当时我忍受着咳嗽的痛苦，跟他到处辗转。”妙子对千代子说。

千代子也从报纸上看到了那篇报道，得知自己中学好友的父亲成了杀人犯。她至今还记得，犯人是在新荒川排水渠的葛西桥附近被逮捕的。

但是，自从在百货商场的鸟市与妙子重逢后，她们从来没有聊过这个话题。

没想到妙子今天竟然会主动提起这件事。听着她和缓的语气，千代子面对眼前的煎饺，难以下箸。

“后来，我父亲就经常夜不归宿，我晚上醒来的时候，他的床总是空的。我也见过那个女人两三次。她还给我买过缎带。她皮肤很白，身材微胖，性格很豪爽，但是她好像一直在压抑自己的火气。那段时间，父亲的脸色越来越可怕，我看了几乎要被吓出病来。”

案子就发生在面馆里。在一个房门紧锁的密室里，女人的丈夫突然拿手枪顶住正在睡觉的妙子父亲的脑袋。结果，父亲拿刀刺向了男人。

女人突然站在了丈夫的一边，抓住妙子的父亲不让他走。父亲将女人推开后逃走了。女人向静脉中注射毒品身亡。警察在女人的胸前还发现了刀伤。

“手枪可能只是想威胁他，里面没有放子弹，也没有人看到那个女人自杀。”

千代子有些内疚地望着妙子：“都是我不好，带你来这里，害你想到你父亲的事。”

“不，跟这家店没关系。我父亲马上就要被宣判了，最近我去探望他，他的状态很不对劲，搞得我也有些神经质了。真抱歉，让你听我说这么不愉快的话题。”

“等有田来了，我们换个地方吧。刚刚我要是找家亮堂的咖啡厅就好了。”

“在亮堂的咖啡厅，我就不会告诉你这件事了。”

“有田的事，你告诉你父亲了吗？”

“我说不出口。告诉父亲，只会让他担心。但是，父亲看到我变了这么多，应该也察觉到了一些。他被关在那里，天天都在挂念我，神经更加敏感了。我心里的那些事都被他看透了。刚刚和有田在一起的那段时间，我连探视都没有去……最近父亲还说，等我有了喜欢的人的时候，他就不在了。我总感觉父亲会死。其实，我比父亲还敏感……父亲一直瞒着我，可我能感觉到他的身体状况很糟糕，不仅仅是心理上的问题。他还说：‘就算你失去了心上人，也要坚强地活下去啊。不过，这个世界上男人多得是。’这些话听起来就跟遗言一样，我觉得父亲看起来老了很多。”

有田一脸开心地走了进来。

“嘿！”

他原本以为，今天千代子也在，三个人可以开心地聚一次。谁知，一向爽朗的千代子却脸色阴沉地瞪着他。

妙子的脸上反而带着一抹羞涩的红晕。

“今天晚上是怎么了？”有田一脸纳闷地坐下来。

“我去千代子的店里找她，让她陪我一起来的。”

“这不是明摆着的吗？千代子不是在这儿嘛。”有田轻轻笑道。

“有田，你好好珍惜妙子了吗？”

“怎么冷不防问这个……”

“冷不防你就答不上来了吗？”

“我当然对妙子很好。其实，我应该没必要回答你……”

“有必要！当时我们不是已经说好了吗？你是真心想和妙子结婚吧？”

“又是‘真心’吗？”

“我在问你的真心话。”

“那我就说了。当时，不是你说我不能和妙子结婚的吗？”

“是啊，我当时请你作为一个不能结婚的人，好好对待妙子。”

“这个请求太奇怪了。”

“可是，你还是想跟她结婚。”

“是啊。我比你请求的还要更珍惜妙子，所以想跟她结婚。”

“于是，你就将妙子置于不幸中了。”

“千代子，不是这样的，我并没有因为有田而不幸。”妙子大声纠正她，“是他给我带来了阳光，我很幸福。”

“你等一下。”千代子打断她，“有田，我问你，你去看过妙子的父亲吗？”

“……”

“你看，这算什么呢？”

三个人都沉默良久。

妙子轻轻开口：“我不想再住在那个房间了，也住不下去了。”

有田点点头。

“佐山先生的夫人说我还能回她家住。不过，要是不跟你说清楚的话，我就没法回去。我回去之后，也不能再偷偷跟你见面了。”

“嗯。”

“我会等着你。今天我叫千代子过来，只是想告诉你这个。”

千代子眨着眼睛，窥探有田的脸色。

遥远的期盼

市子一出门，就见一个少妇抱着刚满月的孩子在婆婆的陪同下立在大门口。他们是和市子家相隔三栋楼的邻居。

市子跟他们平日里没有什么来往。不过，他们也是这一带的老住户，自市子父母那一代起就认识了。因此，孩子满月时，他们出于礼貌登门致意。

市子想到孩子出生时自己没有去道贺，有些难为情。

“喂，你快出来一下！”她求救似的喊着佐山。她的嗓音发颤，如少女般悦耳。

少妇皮肤白皙，头发利索地绾成一个髻。眼前这个初为人母的女人气质温婉，让市子不由得产生一股亲近感。

“实在是……”市子一时不知该说什么好，她望着孩子从白帽子中露出的小脸，“恭喜你们了，孩子真可爱！”

孩子裹在黑色的礼服中，被身穿华丽和服的母亲紧紧抱在怀里。

婆婆将红豆饭和千岁糖[1]递给市子。

“让您见笑了，这只是我们的一点心意……”

“您实在太客气了，还特意过来……”

市子的脸羞得通红。她还没有给人家送贺礼，不知应当回赠些什么。

佐山从屋里走出来，也先探头看了看帽子里的小脸。

“是位千金吧？”

少妇扑哧一笑：“是个男孩。”

“哎呀，这……原来是位可爱的小少爷啊！”

“瞧你，是千金还是少爷，你看礼服的颜色不就知道了吗？”市子嗔道。

“哦，也是。”

佐山和市子立在门口，目送她们的身影消失在红叶下。

“孩子真可爱。”

“你都稀里糊涂地把人家看成女孩儿了！”

“这么小的孩子，谁能一眼就瞧得出来？要是把女孩认成男孩的话当然不太好，可是把男孩认成女孩，人家才不会见怪呢！”

“是吗？”

“那说明孩子长得清秀。”

“咱们也没有给人家道贺，我正发愁呢……”

市子将装着千岁糖的袋子举到佐山面前。

“收到这个很高兴吧？”

“……”

[1] 在日本，孩子满月和3岁、5岁、7岁时要去神社参拜祈福，并吃红豆饭和千岁糖，有祈盼孩子健康、长寿之意。

“我们到时候也得挨家挨户去打招呼吗？”

“应该吧。”

“你能不能带着千岁糖和红豆饭陪我去？”

“哪有当丈夫的跟着去的。”

“你当我好意思啊？我都这把年纪了。我要是像刚刚那位太太一样年轻还好说……”

二人肩并肩来到宽敞的客厅，坐在平日坐的地方。虽然没有什么特别的话题，可他们都想说些什么。

市子似乎很中意那个装千岁糖的袋子。

“在这个房间里找个地方挂起来吧？不过，客人看到了会不会多想？”

“……”

“我还是希望你能拎着几个这样的袋子，陪我挨家挨户去敲门。”市子撒娇似的逗佐山。

“你应该请阿荣或者妙子陪你。”

“要是人家把我当成老奶奶，认为孩子是阿荣的怎么办？”市子的脸上依然挂着微笑。

“阿荣也会生孩子吗？”

佐山无意间脱口而出，连自己都觉得这个问题很奇怪。

市子像是想要驱散心头的不悦似的，应道：“她也是女人，当然会生了！”

阿荣当然是女人，她既可以为佐山生孩子，也可以为清野生孩子。

能为佐山生孩子的不只有市子，还可以是阿荣或其他任何女人。市子仿佛今天才意识到这个理所当然的事实，并为此惊愕不已。市子和阿荣甚至可以在同一天为佐山生下孩子。

但是，为佐山生孩子的只有市子，这是一个不可磨灭的事实，市子和佐山都发自内心地为此喜悦、激动。

最近，市子努力不去想阿荣的事，她怕自己想到阿荣，就会不由自主地想起清野。

她不愿相信，在结婚已经十几个年头的今天，自己连佐山的孩子都有了，过去的爱人还会在她的心里活过来。这样的女人，会再次受到流产的惩罚吧。

然而，她却总是会在不经意间想起阿荣，每当那时，市子的心就会如针扎般隐隐作痛。

阿荣对市子既崇拜又嫉妒，时而讨好她，时而又故意搞破坏，在那些既像处心积虑又似心血来潮的矛盾行为的背后，到底隐藏着什么样的真心？

她爱上市子的丈夫也就罢了，竟还和市子过去的爱人产生了纠葛，市子感到一阵无法言喻的心痛。

她不能抛弃阿荣。

“我有时会一个人想阿荣的事。”市子似乎有些难以启齿，“我在想，我们的孩子是不是拜阿荣所赐。”

“什么？”

“阿荣是因为仰慕我而来的，或许就是她将这个孩子带给了我。”

“你说什么傻话呢？”

佐山像是听到了什么不吉利的话似的皱起眉头。

“你在胡思乱想些什么？”

“你难道不认为我会怀孕是因为我在嫉妒吗？”

“嫉妒……”

“有时，嫉妒也会带来孩子。”

佐山为这句出其不意的话呆住了。

“你应该非常清楚我的嫉妒吧。最近一提到阿荣，你的眼神就会变得很落寞。”

“……”

“我每次看见阿荣，都会觉得她很可怜。有时我会想，也许她是一个闯进我们生活的天使或妖精。事到如今，我竟然又怀上了孩子，太出人意料。像阿荣那样的孩子，因为仰慕我突然跑到我身边，不是也很出人意料吗？就像是冥冥之中注定了似的。出人意料的事一桩连着一桩……”

虽然市子不能对丈夫明言，可是在某种意义上，是阿荣将这个出其不意的小生命带给了她，这是一个不争的事实。

她还记得将阿荣从东京站的旅馆带回家的那天晚上那莫名其妙的欢喜，记得被阿荣吻上的那天晚上那莫名其妙的战栗。一个女人被另一个女人爱，或者爱另一个女人。阿荣的青春活力如海浪般席卷市子，令市子心神动摇，难以自持。

有时她觉得阿荣无比可爱。

“那孩子就像一只灯蛾，围着我乱转，可是，我却不知不觉将那孩子的翅膀烧得残破不堪。我明知会伤害她，还是放任她围着我转，或许是我毁了她。所以，我希望是她为我们带来了这个孩子。虽然这话听起来像是在为我的自私开脱……”

“得了吧，我才不会像你一样想得那么复杂……我实在没想到，你竟然胡思乱想到这种程度。难道你打算生下阿荣的孩子吗？”

“我可没这么说。”

“阿荣只靠她自己的魅力，就已经心满意足了。”

“你是说她一直在利用各种人检验自己的魅力？她也是为了这个来我们身边的吗？”

“不……”

“你刚刚不也一脸意外地问我：‘阿荣也会生孩子吗？’这难道不是你认为阿荣很漂亮的证据吗？”

“因为她就是那样的。”佐山小声辩解。

在佐山因车祸住院期间，很多人送来了慰问的礼品，还有很多人专程过来探望，他们给那些人分别写了感谢信并回了礼，不过，他们还没有正式感谢阿荣和妙子。

“我们请阿荣和妙子一起吃顿饭吧，谢谢她们当时照顾你，我还想给她们送些礼物。”佐山的这个提议一直拖到了现在。

出院的时候，阿荣和妙子都在家。当时为了庆祝他出院，他们一起吃了顿饭，不过，只是吃顿饭有些说不过去。

“分开叫她们过来不太妥，还是一起邀请她们吧？”

佐山却不像市子那样担心她们之间的关系。

“在医院的时候，阿荣还托我帮她们两个调解呢！”

“我看靠不住，那孩子反复无常。”

对于再次和阿荣一起庆祝佐山痊愈，市子有一些犹豫，她心里有种负罪感。因为，她觉得佐山的事故是自己的错，阿荣应当也知道她的内疚。

“等妙子父亲的公审结束后再庆祝吧！我对减刑很有把握。”听到佐山有这种考虑，市子感到非常庆幸。

随着对怀孕的确定，市子逐渐感到自己周围的人际关系发生了天翻地覆的变化。市子体内的新生命让她原谅了他人，也宽宥了自己。

尽管佐山认为不吉利，她却觉得阿荣是为她带来这个孩子的天使或妖精，这念头也是源于她心里的变化。市子觉得，就连佐山的事故都与这个新生命有着某种联系。这场事故于佐山而言，于市子而言，甚至于阿荣而言，莫非是一场警告与制止？妊娠与事故相继发生，也许不是偶然。

但是，从捉老鼠的那一天开始，阿荣既没有再来过市子这儿，也没有在佐山的事务所露过面。市子暗忖，阿荣难道因为市子的怀孕而幻灭或绝望了？这对于阿荣而言是有可能的。

今年十月，淫雨连绵。从佐山家的石墙垂落的白花胡枝子的花期过后，生长在院中树篱旁的山茶花的季节来临了。

九月，光一的父亲村松曾携作品参加二科会[1]的商业美术部门的展览，光一的作品也首次入围了摄影单元。不过，佐山因为那场车祸，没能为父子二人庆祝。

村松这几天又从大阪过来了。

“邀请阿荣她们的时候，把村松先生他们爷儿俩也喊上吧，顺便也为光一庆祝庆祝。”市子道。

“音子也过来的话，她绝对要提光一和阿荣的事。也不知道阿荣是怎么想的，不过，先把两个人叫到一起，直接撮合他们结婚，不知道是不是个办法……”

在聚会的前一天，市子差遣志麻出去买东西。

为了明天的聚餐，市子将客人用的餐具提前搬到厨房。

佐山见状担心不已：“你别那么操劳。上菜前再取也来得及……”

“没事儿。从盂兰盆节的烟花大会以来，我们就没有宴请过客人，我太期待了。那天晚上人山人海，报纸上说去看烟花的有一百多万人呢！对了，

---

[1] 日本的美术家团体之一。

看烟花的那天晚上阿荣也没来。”

“总之，比起客人，你自己的身子更要紧。”佐山说完这句话，傍晚时分出了门。

市子最近对味道不再敏感，也恢复了以前好客的性情。

佐山那天晚上因为律师同行的聚会晚归，一来到家附近，就听到金钟儿的虫鸣。走进家门以后，虫鸣越发嘹亮了。

看到佐山一脸诧异，市子的脸上浮起狡黠的微笑。

“叫得很带劲儿吧？”

“嗯，你从哪儿雇来的？”

“雇？你是说金钟儿吗？”

“院子里的虫儿可没这么能叫。”

好像不止三四只。许多叫声重叠在一起，不绝于耳。

“是音子让人送过来的。有金钟儿，还有漂亮的菊花，说是明天的谢礼。金钟儿有十五只左右，装在罐子里。好像是学书法的学生送给她的。”

“是阿荣送过来的吗？”

“不，是找跑腿的送的。”

佐山以前也没见过人工养殖的金钟儿，他好奇地探头往罐子里看去。深褐色的虫儿们那纤细的触角正在动来动去。听说它们是用触角来帮助进食，它们既吃黄瓜和梨，也吃鱼和肉。虫卵被埋在罐子底的土里，孵化以后，它们就在罐子里长大、鸣叫。等到秋天产过卵，便会死去。在小小的罐子中，金钟儿们一代一代繁衍下去。此时便是它们一生中的黄金时期。

由于是近亲交配，倘若只让一个罐子里的金钟儿不断繁殖，生下来的金钟儿会一代比一代小，叫声也会越来越难听。因此，最好从别的罐子里捉几只金钟儿放进去。

音子是从送她金钟儿的人那里听说的，她现学现卖地告诉市子，市子又转达给了佐山。佐山感觉，这一方小小的罐子就是它们的天地，它们世世代代都在这里出生、死亡。

罐子中的金钟儿比野生的更爱叫，声音也更高亢嘹亮。

“这可是对明天的客人最好的招待！我去把罐子藏起来，让音子不要告诉他们！”市子很喜欢这些金钟儿，这天晚上也将罐子拿到了二楼的卧室。

金钟儿的叫声再悦耳，可是照这么个叫法儿，哪里还睡得着。

市子入眠之后，佐山将装金钟儿的罐子抱到楼下。不过，因为听得太多，总觉得虫鸣声还在耳畔似的。

市子絮絮地念叨，希望孩子能听着这些虫儿的鸣叫长大，一直到十年后、二十年后。她说着说着就进入了梦乡。

“都不知道是女孩还是男孩……”佐山一边想，一边安静地听着她的呓语。

但是，市子那温馨的睡脸，却给佐山的人生带来了诸多温情。

佐山将市子伸到自己身边的手臂放回被子里，也闭上了眼睛。外面又下起雨来。

佐山比先睡的市子起得还早。

他让妙子倒上饭前咖啡。

“昨天晚上你被虫鸣吵得没睡好吧？”

“没有。阿姨昨天没睡着吗？”

“她从以前开始就喜欢赖床。”

关于妙子期望的工作，佐山已经有了眉目，于是他就把妙子叫了回来。今天，妙子也要为此出去一趟。

下午，音子过来了。

“我想过来给你搭把手，就提前出门了。”

“你来得太好了！阿荣呢？”市子问完，又道，“对了，昨天你送来的礼物实在太棒了……你听，白天它们也叫得很欢。”

“实在太吵了。阿荣说晚上再过来，也不知道她跟谁约好了，今天比我出门还早！”音子抱怨。

市子为了避免客人来后手忙脚乱，正要去厨房为晚饭做准备，音子也跟着她过去了。音子这样的女人，在厨房干着活儿的时候最容易打开话匣子。当然，她除了抱怨阿荣也没什么别的话题了。

“她越来越不愿意待在家里了，最近竟然还说想去京都找她爸爸……”

“阿荣难道是想为了你去跟她爸爸交涉？”

“要是那样就好了！她说：‘妈妈去姐姐家吧，你这个当外祖母的还能给他们带带外孙。’你听听，这不是瞧不起我吗？”

市子望着音子那年老色衰的面容想，自己才要生第一个孩子，同龄的音子已经当上“外祖母”了。

“我对阿荣也有责任。”市子说着，忍不住怀疑今天跟阿荣约会的是清野，“不过，我现在也只能相信阿荣了。你也给她点时间吧……”

门铃响了，从门外传来清朗的男声。正在煮豆腐皮的音子双手合十请求市子：“是村松先生，市子，拜托你了！”

“你说的是阿荣跟光一的事吧？不过，比起光一，阿荣更难被说服吧？”

“阿荣早点儿来就好了，也不知道她在忙什么。”

市子解开围裙，走出厨房。佐山已经先出来迎接村松和光一了。

“很久没有来您家，我想再欣赏欣赏多摩河的风景，就趁天还没黑赶过来了。太阳落山明显变早了……”村松对市子道。

佐山心情很好，见村松他们侧耳倾听金钟儿的叫声，便道：“是多摩河的金钟儿。”他说着，将二人带到三楼落座。

那里有一张大桌子，周围摆放着六七张坐垫。市子请村松坐在上首，可是，村松却笑道：“不，今天两位小姐才是上宾。让美人坐到中间，我们才更好欣赏呀！”

“这可不行，我们还得庆祝光一的作品入围呢……光一要是愿意，我想让他和阿荣坐在一起……”

市子微笑着起身。在光一的视线中，她下楼端来茶水。

三人立在走廊上，眺望多摩河。村松回头，道：“夫人，恭喜你了，这跟个奇迹一样！”

“这个……”市子的脸上涌上一抹潮红，“以后的日子还长着呢……等这孩子结婚的时候，我们都不知道老成什么样了。”

“夫人，您就不要为孩子操心了，他自己会操心的。”光一道。

“我想，能当夫人的孩子，肯定很幸福，这就够了。”

光一的话令市子非常感动。但是，她像是为了催促光一般道：“光一，你也得为自己操心了，你对阿荣什么感觉？”

“怎么又提阿荣……我都不知道被问过多少次了。”

“当着你爸爸的面，这还是第一次，而且，你还没有清楚地给过我答案呢。”

“我喜欢温柔体贴、有女人味的女人。”

“只要有爱，每个女人都能变成那样的。就连阿荣也希望那样，她只是故意……”

楼下传来音子的叫声，于是市子下楼去了。

菜上齐之后，大门开了，走廊上传来女人的脚步声。

“是阿荣吧。”音子跑出厨房一看，却是妙子。

“我回来了！阿姨，我大概能在少年犯医疗管教所上班了！”妙子径直来到厨房，走到市子跟前。

“是吗？太好了！”

“他们劝我好好考虑,还带我在设施内参观了一遍,所以我才回来晚了。”

“那里是什么样的地方？”

“我觉得，那里像一个候车室。里面的男孩和女孩，像某个时期的我一样。”

“候车室？”

“在所长室的墙上挂着一首诗,是里面的少年写的,名字就叫《候车室》。”妙子的脸上挂着一抹红晕。

“诗的内容大概是这样的：‘这里是座候车室，在这座人生的候车室里，走投无路的人、迷失方向的人、看不到未来的人、有着黑暗过去的人、欲在黑暗的心中点亮一盏灯的人、面对墙壁寻求希望的人，都能在这里找到一席之地。迷失到这里的人都是幸福的。’这是为什么？”

“……”

“后面的我不大记得了。总之，这首诗是说，在这座候车室里，少年们可以思考人生，和朋友们一起畅谈青春，有所收获，并得到一张人生的车票，搭上希望的列车。”

一直为父亲的犯罪而苦恼的妙子，希望能够在为服刑人员、刑满释放人员及其家属提供保护和援助的机构，或者帮助刑满释放人员重新走上社会的机构上班。她很早以前就托佐山帮她寻找这样的工作。

妙子的这一愿望非常强烈，于是，佐山将她推荐给了关东少年犯医疗管教所。

妙子在京王电铁的府中站下车，沿着稀有的山毛榉的林荫路往前走去。道路两侧的参天大树的树枝在头顶纵横交错，被雨水打湿的树叶已经泛黄。

妙子看见府中监狱的灰色高墙后又往前走了一段儿，在一片松树林处拐进一条岔道。

关东少年犯医疗管教所收容的人员，都是在家庭法院受到劳教处分并且需要进行治疗或管教的少男少女。名义上，这里收容的人员年龄为十四岁到二十六岁，实际上他们都在十五岁到二十一二岁。目前，这里共有男性一百余人，女性七十余人。

妙子说，那里除了患结核、精神障碍或精神异常的人，还有不少患性病的女孩子。

“什么？你要在那样的人当中……”市子担忧地问道。

“是的，我没有教员或护士的证书，所以只能做一些行政工作和杂务，还要照顾病人……”

“好吧，详细情况以后再说。你先告诉佐山一声，再去换件衣服……”

“好的，我先帮您。”

“不用了。妙子，今天你也是客人。”

妙子一面想着少管所的事，一面急匆匆地上了三楼。

少管所的窗户上装着铁丝网，走廊上也装着铁窗，可是，那里的少女却顺从、朴实而自卑，妙子觉得她们很像自己，对她们心怀好感。

“阿荣也该来了，先等等她吧。”

市子担心佐山的话会让音子更加焦虑不安，就先给男人们斟上了酒。

志麻很有眼色，妙子也在一旁帮忙。于是，市子也就放心地坐着了。

妙子从佐山口中听说，父亲的刑期最多五年，倘若顺利的话，在这次的审判中说不定还能减为三年。她可以在医疗少管所一面为少女们工作，一面等待他出狱。

在这段时间内，有田应当也能自立了吧？妙子想，想要这份爱情有结果，她必须等待下去。

听说妙子要去医疗少管所上班，客人们都很惊愕。

“这可以说是一份神圣的工作。”村松也端详着妙子那异常美丽的面庞。

佐山还在忌酒，村松和光一也没怎么喝。不过，这段饭的气氛依然非常热闹。

“夫人，您出来一下……”志麻唤道。

门口立着一道纤细的身影，是身穿红色雨衣的阿荣。

“阿姨。”

“阿荣，我们都在等你呢！你妈妈、村松先生、光一，还有佐山……”

“阿姨，我是来跟您道别的。”

“大家可都快等不及了，快进来吧！”

“我是来跟您道别的。临走之前，我只想看您一眼。”

“阿荣，你要去哪儿？为什么要道别？”

市子慌忙抓住阿荣的手腕。那只手柔若无骨。

“阿荣，你莫不是要和那个人……”

“阿姨，您没跟那样的人结婚，实在太幸运了。他又野蛮又下流！”听到阿荣谩骂清野，市子倏然松开她的手。阿荣转过身道：“阿姨，再见。”

市子穿上木屐，匆匆追出去，却被瓢泼大雨淋了个正着。雨雾中，不见阿荣的身影。她回到门口，大声喊道：“光一，光一！你快去追阿荣！”

光——去不复返。一个多小时后，电话响了。

“是阿姨吗？我现在要去京都找我爸爸。”

“是吗？那我去送你。你在东京站吗？你一个人？”

“是的。已经没有时间了。”

“你见过你爸爸，马上就回来吧，我等着你！”

“好。”

“说好了。”

“嗯。”

阿荣老实地答道，挂断了电话。

市子心想，阿荣或许一直都在追寻她失去的父亲。她的眼前浮现出雨夜列车中阿荣的身影。

解说

川端康成战后的代表作有《山音》《千纸鹤》，在这一系列淋漓尽致地描绘女人形象的作品之后，川端康成又用全新的笔墨创作了这部《生为女人》。这是一部非常异类的作品。

“异类”的意思并不是指这部作品较之于我记忆中的《舞姬》《山音》《东京人》等作品，对女人有不同角度的理解，也没有采取象征性的手法用难以捉摸的感觉来描写女人，而是通过塑造有血有肉的形象，用有温度的笔触具体地描摹生为女人的种种痛苦与欢愉。这部作品中凝练着一种仿佛凝视镜子中的自己的孤独与傲慢。

《生为女人》这一书名就是这部作品的主题，女人对自己“生为女人”的认知，比男人对自己“生为男人”的认知更为强烈。女人对于自己的女性特质时而漠不关心，时而又深思熟虑，她们在无意识中比有意识时具有更加强烈的展示自己女性特质的欲望。川端通过这一书名淋漓尽致地表达了这个主题。

生为女人是一种宿命。即使想从这一宿命中挣脱，那些能够挣脱的部分却都无足轻重，任何一个女人，都无法从“女人”这一生命本能的禁锢中脱离。谁也不知这究竟是一种悲哀还是一种幸运，是一种肯定还是一种否定。

法国作家波伏娃曾在一篇散文中写道：“女人不是生而为女人，而是成为女人。”从这种观点来看，“生为女人”的确充满意外的现实感。川端战前的作品中散发出的华丽的抒情和宛如光线折射产生的幻影一般的美感，在这部作品中全部销声匿迹。这部作品中存在的只有清清楚楚地摆在我们面前的赤裸裸的女人心……美丽与温柔溶解在“生为女人”之中，与女人天然的质地难以区分。正如同任何事物都要回归自然一般，女人无论如何挣扎，最终都会回归女人这一本质。我觉得，这种伤感正是这个书名中最悲哀、最残酷的地方。

女主人公是名为佐山的律师的夫人市子。市子是全书中最接近理想女人的女人，是不可动摇的女人。生为女人的主题，反而是围绕着仰慕市子的阿荣和妙子这两位年轻女性的种种行动与心理纠葛展开的。

阿荣是没落的三浦商会的次女，她的父母关系破裂，父亲在外面还有情妇，她甚至知道父亲和情妇有私生子。然而，她的母亲却故意粉饰太平，装作若无其事。阿荣对此非常反感。也就是说，她认为母亲的行为中存在着女人的虚荣与虚伪的一面，并厌恶至极。阿荣对女人的这种状态心怀不满，可是，她又在无意识中试图展露自己身上的女性魅力。市子的悲哀之处则在于她想挣脱“生为女人”的束缚，最终却回归了女人。妙子具有很强烈的女性意识，可是，她却被这种意识牢牢禁锢。生为女人，实则集她们三人的特质于一身。

某一天，阿荣帮母亲去银行取钱，在对父母的反抗心理的促使下，她来到大阪车站。在票贩子的怂恿下，她犹犹豫豫地买了一张“鸽子号”的车票。她的心里早就萌发了离家出走的念头，而这个计划，最终以一种意外的方式执行。这一毫无计划、顺其自然的行动，鲜明地刻画出阿荣这一年轻女孩冲动的个性。

阿荣的不理智又进一步表现在她之后的行动中。她打算投奔佐山夫人，可是又连佐山家的准确地址都不知道。抵达东京以后，她心血来潮，住进了站前旅馆。她没有与佐山家联系，偶然之下遇到恰好来旅馆的佐山夫人，才被带回佐山家。佐山家还收留了一个名叫妙子的死刑犯的女儿。妙子认命而又固执，对市子无比仰慕。不同于女人对女人梦幻般的甜蜜崇拜，她与贫穷的青年有田相爱了。她向有田献身，想要作为女人活下去。

佐山朋友的儿子村松光一也出现在阿荣的面前。尽管作者也描绘了年轻男女之间不同于恋爱的微妙的友情，可最令人印象深刻的，却是作者通过青年有田与青年村松的对比、妙子与阿荣的对比为我们呈现出的梦想与现实、美与丑的空洞与虚无。作者并没有试图在这一主题中追求人际关系的幸福，就连生为女人这件事是幸福还是不幸，作者都只是冷眼旁观。

作者通过阿荣的母亲三浦音子、光一寄宿处的不幸的伯母们以及青年有田的母亲，描绘了生为女人的沉重、卑贱与可怜；同时通过市子、阿荣和妙子，冷酷地描摹了生为女人的美好、欢乐与哀愁。

对于女人而言，“生为女人”比“生为人类”更直接，更有真实感，真实对于女人而言究竟是幸福还是不幸？……看着这部作品中一个又一个女人，生为女人，乍看之下似乎理所当然且充满温情，可是我却经常感到，这种理所当然与温情本身，就是束缚着女人的不幸。

市子代表着婚姻生活即丈夫与妻子的世界的女人，她在心中强调要做这样的“女人”。在作品的最后一章，佐山因车祸住院时，陪护他的市子因疲劳前往医务室，被医生告知可能已经怀孕。在该部分的描写中，市子仿佛突然认识到自己是女人的事实，那一冲击既残酷又充满慰藉。作者若无其事地将这一对女人的冲击抛出。

这个段落几乎如同撕开女人的外衣一般，将她们内心的痛苦赤裸裸地暴露出来。尽管残酷，却又展现出了一种无知的美——女人并没有意识到，自己在男人眼中是多么不可理解、可怜以及令人好奇。作者通过女人自己所不知道的女人之美，将女人刻画得入木三分。

在佐山夫妇带着明确的男女意识，与阿荣和光一进行的一系列对话中，被丈夫之外的男人和妻子之外的女人所引诱的嫉妒与克制彼此交织，这也反映了人类对爱的渴求。市子一面接受阿荣和妙子带有同性恋性质的爱慕，一面又是佐山的妻子。于是，市子身为女人的魅力，同时也是阿荣和妙子的女性特质的投射。

“上床休息时，已经过了一点半。夫妻很久不同床，市子却推开佐山的手。”在这段描述之后，佐山道：

“不过，在吊唁和守夜之后，总是莫名地想要女人，这就是人性吧。”

“我可不是你说的那种女人，请不要侮辱我。”

市子这般回答。尽管这是一个非常直截了当的描写，读起来却反而有一种女人活在被侮辱的幸福中的感觉。作者很清楚，女人常常以“不要把我当成女人”的心情来伪装自己。但是，这种伪装反而让女人更加无所遁形。

不仅是市子。在阿荣的母亲谈论阿荣荒唐的行径时，也真实地展现出了女人对女人苛刻的洞察。

阿荣崇拜市子，又逐渐对佐山倾心，与此同时，她和光一也保持着暧昧的关系，她甚至试图通过市子过去的情人来测试自己的魅力。阿荣这种孤独的生活方式，令市子和母亲音子都感到胆战心惊。因为，女人深知“生为女人”的可怕。作者具有无比敏锐的目光。

这部作品将女人所察觉不到的女人的孤独与傲慢刻画得淋漓尽致，因此，字里行间都流淌着如画般美好的情感，亦让我们看到女人那鲜活旺盛的生命力，而我们之所以会被无常之美所深深打动，或许也是出于这个缘故。

中里恒子

昭和三十五年十一月

图书在版编目（CIP）数据

生为女人 / (日) 川端康成著 ; 李雨萍译. — 杭州:
浙江人民出版社, 2020.3
ISBN 978-7-213-09676-1

Ⅰ. ①生… Ⅱ. ①川… ②李… Ⅲ. ①长篇小说—日本—现代 Ⅳ. ①I313.45

中国版本图书馆CIP数据核字（2020）第034529号

浙江省版权局
著作权合同登记章
图字: 11-2020-063号

生为女人
SHENGWEI NÜREN
（日）川端康成 著　李雨萍 译

出版发行　浙江人民出版社（杭州市体育场路347号　邮编310006）
责任编辑　徐　婷
责任校对　陈　春
封面设计　所以设计馆
电脑制版　飞鱼时光
印　　刷　天津旭丰源印刷有限公司
开　　本　880毫米 × 1230毫米　1/32
印　　张　13.5
字　　数　343千字
版　　次　2020年3月第1版
印　　次　2020年3月第1次印刷
书　　号　ISBN 978-7-213-09676-1
定　　价　45.00元

如发现印装质量问题，影响阅读，请与市场部联系调换。
质量投诉电话：010-82069336